U0685502

文映溪山

《贵州大学报》副刊作品集

杨楠 孙芸 ◎ 主编

贵州大学出版社

Guizhou University Press

图书在版编目（CIP）数据

文映溪山：《贵州大学报》副刊作品集 / 杨楠, 孙芸主编. -- 贵阳 : 贵州大学出版社, 2022.12

ISBN 978-7-5691-0676-3

Ⅰ.①文… Ⅱ.①杨… ②孙… Ⅲ.①中国文学－当代文学－作品综合集 Ⅳ.①I217.1

中国版本图书馆CIP数据核字(2022)第233161号

文映溪山──《贵州大学报》副刊作品集

主　　编：杨　楠　孙　芸

出 版 人：闵　军
责任编辑：钟昭会　杨臻圆
校　　对：江　琼
装帧设计：陈　丽　申　云

出版发行：贵州大学出版社有限责任公司
　　　　　地址：贵阳市花溪区贵州大学北校区出版大楼
　　　　　邮编：550025　电话：0851-88291180
印　　刷：贵阳精彩数字印刷有限公司
开　　本：710毫米×1000毫米　1/16
印　　张：23.75
字　　数：380千字
版　　次：2022年12月第1版
印　　次：2022年12月第1次印刷

书　　号：ISBN 978-7-5691-0676-3
定　　价：78.00元

版权所有　违权必究

本书若出现印装质量问题，请与出版社联系调换

电话：0851-85987328

编 委 会

顾 问：骆长江

主 编：杨 楠 孙 芸

副主编：李天强 张亚军 李秋蓉

编 委：康 瑞 庞爱忠 陈 芳 刘雪梅 高秀娟

前　言

光阴荏苒，时序更迭，百廿贵大，文映溪山，抚今追昔，思绪万千。

贵州大学建校一百二十年来，一批批贵大人凝练了"明德至善，博学笃行"的校训精神，书写了厚重的家国情怀，铸就了光辉灿烂的奋斗历程。仰溪山之毓秀，汲花溪之灵动，沐改革之阳光，偕时代之前行，一次次历史性突破映照了一百二十年来贵大人踔厉奋发、同心协力的岁月。值百廿校庆之际，贵州大学党委宣传部收集整理《贵州大学报》四版美文，辑成《文映溪山——〈贵州大学报〉副刊作品集》一书，墨轻情重，献礼贵大。

全书以情为脉，分为"溪山咏怀""溪山拾遗""溪山芳华""溪山青语""溪山行记""溪山艺韵"六个部分，文源在校师生、离退休教师及海内外校友。书集五湖之声，汇四海深情，抒写了对青葱流年的追忆，彰显了前进者不屈的追求，播撒了奋楫者筚路蓝缕的勇气，蕴藏了对浩瀚真理的思索。在桃李引日成岁的眷恋里，在芊芊贵大人的心路历程中，让读者看见贵大，听见她的华彩乐章。

第一篇章，溪山咏怀。走近你，依偎你，追随你，融入你，我幸在你怀中放飞梦想，收获荣光；你亦驻我心头葱茏如初，承载希望。第二篇章，溪山拾遗。追忆先贤风骨，漫溯历史长廊。光明继残夜，旧岁孕新春，殷殷期盼，细细嘱托，温暖似东风催生溪山辉煌。第三篇章，溪山芳华。赤诚之心，化作桑梓的月；清溪映月，照亮故园的路。几多春秋，几多寒暑，蓦然回首，已是桃李芬芳，思念布满心房。第四篇章，溪山青语。真理不言，亦有无数青年漫漫求索。情思无形，却引诸多志士感怀万千。我们心系家国，我们沐浴春光，青春言语，弘歌回荡。第五篇章，溪山行记。感五洲之浩瀚，叹华夏之无双。步履飞扬，所及之处是故园，是异乡，是寻觅真我之旅，是文化融筑之桥。星汉灿烂，始于脚下。第六篇章，溪山艺韵。客倾茶艺韵，友赠诗书香。岁月无言，溪山为证，书筑芳华，新枝着花。诉雅致，道衷肠，拳拳之意，眷眷之情，心之归途，在家国，在贵大。

最后，诚挚感谢每一位撰稿人和每一个对这所百年学府满怀热忱的人。《文映溪山——〈贵州大学报〉副刊作品集》付梓暨逢百廿校庆之际，遇此良卷，终而欣然。寄语吾辈，始而不移，定收摄明日曙光。

目　录

第二篇章　溪山拾遗

第三篇章　溪山芳华

第四篇章　溪山青语

第五篇章　溪山行记

第六篇章　溪山艺韵

第一篇章

溪山咏怀

1. 给贵大的一封信

周　雨

亲爱的贵大：

别后季余，殊深驰系。

2020 年 1 月中下旬，新冠疫情暴发。随后，武汉"封城"，火神山医院十日竣工，各地援鄂医疗队纷纷奔赴战场……在感慨于这些惊天壮举的同时，我深知，我与君之间已然免不了一场阔别。

年关将至的那场雪，让我想起了余光中先生的《绝色》："若逢新雪初霁，满月当空，下面平铺着皓影，上面流转着亮银，而你带笑地向我步来，月色与雪色之间，你是第三种绝色。"我早前也无数次地期盼，能在大雪初霁的某一个夜晚，我风尘仆仆地笑着奔向你，奔向我心中的绝色。

有人说，钟情一个人，始于颜值。你于我而言，便是如此。还记得三年前你我的第一面，我初来乍到，你新址初成，我在最美的年纪遇见了最好的你。我打量漆红壮观的图书馆，细嗅水波粼粼的阅湖，静听楼舍间呼啸而过的风声，瞬有"临万顷之茫然，渺沧海之一粟"之感，在你 5433.29 亩的怀抱里，我开始怯懦于寻找我应有的归属感。而当我站在图书馆前望向校门，仰是万里蓝天，俯是潺潺碧波，俯仰之间，天地仿佛突然小了，而我却是这天地间最真实、独特的存在，我的青春注定要在你的怀抱里绽放光彩。后来，看见西区体育馆旁樱花漫道，大礼堂前喷泉，北区图书馆老墙上绿意盎然，2018 年跨年夜的绚烂烟火惊艳了我千百个日夜，我多么庆幸能与你共度四年的大学生涯。

有人说，钟情一个人，终于内涵。你让我在无数寡淡的时间里能够恣意生活。那些你予我的手抱书本与室友结伴共度的课堂，考试开馆前排队进图书馆复习的早晨，让我更加明了"劝君莫惜金缕衣，劝君惜取少年时"的道理；田径场上班级组织的团建活动，假日里与朋友相约出行看过的山河景致，让我感受到"欲买桂花同载酒，终不似，少年游"中少年游的快乐。四年如期而至，在你的陪同下，我更加赞同"身体和灵魂，总有一个要在路上"的说法。我放弃过最后一班从西区到北区的摆渡车，只为听图书馆的闭馆音乐；我也曾在凌晨5点起床，只为在你的庇护下看同你一般美好的日出；我慕名前往过中国文化书院，也幸运地在它古色古香的桌椅前虔诚地学习党史；我欣慰于自己曾在图书馆拥有过写下"外面微风湿雨，而我就静坐在这里，外界同我之间，仿佛立起一道屏障"的心境，期待余下一年与你共度的时光。

春已过，立夏将至，阔别之后，我想同你一起祈愿祖国安定繁荣，想你见证我的部分青春，想你带我共度溪山朝暮，共赏云卷云舒。

书不尽意，余容后叙。

2. 离于深秋　恋于深秋

岑龙香

　　我和你的相遇，没有多少绮丽；我和你的相遇，没有多少电影里浪漫暖心的气息。仅凭着冥冥之中的缘分，我和你相遇在初秋。

　　离家的孩子，难免会有孤独的情绪。我怀着忐忑而又激动的心情，拖着行李箱，离开父母，踏上逐梦的旅途。我知道他们并不会长久地陪伴在我身边，我即将面临一个属于自己和他人交集的世界。火车上，父亲望着车窗外的风景，这时，我才端详过父亲那憔悴的面容，那是多少岁月的沉淀，才将父亲曾经英俊的面容镌刻得犹如一件风雨吹打的腐朽艺术品。我紧握着母亲的手，粗糙的皮肤和厚厚的老茧将我硌得生疼，我眼角滑落泪滴，在母亲看不见的那一边。天边光芒万丈，父亲看到了我的未来，我看到了母亲的不舍，母亲懂我的焦虑。

　　等待是痛苦的，因为有一种强烈的期望。同时，它又是幸福的，因为那是苦尽甘来。一个暑假，那几天漫长的夜晚，高考成绩的出现，填志愿时的小心翼翼，等待着通知书的到来，那是很多同学难忘的经历。终于，我拿到了贵州大学的录取通知书。怀着忐忑而又兴奋的心情，我步入了贵州大学。

　　我是个不自信的孩子，但在这一刻，我允满勇气与好奇。当车靠停，阳光微暖，缓着脚步，三人同行。处理完所有事情，父母停留了一晚，第二天早上我送父母回去。那天晚上，宿舍里只有我一人。夜幕降临，华灯初上，宿舍的阳台上挤满了孤独和思念。仰望星空，城市的霓虹早已将星光温柔地淹没。环望天际，那是美丽而又无奈的人造极光。

　　昨夜和父母一起环校旅行，母亲的肩与金桂擦过，我在后面走着，一切都尽收眼底。金桂的香味，弥漫着整个校园，风也不惜吝啬，使足了劲传送着桂花的香。风不懂它，但你不可否认的是，它们似乎曾有私情，这么心有灵犀。以前的

"低头族"的我，现在望着父母的背影，影子调皮地拉长，心里顿时一阵酸。以前的父母，也许也会像这样牵着彼此的手走在桂花树下，深情地说着浪漫的恋爱蜜语。

父母的爱细心备至，我的爱却难以言说。初秋的季节，我与你开始了传说中的一面之缘。你没有多独特，但似乎和我一样内心平静，偶尔也会伴着尘世的嘈杂之音。我是一个不喜欢世俗的孩子，会发出愤青的直白。在我刚开始看来，你总是处在热闹的人群中，而我是孤落在繁华中。我不懂，只觉得有些失落，失落着心里的无奈、美丽的幻想、现实的真相。

夜晚，我怀着满载而归的心和室友去面试，想找一份工作让自己变得充实，顺便赚些零花钱。我认为自己在面试中发挥得还不错，可伴随着时间的流逝，我却接到了没有通过面试的通知，自尊心受到沉重的打击。之后，我渐渐意识到应该向他人了解自身的不足。星空脚下，图书馆旁，阅湖里粼光闪闪，灯塔在远处眺望，不知道它在寻找着些什么。车来车往，灯火璀璨。漫步在湖边，你也会看到有同学捧着一本书在那里仔细地阅读着，星水飘摇，夜空朦胧，我感到了你的孤独，那一刻，我们相依相知。

初秋的早晨烟雨纷飞，树枝上的雨滴缓缓落下，那是它的见面礼，虽然有些厚脸皮地轻吻着你的脸颊，但你仍会感到一丝惊喜。赶课的同学行迹匆匆，雨滴也会感到失落，但此刻我的心里却是满足的，大学的生活是我正在演奏的进行曲，每一步都是一个轻快的音符，踏出脚步的一刹那，梦想会更加坚定。作为贵大的一分子，我感到骄傲，有时也会有些焦虑。渐渐地，现实在我的眼前褪去华美的颜色，我是一只懵懂的小羔羊，这是所有人当初的模样。

一纸通知书，相遇在初秋，黄桐翩舞，相恋在深秋。

3. 三月熏风

——致敬爱的父母

杨国莲

些许无奈的生活，不得自已的自己。

在夜里，整个城市都带着丝丝凉意，蒙蒙的细雨飘飘然地疏落下来，往日熙熙攘攘的小路也变得冷清凄凉。习惯性地撑着下巴，书桌上水杯里的热水似乎也不甘落寞，卷起热气挟带着我的思绪，飘向远方。可它要归于何处，去到哪里，我却是不知道的。

迷迷糊糊地睡去，看见母亲坐在火炉边上，自个儿捣鼓着手上的活，却不和我说话。似乎察觉到我就站在旁边，她轻轻地抬头看了我一眼，时间仿佛凝聚在了这一刻，四目相对。我看见了母亲那日渐斑黄的脸庞，此刻，我全身不受控制地颤抖起来，一种无法言喻的痛瞬间弥漫在心口……感觉过了很久，我才缓过劲来，却什么话都没有说出口，咬咬嘴唇，长吁了一口气。我望向母亲，发现母亲还在看着我，我只知道那是一种爱，一种很深很深的爱，之后……我便不记得了。

一梦醒来，心绪随同昨夜凄凄细雨打落的树叶散落一地，挽不住，拾不起。昨晚的梦像是被人剪辑过一样，只记得母亲看向我的眼神。是的，父母的爱深沉而伟大，我却放任自己沉沦。也许，我是时候改变了。

我是贫困人家的孩子。依稀记得，小时候的我没有那么多烦恼，也不知道贫困和富有的区别。每天放学回家，母亲总会等我一起吃饭，一家人围坐在火边，说不出的温馨和幸福。可能那时候也不知道什么是幸福，我就这样一路磕磕绊绊来到了大学。

大多数人拿到大学录取通知书的那一刻，想必是开心的吧。那天学校打来电话，说我的通知书到了，请我尽快抽时间去学校取，拿着电话，我竟不知说些什么好，半天才挤出一个"好"字。

拿到通知书的时候，内心是喜悦的，颇有一种"忽如一夜春风来，千树万树梨花开"的情怀。赶紧挤上回家的班车，我能想到父母那合不拢嘴的笑和发自内心欣慰的样子，不禁偷笑出来。

"爸，妈，我回来了。"还没到家里，刚踏入院子的我就冲着里屋喊道，语气里满是兴奋和喜悦，院里梧桐树上的几只鸟儿也叽叽喳喳叫个不停，似乎也在为我高兴。

"回来了？拿到通知书没？"母亲笑着从屋里迎出来问道，我能感觉到她有些急促。

"嗯，取到了，喏，这呢。"说着，母亲已经走到了我的面前。那时候，母亲似乎还没有那么沧桑。说着，我把通知书递到了母亲有些颤巍巍的手中，见她忙不迭地打开了信封，直到翻开看到我的名字时，我敏锐地捕捉到母亲内心无以言表的那种心情，是激动，是惆怅，抑或带着一丝丝感伤。

这件事很快便被炎热的酷暑悄无痕迹地带走，直到有一天半夜，我突然惊醒，也不知道是梦到了什么，却不承想下床透气时听到隔壁的父母还没睡，小声地议论着什么。

"娃她爸，你说咱娃的学费咋办？"这是母亲的声音，带着一丝焦虑和不安。

"唉，我会想办法的，砸锅卖铁我都不会让她没有书念的。"这是父亲的声音。听到这里，我隐约知道了是怎么回事。其实我早该知道的，因为家里的条件我是知道的。现在回想起来，或许有些辛酸和难过，但并不是因为家里的贫困，而是想起父母那蹒跚的背影、年迈却还在为我们奋斗的身躯……

拿到国家助学金的那一瞬间，我的心情是复杂的，有感动、感激，更有感恩。一路走来，我有过彷徨和失落，而我现在看着手里的助学金，想起爸妈那句"把心放在肚子里"，我只是一个女孩子，如何能承受这样的情感冲击。

　　几许经年，人总是要长大，更会有几许的唏嘘和感叹。我从未为自己的家境感到自卑，人不能选择自己的出生环境，却可以去改变。也许是助学金改变了我，让我学会积极向上，那种精神上的慰藉是我最大的动力。

　　三月春光满，三月花事开，这注定是个明媚的季节，而我将怀着一颗感恩的心，努力奋进。我要将未来抓在手里，为了那些为我付出一切的人。

　　三月熏风，艳了心事，也绿了妖娆。

4. 追随党旗 初心如一

胡 威

时间镌刻崭新年轮，岁月书写时代华章。

生命是不能被略过的重点，一定有人敢选最难的那条路，一定有人敢把生命排在利益的前面。1921 年，革命先辈在看不见光明的日子里怀揣热血，携手共创中国共产党，他们以星星之火，燃起燎原之势，席卷了当时的旧社会。他们即使是被刀架在脖子上也决不退缩，他们明知是敌众我寡也决不示弱，他们就算是被捕杀也绝不投降。因为他们有着一个共同的名字——中国共产党；他们深信着同一个信念——马克思主义。《钢铁是怎样炼成的》里曾说："人最宝贵的东西是生命，生命对人来说只有一次。因此，人的一生应当这样度过：当他回首往事时，不因虚度年华而悔恨，也不因碌碌无为而羞愧。这样，在他临终的时候，才能够说，我把整个生命和全部精力都献给了世界上最宝贵的事业——为人类的解放而奋斗。"这也正契合中国共产党人的初心和使命：为人民服务。

在这一百年里，有风雨，也有建树。1927 年，南昌起义打响了武装反抗国民党反动统治的第一枪。1931 年，日本发动九一八事变，武装侵占中国东北，中共首倡联合抗日。1935 年，遵义会议的召开挽救了党，挽救了红军，挽救了中国革命。1945 年，日本投降，近代以来中华民族取得第一次反侵略战争的胜利，中国共产党发挥了至关重要的作用。1949 年，新中国成立，中国人民从此站起来了。2020 年，在党中央统筹全局的坚强领导下，抗击新冠疫情取得极大成功。百年峥嵘岁月，筚路蓝缕，回望往昔，何其艰辛，何其伟大！叩谢克己奉公的中国共产党人，为我们谋来红色政权，带领我们创建新中国，引导我们走中国特色社会主义道路。

一代人有一代人的使命，一代人有一代人的担当。在脱贫攻坚的路上，党员黄文秀披荆斩棘，她来的时候惴惴，怕自己不够勇敢，走的时候匆匆，留下最美的韶华，她用美好青春诠释共产党人的初心使命；在攻克疫情的路上，"最美快递员"汪勇为人民百般服务，用身体力行诠释什么是为人民服务；在文化强国的路上，教师张桂梅为学生呕心沥血，不惧碾作尘，以怒放的生命向世界表达倔强。时代更迭，世界日新月异，但中国共产党不忘初心，一心一意为人民服务；共产党员不畏艰辛，鞠躬尽瘁，心无旁骛为中华复兴。

陈独秀先生曾说："我们就要做中国的普罗米修斯。不怕天罚，敢于盗火，为苦难的中国照亮前程。"中国共产党捧着一颗心来，干惊天动地的事。如果不是历史铭记了你们，谁会相信真的有人曾舍生取义，燃烧自己，给社会以光明。条条大路通罗马，可若人人都停滞不前，只能看见罗马路上的六便士；只有你们跃马扬鞭，才有机会看见月亮。

青年人的征程是星辰大海，更是祖国的大好河山。我们青年人就要做中国共产党的接班人，不怕艰苦，敢于奉献，为实现中国梦而不懈奋斗！

毛泽东主席曾说："遍地哀鸿满城血，无非一念救苍生。"此时，遍地繁花似锦，再无大苦大难。感谢中国共产党选择了我们，为我们奋斗和拼搏。我们也会义无反顾地选择中国共产党，这是我们的精神信仰。中国共产党曾经救人民于水深火热，现在也助人们离幸福更进一步。幸福不会从天而降，是撸起袖子加油干出来的。千千万万的共产党员为我们千千万万次把袖子撸了又撸，现在是时候卷起我们的袖腕向他们致以最诚挚的敬意。

让我们用行动告诉党旗，青年人的心永远跟着党走；让党旗告诉国旗，中国共产党初心如一！

5. 我爱你，中国

朱文茜

你是塞外孤城的阵阵鼓声，是悠扬千年的丝路驼铃；你是京剧戏台的水袖婉转，是案头瓷杯的茶香茗茗；你是关山明月的朗朗清风，是水墨烟云的瑰丽山河。你从历史长河而来，走过岁月年华，越发坚毅和挺拔，走到我的面前。

我于世纪之交苏醒，是被寄予厚望的一代。你轻轻地来到我的面前，将七十年的峥嵘岁月一一诉说，将你的刚毅传递给我，让我的脊骨挺起，让我的底气充满，让我拥有一个无比自豪的名字——中华儿女！

我是幸运的一代，不曾经历炮火硝烟，却能从斑驳的古墙中照见历史，从辉煌的现在看见先辈的汗水，跟随你的步伐发现历史。

那时的你虽年轻稚嫩，却四面受敌。那一声庄严宣告划开时代，你带着我们站起来了。从无到有，你逐渐走向繁华，领先于世界。

而你没有停止，不断向前。"站起来、富起来、强起来"，每一个誓言你都没有食言，让世界看见，让世界震动。

你用"一带一路"连接古今，用5G引领时代，用北斗指明方向，用中国智慧巩固时代和平……你是我们不变的信仰，是体内流淌的鲜血，是心头跳动的星火。你是我们永远的骄傲，是我们昂首挺胸的底气，是我们的顶级流量。

我爱你，中国。爱你永不停止的步伐，爱你坚持和平发展的大国风范，爱你儒雅自得的君子气概，爱你与时代同呼吸的使命担当。

因为爱你，有人用生命捍卫你的名字；因为爱你，有人扎根土地，将汗水洒向大地；因为爱你，有人隐姓埋名，十年如一日地将科技的进步带给我们。

我是你的十四亿分之一，是在你庇佑呵护下成长的幸运儿。虽然我无法像科学家那样为你发展科技，无法像运动员那样为你争光加彩，但我和他们一样爱你。我爱你，为中华之崛起而读书是我的誓言，将所学所得献上是我的目标，在每个角落维护你的名字是我的准则……是你给我如今的美好生活，是你给我坚实的底气与自信。未来，请允许我献上自己的力量，成为你前行道路的帮助，一起走向远大前程！

　　生日快乐，中国，我爱你！

6. 离家的鱼

谭 敏

我是一条离家出走的鱼，独自游荡在深深浅浅的水里，寻找回家的方向……我穿过了无数条河，越过了无数个湾，最终停在一个湖里。我开始厌恶居无定所，厌恶漂泊。所以我停在了这个湖里，停在了垂柳斑驳的倒影里。

我好奇地张望着周围的一切，波光粼粼的湖面在夕阳的抚摸下绣出一朵朵金色的小花，我撒开腿去追那一朵朵的美丽。金色是希望的颜色，我一朵一朵地捕捉，那可爱的精灵们却一个个地后退。请别害怕，我并无恶意。远处的独木桥秀然含羞地立在那里，我托起腮用喜爱的目光看着她，美丽的姑娘呀，给行人撑起了希望。湖边黄色的小花点缀了整个世界，这个世界是静谧的，是远离尘嚣的。一位老翁、一根钓竿、一个夕阳，我停在了这里……

我是一只离家的鱼，一不小心流落异乡。如果我认识你，我会从家乡给你带来一枝春的芬芳。我的家乡在遥远的远方，我已不记得自己行了多少的路，但我记得我的家乡在南方以南。那里有个小镇，我就在镇上的河里，在小桥下抱着莲花安睡。妈妈说，我生在八月，是莲花的孩子。我有很多兄弟姐妹，我们常常嬉戏在水里。妈妈教我们念过一首诗："江南可采莲，莲叶何田田。鱼戏莲叶间。鱼戏莲叶东，鱼戏莲叶西，鱼戏莲叶南，鱼戏莲叶北。"我很喜欢这首诗，心想这个诗人肯定是站在岸上的青石板上，打着油纸伞为我们写的诗。

我爱上了青石板上的咕咕声，爱上了一个撑着油纸伞的姑娘。姑娘喜欢坐在河边的圆石上，赤着脚在水里晃悠，或者捡起一颗颗小石子，往河里打水漂。她总是能够一连喝十几杯酒，引得我们一阵阵欢叫。她还喜欢在河里洗衣服，总是在水里放很多泡泡，让我们追逐着那五颜六色跑。我喜欢那个姑娘，她总是给我们带来欢笑。但有一次，姑娘撑着油纸伞，被大花轿抬着出了青石板路，我就再也没有见过她了。妈妈说："姑娘出嫁了，去了好远的远方。"

后来妈妈病了。那年的桃花开得美丽，一朵朵地落在水里，水便带着它们跑。妈妈说："落花有意流水无情。"然后妈妈就随着流水和落花走了，她走的时候穿着爸爸给她做的红嫁衣。她说："孩子们，别哭，我去找爸爸。"我觉得是流水带走了妈妈，所以我跟着流水走啊走，一不小心就迷了路，然后我就找不到家了。

我走过好多好多的地方，但都没有见到妈妈，也没有见到哥哥姐姐。河妈妈留我，湖妈妈也留我，她们说："孩子，你妈妈已不在了，别跑了，在这歇着吧。"我摇摇头："这里没有小桥，没有桃花，没有青石板路，也没有撑着油纸伞的姑娘。"

走了好远，好远，我回不去了。我哭了，眼泪落在水里，谁都不知道那是眼泪。我累了，趴在浅滩睡着了。我听见妈妈在叫我，她说："孩子，好好睡吧，不要想妈妈，找一个你喜欢的地方，好好生活，要积极乐观，要微笑。"然后，她慢慢地消失，消失……我惊醒，泪珠滑过。

我终于找到了一个安身之所，这里草熏风暖、烟桥柳细，我满满地喝一口水，然后闭上眼睛，沐浴阳光。

有一天，我还是要回去，回到那烟柳画桥、细雨丝丝的江南。

7. 往昔·今时·来日

刘春燕

往昔·承载希冀

"开门见山"是对家最好的写照。躺在裸露的荒石黄土里，眯着眼睛透过长叶看着星星点点的阳光和一望无际的蔚蓝，想着是否有一朵白云愿意载着我飘出这片山头。另一个山头也许更加漂亮，或许山的那边是浩瀚的大海伴着汹涌的涛声，而不是姨妈从海南捎回来的海螺里发出的沉闷的海之歌，那时我12岁。父母在县城里打工勉强维持着一家人的生计，我和哥哥跟着乡下的外婆，他们并不常来看我们，见面后也必定是千叮万嘱的"知识改变命运"，于是我和哥哥拼命地念书，考出乡村小学里最优异的成绩，以便我们能走到山的那边。

连续六年的"三好"学生终于在小学毕业后被父母带到了县城上初中。两个孩子高昂的插班费以及必须缴清的小女儿的超生罚款等费用，都成了当时只能靠苦力过日子的父母肩头上放不下的重担。寒窗苦读十二载，在东海之滨的福建师范大学，我终于看到了海，也看到了美丽的台湾岛，更看到了父母的两鬓斑白。我问父亲："你和妈妈一生都在为我们付出，值得吗？"他回答："小时候家里穷，没钱读书，所以我一辈子只能靠一身骨头扛，终究也是扛不动的。但我能让娃儿用脑袋瓜吃饭，嘿嘿……"父亲在提到我和哥哥时总会欣慰地笑，在他的工友面前他永远是骄傲的。

难，是父母对两鬓斑白的漠然，是他们对儿女无私的爱和殷切的期盼。

今时·博学笃行

校门是敞开的,不对任何一个求知探索的人紧闭;校门是紧闭的,不对任何一个无视知识的人敞开。每一座校园都是一座宏伟壮观的知识殿堂,它允诺予你浩瀚的海洋扬帆起航、无际的天空探求真知,努力是唯一条件。在准备研究生考试的一年里,我只有在睡觉前才能和舍友打上照面,早出晚归,不愿花时间做与学习不相干的任何事情,放弃保送研究生的名额,一心要考回家乡最好的大学,不是不爱繁华的东海之滨,只是更爱我美丽的家乡。最终,我如愿以偿。

古老简朴的贵州大学像极了一位朴实无华却通今晓古的老先生,百年老校的薪火传承与继往开来的碰撞在这里绽放得如火如荼。作为云贵高原上熠熠生辉的明珠,也许它的光彩不够夺目,但面对一名崇尚知识的学生,它却是一座知识的宝库,是蕴藏着真知的瑰宝圣地。"非淡泊无以明志,非宁静无以致远",作为研究型人才,我们必须能够沉住气,静下心,搞学问,多钻研。不必以上知天文、下知地理为目标,但必以建设祖国、服务人民为己任。作为怀揣梦想的新生,我们应笃定自己的人生理想,朝着目标认真做好每一件事,走好脚下的每一步。

难,是学者对学海无涯的上下求索,是实现自身价值的不竭追求。

来日·筑中国梦

"实现中华民族的伟大复兴,就是中华民族近代以来最伟大的梦想",习近平总书记在参观《复兴之路》展览时首次阐释了"中国梦"的概念。这不是几个人的梦想,而是全体中华儿女共同的愿望;不是一两天的梦想,而是中国人民共同期盼了一百多年的今天和明天。巍峨中华几千年,造就了世界四大文明古国之一的古中国文明,即便近代以来受到帝国主义的铁蹄践踏,但我们依旧巍然不倒,这不是某一个力量可以完成的,而是成千上万中华儿女共同构筑的。今天,我们共享社会主义现代化发展成果，畅谈我们伟大的中国梦。

作为贵州人，促进贵州梦的实现以符合伟大中国梦的实现是家乡儿女共同的责任，把每一个部分的梦汇聚在一起便是全民族共同的梦想。偏远、贫穷、落后，这些令人沮丧的词，似乎总是与贵州如影随形。但让这块土地富足起来，让这块土地上的人们过上幸福生活，这样的梦想代代相承，这样的努力薪火相传。而现在，富民强省、全面小康的"贵州梦"渐行渐近。如何实现与全国同步小康的"贵州梦"？答案之一是"科教兴黔"。人才问题是制约贵州发展的"瓶颈"和"短板"，要靠教育优先和国民素质的全面提升。作为社会主义的建设者和接班人，我们在中国这一关键转型期更要承担起建设家乡、建设祖国的责任，胸怀祖国、不负使命，万众一心、顽强拼搏，顾全大局、团结协作，精益求精、追求卓越，自信从容、博采众长。

难，是深知撕掉"贫困""落后"标签的不易，是化梦想为现实的勇气、智慧和干劲。

8. 浅夏时光

马亚伟

落花流水春去也。春天留下一抹丽影，绝尘而去。大自然的舞台从来不寂寞，季节的幕布已然拉开，夏天的裙角隐约可见。浅夏是一位施了淡妆的小家碧玉，轻灵美丽，带来一段淡淡的、舒适的时光。浅夏仿佛是荡在开满鲜花的秋千架上，轻盈而梦幻，让人陶醉。

浅夏时光，如初恋般芳醇。如果说春季是一段忧伤隐秘的暗恋，犹抱琵琶半遮面，不肯吐露心声，那么到了夏季，大自然已然揭开了朦胧的面纱，展现出动人的笑靥。这个阶段，不浓不淡，若即若离，暗香浮动。浅夏时节，大自然以绿色为主色调。浅夏之绿，比春天的嫩绿多了几分厚重，但又不至于沧桑。这种绿，不深不浅，最为养眼。到处都是明亮的色彩，一切的欲说还休，都袒露出来，但还不至于太热烈，如同爱情，没有早一步，也没有晚一步，刚刚好。

浅夏时光，一切都在潜滋暗长。柳树的柔枝不再弱不禁风，杨树的绿叶不再探头探脑，树木密叶满枝，宣示着夏天的来临。浅夏比春天更富有声响，风吹树叶，有哗啦啦的响声；雨也已经小有声势，不再润物细无声；草木庄稼长势正盛，能够听到它们拔节的声音。初夏的花，不再羞涩，开得更加明媚，香气馥郁。浅夏时节，有声有色，有香有味。

浅夏时光，在朦胧的花香中入睡，连梦都如同蝴蝶般轻盈。浅夏的气息总是让我想起故乡。初夏，院子里的槐花开了，整个世界弥漫在清甜的槐花香里。我和几个伙伴攀到墙头上摘槐花，或用铁丝弯一个钩子绑在竹竿上，把高处的槐花钩下来。大家兴奋地在树下跳着、叫着。大把大把的槐花到手了，交给母亲，让她给我做槐花饭吃。我的记忆里，有一个不曾淡去的画面：浅夏，阳光煦暖，熏风荡漾，院子里鸡鸭叫着，狗悠闲地卧在门口，母亲在灶台前忙忙碌碌，灶膛里的火烧得噼里啪啦，饭菜的香味钻入鼻孔，我像小尾巴一样跟在母亲身后，无比幸福。

那些时光是一生中最难忘的。如果把人生比作四季，浅夏无疑是最好的年华。岁岁浅夏，留下了太多美好的故事和情感，让我们一生怀念。我愿在浅夏时光里，浅浅地醉一次，浅浅地爱一次。

9. 阳光总在风雨后

龙琴英

牛郎镇是一个贫困镇。出生在深远的大山沟里的龙琴英有一个梦想——通过自己的努力走出大山。孩提时代，她和其他孩子一样，对一切事物充满了好奇，常常指着门前的那座山问大人："山的那边是什么啊？"她幼小的心灵容易因大人们善意的谎言感到满足："山的那边特别美，那里有火车、飞机、高楼大厦，是一个非常好玩的地方。"于是，她便尝试着越过那一座座山。可是山外还是山，大山里的她不知该如何走出大山。

她坚信，知识可以改变命运。2002年9月，她开始踏上改变人生的旅途。虽然每天要走很远的山路，但她和小伙伴们却很开心，因为他们可以学习知识，可以通过自己的努力去改变人生。2014年，她以586分的成绩考入贵州唯一一所"211工程"大学——贵州大学。她坚信，阳光总在风雨后，只有经过雨打风吹，只有通过自己的不断努力，才能见到那一束属于自己的阳光。

对一个农村家庭来说，子女考上大学既令人高兴也令人忧愁，毕竟大学学费是一笔不小的开支。然而，她是一个幸运儿，从高中到大学一直是贫困受助生，在大学期间曾被确定为国酒茅台贫困学子受助者。随着国家扶贫工作的开展，她的家庭成为精准扶贫的对象，被确定为建档立卡贫困户，她在学校也成了精准扶贫受助学生。

在大一学年中，她勤奋学习并取得优异的成绩，在班级排名中位于第二，获得了国家励志奖学金、校二等奖学金，以及校、省三好学生等荣誉称号。

2015年，她遇到了人生中最大的挫折，作为家里经济支柱的父亲去世了。她彻底崩溃了，甚至想随父亲而去。好在她从小坚强，坚强的意志迫使她与挫折斗争。虽然父亲不在了，但母亲、哥哥、弟弟和年迈的爷爷、奶奶还在，此时，她和哥哥便是整个家庭的希望。当看到母亲近乎发疯，爷爷、奶奶哭得死去活来时，她明白死不能解决任何问题，自己要坚强起来，为了亲人继续活下去。

是的，事不避难，勇于担当，她要勇敢面对这一切。家庭变故彻底切断了家中唯一的经济来源，对在校学习的兄妹俩来说，一边是强大的精神压力，另一边是对物质的担忧，顿时感觉到天塌了。他俩就像天空中的风筝，由于那细小的线和弱小的牵引力，线即将断开，风筝即将陨落，幸好国家、社会帮他们将线续好，继续牵引着他们。当地民政局、学校都在帮助他们。她和哥哥、弟弟都是教育精准扶贫资助的受助学生，同时，她的家人也得到精准扶贫的帮助，每月由国家来维持他们的生活。她在校勤奋好学，虽然承受着巨大的压力，但坚信未来永远充满希望。

在学校，她团结同学，尊敬师长，勤学好问，是品学兼优的好学生；在家里，她是母亲的好女儿，帮助母亲共同撑起一个家。这就是她，一个平凡的女孩，却经历不平凡的人生。都说"穷人家的孩子早当家"，这所有的遭遇让她懂得了许多人生的道理，也比寻常人家的孩子要更坚强。

有一首诗最为动听，那就是人生；有一段旅程最美丽，那就是人生；有一道风景最为亮丽，那也是人生。也许你的梦想曾被现实无情地摧毁，也许你的激情曾被风雨所浇灭，也许你曾经的追求毫无结果，也许你被人生种种挫折逼得走投无路，但请你一定要坚强。所有的磨难都是对意志的磨炼，没有风霜的洗礼，哪来万紫千红！没有辛勤的耕耘，哪有累累硕果！

感谢国家、社会、亲人的帮助，感谢自己的坚强，让她在挫折与逆境中勇敢地斗争。挫折有多大，她就有多坚强。阳光总在风雨后，相信不久的将来她会成为自己人生的成功者，拥有不平凡的人生。

10. 童趣拾遗

石东梅

心小的人，容不下一座城，而我就是这样的人。自从来到这座城市读大学，每逢下雨天，我就异常地想念那个小村子。我不习惯这座城一出门就要坐很久的车，不喜欢把时间都花在路上，也不懂得楼与楼之间为什么隔那么远。越是纠结，我就越是想念那个小却充满乐趣的村子。

青石板路

侗寨的人们依山傍水而居。我家就是依山而居，自记事起，我就特别喜欢那条青石板路。不知道是哪辈人所筑，也不知道他们从哪儿弄来了那么多的青石板。我只记得小时候放学回家喜欢跳着一阶一阶地数，却总是数不清到底有多少阶……

侗寨的房子多为木制瓦顶。大人们讨厌下雨天，担心雨水腐蚀木柱，担心家里屋顶漏雨。而我和小伙伴们却打着伞，随雨水拍打伞面的声音歌唱，我们在青石板路上玩水，光着脚丫，双腿并拢，两只脚打开呈"V"字形，站在被人们踏过无数遍的光滑青石板上拦水，那是一座小堤坝，等水满了放开双脚，另一个小伙伴又接着放下来的水。在下雨天，这样的游戏我们总是玩不腻，即使湿了裤子，回家挨了骂，却仍乐此不疲。

野芭蕉林

寨子里的人差不多家家户户都养猪，野芭蕉是喂猪的好食料，便在家的附近种了许多的野芭蕉，而这场地也成了小伙伴们的游乐园。

在芭蕉叶翠绿的季节，叶子下会有一种长得像萤火虫的会叫的小昆虫，我们喜欢把它们捉来，握在手里，靠在耳边，听夏天的协奏曲。它没有蝉叫得那么让人烦躁，大家都爱玩，谁要是不敢捉，还会被嘲笑为胆小鬼。不仅如此，芭蕉树本身就有得玩：芭蕉皮是非常柔韧的，狠狠地扯下几条，缠在两棵离得近的芭蕉树上，人就可以坐上去。可怜的芭蕉树被我们的重量勒出一道道印痕，浸出汁水，这种汁水一旦沾上衣服便无法洗掉，所以在我的记忆里，小时候的衣服好像都有几团黑渍。芭蕉林最诱人的还是芭蕉，芭蕉全身是宝，芭蕉花的透明花蕾中有甜汁，芭蕉还未开时把它摘下剥开，最里面嫩嫩的东西也是"美食"。野芭蕉成熟后可以吃，不过籽太多，果肉少得可怜，但对那时没有零食吃的我们来说，那也是很招人稀罕的东西。

棺 材 林

听"棺材林"这名就觉得阴森恐怖，但这也是我们的游戏基地之一。村里人把待用的棺材都放在这片小树林里，林子里有许多古树，枝繁叶茂，树下便有许多的小茅草屋，茅草屋下放的就是棺材。有的有两口，有的只有一口，有两口木棺的就是爷爷、奶奶都还健在的。

棺材，挺恐怖的词，但那时的我人小胆大，没什么忌讳，经常约上小伙伴到林子里玩躲猫猫。在古树下数数，大家藏起来，有的藏在树上，有的藏在草丛里，有的躲在茅草屋上，更有甚者藏在两口棺材中间，在被找到的那刻我们都放声大笑。偶尔我们也玩"打仗"，持小棍对打，"打杀声"响彻云霄，吓跑了在树上的鸟儿，吓散了乌云，所有的阴森化为乌有。

尾　声

受党和政府的恩惠，加上村民们的勤劳奋斗，村里的日子越过越好，村貌也焕然一新。村子修了大路通了车，青石板被一块块掀开，青石板路不复存在，野芭蕉林里也建起了一幢大木房，只有棺材林还是原来的模样，只是现在的孩子有更好玩的游戏，又或许是胆小，很少到棺材林去玩了，阴森笼罩了整个林子。

突然窗外一道闪电，紧接着雷鸣，我打了个寒战，回到现实，眼前是高耸的建筑，被雨水冲刷着，而我还在这座城回忆逝去的童年，青石板路上的童趣，衣服上洗不掉的痕迹……

11. 初　夏

————————————李学强

　　火热的夏天走进我们的生活，太阳炙烤万物，阳光像千万支利箭抵达人们的肌肤，火辣辣的，给人锥心的痛感。即使这样，乡村的人们也不肯闲下来，他们一般过晌午才出门，到菜地里看看蔬菜的长势，丰收幸福的日子似乎在前面招手，心里有了底气，生活也就有了盼头。农人们心中惬意无比，炎热夏天也就不再难熬。

　　庄稼正在成熟，青色的麦子正在抽穗，新播的玉米正在出苗，清澈的井水汩汩浇灌着麦田。空气中热浪翻滚，麦子的清香在空气中氤氲，这是收获的前奏。农人们头戴草帽，穿一件白棉小褂，在田里忙碌着。粗大的手掌挥动锹把，改畦、挖垄，明亮的阳光下，粼粼的水明镜似的漫游在庄稼里，流进田园深处。农人的汗珠掉在地上，摔成许多瓣，他把一粒麦粒放进嘴里，咂吧咂吧，甘美的滋味在舌尖上流淌。

　　春末栽下的西红柿、黄瓜、豆荚正在一天天长高，藤蔓向四处攀爬，绿叶中冒出明黄色的花。蔬菜吸收着阳光的精华，有的已开始挂果，几天时间便结出小小的瓜……绿色的菜园清新妩媚，生机无限。人们蹲着身子，把菜地里有些板结的土块敲碎、耙平，又忙活着捉虫、除草、施肥，对每一寸菜地进行充分呵护。劳作让人汗流满面，心里却充满了欢乐。大地是一张情笺，蔬果是农人献给大地的诗歌，写满农人致夏天的感谢。

　　小鸟不甘寂寞，从这棵树上飞到那棵树上，飞累了就站在电线杆上，像一粒黑点，须臾又被什么吸引着，扑腾扑腾，一头扎进浓密的绿树叶中去。乡下的树多，柳树、桑树、榆树……把盎然的枝条，齐刷刷伸展出去，它们又默契地连成一片，繁茂的树叶遮天蔽日。嫩绿、深绿、翠绿、青绿，无穷无尽的绿色交织起来，葱葱茏茏，构成了夏日的绿。躲在阴凉的堤岸边，水倒映着两岸的绿树，水也是绿的。

野花肆无忌惮地盛开，用五彩缤纷的颜色，演绎着多姿多彩的夏天，有的完全绽开，有的还半含微露，风吹过，鼻腔吸入沁人的芳香。蝶儿翩然起舞，挥动双翅，留下五彩斑斓的背影。小池塘里，荷花探出脑瓜，碧绿的荷叶浮游在水面，像一把把擎着的碧绿的伞，抵挡着夏天的炎热。蜻蜓自由自在，用尾部在池塘激起涟漪，一圈圈水晕缓缓变大，又扩散开去。河道中，蝉趴在高大的国槐上，吟诵着夏的音符。游泳的少年双手交叠前伸，在水面上激起巨大的浪花，漂亮的姿势，引来一片喝彩。

炊烟笼罩四野，勤快的人们还在田地里做最后的劳作，除草的除草，捉虫的捉虫，施肥的施肥，灌溉的灌溉。吸饱水分的庄稼叶子迎着夏风歌唱，不断拍打着手臂，似乎更精神了。月亮升起，人们才踏着弯弯曲曲的小径归来。虽然身体是劳累的，但心情却是格外轻松的，也是无比舒畅的。庄稼给人以梦想，夏天给大地以丰硕。

徜徉在夏夜的美丽风景中，远处是校园的灯火，晚风传来琅琅的读书声，夏以它独特的味道，给人以浪漫的想象。踩着软绵绵的绿草，我又走在白天走过的田埂上。我愿用稚嫩的笔描绘夏的精彩，在一地的花香里，在喳喳的鸟鸣里，在日臻成熟的麦田里，在汪汪一碧的池塘里。我把文字写在充满激情的生活里，把生活写在充满活力的阳光里。

12. 未选择的路

曹学梅

> 幽深的树林里分出两条路，我不能同时涉足。我在路口久久伫立，极目望向其中一条路，直至它消失在丛林深处，我却选择了另一条路。
>
> ——题记

有人说："要么读书，要么旅行，灵魂和身体，必须有一个在路上。"趁着春意尚浓、繁花还未开至荼蘼，我在细雨纷纷的清明节去到百里杜鹃花歌唱的地方，听听大自然的低吟浅唱是多么动人心弦。

晨雾里，湖水缥缈得正宜，青山朦胧得恰好，吹进车窗的微风将早起的郁闷一扫而光。5小时的车程，一块小小油菜花田，一树孤单白玉兰，都让人心神向往。抵达正是日中，天空早已放晴，拒绝导游拒绝观光车，我和同行的伙伴们选择顶着烈日"拈花惹草"——徒步穿越百里花区。

读万卷书不如行万里路。诚然，越往中央连绵不绝的花海越给人视觉的冲击和心灵的震撼，再美丽的文字也无法细致描述丛林深处落下的一片惊艳。心里漫出来的满足感远远多于流下的汗水，很累却充实。最后一个山头，山腰处分出两条小路，一条蜿蜒而下，幽深神秘，不知所向何处；一条经过山顶，直达下一站。我在路口伫立良久，最终选择上山的路。行至一半，雷声渐作，我们沿着路牌很快到达避雨处，看着冰雹撒着欢四处蹦跶，惋惜"花落知多少"。此时多少有些庆幸在岔路口选择了"寻常路"，虽然遗憾不知那条未选择的路是何种模样，却不会后悔已做的抉择。要庆幸早上5点闹钟响后自己选择忍着困意起床准备行囊，而不是关掉继续睡，取消行程；还要庆幸自己选择更为艰苦的步行，而不是舒适的观光车。

作家毕淑敏在《人生终要有一场触及灵魂的旅行》中说："趁阳光正好，趁微风不燥。"然而，当你真正踏上旅途，即便烈日如火，纵使狂风大作，甚至遭遇雷雨冰雹，心中更多的仍是欢喜。在这场旅行中，我们会经过很多岔路口，只能选择涉足一条路。很多时候我们的抉择并非经过深思熟虑，有可能只是一时兴起，但既然选择远方，便只顾风雨兼程。

一生那么长，我们有很多的路要走，沿着脚下的路走不一定会拥有更美好的人生，到达更幸福的终点站。我们或许会时常回想那些未选择的路，怀着隐秘的希望。当你回首往事时会发现，所有幸福的点滴都发生在这条已选择的路上。不必恋恋不舍不曾得到的，珍惜已然拥有的，向前走下去，最美好的时光在路上。

幸福就在不远处，它就是你脚下的路。

13. 当习惯成为自然

胡湘洲

在无限的宇宙中，在亿万个星球里，我们诞生于同一个星球；在上百个国家与地区中，我们身处同一个国家；在中国如此辽阔的土地上，我们来到了同一个城市；千千万万的人，唯独我们几个相聚于同一间寝室。

作为大学生，我们在大学校园里不仅要学会学习和生活，更要学会做人。宿舍就是一个最真实、直观地反映学生生活面貌的"后花园"。

初入寝室，有点忐忑，也有点期待，忐忑于不知道自己是否能和室友相处融洽，但同时也期待着以后新的寝室生活。自成为 423 宿舍的一员起，已快要过去两年了，在这期间有过摩擦与眼泪，但更多的是开心和欢笑。我们在生活中磨合各自相异的生活习惯，也在遇到困难时守望相助，互相扶持。

都说"远亲不如近邻"，而我们是比"近邻"还近的同居人。有人生病时，大家会关心询问，帮忙送医买药；有人在生活中遇到挫折时，大家会劝解安慰，共渡难关……我们是共少年志的同学，在学习上互通有无；我们是互相理解的朋友，在生活中共享喜乐；我们是关系亲密的姐妹，在寝室夜卧交谈，打趣玩闹。

在这小小的世界里，四个人，四种性格，要在一起住四年。四年是一个什么样的概念呢？四年是 1460 天，是 35040 个小时，是 2102400 分钟。这是多么长的一段时间呀！两年的相处，我们已由当初的陌生人变成了亲人，我相信在未来的许多个两年里，我们都会像现在这般亲密无间……青春无悔，我们共同度过这一段大学时光，会在对方的人生里留下不可磨灭的痕迹和美好的回忆。

如果说大学是一座城堡，那站在窗口美丽的身影便是怀揣着梦想的公主和王子，大学宿舍则是公主、王子们的家。

423 宿舍，便是如此。

14 . 独处的魅力

李可馨

　　贵阳的小阳春，每一个时刻都比得上法国的普罗旺斯。天又高又蓝，阳光恰到好处，我坐在校车最后一排，校车启动，开快了是风吹头发的舒爽，开慢了是思绪在广阔蓝天扩散的悠闲，闭上双眼什么也不想。

　　人在独处的时候更容易自我反省。我反问自己：何必这么急？我到底有多久没有放松下来真正地独处，和自己的灵魂交流一会了？

　　一个人的肉体和灵魂若能契合，心理上想必是一片豁达。贵大的绿草地，坐着三三两两的人，或看书，或闲聊，或静静地看风景……所有人都沉浸在这一份静谧的温暖中。在这柔和明媚的阳光下，你看到的世界是温馨而美好的。不一定只有诗和远方才能追求到灵魂和自由，只要有一颗热爱生活的心，每个阳光明媚的午后都是诗和远方。

　　我不由自主地想要坐在阅湖边的绿草地上，一个人就这么坐着。深秋时天气好，夜晚繁星点点，月亮高挂在天边，整个人的心情都好了起来。想起过去的美好时光，炎炎夏日，我和小镇上的伙伴在溪流里捉螃蟹，躺在草地上看落日，漫无目的。

　　记得高考完的夏天，有着一手好厨艺的奶奶做了绿豆汤和八宝粥。晚饭后，我洗了碗，或独自一人，或和三两挚友，骑自行车20分钟，再走15分钟到小镇最高的山顶。草地蔓延了整个山坡，满天星、薰衣草、迷迭香、鼠尾草……我们静坐在绚丽的草地中，看远方无尽的彩霞，有一句没一句地聊着人生，聊着理想，聊着夏天结束后的生活。

　　蛋黄般诱人的太阳从天边落下，波光粼粼的小溪绕山而行，消失在远方，晕红的太阳在溪流尽头融化，染得一片水波樱红。躺在青绿的杂草上，听蝉鸣水声，直到星空盘旋，每一刻都是永恒。

在阅湖草地上的下午，让我回忆起过去，心灵也在这短短的一个下午得到放松。在忙碌的生活中，人很容易迷失自我，忘了自己为什么忙碌。你走了很远，却忘了自己为什么出发，那样的旅途只能算是流浪。

自然美景给我们心灵带来的震撼是巨大的，让我想起那段为梦想付出的日子。我很久之后才明白，那些日子对我来说到底意味着什么，我也不断将那种日子延续，让自己的大学生活充满意义。

英国作家阿兰·德波顿曾说："真正的旅行必须是哲理和文化层面上旅者的心灵与旅行地之间的共通和默契。"我很享受和珍惜那些独处的时刻，因为在那些时刻，我的精神自由散漫于每一片绿叶、每一缕阳光、每一道水波……经过心灵与自然的契合，我不仅在贵大度过了一个下午，也度过了记忆中最美好的时光。

我坐在被风吹起银杏叶的阅湖边上，仿佛看到了世界上的所有美景。人在独处时，最适合给灵魂来一场漫无目的的旅行。

15. 独处

——一种难得的境地

何 攀

当代作家周国平说："人们往往把交往看作一种能力，却忽略了独处也是一种能力，并且在一定意义上是比交往更重要的能力。反过来说，不善交际固然是一种遗憾，不耐孤独也未尝不是一种很严重的缺陷。"懂得享受独处的人，上帝赋予了他们一种额外的能力。

有时会想，当一个人漫步到水边，体验花香，聆听鸟鸣，抬头仰望天边云卷云舒时；当一个人捧一品香茗，在氤氲的雾气缭绕中慵懒地翻阅一本好书时；当一个人背上简单的行囊，到向往已久的地方去天马行空，如孩童般滚过一片青青的草地时；当一个人静静地躺在床上，让音乐诠释心灵的栖息时，会是怎样的一种心情？也许你的心情是愉悦的，与水流共舞，与飞鸟同鸣；也许你的心情是苦涩的，可以打开心窗，让温暖的阳光进来，透过朦胧薄雾，看到五彩缤纷的远景。

我在很小的时候就被送入寄宿制学校，上大学前三五成群的集体学习生活让我没有时间真正地和自己相处。但进入大学后，我发现找到一个形影不离的朋友很困难。大学就是一个小社会，每个人都有自己的事情，忙着竞选学生干部，进行各种职位的面试，和不同类型的人打交道……我一个人独处的时光逐渐增多，却经常感到寂寞和痛苦。幸运的是，我遇到了一位学姐。我时常把苦恼说给她听，她告诉我："没有人可以一直陪伴在另一个人身边，我们要学会独处。在人的一生中，独处的时间是最多的，尤其是进入社会后，万事还得靠自己。只要调整好心态，你会发现独处也能带来不一样的美好。"

大学毕业后，曾经围绕在周围的三两好友早已各奔前程，偶尔的联系也只是各诉苦水。你说你的孤独与不顺，他有他的不易与波澜，都在不停歇地向彼此诉说着分离后的不幸。我尝试用独处的心态对待一个人的时光，用另外一种眼光看待这种生活。开始的时候是很艰难的，但我一直用心理暗示法使自己努力适应。一段时间后，我发现独处能让我听到很多的声音。这是一种来自内心深处的声音，它让我回想之前发生的事情。在课堂上，为什么不敢表现自己呢？别人有困难时，为什么不伸出援助之手呢？遇到困境时，为什么要半途而废，不去面对呢？所有的事情如潮水般涌现在我眼前，让我面对自己的怯懦和不足。人独处时，往往是脆弱且谦虚的，能更加公正地剖析自我，发现自己的优缺点，提升自己的能力。我为自己定了规划，每天都要看书或看一部电影，然后出去夜跑。我用一个月的时间看完了马尔克斯的《百年孤独》，虽然对它的理解不够透彻，但作者的叙事和驾驭故事人物情节的能力让我受益匪浅。庞大的布恩迪亚家族的兴盛告诉我们：唯有孤独恒常如新。每个人都是一座孤岛，我们要学会在孤岛上面生存与生活，要学会和自己以及寂寞相处。成长大概就是学会独处。

一季花开，一季花落，一季丰盈，一季笑靥如花。意大利电影导演费里尼说："独处是种特别的能力，有这种能力的人并不多见。我向来羡慕那些拥有内在资源、享受独处的人，因为独处能给我们一个独立的空间和一份自由。"世事纷繁，当一切尘埃落定，归于平静，我们才会真正懂得放弃也是一种收获。心灵有家，生命才有路。只有学会独处，心智才会成熟，心胸才会宽广。

16. 成长的滋味

胡 微

清晨，金灿灿的柿子在阳光的直射下格外晶莹剔透，又是一个青涩褪去、瓜果飘香、柿子成熟的季节……你尝过没有完全熟透的柿子吗？苦涩中带着一丝甘甜的那种。如果成长可以用味道形容，我觉得就像这还未成熟的柿子一样，初尝时又涩又苦，但再回味时苦涩的感觉会全然不见，只留下舌尖那一点清甜。

"滴答、滴答、滴答……"墙上的挂钟不知疲倦地一遍又一遍地响着，清晨的阳光惬意又舒适。听着隔壁学校传来的琅琅书声，已经想不起上一次坐在教室里朗读课文是什么时候，思绪随着迎面而来的风吹向了远方……那个高三，那个回不去的高三。

高三的时候，电子设备被阻隔在校园外，青涩的男孩抱着篮球撒腿就跑，翻着课桌上被翻了又翻的杂志，听着深夜的广播，这些似乎成了那段乏味生活里唯一的乐趣。在大多数人的眼里，进了重点班就等于进入了重点大学的门，班上授课的老师是学校教学能力最强的老师，对此深信不疑的我却丧失了学习的动力，甚至对身边埋头认真学习的同学不屑一顾，觉得只要上课认真听讲并按时完成作业即可。然而，这种错误的认知很快给我带来了惨痛的教训。那是刚步入高三时的第一次模拟考试，仅是一次简单的基础测试，我却考出了让人大跌眼镜的成绩。这次的成绩一下将我的自尊心伤得支离破碎，看着之前被自己瞧不起的同学纷纷考出高分，不平衡和嫉妒侵占了我的心，我的内心无法承认自己之前的想法是错的，直到那天……

沉闷的午后，我无所事事，戴上耳机准备趴着睡觉，电台主播甜美的声音在耳边响起。我不知道正在播的是哪篇文章，但好像是一篇关于高考的文章。就在将睡未睡时，我听到了让我醍醐灌顶的一段话："我知道有些人以为很聪明，看不起那些刻苦的同学，总觉得人家是先天不足。可是我想说，你只是懦弱！你不敢尝试！你不敢像他一样地去努力，因为你怕自己努力了也比不上他！你宁可不去尝试，是因为害怕失败的风险。你连这一点风险都承担不起，因为在你心底，你根本就没有把握……"穿堂而过的风带着那个季节特有的清冽，从我身上吹过，我站在走廊里思考了很久。是的，我很懦弱，不敢承认自己没有别人努力，也不敢承认自己努力后还是没有其他同学考得好。如果试试我还有一半成功的可能性，但不尝试的话我连一半的机会都没有。那就试试吧，为什么不呢？别人都可以做到，相信我也可以。

在接下来的时间里，我成了班里最早到却最晚离开教室的那个人，我改变了之前的学习态度，早上的时间大多用来朗读语文和英语，晚上的时间用来刷题。基础知识薄弱，我就抱着教材一遍又一遍地看。专门的错题集我有四五本，为了提醒自己不再犯类似的错误，每个题的后面我都会认真地写下反思，闲暇的时间翻看错题集也是我常做的事。当历史老师在课堂上表扬我历史基础题错误率降低，答题有思路时，我知道这条路我选对了，我会一直走下去。后来，我找到了这篇文章——《你凭什么上北大》。每个挑灯夜战的夜晚，我会一遍又一遍地循环着去听。这篇文章支撑着我走完了高三的岁月。

虽然此时的我没有像作者一样考上北大，但我考上了自己心里的"北大"。我和作者一样怀念那段时光，正如文章里说到的那样："事实上我怀念那段日子，并且永远感激它。不只是因为在那段时间里我完成了自己的过渡与蜕变，更是因为那时的一切深深烙在了我正处于可塑期的性格中，成为这一生永远的财富。"人生只有一个高三，但能在那段时光里成长的每一个人，应该都能轻松度过每个类似高三的日子吧。

入冬了，金灿灿的柿子高高挂着，苦涩褪去，留下的是满口的清甜。你尝过入冬后的柿子吗？那是成长特有的滋味。

17. 仰望星空　脚踏实地

徐昕然

我和"水胶鞋"阿姨相识在 2020 年 1 月。那时，我随贵州大学"博士村长"食用菌团队来到了毕节市七星关区魏家屯社区进行"三下乡"社会实践活动。贵州省人大代表、毕节市七星关区省级科技特派员、毕节市七星关区农业农村局蔬菜站站长丁洁热情地招待了我们。了解到我想去田野实地调研的想法后，丁洁阿姨二话不说便拿起办公室的水胶鞋，朝我说道："走吧，年轻人，田野地头学问可多着呢！"我就这样随着"水胶鞋"阿姨走进了田间地头，越走越深，泥土逐渐沾满了我的鞋底。2015 年以来，"水胶鞋"阿姨就这样穿着一双水胶鞋，一步一个脚印地走完了全区 300 多个村子。在对白萝卜示范点面积进行核实时往往是寒冬时节，"水胶鞋"阿姨穿着一双水胶鞋，拿着一个 GPS，对涉及的 8 个乡镇 11 个村 3900 亩样板点进行实地核查，经常是一身水、一身泥。

"我们现在看到的这片土地肥沃，蔬菜绿油油的长得多好。白菜、萝卜产量高，销量也不错。你现在看着还在采摘的农户就是在为明天清晨去农贸市场销售做准备。农户自产自销，心里踏实，效益也好。""你看，这片土地种植的是小葱，给小葱盖上的是黑色地膜，这个也是我们后面新尝试的，与白色地膜相比，黑色地膜更吸光，在冬天不容易散热，不容易让冷空气冻伤作物。""我们做一线扶贫工作的就是这样，无论是辣椒、茶叶还是食用菌、家蚕，什么知识都要了解。作为省级科技特派员，我们是扶贫办与贫困农户的桥梁，农户找到我们，我们必须要能解决问题呀！遇到不会的就现学，咨询各个产业的专家，多去尝试和实践，实践是检验真理的第一标准嘛。"在"水胶鞋"阿姨的娓娓道来中，我们不知不觉地踏遍了试验田的每一寸土地。一路上，除向我做介绍外，"水胶鞋"阿姨遇见农户还切换毕节方言亲切地询问最近的销量如何，并细心盖好小葱地里黑色地膜没有盖到的角。

在接到"精准扶贫，一对二对口帮扶"的工作任务后，"水胶鞋"阿姨常常跨越几个村子实地到对口的两户贫困家里进行扶贫指导。当我问到一年内探访时间间隔几次这个问题时，"水胶鞋"阿姨停下脚步，回过头朝我笑了笑："往返的次数，我早已数不清了。"是呀，怎么会数得过来呢？几年来，田间的每一寸土地记得她，丰收的每一户农户认识她。她用脚步丈量着土地，用热情温暖着人心。

2020 年，面对突如其来的疫情，中共贵州省委提出："在做好常态化疫情防控前提下，发起脱贫攻坚的最后总攻。冲刺 90 天，打赢歼灭战，用好 4、5、6 月中的每一天，同时间赛跑、与贫困较量，确保所有剩余贫困县按时达到摘帽标准、所有剩余农村贫困人口按时达到脱贫条件。"春节假期一结束，在我们还在琢磨怎么蹉跎让人感到度日如年的"居家时光"时，"水胶鞋"阿姨早已回到了工作岗位，再次踏进了这片熟悉的土地。"说来也巧，你和我儿子年龄相仿。在他小的时候，经常不理解我的工作。动不动就朝他爸爸抱怨，妈妈怎么长期不着家呢？后来还和我赌气，我打电话也不接，那时候就希望时间过得快些吧，儿子长大些就懂事了。结果时间还真是一眨眼就过去了，你们是一夜之间长大了，我们也就一夜之间变老啦！"再次见面时，"水胶鞋"阿姨仍朝我爽朗地笑着，我却只能在一旁望着"水胶鞋"阿姨脸上的褶子，望着她那双粗糙干裂的手和布满泥土尘屑的水胶鞋。

> 长路奉献给远方，时光奉献给土地。
>
> 白云奉献给草场，江河奉献给海洋。
>
> 白鸽奉献给蓝天，星光奉献给星夜。
>
> 雨季奉献给大地，岁月奉献给四季。
>
> 我拿什么奉献给你，我的"水胶鞋"党员们？

2020 年是脱贫攻坚全面收官之年，贵州省 66 个贫困县全部实现脱贫，迎来了贵州脱贫攻坚的历史性时刻。"水胶鞋"阿姨的脱贫工作也告一段落。"年轻人在求学期间，一定要练就过硬的专业知识，要有真本领和真实干，同时也要展望未来，实现自己的梦想。年轻人既要脚踏实地，也要仰望星空。"这是离别时"水胶鞋"阿姨对我们的寄语。

脚踏实地，仰望星空。谨以此言，与诸君共勉。

18. 茶　　思

吴培云

南方有嘉木，北方有相思。嘉木风可摧，相思不可断。

——题记

不知不觉，仿佛一瞬。昨日还与你散步闲庭，今日却已孤寂落影。寄吾相思，就如品茶一般，茶是要淡的，也是要凉的，但那份品茶时真切的思念与温暖则成了永远。

那时，你我之间有一种感情牵引着，忽隐忽现；那时，你我之间有一种温暖牵引着，忽冷忽热。如今，我浅鸣一曲思念的韵律，凝眸中是淡淡的月之铅华，在子夜的寂静里，念来牵挂，思绪临空。饮一杯清茶幽幽，伴银月白发，品尝着对你的思念之韵。

日子悠悠，月光散散。思念在夜间，像是奔跑的梦，又宛如追月的嫦娥，流连着那绵绵不绝的感伤。一口茶，一段事，思念便若月下之花，绽放期待的眼光，却又流落斯年。佛说："人有七苦，世人流落人间，就是要将诸苦尝尽，换来一味甘甜。"我如今伴月而饮，却不知远方的你又是何种情绪，是否也如我一般，寄茶以断肠。

月柔和，茶微苦，像极了此时的心境。夜色的光芒是柔和的，思念的情愫是沉重的。静静地倾听月光洒在茶具的身上，那婉转美妙的旋律泛着银色的光，洋溢着你在远方那温婉的笑脸。一如以往，茶的凉暖已分辨不出，失去礼节的饮茶，只因无法放弃对你的思念。随性而饮，我却做不到了。心酸涩，眸含泪，任茶意透过心底最柔软的角落。

思由情生，念由情起，思念终究还是逃不出一个情字。时间会冲淡思念，会抚平思念中的每一份记忆，但饮茶会加重思念，会在思念中平复浮躁的心。思念伴我，思念催我。岁月如落叶般飘逝，思念如日月般长久。也许有一天，我会饮尽红尘中的最后一杯茶。但无论晴雨，不管春秋，思念都会在你想念我时来到我的心房，也会在我思念你时轻轻地敲打你的小窗。我用茶回归本真，找到最初的依偎，来渲染凄凉的孤独与寂寞。

只愿茶能寄托近日的牵挂与思念，以及终生的守望。醉过方知酒浓，爱过才知情重。用文字撰写情思，笺字绵长，长至千里之外。月下伤悲痛断肠，梦里孤魂落心殇，问茶何物耶？却道是思念天长。天涯难相聚，咫尺难相随，地老天荒谁曾许，人间惆怅诉离殇。

19. 爱迟暮　今回首

李长间

　　时光洗尽了铅华，岁月望穿了往事。时光似水，红了樱桃，绿了芭蕉，却也白了发梢。我匆匆回首，你的满头青丝早已变成白发。

　　你说寒酸与富有相伴，才是简朴；无知与成功相随，才是专注。我说一切浮华皆眼过，唯伴两袖清风，才是自由。当我蹒跚学步之时，你婷婷风骨；当我亭亭玉立之时，你却已容颜迟暮。不怪时光走得太快，只怪我无知庸俗。时间的无情削平了你的风骨，岁月残忍地压弯你的腰脊。我却在外纵横四海，放浪形骸。从未在意过你满面沧桑的面容，从未关注过你日益消瘦的身体，从未注意到你糙如枯木的双手。不过还好我回头尚早，还好你的爱还未迟暮。

　　人们常说："父爱如山，母爱如水。"可大多数人只感受到山的沉重，忽视了水的纤细和温柔。孟母三迁，只为让孩子拥有良好的学习环境。一首《游子吟》，说尽了母亲对即将远行孩子的担忧。怕寒来衣不暖，怕远去难相见，怕思念无处诉，只能连夜把这份爱意用一针一线镶嵌在这寒衣之上。在汶川大地震中，一位母亲以身为盾，护住了自己的孩子。她在生命的末尾给孩子留下了爱的遗言："孩子，如果你有幸活下来，千万记住，妈妈爱你……"

　　我的母亲半百出头，银丝半掩，细纹扑面，却挡不住眼中的爱意。每次打电话，她总是小心翼翼地询问我何时才能归家，钱是否够用，学业是否进步。可我总是假装淡定，笑颜以对，沉思半刻，而后又虚度时光。如此想来，真是对不起母亲的付出与教诲。

　　只有将寂寞斩断，才可以重拾喧闹；把悲伤过尽，才可以重见欢颜。苦海无涯，还好我回头尚早；时光荏苒，还好你的爱还未迟暮。但见那满树繁花，满街灯火，四海长风，岁月依旧，时光往返，你在我心中仍是旧时模样。有人说，女子在诗人的诗中永远不会老去，母亲啊，你就是我诗中的女子。

山已经很近，海却依然遥远。好在我还年轻，你也还未老去，在时间无涯的荒野里，希望我能陪你到垂暮。

20. 经典永流传

朱本松禅

　　文艺是时代进步的号角，是精神信仰的风标，于时代进步有着举足轻重的地位。作为文艺的现实载体，《故事里的中国》承载时代重托，以创新的时代理念，通过影视、戏剧、综艺三重艺术形式，将历史故事与经典结合，为大众带来一场视觉与听觉盛宴。"红色初心不改，经典永不落幕"，让我们在作家的手稿和倾情的诵读中，再次重温那感人至深的英雄故事。

青山有幸埋忠骨

　　"大快要亮了"，革命烈士理想信念之花，必将在烈火中永生，为后人照亮前行路。我们偏爱经典著作，更偏爱著作背后的真实人物。挖掘经典，便是要挖掘经典背后的真相。正如主持人董卿在节目中所说："最好的缅怀就是继承，用理想之光，照亮奋斗之路。让烈火中不灭的信仰，去点燃新时代的新的荣光。"当我们回看《永不消逝的电波》，定会为无数个时代建设中献身的忠魂流泪；当我们再读《平凡的世界》，定会努力践行作者路遥奋斗不屈的平凡精神；当我们再见《智取威虎山》中的万里雪山，定会在脑中闪过杨子荣智斗土匪的英雄桥段……正所谓"西风夜渡寒山雨，家国依旧残梦里"，《故事里的中国》正在架起古今桥梁，一个个有血有肉的角色，正引领着我们这个民族不断向善。

影像艺术博物馆

科技是意志的支撑，亦是意志的呈现。《故事里的中国》将"蒙太奇"手法运用到戏剧舞台，全方位展现故事的桥段背景与情节。同时，节目重点强化了叙事的节奏感，将人物所处环境的紧迫感延续至荧幕前，带给观众强烈的沉浸式体验。此外，央视近来引进的旋转式舞台使场景切换更加顺畅，为人物带来可移动式访谈区域与表演空间，让主持人与嘉宾能与观众共同观赏舞台表演。场景的创新设计与节目叙事相辅相成，更好地完善了节目内容。《故事里的中国》好比一个大型影像艺术博物馆，正如《平凡的世界》主人公孙少平所说："每天都在重复着，但每天都是悬念。"

东方文艺新美学

将美学通过各渠道呈现于大众，是文艺工作者的第一要义。而作为中国文艺史的一个个缩影，《永不消逝的电波》《平凡的世界》等作品的再现，不仅是对经典的尊敬与再现，更是对经典背后美学价值的升华。《故事里的中国》自开播以来，虽未经大力宣传，却随着节目的热播在大众面前掀起波澜。我们不禁思索：这些经典著作为何能再次打动人？答案只有一个：经典背后的美，在任何时代都是永恒的主题，更是大众内心追求的直接体现。《故事里的中国》所展现的中国故事、中国精神、中国智慧，追根到底都是"美"的客观再现。"美学"早已不是曲高和寡、阳春白雪的小众品味，更是民族精神与个人意志的直接展现。

"红色初心不改，经典永不落幕。"从故事中来，到故事中去。品味历史，展望未来，愿你我都能在故事中，品味故事里的中国精神。

21. 军旅生活感悟

周礼哲

　　或许每个男生心中都会有一份军旅情怀，我也不例外。从报名、体检到出发，我只是轻描淡写地向家人提了一下自己会去部队。2016 年 9 月 16 日，我便从花溪武装部出发了。如果问我去部队的初衷是什么，很简单，先辈们抛头颅洒热血，为共产主义事业奋斗终生才换来我们今天的生活，一生几十载岁月用两年的时间去报效祖国也实属应当。

　　我服役的部队是中国人民解放军驻香港部队。刚到新兵营时，我很不适应，真正的军营生活没有影片中那样热血沸腾，更多的是枯燥苦累、平淡反复。当然，正是这些平凡朴素的生活才编织出这两年难忘的回忆。那是我二十年来最踏实的时候，没有外界的干扰，有的只是日复一日的训练，一次又一次突破身心的极限，以及心中越来越重的家国情怀。每位战友都很单纯，开心大家一起笑，苦累大家一起扛。为什么说战友情坚不可摧，因为我们见证了彼此从稚气少年到热血军人的蜕变，也见过彼此最狼狈的样子。

　　深夜里望着万家灯光逐渐熄灭，守护人们在忙碌一天后安稳睡去，可能才是军人神圣的天职——站岗。作为驻港海军，我与维多利亚港的朝朝暮暮相伴了一年多，从深夜到凌晨，从静谧到喧嚣，从暮霭沉沉到风起云涌。仍记得，那里的烟花很美，那里的黄昏也很美，那里的夏季气候酷热，那里的冬季寒冷刺骨，那里的星光点点成就了很多梦想，那里的湛蓝海水浮动着许多故事。严歌苓笔下的陆焉识从大戈壁回到故里，愿意记住的是那里不多的美好和趣事。如今的我忘记了夏日炎炎和寒风凛冽，却无法忘记港湾的美丽与我日夜的磨砺。

　　在两年的军旅生涯里，有两件事让我印象深刻。第一件是在香港回归二十周年纪念日前的一天，来自全国各地幼儿园的小朋友在营区表演节目庆祝香港回归，正好我在站岗没有去看节目。小朋友们表演结束乘坐大巴车离开营区经过大门的时候，笑着给我敬礼，向我挥手。当时我心中涌起一阵暖意，觉得一切都是值得的。

第二件是我参加了香港回归二十周年庆祝活动，接受检阅，分享一下当时写的心情：没有查过香港的纬度是多少，八十多天的烈日让我知道了什么叫炙烤。最开始一周休息两天，接着每周休息两晚，再后来就没有休息了。每天就从上午 8 点站到 12 点，下午 3 点站到 6 点，晚上走 2 小时齐步。在昂船洲还有点海风，石岗一点风都没有。早上 10 点地表温度就已经是 50℃了，下午更是达到 60℃。偶尔天上飘过一朵云，感激涕零。我们被晒得黝黑，皮肤上残留的刺痛感让人彻夜难眠。每天午休醒来看见外面明晃晃的，像是到了地狱。总以为这样的日子没有尽头，像一个冗长的梦。

几天训练下来，我患上了结膜炎、肩周炎、腰肌劳损、右膝半月板损伤，更别说左脚踝的旧伤了。我所在的阅兵方队队列共有 5 列，每列 40 人。第一列评选要求严格，都是干部和老士官，只有 3 个列兵，我是其一。第一列站立的标准比别人高，拍枪比别人齐，前倾比别人大，表情比别人坚毅……怎么练出来的，只有练过的人最清楚。每天都有人倒下，到后期倒下基本宣告结束了。为了能留在第一排，我几乎是跪着走完全程的，有中暑征兆就咬舌头，甚至咬出血，好在我坚持了下来。八十多天的挥汗如雨，让我记住了太阳，也在香港的历史中留下了浅浅的一笔。

越回味，越珍贵。当听到发出开始指令时，我全身一震，挂枪的肩也不疼了。听到"海军方队，敬礼！"五米的距离，我仿佛在用生命呐喊："主席好！为人民服务！"这简直就像一场梦。

梦醒了，我才兴奋起来。后来返场拍照，我坐在主席台最中间的位置。这么多人见证了我们 202 个人在这一天的表现，而我代表中国人民解放军海军接受党和国家领导人的检阅，且站在第一列中间位置，感到无比光荣。

对我而言，那些穿着军装的日子，是生命长河上泛起的美丽霞光，使我更加热爱生活。我一直在思索，有的人凌晨起床开始一天的奔波忙碌却只能勉强维持生活；有的人光鲜亮丽、尽情享受；有的人默默坚守在基层一线不问风雨；有的人灯红酒绿、声色犬马……生活百态，若只追求功名利禄，那必将是一片混乱。

无论处于人生轨迹的哪一个弯道，处于苍茫大地的哪一个角落，我们都要积极向上，热爱生活，要对国家忠诚，对社会有担当。

22．静静的瓦尔登湖

乔兆军

夜深人静时，阅读便成了一种享受。我捧着梭罗的《瓦尔登湖》，在舒缓纯净的文字中行走，心也变得安静恬淡了，感到一种来自遥远时空的愉悦。

1845 年 3 月底，一个叫梭罗的年轻人独自来到瓦尔登湖边的森林，并亲手在湖边建造了一所小木屋。在那里，他一边辛勤耕田，自食其力，一边又沉思冥想，进行创作，开始了一段原始简朴的隐居生活。

在梭罗的笔下，瓦尔登湖风光旖旎，景色迷人，给人一种宁静与永恒的美。"湖水纯洁透明，是大地的眼睛，湖边的河生树是这眼睛边上的睫毛，而四周树木郁郁葱葱的群山和悬崖，则是悬在眼睛上的眉毛。"书中还有许多章节描绘精彩，优美细致，如月光的皎洁、丛生栎的茂盛翠绿等。

书中的内容让人真实地体会到恬静与和谐。例如在《禽兽为邻》一节里，老鼠在他的屋里安家，清晨在知更鸟的鸣叫中醒来，鹧鸪拖家带口地从林中飞到窗前……这些自然界的生灵充满了情趣，像一颗颗星星点亮了作者的心境。

梭罗崇尚自然，向往自由的生活。他在瓦尔登湖边，寻求的是一种简单、自在的生活。在书中，他这样说明自己来到瓦尔登湖的意图："我隐居在林中，因为我希望活得从容，只和生命中最本质的东西周旋。"他试图鼓励人们过简化生活，将更多的时间腾出来享受生命，品味人生。

我曾去过一个边远山村，那里都是石头垒就的房子。正是采摘的季节，在一个院子的角落有石头围成的菜地，蔬菜郁郁葱葱。几位年逾古稀的老人在院子里晒太阳，他们互聊着家常，或什么都不说，像农作物一样，按照自然的规律生长与呼吸，静默笃定而又安详。原来生命真的可以这样简单：只要有一片绿，有一片暖阳，有一片湛蓝的天空，足矣。

在书中，梭罗还这样表述："不必给我钱，不必给我名誉，给我真理吧。"我想，这真理是热爱自然，回归自然的真善美。

然而，在这个物质飞扬的年代，瓦尔登湖终究是人们心中的世外桃源。很多时候，我们没有勇气抛弃红尘繁华，去过这种纯粹的生活。但我们可以在心里开辟一个场所，让瓦尔登湖湖面吹来温润的风，时时润泽我们寂寞的灵魂。

23. 春分，听一场杏花雨

郭玉琴

春天到了，你猜猜谁跑得最欢？当然是雨水这家伙最欢了。春雨是少年郎的心，潇洒轻扬在柳枝、杏花、深巷的石子路上，淅淅沥沥地下，拖泥带水地磨蹭。它不像冬雨一般沉稳，而是夹着老气横秋的架子下着，给人带来难以排遣的沧桑。春雨还是"小小少年"，它只会耍耍蜻蜓点水的顽皮招数，一滴滴的雨水从空中东一片西一片地零星落下，但那种悠闲和玩世不恭真叫盼春的人急，不等它春恩浩荡下来，就冲出路口，去看一看这已经到了春分时节，春天到底宠幸了哪家的花？

春分是个好时节，春分时节在雨水滋润万物时最受宠的理应是杏花。迎春花开在杏花的前头，桃花踩在杏花的脚后，没有早一步也没有晚一步，春分时节，春雨遇到的刚好是杏花。万物都是有缘分的，杏花与春分里的春雨最有缘。这个时节不用下楼，你就站在阁楼上的窗口，泡一壶泛着泡沫的清茶，闲来信笔涂鸦几句诗词，耐着性子听这春雨一夜玩个够吧。就算王师北定中原日，国计民生三千烦恼丝都堆积在案头，此时此刻遇上杏花雨，放松一下又何妨？等到春雨疲倦，过了黎明时分，你就能听到深巷里有杏花来凑热闹了。

清脆的喉咙传出带有青春气息的悦耳声，远远的隔着巷子里的红墙绿瓦就听出了是个卖花的姑娘。未见其人，先闻其声，但听这春天的女子婉转如歌的声音，也不忍辜负她吆喝叫卖的杏花。何况你是一个懂得赏花惜春的诗人。瞧，那浅粉色的杏花蕊上还沾着昨夜雨水中的雨滴。春恩浩荡，杏花开得风情多姿，向你款款而来。卖花的姑娘也许比花还美，我猜想那个被诗人在千年古典时光中看到的卖花姑娘，她的鬓角一定也曾插着一朵杏花。以花装饰人，给花做模特，图的是人和花心共争发。

在春分时节，听一场杏花雨真好。雨水中散发出杏花味的清香，杏花承受着雨水的恩情，没有人能说得清是杏花该感谢春雨滋养了她的娇艳，还是雨水该感谢杏花芳香了他的梦。也许杏花和春雨早已经在二十四节气的安排下做了最贴心的知己，犹如一个正当好年华的英俊少年和一个聪慧的妙龄女子，从过客修成了彼此的归人。最好的相遇，莫过于像杏花和春雨这样的彼此成全。正是杏花成就了春雨，春雨也成就了杏花，我们才得以感受一场跨越时光的古典美，听见那由高山流水合奏而成的旷世绝响。

或许，听一场杏花雨声胜过《广陵散》。

24 . 云中谁寄锦书来

刘　妮

我对书信这种物件的特殊感情，从小就萌发了。

小时候，我总喜欢垫着凳子偷拿母亲放在衣柜上的木盒子，里面有很多东西：父亲年轻时画的水彩画、打毛衣的插图书、积攒的全家福的照片，还有父亲曾写给母亲的信……印象最深刻的就是那些已经泛黄卷边的信纸，父亲隽秀挺拔的钢笔字，每个字句都像一首诗歌，一行一行整齐地排列。当时的我还不是很明白这一串串字符的含义，但莫名其妙地期待自己也能收到这样的一封信。

再大些的时候，古装剧开始在校园中风靡，我总是幻想着能和一个温润的男子倚剑走天涯。所有的一切都是从书信开始的，与一个人互相通信，然后让情愫永远定格在信纸上。我曾与一位闺中好友有过长久的书信往来，信中满是长长短短的话语。等到拾掇旧物时再看那些信件，其实更多的是描绘自己年少的时光。久远的往事已经了无痕迹，唯有纸上的痕迹不会随着时间的流逝消失。而总有一天，我们会循着这些蛛丝马迹，重新回忆和拼凑出曾经的岁月。那是毫无保留的青春，那是写给时间的书信。信是淳朴感情的一次伤感流亡。我如同一个理想主义者，为满足自己最初的幻想，去怀念那些曾经放慢脚步的日子。那时，大家还会把沉甸甸的感情化作纸张上的符号，月儿冰澈或阳光明媚之时，笔尖飞舞；那时，大家还常常问候容易掉漆的邮筒，轻轻一声响，是一个念想的发出，是一种期盼的发芽；那时，大家住得很近，每天出门与回家时，迎面而来的是熟悉而亲切的面容。

总有一些人不能适应这个日新月异的世界，依然固执地不肯与时俱进。保持了很多年的写信习惯，便是他们向这混乱的生活抗争的方式之一。他们喜欢写很长很长的信件，没有逻辑，仿佛只是一种随性的呓语。可这并不孤独，书写的人知道，在某个阳光特别和煦的日子，会有一个人拿着带有他体温的纸张，阅读他的灵魂，与其同醉。我想念着这样淳朴的浪漫。

一身稚气的我们阅读着父母写给我们的信件，这可能是我们第一次这样坦诚地面对父母的苦心，那些叛逆与冷漠终于在这一刻融化。家书里，一笔一画都是来自父母的关心与祝福，写不尽的是他们无尽的爱与深情。

我还在想念那些永不遗忘的笑脸和那些用力用心写下的长长的字句，那些一往情深与冷暖自知都被彼此珍藏在心里。我还在想念那个明媚的春天，他和她一起走在那条长长的巷子里，布谷鸟轻快的歌声回荡在耳边。他递给她一封带着芬芳的书信，浅浅地低着头，而她站在春天的空气里轻轻地笑着，这个早晨就这样明亮起来。

怎么舍得"云中谁寄锦书来"在未来成为记忆博物馆中美丽却单薄的标本？我是如此迷恋执笔而书时心底的宁静，想象自己正一点点沉落到深海，在那阳光照不到的地方，渐渐可以听见灵魂之火跳动的微小声音。我们不是随时都能在生活里让自己沉淀下来，钢筋森林里的群居动物需要一种检阅情感的方式，让灵魂不至于在不知不觉中被纸醉金迷蛀空。何不选择写下一封沉甸甸的信件，让人性中自然而然的诗意静静栖息于一页信笺。写给一个好久不见的人，以古老朴素的方式传递最洁净温暖的关系。

世界在改变，人也不能一成不变。但请不要被荒谬蒙蔽双眼，不要被时间剥夺爱的能力。愿你能在一个干净的清晨，铺开纸张，写下几行温润的字。

25．在红尘深处与你相遇

杨 怡

　　作家白落梅在《在最深的红尘里重逢——仓央嘉措诗传》一书中写道："红尘如泥，而我在最深的红尘里，与你相遇。"白落梅以温柔细腻的笔触述说仓央嘉措离经叛道的一生，书写了他对爱情奋不顾身的执着。这是一个灵魂对另一个灵魂的深刻解读，是一场跨越时空界限的对话。而如今我正以一个探索者的姿态，在她的引导下解读这位才华横溢的多情才子。

　　伫立在红尘的渡口，我仿佛看见仓央嘉措闲庭信步于金碧辉煌的布达拉宫，轻声地吟唱着绝美的诗句。他绛红色的僧袍任由来自四面的风撕扯着，他用迷离的眼神看向烟气弥漫的神圣殿宇，又不舍地留恋通往红尘的寺宇门槛。只是这样艰苦卓绝的抉择他难以决断，只能发出一声绵长无奈的叹息："世间安得双全法，不负如来不负卿。"他的才情被万千民众所敬仰，这些妙不可言的诗歌逐渐流传开来，他的追随者们，一如朝圣者般那样的虔诚热烈。

　　于仓央嘉措而言，昼夜更替就是塑造灵魂深处的另一个自我。脱去僧袍，借着点点星光，他化身为翩翩少年郎，游离在灯火迷离的小酒馆，心里郁积的情感自然地流露。情之所至时他和歌而舞，在远离束缚的璀璨烟火中，他完全沉浸在世俗红尘中。他辗转之间挥笔写道："住进布达拉宫，我是雪域最大的王；流浪在拉萨街头，我是世间最美的情郎。"辗转流连间，他邂逅了迷人的女子，若非坐上高高在上的活佛之位，他就可以与相爱之人执手偕老。来自各地的朝圣者虔诚的膜拜将他推到人生的巅峰，也悄无声息地决定了他长伴青衣古佛旁的命运。神圣的光环和权杖的重量将他的自由和爱情禁锢，只有将内心微妙的情愫化为动人的诗歌，借用"但曾相见便相知，相见何如不见时。安得与君相决绝，免教生死作相思"的诗句来排解内心的苦闷忧愁。

在茫茫宇宙中，我们每个人都是一粒微小的尘埃。仓央嘉措即便被供奉成活佛，也和芸芸众生一样，皆为万物中的一粒微尘，不得不历经洗礼磨难。正如书中所说："人生如戏，他无心做戏里的青衣，但却必须戴着面具，时而是活佛，时而是浪子，在无情的时光里，做着悲哀的轮回。"只是他的磨砺比一般人要残酷且难以逾越。于是他自诩为浪子，将森严的戒律、祥云缭绕的寺庙殿宇短暂忘记，变得放浪形骸、游戏红尘。不过若是不切身体验世俗红尘，又怎么能堪称活佛，又怎么能普度众生呢？

仓央嘉措在《那一世》中写道："那一月，我摇动所有的经筒，不为超度，只为触摸你的指尖；那一年，磕长头匍匐在山路，不为觐见，只为贴着你的温暖；那一世，转山转水转佛塔，不为修来生，只为途中与你相见；那一瞬，我飞升成仙，不为长生，只为佑你平安喜乐。"读到这里，我不禁为他的处境所伤感，亦为他的才情所动容。拨开层层迷雾，我看见这位至情至性、放浪形骸的活佛夹杂在情感和职责间来回翻腾的徘徊和哀伤，一如他的情诗般撩人心弦，引人深思。这种超脱生死、跃然于世俗和信仰的纠缠和痛苦，刻画了西藏不老的风流情郎和最为虔诚的活佛至尊，描绘了巍峨的布达拉宫和喧闹的拉萨市井街头。历经沧桑的悠悠岁月，他的故事依旧沦为一段美传。

倘若有机会，一定要去西藏看看，去看这片广袤深厚的土地如何孕育出这样一位多情的诗人，去看攒动的拉萨街头成片的鹅黄色屋顶。我想在夜色无边的小酒馆里等待一场美丽的邂逅，去圣洁的布达拉宫做一次虔诚的朝圣者。我幻想着在世俗红尘的深处与他相遇，去探讨认知作为世间尘沫的宿命和因果的轮回，去感受领悟仓央嘉措留给我们的风花雪月和佛法箴言。

怀着无限跳动的炙热，我期待着这一场红尘深处的相遇，无关他人，只在你我之间。

26．想见你，总有些等待很值得

　　这是离开你的第 103 天，我坐在桌旁，拿起笔轻轻写着悠长的文章，那些都是对你的思念。

　　窗外是夜，窗内是我。夜色挡不住醉人的温柔，淡淡的月光洒下宁静的细碎，辉映在我的面前。

　　怀想从这一刻开始泛滥，一点一滴，直至淹没我的思念，伴着不变的心绪，牵挂着，惦念着，期盼着，渴望着，纠缠着……

　　满天星辰，璀璨夺目，耀眼明亮，不知道哪一颗星星属于你？哪一颗属于我？我们是否有着同样的轨迹和同样的行程？

　　遥远的繁星点缀了夜的黑暗，霓虹的色彩闪烁着一个个瑰丽的思念。风轻云淡的夜晚，你是否能感知我的想念？

　　在想念你的时候，我会把目光投到很远的地方，却不知道自己在想些什么。这时我会深吸一口气，把弥漫着思念的空气吐在离心脏最近的地方。

　　如果思念难以自控，干脆就顺着这份思念去回忆曾经的时光，幻想一起的未来。我摊开掌心对着天空，掌心里有阳光，那是我想你时莞尔的笑容；掌心里有雨滴，那是我思念你时偶尔滴落的泪水……

　　我对你的思念那么执着。思念于我，已经成了丢弃不掉的习惯，就连过马路时也会回头张望，或许不经意间，你就会出现在我眼前。

　　我想念学校的早餐，食堂有小肉包、五毛钱的白煮蛋，还有香浓的豆浆。好像大家都很喜欢喝豆浆，每次有豆浆的窗口队都排得最长。偶尔也会有怠惰的上午，来不及享受这丰盛的早餐，但在前往食堂的路上，总有一份热气腾腾在等着我。可无论是在食堂还是校园附近的小吃摊，总是有人一脸笑容，期待着你的选择:"同学,吃点什么?"

未曾想,年前的这场离别竟相隔如此之久,那些与你共度的画面还停在昨天。我记得在秋意渐浓的午后,与你共采一束阳光。我记得在雪花飘落的夜晚,与你共堆一个雪人。我记得在清风徐徐的春晨,与你相约阅湖湖畔。我记得在明媚葱茏的初夏,与你共行一段青春。

无论是寂静的你还是热闹的你,我都喜欢。因为我真的想你,贵大。

27. 春暖花开　重逢可期

蒋 倩

　　"燕草如碧丝，秦桑低绿枝。"春天已经到来，但由于疫情的影响，即使外面春光正好，百花争艳，我们也只能在家里"云春游"。仅窗外的春光就如此怡人，不禁让人想象春天的贵大该有多么美。

　　"等闲识得东风面，万紫千红总是春。"想必这时的贵大已经花香满园。记得初遇贵大也是在这样一个四月，整个校园春光明媚，绿树成荫，开满了许多我叫不出名字的花。但让人记忆最深刻的是樱花。人文楼、东楼和西区体育馆都开满了樱花，樱花枝头春意闹，春风拂过，樱花随风摇曳，似乎也带来了这所百年名校的古香韵味。经过几个月的相处，我才知道原来贵大有山茶花、海棠花、玉兰花、迎春花、桃花、樱花和梨花。贵大今年春天肯定充满"草树知春不久归，百般红紫斗芳菲"的勃勃生机。"春风又绿'阅湖'岸，明月何时照我还。"图书馆前的草地想必早已绿草如茵，阅湖又生新绿，但"芳树无人花自落，春山一路鸟空啼"，细细算来，离开贵大已经四个月了。春天快要离开了，春天的贵大如此美丽，本应趁周末约三两好友同游贵大。现在却不能在贵大好好欣赏，真是遗憾，希望可以快点开学，不负贵大的美景。

　　一年之计在于春，春天象征着希望和新的开始。这时的我们本应该在学校伴着春花美景，努力耕耘，在新的学期遇见更好的自己。但因为疫情的影响，我们只能隔着屏幕与老师、同学交流学习，学习效率难免会有所下降。在校时，我们总感叹放假遥遥无期，但现在又不得不感叹开学遥遥无期，四个月没见到悉心教导的老师，亲切可爱的同学、朋友，总觉得缺少些学习的氛围。

"春未老，风细柳斜斜。试上超然台上望，半壕春水一城花。烟雨暗千家。寒食后，酒醒却咨嗟。休对故人思故国，且将新火试新茶。诗酒趁年华。"没有一个春天不会来临，希望如约而至的不只春天，还有疫情结束后平安返校的我们。怀着对未来的美好憧憬，我们终将与贵大在美丽的春天再次相逢。

28. 如果时间有痕迹

周 壮

关于时间的痕迹，冬去春来，我们早已习以为常。不过当我们把目光放到身边的一草一木上，就会惊喜地看到时光是怎么流逝的，就能看到时间流过的痕迹。

刚入学的时候已是秋天，我较少去到图书馆的后面，也很少注意到图书馆背后满墙的爬山虎，只是偶尔去西校区上课时路过，瞥见那一大面绿墙。那里几乎完全没了墙体、窗户的影子，全是藤蔓和绿叶。

我有一次去图书馆借书，特地到那面墙前去感受被绿色遮蔽的场景。遮天蔽日的感觉扑面而来，零星地透进来一些阳光。

当你拿着一本书靠在墙边，那些零星的阳光穿透厚厚的藤叶投射在书本上，你仿佛能感受到阳光的努力。那些光点让我想起《星际穿越》的男主在五维空间通过拨动时间线向女儿传递消息的情景，这难道是五维空间的某个人在给我传递消息？希望我认真学习、莫负时光？

这学期开始时，我就特地关注那一面墙。可隆冬刚过，背墙已经一片萧条。那些残留的枯藤是冬天的影子，密密麻麻如蛛网一般紧紧地贴在墙壁上，好像一不注意就会掉下来。每周我都会去相同的位置，从相似的角度拍一张照片，经过八周的记录，我见证了它们从枯藤变成了绿色瀑布。我想这就是时间的痕迹。

经过一个冬天的压抑，在春阳的温暖下，学校里的樱花树也都放肆地开放了。"逝者如斯夫，不舍昼夜。"枯藤泛绿，花开花落，世间万物时刻都在不断地变化着。研究生生活转眼已过去 1/3，大家都在忙着学习、深入研究领域。只要坚持学习，每天进步一点点，日积月累，我们也会像成为绿色瀑布的枯藤一样，在这如黛的溪山沐浴春风，收获满满。

29. 陌上花开　可缓缓归

薛新宇

　　最美人间四月天，文人总会不吝笔墨将万般美好揉进这春风十里，书一幅韶光淑气，绘一抹鹅黄柳绿，却不承想清风拂面，亦吹皱万千思绪，只得把思念注入笔尖，执笔写下：贵大，我想见你。

　　思念如白马，自别离，未停蹄，在这烟波流转的时光里，早已融进生活中的点点滴滴。想念着卧在阅湖旁的草地上，暖阳拂照，看云卷云舒，感慨岁月静好；想念着在图书馆中伏案疾书，笔尖在纸上沙沙作响，于书山行径，在学海遨游；想念着实验室里上下求索，而后豁然开朗时的春风得意。当记忆涌出心底时，才发现很多习惯因你而起，而我已离不开你。

　　记忆中的美好太多太多，最值得追忆的是我在贵大读书期间的风华正茂和书生意气，正如贵大校歌所唱："眺望万千学子，江山处处，旭日方东。"犹记得，绿茵场上运动健儿挥汗如雨，看台上观众摇旗助力；犹记得，讲台上教师授业答疑，课桌前学生疾书奋笔；犹记得，莘莘学子裹挟着"恰同学少年"的意气，励志共勉，互相学习。我们有"少年游"的好年华，亦有传道解惑的良师益友；我们有"一日看尽长安花"的意气，亦有"心随朗日高，志与秋霜洁"的志气；我们有"古来青史谁不见，今见功名胜古人"的傲气，亦有"虚心竹有低头叶，傲骨梅无仰面花"的谦逊。我们经历过挫折，却从未放弃；我们取得过荣耀，却从未踟蹰，这便是你给我最好的回忆。

　　岁月骛过，我做不到李贺的飞光劝酒，亦做不到太白的百代过客。再见之时我会再看一看校门上的苍劲笔迹、校史馆中的先辈事迹，这里承载着他们对未来学子的殷切期望；读一读图书馆浩如烟海的文学典籍，这里拥有着千百年的文化底蕴；走一走花径幽邃、古树参天的校园大道，它们记录了贵州大学的百年沧桑。最后，我要再坐一坐贵大的校车，在清风徐来之际，记住那楼群，记住那一花一草，也记住那"明德至善，博学笃行"的精神。

昔去雪如花，今来花似雪，作为毕业生的我不知何时再见，将心中的美好寄于笔下，誊写着我对你的思念，等待着你"陌上花开，可缓缓归"的话语，期望着与你的再次相见。

第二篇章

溪山拾遗

30. 爱憎分明　诲人不倦

——记贵大名师李淑元先生

张槐礼

李淑元（1895—1982），名华，字淑元，贵州贵阳人。历任贵阳市第一中学工会主席，中苏友协副主任理事，贵阳市人民代表会议第二、三届特邀代表，贵州大学中文系副教授。

李先生在中小学执教二十七年，在大学执教二十七年，满门桃李，遍布神州，是贵州教育界的良师益友。笔者毕业于贵州大学中文系，有幸得到李先生的传道授业，感受颇深。留校工作后，常登门聆听教诲。先生去世四十年，有些往事久久不能忘怀。

李先生满腔爱国热情，曾因不满中日军事协定，放弃留学机会，回国执教。先生幼读私塾，后就读贵州官立中学堂，尤喜国文，毕业后报考并被贵阳电报学校录取。1917年冬，以优异的成绩考取贵州留日公费生。第二年春天，在达德学校教师黄齐生的率领下，与王若飞、刘方岳、谢六一等东渡日本留学。1918年5月，北洋政府代表靳云鹏与日本陆军少将斋藤季治郎签订了丧权辱国的中日军事协定。李先生出于民族义愤，坚决反对这项出卖民族利益的协定，满怀爱国热忱，毅然放弃难得的公费留学机会，在这年的夏秋之交罢学返回祖国，从事小学教育工作。

1920年春，李先生考取教育部举办的北京国语讲习所，经过一年的学习，毕业回到贵阳，开始从事他在省内长达二十余年的中学教育。由于李先生知识渊博、教学认真，不少学校以能聘到他上课为荣，学生们也对李先生尊敬有加。中华人民共和国成立前，李先生已是贵州的名师了。

在旧社会，李先生敢于痛骂当局，保护和支持爱国学生而名传筑城。1932年九一八事变周年纪念，省立一中学生发动抵制日货的行动，上街游行，捣毁出卖日本商品的恒兴益商店。李先生支持学生的爱国行动，却受到威胁，差点被迫害。抗日战争期间，省立一中以秦天真、丁树奇为首，组织"学生抗日救国团"，发动学生上街演讲。一天，国民党特务要来一中抓进步学生，知道消息后，李先生和田君亮先生在值班室用两根长烟杆拦住入门通道，特务一看是两位知名先生，不敢进入校内，便灰溜溜地走了，进步学生得到了保护。

1941年，李先生在修文省高上课，此时重庆军事委员会转来控告，罗列李先生9条"罪状"，说李先生上课时引用《易经》"介于石，不终日"，诋毁蒋介石。贵阳街头相传：李先生白天提起灯笼走进国民党市党部办公之地。有人问他为何如此？答曰："虽白天，吾不见亮也。"因李先生很有名气，国民党不敢加以追究。这件事只是口传，说明在人们心中，李先生是一位铁骨铮铮、反对黑暗的英雄。

1951年3月，李淑元先生被调到贵阳师范学院（现贵州师范大学）任副教授，从事中国文学史、韵文选的教学工作。1958年，贵州大学恢复重建，调李先生到贵州大学中文系任教，上多年级的元曲课程。先生潜心钻研元曲，写了大量手稿，为学生编写讲义。他讲课引经据典，深入浅出，幽默易懂，深受学生欢迎。他不仅对地方戏特别是黔剧的发掘、整理付出了辛勤的劳动，还指导黔剧演员修改剧本、辅正唱腔，对黔剧的改革发展做出了不可磨灭的贡献。

李先生出生于一个没落的封建官吏家庭，有一个珍贵的祖传铜鼓、一个爱不释手的汉洗和一部不可多得的台湾《谈小厅志》。晚年，他将这些珍藏之物都捐献给省图书馆，这是十分难得的善举。

31. 革命先烈永垂不朽 贵大学人铸造辉煌

——纪念贵大校友冷少农烈士

罗应梅

适逢清明，举国缅怀。翻开中华民族复兴崛起的历史篇章，我们讴歌革命先烈为打造新中国而献出的生命和热血；我们感念贵大学人为铸就大学精神而付出的艰辛和努力；我们更应为传承中华文明而立即行动。"纪念、讴歌、传承和发扬"应该成为我们新一代中华儿女心中永远的主题词。

2013年11月，贵州大学档案馆（校史馆）迎来了一位值得全贵大人为之骄傲的校友、值得中国人民纪念的革命先烈，他就是贵州大学早期学员、中国著名红色特工冷少农烈士。

冷少农（1900—1932），原名冷肇隆，贵州瓮安人，中共地下党员，1917年进入省立法政专科学校法律本科第三期（该校1928年并入省立贵州大学），1923年毕业。先后任《民意日报》编辑，贵州筹饷局紫云、开阳印花税督催员等职。1925年投笔从戎，进入黄埔军校，加入中国共产党，参加东征、北伐，曾任周恩来的秘书。大革命失败后转入地下，隐瞒身份打入国民党内部，先后在何应钦身边任军事委员会训练总监部、军政部秘书等职，为中国共产党传送重要军事情报，助力红军三次反"围剿"的胜利。1932年5月，被国民党杀害于南京雨花台。1950年，贵州省人民政府追认冷少农为革命烈士。1952年，中华人民共和国中央人民政府印发"光荣纪念证"。1985年11月，贵州省人民政府批准将冷少农的故居列为省级重点文物保护单位。2013年12月，贵州大学校史陈列馆的展示墙上又增添了光荣的一员。2014年清明，贵州大学档案馆（校史馆）网站展示了冷少农光辉的一生。同时，瓮安县文广局也在加紧冷少农烈士展览馆的设计及施工。

翻阅史料，冷少农的一生虽然短暂，但他的这一生是光辉而伟大的，他鲜活的生命一页一页地展现在我们的面前。他的名字将永远镌刻在人民的心中，值得大家永远纪念。

出身虽贫寒　　却有凌云志

1900 年，冷少农出生在贵州瓮安的一个农民家庭。他 1 岁时，家中茅屋突然起火，姐姐将他从火中救出。受灾后，家里的生活更加贫困，父母将他送往祖母处寄养。他 6 岁入私塾，勤学好问，学习成绩很好，深得同学敬佩和老师喜爱；放学后热爱劳动，帮助祖母干活，深得亲友夸奖和邻里赞扬。在私塾的三四年间，他读了《三字经》《百家姓》《千字文》等经典读物，并向先生承诺："先生，我念好了书，将来要做一个范希文那样'先天下之忧而忧，后天下之乐而乐'的人。"1913 年，冷少农考入县高等小学，在校养成了爱国忧民、疾恶如仇的品质。

从法治救国到投笔从戎

冷少农从高小毕业后，回家务农过上耕读生活。但当他目睹贫苦农民衣不蔽体、食不果腹却无地耕种，而官员贪污腐败、欺压百姓、无恶不作时，常常思考救国的出路。1917 年，冷少农离开新婚的妻子前往贵阳。经过一段时间的考察，他决定走法治救国的道路，报考贵州省立法政专门学校，入法律本科第三期。读书期间，他接受进步思想，关心时局，阅读进步书刊，摘抄重要新闻在题名为《可则录》的笔记本上，并将自己的名字"肇隆"改为"少农"，决心为工农大众的翻身解放而奋斗。他常对同学和亲友说："军阀之残暴必败，革命事业必成。"1919 年，五四运动消息传到贵阳，贵州省成立了学生联合会，贵阳组织 3000 多名学生举行游行示威声援北京。他积极参与活动，成为一名先锋分子。他从法政学校毕业后，先后在贵阳《民意日报》任编辑，省筹饷局、紫云县、开阳县任印花税督催员。在此期间，他更加体验到社会的黑暗和人民的疾苦，深为学了法律却不能保护劳动人民而内疚，于是愤然弃职回乡，寻机参加革命。

投笔从戎　参加革命

1925 年 7 月，冷少农毅然离开母亲和不满五个月的儿子，去广州投奔革命。他投考黄埔军校，被分配到原东征军总政治部周恩来的办公室工作，随军转战粤闽，进行政治宣传。他参加了惠州攻坚战、华阳决战、攻克潮汕，歼灭了陈炯明残部。东征胜利后，冷少农被组织安排到中共两广区委会工作，任周恩来的技术书记。在这里，他结识了聂荣臻、陈赓、李克农、李侠公等同志。

1926 年，冷少农在给梅重光的一首题为《我们的将来》的诗中说："我们的将来……自然会有光明的一天。"鼓励他继续为革命而斗争。1926 年，参加国民革命军第一军北伐。1927 年 4 月，蒋介石发动反革命政变，大肆屠杀共产党人和革命群众，中国共产党开始转入地下斗争，冷少农奉命秘密潜往南京。

特工生涯　命殒雨花台

经过了"四·一二"反革命政变和"七·一五"反革命政变的惨痛教训，中共中央调整策略，转入地下。冷少农根据党的指示，隐瞒身份，打入南京国民政府，在何应钦主持的陆军训练总监部和军政部任秘书，秘密担任地下党派驻南京的负责人。他不顾个人安危，历尽千难万险，与敌人巧妙周旋，为党搜集了很多重要的军事情报。

1929 年，冷少农根据地下党的指示，在南京大纱帽石将军巷 10 号建立中共地下联络站。他联络郑仲坚、宋质坚、牟龙光、陈纯斋、梅重光等人，利用各种关系收集情报，发展组织。1931年，冷少农在南京秘密发展同乡舒葆加入中国共产党，并指示其回黔闹革命。5月，冷少农奉指示在青年学生中发展党员，发展南京中央大学学生吴越等加入中国共产党。

1930年12月，蒋介石调集10万兵力，对中央革命根据地进行围攻，声称要在三个月内消灭红军。事关重大，情况紧急，冷少农、钱壮飞和南京地下党想方设法获取准确情报，并火速向党中央汇报。在毛泽东和朱德的指挥下，红军诱敌深入，五天内连打两个胜仗，歼敌一个半师，取得了第一次反"围剿"的胜利。毛泽东心情愉悦，填写了《渔家傲·反第一次大"围剿"》。

1931年2月，蒋介石调集20万兵力，"以厚集兵力，严密包围及取缓进为要旨"，采取稳扎稳打、步步为营的作战方针，积极部署对红一方面军的第二次"围剿"，何应钦任总司令。冷少农将敌人制定的作战方针及分四路向苏区进攻的有关情报向中央汇报。我党采取"诱敌深入，先打弱敌，在运动中各个歼灭敌人"的战略，歼灭了敌人2个师，乘胜横扫700里，歼敌3万余人，取得了第二次反"围剿"的胜利。毛泽东又填写了《渔家傲·反第二次大"围剿"》。

1931年7—9月，蒋介石亲赴鄂赣，调集30万兵力对中央苏区发动第三次大"围剿"，冷少农在万般危急之下，通过与周恩来保持单线联系的李侠公，把紧急情报传递到中央苏区。第三次反"围剿"取得重大胜利。

九一八事变后，冷少农与党的其他负责同志首先在中央大学点燃抗日怒火，建立党支部，12月11日，冷少农参与组织领导南京10万学生大示威，震惊了国民党当局，扩大了党的影响。此外，冷少农还和地下党其他负责人秘密深入国民党军队中，策动国民党兵变，曾有国民党警卫部队一个营带着武器到天目山地区投奔红军，使国民党大为震惊。他还与沈葆初一起成功策反黔军八十五师范揭成团300多名士兵投奔红军。

1932年3月，由于被叛徒出卖，冷少农被捕，中共南京地下党多方设法营救均未成功。在狱中，敌人要他写出共产党派至南京上海的负责人和党员名单，他一概不写。敌人以高官厚禄引诱他，他不为所动；敌人以严刑拷打威逼他，他坚贞不屈。1932 年 6 月 9 日凌晨，丧心病狂的国民党反动派将冷少农、李耘生等 7 人押往雨花台刑场，他们高唱《国际歌》，高喊革命口号，壮烈牺牲。牺牲时，冷少农年仅 32 岁。他为中国革命立下了不朽功勋，他的光辉事迹被永远载入革命史册。

革命烈士永垂不朽

如今，冷少农烈士的名字永远镌刻在南京雨花台革命烈士纪念馆里，他的肖像也永远地留在了雨花台群英像中，他的故居被列为重点文物保护单位。瓮安县文广局正加紧丰富冷少农烈士纪念展览的内容，贵州大学校史馆也在充实校史展览的内容。革命烈士将永远留在每一个中国人的心中，也永远激励着每一个贵大学子。谨以此文，纪念所有为中华民族之复兴而努力奋斗的人。

32. 疾恶如仇　笃信马列

——贵州大学校长田君亮的几件往事

张槐礼

田君亮（1894—1987），名景奇，贵州平塘人，1919年毕业于日本早稻田大学，原贵州大学校长、教授。历任贵州省人民委员会委员，贵州省文教厅副厅长，贵州省教育厅厅长，贵阳师范学院院务管理委员会主任委员，贵州省文史馆馆长，贵州省副省长，贵州省人大常委会副主任，第一、二、三、四届省政协副主席，第一、二、三届全国人大代表，第一、二、三、五届省人大代表。

为民除霸大快人心

1923年，贵州政局动荡不安，军事督办唐继虞与掌握贵州政权的刘如舟斗争激烈。此时，田先生的好友省实业厅厅长杜叔机劝其出任县长，为老百姓做点好事。杜叔机的劝告对田先生有所触动和影响。

同年，田先生出任大塘县（现平塘县）县长。李海清是当地一霸，任县团防局长兼区长，手下党羽众多，残害百姓，无恶不作。前几任县长畏其权势，不敢过问。田先生就任后，有人告诫李海清："听说这次派来的县长年轻有为，你要注意！"李海清说："一些老角色拿我无可奈何，小田何能我哉？"田先生剪除恶霸的决心已定，无论出现什么情况，他都要为民除害。他有决心，也有策略。他亲自到省政府找到秘书长陈幼苏，要求派兵协助。陈幼苏不同意，还劝田先生："何必如此认真！"田先生十分气愤，又面见督军唐继虞，历数李海清的罪恶。唐继虞见其大义凛然、态度坚决，最终答应派警卫连协助。几经曲折，终于把李海清逮捕枪决，老百姓知道田先生为民除害，铲除恶霸，众人皆感大快人心。

支持学生爱国运动

1931年九一八事变发生，贵州人民十分激愤，省立一中以秦天真、丁树奇为首，组织"学生抗日救国团"，编发《救国旬刊》，发动各中学学生上街演讲，宣讲反蒋抗日，查封日货。省教育厅厅长陈公亮认为秦天真是共产党员，企图以此作为借口镇压学生运动。田先生知道后，对这种卑劣的行径极为愤恨，有一天在文通书局内遇见陈公亮，田先生指着他说："你就是共产党！"陈公亮颇感茫然："你有什么根据说我是共产党？"田先生反唇相讥："秦天真等人抗日何罪？国家兴亡，匹夫有责。他们唤起民众救亡图存，是国家民族之大幸，你有什么根据说他是共产党？"陈公亮理屈词穷，还想辩解，田先生一怒之下，手持叶子烟杆就要打陈公亮，围观者甚多，一时盛传"二亮闹文通"。

事后，田先生联络教师朱穆伯、刘方岳、李做元等四处奔走，声援抗日运动，批驳"攘外必先安内"的卖国政策，有力地支持了学生爱国运动。

笃信马列主义

1937年，田先生阅读了大量的外国文学名著和马列主义论著，思想发生了很大变化。1938年，他发起成立"沙驰话剧社"，参加筹组"社会科学座谈会"。

中共贵州地下党的负责人秦天真与田先生深谈，让他感受到党对他的信任和关怀。1940年，徐特立先生来贵阳约田先生谈话，田先生受到极大鼓舞。在此期间，田先生送给秦天真一副对联，上联是"自古文章唯一尔（指高尔基）"，下联是"一生低首拜二林（指列宁、斯大林）"，横批是"我误（谐悟）矣"。由于当时贵州是国民党统治，这副对联用的是隐语，但不难看出田先生对马列主义的坚定信念。田先生在群众中威信很高，国民党多次想施加迫害，始终未能得逞。

33．五四精神遍传神州　贵大师生同谱赞歌

——记贵大校史上的反饥饿、反内战、反迫害的民主运动

罗应梅

　　1919 年，在中华民族生死存亡的紧要关头，一批热血青年勇敢地站在时代前列，同帝国主义、封建主义展开了一场不屈不挠的斗争，以彻底的、不妥协的反帝反封建精神彪炳史册。九十多年来，五四运动所孕育的爱国、进步、民主、科学精神，所表现出的民族忧患意识和创新的不懈追求，代代相传，历久弥新，成为一代又一代中华儿女追求真理、报效祖国、振兴中华的光辉旗帜。

　　五四精神，代表着诚实、进步、积极、自由、平等、创造、美、善、和平、相爱互助、劳动而愉快的精神，它是青春的赞歌，一直唱响神州大地。伟大的五四精神激励着一代又一代青年强烈的爱国热情，今天同样激励着我们为建设伟大祖国而奋斗。五四运动所取得的辉煌胜利和所代表的爱国精神永不磨灭，为传承伟大的五四精神，贵大师生也在时刻践行自己的历史使命。

　　贵州大学的教师不逊色于无数为中华民族振兴而奋斗的英雄，贵州大学的学子更不落后于万千为复兴中华文化而努力读书的青年。我们也能紧跟时代步伐，紧扣时代主题，为祖国的崛起不断努力。

　　1919 年，五四运动的消息传到贵阳，贵州省成立了学生联合会，组织贵阳3000 多名学生举行游行示威以声援北京，贵大学子冷少农和其他同学积极参与活动，成为先锋分子。

　　1947 年，随着人民解放战争的不断胜利，国民党统治区的经济、政治、教育危机日益严重，青年学生遭受着无穷灾难。后来，他们在共产党地下组织的领导下分别从不同角度进行反对各种不合理问题的斗争，举行了五四纪念活动。上

海学生进行了反内战、反压迫、反卖国的宣传；北平学生在罢课期间向各界群众宣传"反饥饿、反内战、反迫害"；上海学生 7000 余人举行"反饥饿、反内战、反迫害"大游行；其他各地学生也纷纷派代表赴南京请愿；京沪苏杭地区 6000 多名学生为"挽救教育危机"举行联合大游行；华北地区 21 所大、中学校学生在北平、天津举行"反饥饿、反内战、反迫害"万人大游行；南京、天津的游行学生遭到殴打，造成了震惊全国的"五二〇血案"。国民党的暴行使学生更加愤怒，他们继续以罢课游行等行动同国民党反动派进行斗争。

从 5 月下旬到 6 月中旬，"反饥饿、反内战、反迫害"的口号声，响遍了武汉、西安、长沙、重庆等国民党统治区的 60 多个城市，60 多万大、中学生参加了斗争。南京"五二〇血案"的消息传到贵阳，适遇国立贵州大学工学院机电系二年级学生到修文参观水电站，途经贵阳次南门时因卡车进城与警备司令部保安团士兵争执被殴打，激起了广大师生的愤怒，于是工学院学生联合其他各院学生计 600 余人，到贵阳举行"抗暴游行"，直奔省政府请愿。国立贵州大学师生从 1947 年开始，就与国民党当局展开了一系列的斗争，直到贵阳解放。

1947 年，贵大师生的"抗暴游行"取得胜利。1948 年 2 月，因学校救济物资被校方扣押不发，引起学生极大不满；3 月，学校又以《贵大"左"倾学生发动倒张运动未果》为题电告教育部，强行到收发室检查学生信件，侵犯学生通信自由及隐私；暑假开始后，学校开除了揭露学校贪污行为的张启寰、杨森焱、段记堂和熊文辅，勒令政治经济系学生李撰一、刘光等退学，同时以学生暑假回家为借口，停发学生的补贴米。这一系列的行为引起师生不满，他们纷纷贴出讽刺漫画，揭露当局的贪污腐败。学生刘可贴出小字报："探亲路远，没有路费，留校又停发补助米，硬要我们饿肚皮。"陈勃如、李道成、刘光等同学进一步提出实现"全面公费"的要求。全校同学团结一致，坚持斗争一个多月，迫使贵州省人民政府拨出几万斤粮食补助自费生，学生的反抗运动取得了胜利。

1948 年底—1949 年初，国立贵州大学师生在学校大礼堂开设了"黑夜民主"园地，经常利用晚上在这里集会，讨论时政，要求实行民主，反对独裁。师生们还利用墙报、画刊等形式，写文章、画漫画，揭露国民党的黑暗腐朽。他们经常刊登一些号召书、呼吁书，有的未署名，有的署名为"一群正义的人"。墙报、小报有《召唤》《大家看》等，宣传民主、自由、进步思想。

1949年，国民党的统治呈土崩瓦解之势，金圆券形同废纸，国立贵州大学的师生生活十分贫困，教授被迫上山摘野菜充饥。《高原导报》报道了历史学系教授姚公书先生一个月的薪金还不够给病危中的妻子打针的事情，激起了全校师生的义愤。3月中旬，各学院、系贴出了"静晖新村（教师住宅区）的孩子们上山摘野菜，我们怎么办""我们要生活""我们要饭吃"等标语。3月20日，在丁道衡、陈述元、乐恭彦等教师的动议下，国立贵州大学召开了教授会和讲助会，决定罢教。学生纷纷支持，校内出现了"支持罢教"的标语。与此同时，学生进步社团酝酿召开学生代表会，讨论改善教师待遇问题。高原社负责人史健发起并于3月21日召开各院系的学生代表会，最终会议决定发起"抢救师生员工饥饿运动"，并组成主席团，史健任主席。3月22日，召开全校师生大会，讨论通过了向省政府提出改善教师待遇和实行全面公费的议案，并要求省政府限期答复。会议决定3月26日举行全校请愿游行，宣传义卖，并派学生与贵阳师范学院、贵阳医学院联络，以求支持。此事震动校内外，国民党贵州当局企图扼杀这一行动，省教育厅厅长傅启学亲自到校做工作，学校也出面对学生进行劝阻，均遭拒绝。

3月26日，全校师生近千人集体由花溪步行到贵阳举行示威游行，向省政府请愿，控诉国民政府只顾打内战，不管广大人民群众和师生员工的生活等罪行。游行队伍高举"抢救师生员工饥饿运动"的巨幅横标，高呼游行口号："你们（指反动当局）成天看戏跳舞，老师锅里无米煮""教授教授，越教越瘦""薪水薪水，不够喝水""老师要吃饭，我们要读书""立即提高教师的待遇，拨款解决师生员工的最低生活困难"，等等。有一份《游行号子》，其内容为："金圆券，银圆券，票子天天换。大学教授一月俸，不够老妻一针线；学生一月伙食费，只够天天喝稀饭。金圆银圆不兑现，票子只能揩大便，怎么办？怎么办？"游行队伍到达省政府（现贵山饭店）门前，大小官员如临大敌，紧闭大门，增加警力，架起机枪。傅启学出面劝说，学生不予理睬。在声势浩大的游行队伍的压力下，省政府主席谷正伦答应接见学生代表。以史健为首的几位学生代表进入省政府与谷正伦谈判，并递交了请愿书。代表们唇枪舌剑、义正词严，理直气壮地提出同学们的正义要求，与反动当局进行针锋相对的斗争。谷正伦在师生强大的压力下，被迫答应"由省府照省级公务员例购买平价数量，借发教职工一月公粮……各同学本学期食米差额，由省府拨助 1000 石稻谷救济；师生员工医药由省立医务机构照优待省级公务员例办理"，斗争取得了初步胜利。第二天，学生举行了宣传和义卖活动，主席团在省府路贵大办事处举行记者招待会。晚上 8 点，游行队伍集中到大十字，朱文达发表讲话，宣读了《告全市父老书》，感谢贵阳市民对贵大师生的支持，表示了斗争到底的决心。

反动当局对师生的游行示威既恨又怕，表面上答应了学生的要求，暗地里却抓紧部署，企图用武力镇压学生爱国民主运动。在游行的过程中，反动当局曾派 300 多人乔装打扮混进游行队伍，伺机捣乱。广大师生识破其阴谋，其恶毒手段未能得逞。师生返校后，反动当局并不履行承诺，称"师生别有企图，不可漠视，若再有行动，要断然处置"。同时，借机大肆迫害学生，被逮捕的师生达数十人。师生们没有被统治者的镇压吓倒，仍举起"反饥饿、反内战、反迫害"的鲜明旗帜，继续罢教、罢课，用实际行动来反对国民党反动统治者的迫害。罢教、罢课的斗争坚持了两个月之久，大大地打击了反动当局的嚣张气焰。

国立贵州大学师生的爱国民主运动，揭露了国民党当局的黑暗腐朽，极大地鼓舞了民心，成为全国人民反对和推翻国民党反动统治，迎接贵州和全国解放的一部分，被载入"争民主、求解放"斗争的光荣史册。

黎明即将到来，国民党统治行将就木，国民党当局在仓皇溃逃的同时，对共产党人和革命志士进行了大肆逮捕和疯狂残杀。

1949 年 5 月末，贵州省保安司令部情报处在花溪汽车站建立指挥中心，调集大批特务，严密布控。花溪公园进驻了特务，贵大学生中也被安插了特务分子，对他们认为负有"秘密使命"的进步学生进行逮捕。贵州大学校园内笼罩在白色恐怖中。

1945 年 5 月以来，国民党特务先后逮捕了我校文理学院院长、教授丁道衡，教授陈述元、顾光中，讲师乐恭彦、杨卓、罗希光，助教王继衡、金春祺，职员孙炜明，学生史健、戴绍民、安鄂、胡业民、班必儒、高言善、毛克诚等 38 人，并对他们进行了非人的折磨和残害。

但这些革命志士和进步青年，在面对敌人的酷刑时视死如归，表现出大无畏的英雄气概。学生运动领袖史健在狱中对难友们说："我这点伤痛和疾病算不得什么，即使牺牲了，也是值得的！"担任宣传工作的彭祖年对甘凌杰说："罢课的这两个月，是我一生中发光、发热最强烈的一段时光，哪怕将来被杀死，我也死而无怨。"26 岁的杜蓉是一名双腿被截肢的女青年，她被绑在藤椅上抬到刑场，牺牲后人们发现她的躯体烙伤累累、头骨不全，双眼也被敌人挖去。就是这样一位女性，面对特务的百般折磨和凌虐，还高唱革命歌曲："同志们，向太阳，向自由，向着那光明的路！你看那黑暗将除尽，万丈光芒在前头！"教师乐恭彦在被押赴刑场时，不断高呼"中国共产党万岁"。部分获救的师生，每每回忆起这段非人的折磨，痛愤之情溢于言表。陈述元教授写诗《血海冤仇》控诉国民党监狱的黑暗和他们所受的苦行，诗中写道："离别了年迈的爹娘，来自天各一方，非刑种种苦难当；坐飞机、上双杠，石灰水、辣子酱，还有那'茅台酒'给你尝……"他们虽然去了，但其爱国、爱校、追求自由、反对迫害的精神却永远留在我们心中，永远激励着贵大师生，激励着青年一代。

国民党对这些英雄志士无计可施，在仓皇溃逃之际，于 1949 年 9 月 28 日以"参加叛乱组织，煽动学潮，从事叛乱"等理由，将遍体鳞伤的史健杀害于贵阳南郊马家坡，贵大人为之恸哭，贵阳人民为之叹息。10 月 5 日，国民党特务在贵阳南郊图云关秘密处决了 7 位革命青年，贵大师生金春祺、杨光文、彭祖年、陈默壮烈牺牲。11 月 11 日，离贵阳解放只有 4 天，国民党在贵阳北郊沙河桥和马家坡集体杀害共产党员、新青团员、新联盟员和革命志士 24 名，制造了惨绝人寰的"双十一惨案"。其中，贵大师生乐恭彦、高言善、刘端模、戴绍民被杀害于马家坡，杜蓉、毛克诚被杀害于沙河桥。

我校38位师生受尽了酷刑，11位师生献出了生命。他们为争自由、反内战、反迫害、求解放而抛头颅、洒热血，他们为国家的振兴和民族的富强而前赴后继、英勇奋斗，他们用生命和鲜血共同谱写了一曲英雄的赞歌。

如今，民族独立，国家安定，人民富裕，但我们不能忘记革命先烈的奋斗，我们应继承和发扬进步青年的精神，一代一代地传承下去。在新时代，对五四精神有了全新的诠释，我们应扬帆远航，努力践行，谱写新的篇章。

34. 飞腾无翼可垂天

——张汝舟先生留下的一笔精神财富

罗福应

原贵州大学教授张汝舟先生在学术上的贡献举世瞩目，令人敬仰。但联系先生生平来看，他的坎坷遭遇非同寻常。为什么他还能那样终生劳作，贡献迭出呢？这个问题总是得不出令人满意的答案。最近读到先生《咏花溪胜景》一诗，我喜出望外地得到了一个答案。该诗如下：

江南回首十余年，且以黔中较后先。木岭连朝人似海，花溪三月酒如川。中原谁敢巢经学，举世咸推桐野贤。幸就此间藏我拙，飞腾无翼可垂天。

全诗所咏的是人文之景，是优美动人的人文景观。颔联的"木岭连朝"是说桐木岭南边有着连通朝廷的人文胜景。那里这类人文胜景明显的有三个：一是誉满九州的周渔璜的故居，二是贵州首个文科状元赵以炯的故居，三是获得皇帝赏赐建造的两座百岁坊——青岩古镇的赵彩章百岁坊和赵理伦百岁坊。"人似海"这一夸张的说法表达了先生的赞誉之情。面对"较后先"的桐木岭有三大连通朝廷的人文胜景，怎能不敬佩与赞誉？"酒如川"之"酒"是借喻花溪的乡土人情。腹联中的"巢经学"即巢经之学，就是郑珍的学问。郑珍是贵州遵义人，被誉为西南巨儒，他的诗文及说经训诂之著颇多，中华人民共和国成立前，贵州地方辑郑氏著作刻印《巢经巢全集》行世。张先生这里宕开一笔到黔北，全诗意境顿为开阔。谁敌郑珍，咸推桐野，饱含赞誉之情。前三联表明张先生在想：和江南相比，贵州做学问是后进的，条件不如江南，但贵州也出了周渔璜、郑珍这样誉满神州、光耀朝廷的杰出人才，他们在学术上做出卓越贡献。做学问不能只讲客观条件，而要看重主观努力。想到这里，尾联水到渠成，"飞腾无翼可垂天"的雄心壮志脱口而出，落笔成诗。"飞腾"即奋发有为，"翼"即优越条件，"可垂天"即可使天垂，就是让学术最高层俯察你的成果，肯定你的贡献。

有此雄心壮志，实践得怎么样呢？下面略举三例。

第一，关于屈原的生年。能定屈原生年的唯一依据是《离骚》中"摄提贞于孟陬兮，惟庚寅吾以降"一句，但具体是哪一年，历来众说纷纭。郭沫若引用诸多书证来推断屈原生于楚宣王三十年（前340）。郭沫若的这一论断为许多工具书和著作所引用，成为权威之论。张汝舟先生于1951年10月13日在《光明日报》的"学术"栏上发表《谈屈原的生卒》一文，他用夏历推算出屈原生于楚宣王二十七年（前343）。这一结论与刘师培、钱穆等国学大师的结论暗合。1957年，先生又在《文史哲》第5期上发表《再谈屈原的生卒》，他的见解再次引起学术界重视，赢得好评。

第二，关于武王克商之年。秦始皇统一中国之前的历史纪年都是王年纪年，各王各纪，纪法不一。加上年历的起始年又有夏正建寅、殷正建丑、周正建子之分，因而相当混乱。要确定某一关键年份是哪一年各有说法，很难得到一个准确可信的结论。如武王克商到底是哪一年，目前要靠国家立"夏商周断代工程"作为国家重点科研项目来解决。解决这类问题，专家学者历来靠史料佐证。1899年甲骨文出现后，为考据研究提供了新证据。1925年，王国维在《古史新证》中明确提出，解决这类问题，除纸上材料外，还得靠出土的地下材料来补证，合之为二重证据法。考据学由此进入新阶段。1964年，张汝舟先生撰写出《西周考年》，用天文历点作证据来断定西周年代，断定武王克商是在公元前1106年。他说："天山材料摆在那里，如何辩驳？纸上材料还有传写之误与伪书，地下材料也有膺品与剜剔之误，只有天上材料最为可靠。掌握了它，读古书扫除天文历法上的烟雾，如疾风扫落叶。"张先生的《西周考年》先后被收入《华夏文明·西周卷》（1990）、《武王克商年代之研究》（1997）、《西周诸王年代之研究》

（1998）等论文集中。南开大学历史系主任朱凤瀚教授在评述中写道："张氏精通古代天文历法，编订历谱方法较为科学，有其创造性，自成系统。"《华夏文明》编者按写道："张汝舟先生于声韵训诂、古代天文、古代哲学、汉语语法诸方面均有建树。1957 年春天之后，在困难的条件下研究古代天文历法，终于建立了自己的系统。"国家重点科研项目"夏商周断代工程"将张汝舟先生对武王克商年代的论断视为重要的一家之言。此后，专家学者将这种纸上材料、地下材料和天上材料合证一事的方法称为三证合一法。三证合一法为考据学提供了新思路、新方法。

第三，关于后继乏人。天上材料如此重要，可当今有几人能读懂那古代天文历法呢？尽管王力先生的《古代汉语》将古代天文历法列为古汉语知识来普及，但能掌握的少之又少。张汝舟先生对此是深感乏人的。他于 1971 年被遣回原籍安徽省全椒县南张村后是没有工作的。粉碎"四人帮"后，他主动要求工作，1978 年到安徽滁州师专任顾问教授后主动开办研究班，讲授古代天文历法，培养"继绝学"人才。他是年近八十的高龄老人，且身处逆境，为天文历法后继乏人而心急如焚。张老先生远在贵州的弟子蒋南华、张闻玉、程在福等前往他门下进修，聆听教诲，继承师业，发扬光大。此后的实践中，在古代天文历法方面，张闻玉耕耘最勤，著作最丰，影响最大，《历史年代与历术推演》是集其大成之作。其中，《西周王年足徵》根据张汝舟先生的学术见解，将西周年代的主要依据——文献、记事、考古、天象一一列出，并加上简要说明，使西周年代的各种历史材料一目了然。2010 年，贵州大学出版社出版了由张闻玉、饶尚宽、王辉合著的《西周纪年研究》，使这方面的成果更为翔实。

张闻玉教授的成就令世人瞩目，南京大学、湖南师范大学、东北师范大学等高校先后请他去给研究生讲古代天文学，中国社会科学院历史研究所两次请他去讲古代天文学。2009 年，日本山口大学请他去讲古代天文历法。2014 年，贵州师范大学历史研究院聘请他出任院长，主持先秦史学研究。2015 年，贵州大学成立先秦史学研究中心，学校又敦聘他为主任。张闻玉教授至今仍在招收研究生，培养古代天文历法人才。有了张闻玉等专家学者的努力，几乎成为绝学的古代天文历法由后继乏人变为后继有人，先教授张汝舟先生在九泉之下也可放心了。

以上三例，验证了张汝舟先生当年许下"无翼可垂天"的宏愿不是白说，而是实实在在兑现了的。从梳理这些应验中不难看出，早在青壮年时期，先生在学术上不仅有远大的理想和高尚的追求，还有应对可能遇到各种困难乃至艰难险阻的思想准备。他认定了正确目标，就为之努力和奋斗，绝不停息。在艰难困苦面前，他看重自身的努力，发挥主观能动性。"飞腾无翼可垂天"是这一思想的形象表达，其核心是"飞腾"，就是要奋发有为，关键在自信，就是不能在困难面前退缩，而要沉着应对、自强不息。学术大家们都说，做学问要有"板凳坐得十年冷"的精神，有了这样的思想准备，张汝舟先生的板凳不止坐得十年，而是坐得终生，终生劳作，硕果累累。

这就是我获得的喜出望外的答案，这就是张汝舟老先生留下的精神财富，一笔非常宝贵的精神财富。

35. 传播国学四十载　诗书画印堪四绝

——记博学多艺的姚奠中教授

罗应梅

2014 年 6 月，校史陈列馆迎来了几位尊贵的客人，他们是曾在贵大任教的老教授姚奠中之女姚力芸及其丈夫张志毅、汤炳正之孙汤序波以及贵大人文学院中文系老师等。姚奠中先生和汤炳正先生均为国学大师章太炎先生的研究生，他们都在不同的时期任教于贵大。

姚先生于 2013 年底在百岁之时仙逝，姚力芸一行不远万里从山西赶来，走访其父生活过的地方，追寻过往足迹，以祭奠姚老先生。在交谈中得知，姚先生百岁之时，仍然思路清晰，生活规律，每日读书、看报、写日记，关注国事民生。现从姚先生生前著作及讲述姚先生的著作中，将姚先生的生平事迹简要梳理一二，以飨读者。

姚奠中（1913—2013），原名豫泰，山西南阳人。他先后发表文、史、哲论文 130 余篇，出版专著（含主编高校教材）20 余种，是著名的学者。他是民主革命家、国学大师章太炎先生的研究生，先后辗转江苏、安徽、四川、贵州、山西等省高校从事教育，传播国学六十余年，是知名的教育家。同时，他也是著名的书法家，楷、行、草、隶、篆诸体皆精通，其诗、书、画、印被业界称为四绝。2009 年，姚奠中荣获中国书法界最高奖——"中国书法兰亭奖终身成就奖"。2010 年，姚奠中捐款 100 万元，发起成立"陕西省姚奠中国学教育基金会"。

教书育人，传播国学六十余载

1934 年，姚奠中在抗日学潮中被抓，导致他有近一年时间没学可上，后经人介绍赴无锡国专学习，又因仰慕章太炎先生而决心到苏州章氏国学讲习会求学，并与汤炳正等 10 余位同学成为章太炎先生首批研究生。1936 年章太炎先生去世后，姚奠中担负起国学讲习所的文学史课程。后因抗战全面爆发，局势紧张，张氏国学所于 1937 年下半年停办。姚先生随后辗转江苏南京、安徽泗县，曾投笔从戎，组织参加抗日游击队，后又开办蓟汉国学讲习所。他在谈到开办国学讲习所时说："都是章门弟子，只要有条件，我们还是要尽可能地教书育人，传播国学。""蓟汉"是大汉的意思，就是要继承章太炎先生的衣钵，实现教育救国的理想。姚先生还拟定"教条十则"作为师生思想行为的规范，这也是他始终奉行的人生准则。其内容为："以正己为本，以从义为怀，以博学为知，以勇决为行，以用世为归；不苟于人，不阿于党，不囿于陋，不馁于势，不淫于华。"虽然蓟汉国学讲习所创办一年就因时局变化而解散，但在此时所拟的十则，姚先生却奉行了一生。在立煌师范教书时，面对教育厅厅长的淫威，姚先生毫不畏惧，敢于直言："我不教书可以，你侮辱教师可不行。"正因此事，姚先生离开了立煌师范。此后，他相继到安徽第一临时中学、安徽省立临时政治学院（现安徽师范大学）、国立女子师范学院、国立贵阳师范学院、云南大学、贵州大学、山西大学等学校任教，以教国文、历史为主。

姚先生入章氏学门，致力于教书育人六十余载，从事了一辈子与国学有关的教育工作，在战乱时代四处漂泊，无论何时都不失骨气与气节，传播国学矢志不渝。后姚先生创办"陕西省姚奠中国学教育基金会"，其目的是促进国学的学习、研究与传播。可见，姚奠中先生不仅一生都致力于国学传播，更致力于建立一套可持续发展的机制，不断地弘扬和传播国学。

诗书画印堪为四绝，楷行草隶诸体皆精

姚先生自幼喜爱诗词，7岁开始写毛笔字，练习书法，并由父亲和伯父指导和监督，每日练习，10岁时便可替伯父给别人写碑文、对联、门匾等。他从小就摹画《红楼梦》插图，大量练习画画。书法多写自作诗，他作的诗与书法和画、印一起，被称为"四绝"。

在书艺方面，金文、楷、行、草、隶、篆诸体，姚先生皆精通，以行、篆为主。经大半个世纪染翰挥毫、不断探索，其金文、篆、隶、行、楷并臻上乘，炉火纯青。他的书法作品被收入众多大型书画作品专集，部分作品被中南海、人民大会堂、中国美术馆及多处博物馆收藏。其作品还入选全国第一、二、三届书法篆刻作品展以及其他国内外大型书画展览，并多次在各地举办过个人书艺展，受到高度评价。

贵大任教虽半年，品德垂范树校魂

1951年2月，姚先生奉调贵州大学文学院中文系任教授，接替蹇先艾教授的工作，负责文艺学和现代文学课的教学。姚先生虽然没有讲过这两门课，但他依托自己广博的国学基础，又大量阅读相关专著，把这两门课上得有声有色。他的文艺学课程既有前人的观点，也有自己的观点；既有《新艺术论》中的观点，也有外来的诸如苏联文艺理论的观点；既有中国古人的观点，也有当代人的观点；既讲艺术，也讲艺术中的哲理，还讲他为诗、为画、为书的实践与感悟……引经据典，生动活泼，深受贵大学子欢迎。

姚先生曾在贵州大学的《屈原》专刊上发表《屈原其人其赋》一文，批驳了朱东润对屈原作品的否定，并在评价屈原方面，与闻一多、孙次舟的一些论点进行商榷，驳斥了孙次舟、闻一多关于屈原为"弄臣"或"奴隶"的说法。这一文

章的发表，在贵大师生中引起强烈反响，大家自发地展开了热烈的讨论，也被学术界所关注，一些同道称其引据翔实，批驳有力。他最后得出的对屈原历史地位的评价，至今学术界未见有异议。

中华人民共和国成立后，全国上下百废待兴，破旧立新蔚然成风，学校教育也一样，建立一套新的教学方法迫在眉睫。由于姚先生的课上得好，学校请姚先生组织开展文学院的教改工作。他采取学生与教师相结合的办法，在培养德、智、体、美、劳全面发展人才的方针指导下，由学生和老师分别召开座谈会，对教学内容、教学方法、教学手段和教学思想等展开讨论，各抒己见。他又召开教师与学生共同参加的座谈会，进行辩论式的讨论，最后拿出一致意见，由教改领导组决定实行，中文系教改开展得非常成功。

1951 年 8 月，辗转半生的姚奠中先生应山西大学的邀请，返回故里就任该校中文系教授，先后兼任科、系主任和研究所所长。在该校百年校庆时，姚先生被选为"建校以来文科十大著名教授"之一。

虽然姚先生在我校任教的时间不长，但他那博古通今、不畏权威、待人温文、不断探索的精神永远值得贵大学子继承和发扬，永远为贵州大学之魂的铸就增添力量。

36. 光明磊落处事　坦荡对待人生

——记朱厚琨教授的几件轶事

张槐礼

朱厚琨（1900—1977），字止安，又字止意，贵州织金人。贵州大学中文系教授、教育家。朱先生幼读贵阳达德学校，小学毕业后，考入省立师范学校，1920 年以优异成绩考入北京高等师范学校（现北京师范大学）英文系。1924 年毕业回贵州任教。五十余年矢志于贵州教育事业，曾任多所中学校长，贵州大学文学院院长、副教务长，贵阳师范学院教务长，先后被选为贵阳市人民代表、市政协代表、省文联执行委员、省政协委员。他既是英文教授，又是中文教授，著述颇丰，教授过 10 余门课程。朱先生学识广博，教艺精湛，吸引着听课的学生，就连有名的专家学者旁听朱先生讲课也翘首赞扬。"玉在山而草木润，渊生珠而崖不枯"，朱先生就是贵州教育界的山之玉、深渊之珠。

在 1957 年的"反右"斗争中，朱先生被划为右派分子，蒙受了不白之冤。在荣辱毁誉面前，他坦坦荡荡，毫不戚戚于心，心怀明月，光明磊落，表里如一，敢于表露心声。他说肃化扩大化，抓错了人，张汝舟被打成右派，坐牢十个月，有人伤心，有人落泪。有人要他交代谁在伤心和落泪，他坦白回信："张汝舟的冤案，我朱厚琨伤心，李伯华落泪。"当年朱先生的一席话，令全场的正义之士暗暗叫好，肃然起敬。而今回忆起来，他敢于直言、无私无畏的品质，值得人们崇敬和学习。

1966 年，"文化大革命"爆发，朱先生再度遭受严重的冲击和摧残，被圈立为"历史反革命""反动学术权威"，被关"牛棚"，受到批斗，有人日夜看守，失去自由。虽身处逆境，但他还是坦然地对待人生。他巧妙地用《毛泽东选集》

的封面包裹仇赵鳌的《杜诗详注》，坚守者看封面，朱先生看内容，各得其所，两全其美。这件事从侧面反映了朱先生在逆境中豁达的性格和不断学习中国文化的精神。

对自己做过的事，朱先生从不怨天尤人，强调客观，推诿否认。但对那些莫须有的罪名，朱先生也会坚决辩证到底，绝不含糊。我是朱先生的学生，也和他是织金老乡，他曾对我说："说我思想反动，可以理解，因为我听过蒋介石的训话；说我对教育不尽责任，毒害青年，我不服，因为我几十年忠心耿耿，教育学生，我的学生遍及贵州乃至全国，有成就者不乏其人。"

朱先生坚信，挫折是暂时的，前途是光明的。1976年，周恩来总理去世，举国哀悼，他在《悼念周总理》一诗中，抒发了自己的情怀。

> 长星忽拔堕燕京，八亿神川泪沾襟。
> 一代风流光顿掩，千秋雨雾景常新。
> 江山紧握工农手，主义争研马列文。
> 身后遗尘浇大地，逍遥更拟北冥鲲。

这首诗充分表达了他对党和领袖真挚、深厚的感情，体现了老一辈知识分子不计个人恩怨的博大胸怀。

朱先生超强的记忆乃全校闻名、全系公认。"文革"时期，一位外交部同志来找朱先生了解他一位学生的情况，朱先生充分肯定了这位学生，对时间、人物、事件都做了介绍，并说："这是在抗日战争中发生的事，年代久远，恐有记错，我有一部日记，共有30多本，记到我被关'牛棚'那天为止，被抄家抄去了，请向相关人员查找核对。"外交部的同志找到日记核查，结果和朱先生介绍的完全吻合，令人叹服。

朱先生到过的名胜古迹，凡是好的题诗、楹联，默上几遍，就能朗朗背诵，无一差错。《昭君文选》中的不少优秀篇章，他都能背诵。我曾请教过朱先生如何培养记忆力，他说："我喜欢古文，也喜欢古诗，不能背诵几十篇古文，不能背诵百首古诗，就很难理解中国文化的博大精深。"他还说："我能记住一些东西，不是记忆力好，而是要多读、多记、多背，反复读、反复记、反复背，功到自然成，用功了，就会有回报。"这些话是至理名言，现在还有用。

37. 多彩人生路

——卢学琴同志鲜为人知的往事

张槐礼

卢学琴，1929 年生于贵州黄平一个贫困家庭。父、母、兄、姐都是文盲，全家靠租田耕种为生，卖草鞋糊口。1941 年，父亲将她送去黄平旧州女子小学读书，想让她有点文化，不被人欺辱，当时她已经 12 岁了。1944 年她失学回家，1945 年又复学并跳级读五年级，1946 年小学毕业，1947 年考入私立中正中学。在中学阶段，受地下共产党员、校长张毓后的影响，卢学琴积极参加进步活动，护城护校，迎接解放。1950 年 4 月，参加解放军组织的旧州保卫战，同年被选为黄平县首届各族各界人民代表会议代表，加入中国新民主主义青年团。1951 年参加工作，先后任镇远等区学联主席，贵州省交通厅公路局政治处青年干事，交通厅干部学校党支部秘书，交通学校宣传干事，贵州大学数学系党总支秘书兼班主任、团总支书记、学生党支部书记等职。

卢学琴同志的人生丰富多彩，著有《八旬人生录》一书，这本书记录了她的人生足迹。贵州省原省长王朝文为此书题写书名，贵州省妇联原副主席戴泽仙为此书作序：

大姐积极向上、勇敢坚强、勤奋好学、踏实工作、乐于助人和光明磊落的品格，十分透明地印在我脑子里。她在中华人民共和国成立前夕，在当地中共地下党组织的领导下，针对国民党反动派的破坏，参加护城、护校。解放初期，土匪反攻，形势非常严峻，她团结同学，握起解放军发给他们的步枪，手榴弹等武器，英勇地参加了旧州保卫战，可称是黄平的女英雄。在贵州省学联、团省委、省少先队工作中，她称得上是老前辈，在十分艰苦的条件下，做了大量的工作。退休后，她仍关心家乡建设，家乡受灾时，她组织捐钱捐物，自己也多次解囊相助。为此我曾写过文章，发表在《家庭指南报》，宣传她作为一个普通共产党员的大爱精神。

1951年1月，经各级团组织的推选，卢学琴同志被选为代表参加在贵阳召开的全省学生代表会议，并当选为省立学联筹备委员会常务委员。在这次会议上，她当选为出席西南区学生代表大会的代表。

1951年2月，西南区第一届学生代表大会在重庆隆重召开，四川、云南、贵州等省11个地区中等以上学校学生代表339人，列席代表49人参加了会议。会议正式成立了西南区学生联合会，卢学琴同志被选为出席全国学生代表大会的代表。

1951年7月，首届全国学生代表大会在北京开幕。出席大会的代表363人，皆是来自各省区市、各民族、各宗教信仰和海外华侨、留学生以及各学校的优秀学生。其中，贵州代表5人，卢学琴便是其中之一。另有特邀代表60人，他们是刚离校不久，正在各种岗位上工作的优秀代表。

这次学生代表大会的任务是总结两年来的中国学生运动的经验，确立当前中国学生运动的具体工作。陆宗一代表党中央致辞，他说："中国学生在中国共产党的领导下，和人民一起英勇奋斗，取得了革命的胜利，将来还要在共产党的领导下，和全国人民一起继续奋斗，建设美好的社会主义、共产主义社会。"沈钧儒、郭沫若、马叙伦等领导也先后致辞，一致勉励全国学生参加政法学习，努力学习功课，掌握科学技术，时刻准备为伟大的社会主义祖国服务。

在这次大会上，时任中共中央政治局委员彭真同志做政治报告，时任团中央副书记蒋南翔、中央财经委员会副主席李富春、教育部副部长钱俊瑞分别做"目前学生运动中的几个问题""新中国财经建设的方向""新中国教育建设与爱国主义教育问题"的报告，全体代表对这些报告进行了热烈的讨论。

大会开了七天，最后一天通过决议。决议指出，在全国学生中深入普及爱国主义教育，提高学生的知识水平，注意锻炼身体，加强各级学生联合会和各校学生会工作。大会修改了中华全国学生联合会章程，选举产生了中华全国学生联合会第十五届执行委员会委员。

大会闭幕式于1951年7月26日晚举行。朱总司令出席闭幕式，并发表了热情洋溢的讲话。他说："中国学生有着光荣的传统，中华人民共和国成立以来，中国学生成为国家的主人，成为建设新中国的后备军。你们的任务是学好本领，准备力量，参加建设我们伟大可爱的祖国，并为反对帝国主义的战争计划，巩固国防，保卫祖国的和平而努力。"

返回贵阳后，省团委学生部的郑楠同志派卢学琴到贵筑专区惠水中学协助李淑卿同学传达会议精神。随后，她又被派到都匀中学、独山中学、炉山中学、镇远中学、三穗中学、天柱中学等，传达全国学生代表大会精神。那时交通不便，人们多是步行独自去传达的。这次传达学生代表大会精神历时三个多月，听众有2300余人。卢学琴同志表示："几个月的跋山涉水，虽然很辛苦，但我却一点不觉得累，浑身有使不完的劲，内心感到无比充实。"

2014年初，卢学琴同志反复阅读40余万字的《晚清名臣石赞清传》，并撰写了3000余字的评论文章《石赞清精神永放光芒》。此外，她还写了1944年黄平旧州北门街老虎进城吃人的故事，这件事在当时轰动一时，不少文人均有记载。

38. 上课一丝不苟　爱校无私奉献

——记广受师生赞扬的彭洪志教授

罗应梅

　　他见证了贵州大学的恢复与重建；他培育了满园桃李，躬耕教坛硕果累累；他勇于承担，排除万难，开拓创新，将一门"三无课"上得有声有色；他心系校园，退休后依然关心学校发展，将自己珍藏半个多世纪的珍贵资料捐献给学校。他就是为马列理论教学科研做出重大贡献的贵州大学原马列部教授彭洪志。

　　彭洪志先后担任原贵州农学院党史教研室主任、思想政治教育教研室主任、马列部主任、学院党委宣传部部长、统战部部长、党校常务副校长、学术委员会委员、学位委员会委员，贵州大学邓小平理论研究中心研究员，贵州省"两课"教学指导委员会组长等。

　　1935 年 4 月，彭洪志出生于四川仪陇，1958 年毕业于贵阳师范学院历史系。大学刚刚毕业，他服从组织分配，到贵州农学院马列部从事马列理论教学，任中共党史课教员。在他心里，党史教员是实现他人生理想的最佳机会，因为他早就立下志愿，要在中国近现代史研究方面做出一番成绩。

　　1978 年 12 月，党的十一届三中全会召开，彻底否定了"两个凡是"的错误，确立了"解放思想，实事求是"的指导思想，学术气氛和政治气候趋于正常，党中央逐步为老党员干部平反昭雪。彭教授紧跟时势变化，适时调整课堂内容。12月 25 日，中央人民广播电台宣布了为彭德怀平反昭雪的消息。当彭教授凌晨听到这则消息时，决定临时调整上课内容，将头一天准备的内容"毛主席的革命路线与彭德怀修正主义路线的斗争"更改为"彭德怀同志光辉的一生"，讲述了"彭德怀苦难的童年""长征中的彭大将军"等内容。彭教授讲得绘声绘色，感动了在场的所有人，受到学生赞扬。不过，这堂课也引起了一场不小的风波，有人跑到工宣队去告状，说彭洪志胆大包天，不批判彭德怀，反而为其歌功颂德，翻案宣传。工宣队和贵州日报便派人来调查，最后自然是有的人闹了一场不读书、不看报、不听新闻、栽赃好人的笑话。

2004 年，彭教授退休，但他依然心系贵大，关心贵大发展。2007 年是学校 105 周年华诞，学校筹办贵州大学校史陈列馆，需要广泛向学校的老教师、老校友征集校史资料。通知一经发出，他毫不犹豫地将珍藏了半个多世纪的珍贵资料捐赠给校史陈列馆，这些资料中不仅有彭教授自编、参编的教材和专著，尤其珍贵的是目前陈列在校史陈列馆里的几份资料。第一份是于民国三十五年（1946）创刊的国立贵州大学时期的《贵大学报》第 1 期文史号，这份学报不仅记录了国立贵州大学首任校长张廷休的题词及发刊词，还记录了任可澄、张汝舟、田君亮等老一辈知名教授的研究成果，是研究贵州大学学报史极为珍贵的史料，也是研究老一辈贵大学人思想的重要资料。第二份是《解放初贵州大学大会记录本》，这本手写会议记录记载了解放初贵州大学鲜为人知的大事，开篇为 1952 年 12 月 15 日陈大羽主任的报告。第三份是 1958 年贵州大学恢复重建时期的油印小报《团结》第 56 期，小报制作于 1958 年 9 月 20 日，记录了被院系调整时停办的贵州大学恢复重建时师生员工欢欣鼓舞的场景和那个时代人民的心声。贵州大学恢复重建是贵州人民欢庆的大事，更是贵大人永远难忘的记忆。这些资料都是校史陈列馆里十分珍贵的展品。

彭教授这种为事业勤勤恳恳、兢兢业业、坚定不移的精神值得每一位贵大人学习，他那勇于承担、排除万难、开拓创新的精神是我们应该继承和发扬光大的优良传统。同时，他虽已退休却仍心系校园、乐于奉献的精神，也应得到所有贵大人的敬仰和传承。

39．相携十载谋发展　回望百年忆辉煌

罗应梅

2014 年 9 月，是贵州大学、贵州工业大学正式合并组建新贵州大学十周年的庆典之月。在这个普校同庆、值得纪念的季节里，我们共同分享贵州大学走过的这 112 年的风雨历程。追忆百十年来的苦难与辉煌，回顾相携十载以来的艰辛与成就，展望贵州大学新时期的美好未来，我们希望每一个贵大人都能读一读校史，了解学校的发展历程。因为了解，才会热爱，因为热爱，才会以此为荣，因以此为荣，才会更加努力维护其荣光。每一位就读于贵州大学的学子踏入这片净土时，就被深深地打上了"贵大人"的烙印，因为你们于不同的时代在贵大生活了四年。你们也许坐过同一张课桌，看过图书馆里的同一本书，闻过同一树桂花香，甚至有缘睡过同一个宿舍的同一张床。同时，每一位来到贵大工作的教职工都应将贵大当成自己的家和事业起航的海港。我们要做知校、爱校、荣校、强校的贵大人。我们今天以贵大为荣，明天定让贵大以我们为荣。

新贵大组建之路

1991 年 7 月，国家为了更好地实施科教兴国战略、发展高等教育，提出了"211 工程"建设这一概念。所谓"211 工程"即面向 21 世纪，重点建设 100 所左右的高等学校和重点学科。1993 年 1 月 12 日，国务院下发《国务院批转国家教委关于加快改革和积极发展普通高等教育意见的通知》，指出：国家教委会同国务院有关综合部门有计划地选择其中一批代表国家水平的高等学校和学科、专业，列入国务院已原则批准的"211 工程"计划，分期滚动实施。同年 2 月 15 日，中共中央和国务院颁布的《中国教育和改革发展纲要》明确指出："为迎接世界

新技术革命的挑战，要集中中央和地方各方面的力量办好 100 所左右重点大学和一批重点学科、专业，力争在下世纪初，有一批高等学校和学科、专业，在教育质量、科学研究和管理方面，达到世界较高水平。"

但在国家实施"211 工程"建设项目的前期，贵州省没有提出申请，也没有一所学校达到进入这一行列的条件。直到 1997 年，贵州大学与其他 3 所院校合并后，中共贵州省委、贵州省人民政府才决定将贵州大学作为贵州省唯一按"211 工程"框架重点建设的学校，对贵州大学"加大投入，创造条件，尽最大努力争取使贵州大学能够进入国家'211 工程'"。同时，成立了贵州省"211 工程"建设领导小组，加强对贵州大学争取进入"211 工程"建设的领导和统筹、协调工作，并先后安排了 2.1 亿元专项资金，用于学科建设、师资队伍建设、校内公共服务体系和基础设施等方面的建设。经过几年的努力奋斗，贵州大学具备了进入"211 工程"的基本条件。

2003 年 7 月 10 日，时任贵州省副省长刘鸿庥、贵州大学校长陈叔平等到北京，向时任教育部部长周济汇报学校争进"211 工程"的准备工作情况，希望教育部能在 9 月派专家组到校评审。周济部长表示："教育部支持贵州建一所高水平大学，支持贵州大学进'211 工程'，但希望贵州大学、贵州工业大学合并后进'211 工程'为好。" 8 月 23 日，周济部长考察贵州大学后，在与中共贵州省委、贵州省人民政府领导交谈中承诺，只要两校合并，教育部就派专家到校组织评审"211 工程"的申报材料，签署省部共建贵州大学的协议。

为此，中共贵州省委、贵州省人民政府将贵州大学与贵州工业大学合并进入"211 工程"作为一件重大事情来抓。2004 年 3 月 30 日，研究决定由贵州大学、贵州工业大学合并组建新贵州大学，并对合校的指导思想、发展目标、保障措施、工作步骤等问题，做了一系列重要指示，还成立了由时任省委副书记孙渔同志为组长的领导小组，负责两校合并的筹备工作。

2004 年 8 月 12 日，贵州省人民政府向教育部报送《关于贵州大学、贵州工业大学合并组建新贵州大学的函》，请教育部批准。8 月 14 日，教育部同意贵州大学、贵州工业大学合并组建新的贵州大学，撤销原两所学校建制。新贵州大学的全日制在校生规模暂定为 45000 人，并希望贵州省加强对该校的领导，尽快实现学校的实质性合并，进一步明确学校定位，科学进行总体规划，落实有关投入，加强学科建设，积极开展科学研究，努力提高教学质量，科研水平和办学效益，办出特色、办出水平，为贵州省经济发展和社会进步做出更大的贡献。与此同时，中共贵州省委、贵州省人民政府选拔配备了新贵州大学的领导班子。

新贵州大学党委常委会由 13 人组成，时任贵州省委常委、省总工会主席龙超云兼任党委书记，陈叔平任副书记，申振东任常务副书记，郑元宁、韩卉、牟海松、冯晓宪任副书记，牟海松兼任纪委书记，朱立军、高克新、杨勇、吴次南、李建军、宋宝安、杨伟民任党委常委。陈叔平任贵州大学校长，朱立军任常务副校长，高克新、金道超、谢庆生、杨勇、吴次南、李建军、宋宝安任副校长，杨伟民任总会计师，谢田凯、杨明、陈加法任助理巡视员，聘欧阳自远、李祥为名誉校长。

8 月 17 日，经教育部批准，按照中共贵州省委、贵州省人民政府的决定，学校在花溪北校区大礼堂召开了组建新贵州大学大会。时任教育部副部长赵沁平，中共贵州省委副书记孙渔，省委常委、省委组织部部长刘也强，贵州省副省长刘鸿麻，省长助理李军等出席会议。会议由刘鸿麻主持，刘也强宣布了新贵州大学领导班子名单，赵沁平代表教育部表示祝贺并发表重要讲话，孙渔代表省委、省政府做重要指示，龙超云代表新贵州大学领导班子发表讲话。

9 月 13 日，贵州省人民政府下发《关于贵州大学、贵州工业大学合并组建新贵州大学的通知》。两校正式合并组建新贵州大学，学校走向新的发展时期。

时至今日，新贵州大学走过十载，取得了更加突出的成绩，谱写了辉煌的篇章。

相携十年 硕果累累

新贵州大学组建时,共有 9 个校区,全校设有 25 个学院(含独立学院和人武学院)、101 个本科专业、4 个博士学位授予点、3 个博士后科研流动站、80 个硕士学位授权点和 5 个专业硕士学位授权点,有 1 个国家工程中心、1 个省部共建重点实验室、1 个国家级职业教育师资培训基地、18 个省级重点学科、10 个省级重点实验室、2 个省级人文社科研究基地、1 个省级大学生文化素质教育基地。合并后的贵州大学是当时全省普通高等学校中办学规模最大、办学层次最高、学科专业机构比较合理、教学科研能力和水平较强的综合性大学。

经过近 10 年的发展,贵州大学取得了丰硕的成果。学校设有 33 个学院、14 个校直科研机构、135 个本科专业、16 个专科专业、46 个一级学科硕士点、196 个二级学科硕士点、10 个专业硕士学位授予点、9 个一级学科博士点、46 个二级学科博士点、5 个博士后科研流动站。专业设置涵盖哲学、经济学、法学、文学、历史学、教育学、理学、工学、农学、管理学、艺术学 11 个学科门类。学校拥有 1 个国家级重点学科(农药学)、24 个省级重点学科、17 个省级特色重点学科、5 个"211 工程"二期重点建设学科、8 个"211 工程"三期重点建设学科、9 个教育部一类特色专业、2 个教育部二类特色专业、1 个国家工程技术研究中心、6 个教育部重点实验室(中心)、37 个省级重点实验室(中心、基地)。

同时,学校还注重培育发展特色优势学科和服务贵州区域经济发展,建有中国白酒研究院、喀斯特环境与地质灾害防治教育部重点实验室、生态城镇化规划研究中心、石漠化改造与生态农业研究中心、东盟研究院、阳明文化研究院、遵义红色文化研究院、中国西部发展能力研究中心、贵阳创新驱动发展战略研究院等研究机构。

学校在校全日制学生 46099 人,研究生 6568 人。全校在职教职工 4114 人。

其中，具有博士学位的 519 人，具有硕士学位的 1113 人，教授 535 人，副教授 1174 人。有中国工程院院士 1 人、教育部"长江学者奖励计划"特聘（讲座）教授 3 人、国家杰出青年科学基金获得者 1 人、"万人计划" 1 人、"青年千人计划" 1 人、"候鸟型"高层次人才 17 人、国务院学位委员会学科评议组成员 1 人、国家有突出贡献中青年专家 7 人、百千万人才工程专家 6 人、教育部科技委委员 2 人、教育部高等学校教学指导委员会委员 19 人、教育部新世纪优秀科技人才 14 人、贵州省首批荣誉核心专家 1 人、贵州省核心专家 8 人、贵州省省管专家 55 人、贵州省青年创新人才奖 11 人、贵州省优秀青年科技人才 67 人。

在图书资源方面，贵州大学也有较大突破。我校图书馆原有馆舍面积 42190 平方米，西校区新建图书馆面积 59539 平方米，合计 10 万余平方米。馆藏纸质文献 310 余万册，中外文电子图书总量 191 余万册，中外文数据库 43 个，电子图书资源及各类中外文电子文献数据库 30 余个，为学校的教学科研提供了丰富的资源。

贵州大学与贵州工业大学的合并，实现了强强联合，增强了办学实力，整合了教学资源。经过十余年的发展，学校逐步向学科优势突出、师资力量雄厚、办学特色鲜明、面向世界、立足西南、服务贵州的高水平大学迈进，并在其他方面取得突出成绩。现略述几件十余年来的大事。

2004 年 12 月 23 日，贵州省人民政府与教育部正式签署共建贵州大学协议。按照协议，贵州省人民政府和教育部共建贵州大学实行以省政府为主管理、教育部重点支持的原则，促进贵州大学改革与发展，使之成为西部具有地方特色的高素质人才培养、高水平科学研究及推进高新技术发展和成果转化的重要基地。这标志着贵州大学的发展进入一个崭新的阶段。

2005 年 9 月 8 日，"211 工程"部际协调小组办公室下发了《关于向有关高等学校下发"211 工程"建设中央专项资金安排的通知》，写明："贵州大学，经国家发展和改革委员会、财政部、教育部共同研究确定，你校 2005 年度'211工程'建设中央专项资金为 3000 万，其中国家发改委 1550 万元，财政部 1450

万元。"教育部以高级别的正式会议和口头祝贺的方式宣布了贵州大学进入"211工程"行列。贵州大学成功获准进入"211工程"重点建设行列，实现了建设高水平大学的奋斗目标，不仅使学校跨入了一个崭新的发展时期，同时也是贵州高等教育发展上的历史性突破。

2006年6月6日，学校召开了新闻发布会，将张廷休校长拟定的老校训"坚毅笃实"升华为"明德至善，博学笃行"新校训；修改了校歌歌词，并谱了新曲；启用了学校标识。新校训"明德至善，博学笃行"分别取自《大学》卷首的"大学之道，在明明德，在亲民，在止于至善"和《礼记·中庸》的"博学之，审问之，慎思之，明辨之，笃行之"。新校歌由贵大众人集体改编，由艺术学院杨小幸教授谱曲。贵州大学标识采用隶书的表现形式，将贵州大学简称"贵大"，把二字巧妙地组合在一起，运用专用字体、英文和"1902"数字来传递信息，其图案古朴典雅，简洁明快，美观大方。既体现了贵州大学的历史积淀，又不失时代感，有很强的感染力和冲击力。新校训、校歌、学校标识发布后，学校掀起了学习校史，宣传校训、学校标识和传唱校歌的高潮，还举办了以校歌为必选歌曲的全校歌咏比赛和校训、校歌书画展。

2007年9月8日，贵州大学举办建校105周年校庆，举行了盛大的庆典活动，活动主题为"百年学府，和谐贵大"。为筹办校庆，学校从四个方面抓工作：一是基本完成贵州大学百年校史稿的编写，正式出版《贵州大学校史丛书》；二是建立新贵州大学校友总会，并召开校友总会成立大会；三是加强校庆宣传工作，先后出版《走进"十一五"，建设新贵大》《我与贵州大学》《贵州大学画册》《溪山唱咏》等著作；四是加强校园环境的建设工作。校庆活动从9月6日启动，15日结束，历时10天，活动有书画摄影作品展、各类揭幕仪式、各种学术论坛等，丰富多彩。建校105周年的庆典，不仅有省领导和兄弟院校的祝贺，教育部也派人参加，还发来了满是祝福和期望的贺信。在活动中，广大师生员工及社会各界认可了贵州大学百年历史，增强了师生员工的凝聚力，扩大了学校的影响力，激发了广大师生员工的荣誉感、使命感，有力地推进了"和谐贵大"的建设。

2008年，贵大马克俭教授当选中国工程院院士，打破了贵州没有工程院院士的历史；贵州大学在教育部本科教学质量评估中取得优秀成绩；由教育部主办、贵大协办的首届"中国·东盟教育交流周"在贵阳成功举办。这一年，贵州大学还成为教育部教育援外基地。

2009年11月28日，贵州大学花溪校园扩建一期工程开工奠基仪式隆重举行。经过两年多的建设，一期工程于2012年1月6日竣工。1月7—9日，蔡家关校区7个学院陆续搬入新校区。

2012年，贵州大学又迎来了一个发展的良好契机，入选国家"中西部高校综合实力提升工程"14所高校之一。在2015年前争取到国家15亿资金用于贵州大学的建设，此外，省政府每年还补贴1亿元资金支持贵大发展。贵州大学制定了《贵州大学加快建设有特色领军型高水平大学2012—2020年行动计划》，还举办了贵州大学建校110周年庆典。

回望百年忆辉煌

贵州大学是一所百年老校，有着深厚的历史文化底蕴、浓郁的校园文化氛围，贵州工业大学也是为贵州工业发展做出卓越贡献的著名高校。新贵州大学，实现了强强联合，整合了教学资源，在贵州省高校行列中位居榜首，顺利实现省部共建和国家"211工程"建设行列，也成为国家"中西部高校综合实力提升工程"（即"一省一校"工程）14所入选高校之一，时任校长郑强还当选中西部高校联盟秘书长。我们可以自信地预见新贵州大学未来的美好前程，也应多多地了解贵州大学的发展历程。

贵州大学始建于1902年，贵州巡抚邓华熙秉承光绪皇帝谕旨，仿山东大学堂之章程，在贵山书院的基础上，正式创建贵州大学堂。贵州大学堂开办之初，首届招生120名，开设备斋和正斋，不分科系，将学生分为英语、法语、日语3

班。备斋习浅近学，以教各国语言文字为主，兼习经史、文艺、测算等学；正斋习普通学，以教经史、中外政治、测算、西艺等学为主，具体开设史学、算学、格致、地理等课程。备斋两年毕业，正斋四年毕业。贵州大学堂是我国走向近代化历史中第一批创办的高等学府，标志着贵州传统教育体系的瓦解和近代教育制度的建立，开创了贵州近代高等教育的先河，为贵州近代高等教育发展树起了第一块里程碑。

由于历史的变迁，贵州大学堂嬗变为贵州高等学堂、贵州高等学堂预备科、贵州师范学堂简易科、贵州官立矿业中学堂、贵州省立农林学校、贵州省立贵阳甲种农业学校，最后并入省立贵州大学。省立贵州大学创办于1928年。1926年，周西成主持黔政，重视教育发展，任命周恭寿为省政务委员会委员，兼任贵州省首任教育厅厅长。周恭寿任职后，按"黔之振兴，教育为大"的思想大力调整和发展教育，向周西成建议设立贵州大学，培养人才。周西成接受其建议，立即下令开展筹备工作，周恭寿奉令承办。1927年10月开始筹备，经过两个多月的紧张工作，经贵州省人民政府批准，选定位于省城次南门外的省立第二中学校址（现筑城广场西侧两江口一带）为贵州大学校址。同时，省政府下令停办二中、公立法政专门学校和贵阳甲种农业学校。这些学校的部分教师、实验设备转入贵州大学，有的学生转入或考入贵州大学学习。省立贵州大学开办经济、医学、土木3个专业及文、理2个预科，在筹备和开办之初制定《贵州大学教学计划书》《贵州大学规程》，明确了学校组织机构和选聘教职工等制度。正当贵州大学处于良好发展态势时，黔省政局发生剧变，学校遭受改组。1931年1月，贵州大学矿业专科382名学生毕业后未继续招生，随即停办，其校址用于开办贵州省立贵阳高级中学。在军阀混战、人才匮乏、物资奇缺的情况下，周恭寿创建了省立贵州大学，虽只办了短短三年，却在贵州的历史上留下了辉煌的一页。

1941年，国民政府设立国立贵州农工学院校址为贵筑县花溪镇（现花溪区贵州大学农学院），李书田教授任国立贵州农工学院院长。次年，国立贵州农工学院归并国立贵州大学。国立贵州大学创办于1942年，张廷休为校长，1942年

8月，张廷休校长到校就职，国立贵州大学宣告正式成立。国立贵州农工学院归并国立贵州大学后，所招学生系国立贵州大学第一届毕业生。

国立贵州大学成立之初，在原农工学院外，增设文理、法商2个学院。文理学院设中国文学、外国文学、历史社会、数理和化学5个系，法商学院设政治经济、法律2个系。国立贵州大学成为当时中国第21所国立综合大学，曾辉煌一时。到解放初期，国立贵州大学设5个学院，17个系，即工学院，含土木工程学系、矿冶工程学系、机械工程学系、电机系；农学院，含农艺学系（附农学专修科）、农业化学系、农业经济学系、植物病虫害学系；文学院，含中国文学系、外国文学系、历史学系；理学院，含数理学系、化学系、地质学系；法商学院，含政治学系、经济学系、法律学系。全日制在校学生1010人。

国立贵州大学的名称止于1950年10月，但贵州大学在1953年的院系调整中被迫停办，原有专业、教师、教学仪器以及图书分别转入所迁往的学校，只保留了农学院在原校址继续办学。直到1958年，贵州大学才得以恢复重建。

恢复重建后的贵州大学，经历了"文革"时期的停滞不前、改革开放时期的稳步发展和新世纪的快速提升，逐渐成长为贵州省历史最长、办学实力强大、师资力量雄厚、科研水平较高的综合性大学。

贵州工学院是贵州工业大学的前身，创建于1958年，当时的条件非常艰苦，但全校师生员工发扬艰苦奋斗的精神，用数十吨炸药炸通介白关，用双手建起了一所大学。选定了贵阳西南郊蔡家关作为校址。1996年5月20日，经国家教委批准，更名为贵州工业大学。贵州工业大学是我省唯一的一所工科大学，为贵州的工业建设和人才培养，做出过重大贡献。

2004年两校合并，至今已有十余年，取得的成绩有目共睹，尤其是近些年，在新领导班子的带领下，贵州大学采取一系列措施来提升综合实力，得到了很好的发展，向着更美好的未来迈进。

（原文发表于2014年9月）

40. 一生躬耕为教坛 两度情缘系贵大

——记省立贵州大学校长周恭寿

罗应梅

在贵州大学一百二十年的风雨历程中，有这么一位人物，他一生为贵州教育做出了不朽贡献，并两度与贵大结缘，任贵州大学堂教习和创办省立贵州大学并任校长，他就是著名教育家周恭寿。20世纪二三十年代，他与当时颇负盛名的王伯群、任可澄、周培艺、陈廷策、窦居仁等7位知名人物齐名，并称为"贵州八骏"；同时也与其弟弟、我国著名物理学家周昌寿堪称"麻江双璧"。可见，周恭寿在贵州近代历史，尤其是教育史上具有举足轻重的地位，甚至有人称之为贵州近现代教育的先驱者和开拓者。《教坛薪火》《贵阳历史人物丛书•文化教育卷》《贵州社会文明的先导——贵州历代著名教师》等书，收有周恭寿先生的小传。

周恭寿（1876—1950），字铭久，贵州麻江人，出生于一个书香士官之家。其祖父周之翰为1862年贡生，以第一名补授内阁中书、官四川知府等职。其父周诚为举人，曾官至福建盐运使、知县等。周恭寿从小就受到良好的教育，加上其天资聪颖，勤奋好学，小小年纪便表现出过人的聪慧。天津人严修督学贵州在《潭香馆使黔日记》中赞赏他："恭寿器宇轩昂，颇不寒俭，美才也。"1898年，都匀府开童试，周恭寿名列榜首。1901年，周恭寿在省城贵阳应乡试，以第20名中庚子、辛丑并科举人。中举后获擢至省任用，初主讲黔西书院。1902年，贵州大学堂创办，周恭寿与廖杭、郭竹君、林壁安等被聘为首批教习。1905年，以周恭寿和廖杭为领队，带领首批64人赴日本留学（8名为大学堂学生，其余56名在全省选派），到日本东京弘文学院速成师范学习。

1906年回国，正值国内"废科举、兴学堂"运动轰轰烈烈开展之际，周恭寿奉令在贵阳创办新式学堂10所（高等小学堂1所，初等小学堂9所），学生近1000人，教师50余人，周恭寿任总堂长。1909年，他出任贵州教育总会副会长，次年赴北京参加请愿召开国会期间，参观各地的新学，萌生"黔之振兴，教育为大"的思想。回黔后，周恭寿立即创办了贵阳官立中学堂（现贵阳市第一中学），并主持出版《贵州教育官报》。

1913年，周恭寿因得罪了入黔的滇系军阀唐继尧，被唐贬斥到遵义任知事（次年改称知县）。虽遭贬斥，但他造福于民的雄心未减，创办了许多工业产业，也更加注重教育。周恭寿到任后即对该县教育情况进行调查，针对教育资源分配不合理的现状，于1915年将该县学区改为14个，即县城1个区，小学15所；县东3个区，小学18所；县南4个区，小学35所；县西3个区，小学18所；县北3个区，小学25所。同时，他派遣学员不定期前往视导，并以"城隍庙为校舍"创办遵义女子师范学校，成为贵州第一所女子师范学校，开创了贵州女子教育的先河。他又新办区立民国小学12所、区立女子小学3所，并续修了《遵义府志》。

周恭寿在遵义待了三年。1916年，刘显世在遵义开放烟禁，征收鸦片税收，他不愿为虎作伥，甘愿辞官不做。随后他辗转四川、北京、广州、武汉、上海等地，直到1926年，周西成主政贵州，委任他为首任贵州省教育厅厅长。

作为主管全省教育的行政长官，周恭寿正式提出"黔之振兴，教育为大"的理念，积极创办新学，改革旧的教育模式，实施全民教育，为贵州近现代教育打下了很好的基础，培养了一批素质较高的乡土人才和社会栋梁。首先，他根据贵州当时的教育现状，对教育资源进行合理配置。他把全省划为8个教学区，每区设立1所省立中学，将都匀10县联合中学和其他7所中学收归省厅直属，由省教育厅直接拨款和管辖，改善教学条件。其次，他要求省内所有中、小学全面推行新学制新课程，采用民国教育部审定印发的教科书，选用并培训优秀合格教师，使贵州的教育事业蒸蒸日上。最后，他创办省立贵州大学，为贵州高层次人才的培养做出了应有的贡献。

　　周恭寿一生都在为教育事业做贡献，对贵州近代教育的贡献无人能比，成就卓然，被誉为"促进贵州近代教育发展的开拓者、先驱、领军人物"。可以说，周恭寿一生的耕耘都是在为教育事业的发展出力。同时，他与贵州大学的情缘也实在不浅，曾两度与贵州大学结缘。

　　第一次是贵州大学堂初创时期，周恭寿被聘为大学堂首批教习，并带领大学堂学生8名及从全省选派的共计64名学生赴日本留学。回国后在省内各地建立了许多学校，为贵州教育做出巨大贡献。

　　第二次，周恭寿创办省立贵州大学，并任校长。1926年，周恭寿任首任贵州省教育厅厅长，奉令创办贵州大学。在当时军阀混战的年代，要创办一所大学，绝非易事。但周恭寿凭借多年的办学经验，殚精竭虑，多方筹措，终于在1928年让贵州大学从蓝图变成现实。他选定位于省城次南门外的省立第二中学校址为贵州大学校址。同时，贵州省人民政府下令停办省立第二中学、公立法政专门学校和贵阳甲种农业学校。这些学校的部分教师、实验设备转入贵州大学，有的学生转入或考入贵州大学学习。省立贵州大学开办经济、医学、土木3个专业及文、理2个预科，在《贵州大学教学计划书》《贵州大学规程》中明确了学校组织机构、选聘教职工等，在计划书中还规定了贵州大学的五年发展规划。

　　但省立贵州大学只办了短短三年就结束了。周西城在军阀混战中战死，省立贵州大学失去政治和资金的支持，加上黔政大乱，坚持办学到1930年冬季便宣告结束。至此，周恭寿结束了与贵州大学的第二段情缘。

41. 保护师生不遗余力　地质工作殚精竭虑

——记地质学家丁道衡与贵州大学

罗应梅

丁道衡（1899—1955），字仲良，贵州织金人，清末名臣丁宝桢之孙，著名地质学家、古生物学家、教育家和社会活动家。

1916年，丁道衡考进贵阳模范中学，1920年进入北京大学预科学习，两年后升入本科地质系，专攻地史学和古生物学，1926年毕业留校任教。一年后，28岁的丁道衡参加北大教授徐炳昶和瑞典地质学家斯文·赫定组织的西北科学考察团。在此次考察中，丁道衡发现了沉睡亿万年的白云鄂博铁矿，他公开认定：白云鄂博是一个蕴藏丰富而有开采价值的大型铁矿。如今，该矿区街心矗立着丁道衡的塑像，供万世景仰，垂范世人。

1934年，丁道衡赴德国留学，三年后获博士学位，并被授予英国皇家学会会员。1937年丁道衡回国，受聘为云南省建设厅技正（总工程师）。1939年秋，丁道衡参加"川康科学考察团"。1940年，丁道衡被聘为武汉大学矿冶系教授，在抗战期间艰苦的条件下，肩负全系6门专业课。丁道衡不仅负责全系的教学行政工作，还负责学生的实验课和野外实习。1942年秋，丁道衡怀着报效桑梓的热诚回到故乡，先后任国立贵州大学矿冶系主任、教授及工学院和文理学院院长。1946年，丁道衡与乐森璕筹备、创办国立贵州大学地质学系，并任系主任。1953年，全国高等学校院系调整，丁道衡随地质系调到重庆大学。1955年，丁道衡在重庆逝世，年仅56岁。

报效桑梓　服务贵大

1942 年 5 月，国民政府行政院决议成立国立贵州大学，并令国立贵州农工学院归并国立贵州大学，任命张廷休为校长。张廷休到校后，即着手谋划学校建设工作。首要任务就是聘请教师，张廷休利用其在教育部任职的有利条件，在重庆等地选聘教师，丁道衡就是在此时受聘为国立贵州大学教授的。他于 1942 年 12 月到校任教，1953 年 6 月随地质学系调入重庆大学，在贵州大学任教近十一年，他见证了国立贵州大学的建设和发展，也见证了贵州大学在院系调整中被迫撤销停办。从教十一年，丁道衡对学校师生的爱护是不遗余力的，而他一生的地质工作也成果斐然，值得世人称颂。

保护师生　不遗余力

1943 年 2 月，国立贵州大学奉教育部令，农工学院分立，分设为农学院和工学院，工学院由丁道衡任院长。8 月，工学院奉令迁至安顺办学，但安顺办学十分艰难，经常遭到县人民政府的刁难，时常出现双方大打出手的场面。1944 年初的一次冲突愈演愈烈，最后学生组织了罢课、游行示威、请愿活动。丁道衡院长赶赴现场进行调解，迫使县长朱大昌向工学院师生赔礼道歉，并赔偿医药费。这次官员与师学的争斗在丁院长的调解下，师生的尊严得到了维护。在那个动荡的年代，官员飞扬跋扈已成惯性，不妥协需要一定的勇气，但国立贵州大学的师生们做到了这一点。

1945 年 1 月 "黔南事变" 后，工学院从安顺迁回花溪办学。由于学生在领床板时遭到学校职工徐树的拒绝和辱骂，双方起了冲突，学校决定要开除当事学生朱学校。出于对学生的保护，丁道衡院长等多方周旋力争，最终得以保留朱学校的学籍，争取了他的应当权利，让其顺利完成学业。

1949 年初，国立贵州大学反饥饿、反迫害、争自由的运动达到高潮。为与学生的民主运动相呼应，丁道衡于 1949 年 3 月联合陈述元、乐恭彦、陈明敏、金春棋等教师召开教授会和讲助会，决定罢教，极力争取改善师生的待遇。后因国民党当局疯狂镇压、大肆逮捕贵大师生，丁道衡又多方尽力保护进步学生，帮助他们秘密离开贵大，躲避敌人追捕。在这次民主运动中，丁道衡不幸被捕，在狱中被折磨了三个月后才被营救。1949 年 10 月，凭借"联名保释，随传随到"的形式，丁道衡才得以"取保外释"。

中华人民共和国成立后，丁道衡担任国立贵州大学"协助接管委员会"主任委员、"贵州大学临时管理委员会"主任委员和"贵州大学校务委员会"主任委员，为学校的顺利接管和在动荡年代保持正常教学秩序立下汗马功劳。丁道衡在贵州大学期间，积极维护师生的正当权利。在白色恐怖之下，他帮助师生躲避反动当局的追捕，不遗余力地维护学校师生，堪称教师中的典范。

投身地质　殚精竭虑

无论是教学科研还是实践考察，丁道衡都是地质行业中的佼佼者。无论是在西北科考还是在川康考察，无论是在重庆大学还是在贵州大学，他的地质工作和成就都为世人所称道，耗尽了他毕生的精力。

1927 年，丁道衡参加了西北科考团，在西北恶劣的地理环境下，费时三年，他走遍了内蒙古、宁夏、甘肃、青海、新疆等地，最终发现了白云鄂博铁矿。而后又参加川康考察团，对四川、西康①两省地质状况进行考察，考察中遭遇劫匪，差点付出生命的代价。在武汉大学任教期间，他独自承担全系 6 门课程的教学工作，还负责实验课程和野外实习。为服务桑梓，他回到贵州任国立贵州大学

---

① 西康，中国原省级行政区，1955 年 9 月被撤销，原西康省所属区分别并入四川省和西藏自治区筹备委员会（现西藏自治区）。

矿冶系主任，工学院、文理学院院长。

在国立贵州大学任教期间，丁道衡不仅负责给本院系学生上专业课，还不断给全校师生做公开的学术讲座。据 1947 年入学的老校友黄洁尘回忆："在一次学术演讲中，丁院长讲到我家乡梵净山地质矿产的有关情况，引起我的兴趣……有两点我记忆犹新，一说煤与汞不共生，山北有煤无汞，山南有汞无煤；另一点，丁院长说梵净山原来是一片海，在某个地质年代经过造山运动由海底抬升为高山。这两点似乎都在实践中得到了证实。"丁道衡的讲座在学校开展得较为频繁，为全校师生丰富课余生活和拓宽知识面起到积极作用。

此外，由于深感地质人才的奇缺，丁道衡还努力筹建贵州大学地质学系。1946 年创系之初，开设了矿物学、地形测量、地质学、古生物学等 17 门专业必修课，以及野外实习和室内实习等活动。贵州大学地质学系的成立及教学，为贵州省培养了第一批地质人才。

1953 年，院系调整后，他随地质系迁入重庆大学。重庆大学校内至今伫立着丁道衡的塑像，其校史馆内多处出现丁道衡的身影，可见他在重庆大学的教学科研成果也是为世人肯定的。

纵观其一生，丁道衡为地质事业做出巨大贡献。在贵州大学期间，由于处于动荡的非常年代，他对师生的保护也是不遗余力的，教学工作更是堪称典范，值得为贵州大学师生永远纪念。

42. 柳诒徵与贵州大学

——记国立贵州大学第一首校歌词作者

罗应梅

1942 年，柳诒徵应张廷休校长之邀请，在国立贵州大学文理学院讲授中国通史，并为国立贵州大学作第一首校歌歌词，还主办了"传抄四库全书珍本"事宜。国学大师吴宓曾称许柳诒徵为"东南大学之教授人才，以柳先生博雅宏通，为第一人"；从事古代文学教学与研究二十余年的李金坤教授称赞："柳诒徵不仅是著名的史学家、国学家、教育家、目录学家、图书馆事业家，而且是一位诗人与书法家，是一位具有爱国情怀的知识分子。"

柳诒徵（1880—1956），字翼谋，亦字希兆，号知非，晚号劬堂，又号龙蟠迂叟，江苏丹徒人。幼时家境清寒，7 岁丧父，与姐姐随母亲迁居外婆家，就读书塾，日诵经书、诗文。17 岁考中秀才，后迁居南京，此后先后在金陵钟山书院、江阴南菁书院和三江师范学堂就读，师从名儒缪荃孙、黄以周和李瑞清等人。柳诒徵师从名师，加上自身的勤奋好学和严谨治学，使他具有了深厚扎实的国学功底，奠定了他在学术上伟大成就的坚实基础。在任教期间，他教学方法得当，培养了大批有识之士，使柳氏门下俊彦云集，张其昀、缪凤林、陈训慈等均受业于柳先生门下。1943 年，柳诒徵与著名哲学家冯友兰、艺术家徐悲鸿、机械工程专家刘仙洲等 15 人被选为国民政府第二批部聘教授。1948 年，他又与胡适、傅斯年、李四光、郭沫若等 81 名学术奇才被选举为中央研究院首届院士。1956 年 2 月 3 日，柳诒徵在上海逝世，享年 76 岁。

关于柳诒徵先生的生平简介以及学术成果，《贵州大学教坛先导》一书收录了《民国著名史学大师柳诒徵教授》一文，详细介绍了柳先生生平及学术成就。

因此，本文仅讲述柳先生在工作、任教时一些鲜为人知的故事。

柳先生早年在两江师范学堂执教时，按照当时的惯例，每月工资一般由学校会计亲自送到教师手中，但两江师范会计却让老师自己去领。柳先生对此不满，为维护师道尊严，数月不去领工资，到了学期末便要请辞，校长李梅庵不舍，也不解，遂托人询问缘由，才将问题解决，得以挽留柳先生。后在南京高师任教，其教学功绩在国学大师吴宓先生看来为："南京高师校之成绩、学风、声誉，全由柳先生多年培植之功。"由此可见柳先生为学、为人、为事之风范。

抗战爆发后，大批高校、名师内迁，柳先生亦如此。应浙江大学校长竺可桢之聘请，他到浙大讲学，并随校内迁贵州遵义湄潭。柳先生和马一浮先生在浙江大学受到极高的尊重，据浙江大学时任文理学院院长梅光迪先生的书信记载，浙江大学能聘请马一浮这样的大师来校任教，关键在于浙江大学用古代对待大师的标准来对待他们，专门制定了马一浮开讲座时学生必须遵守的礼节：一是在马先生进入教室的时候，学生必须起立，直到他坐下；二是学生在上课时不能制造任何噪声，如谈话、咳嗽，违者将会被赶出教室；三是在讲座最后，当演讲者站起来要走时，他们都要起立，并站在原地直到他走为止。而在马一浮之后，有幸享受到与他同样待遇的就是柳诒徵先生。

柳诒徵先生在浙江大学任教时间并不长。一日，柳先生在课堂上讲到日寇在南京大屠杀时，义愤填膺，突发中风晕倒在讲台，竺可桢校长组织医生急救，后又休养几个月才离开。1942年，张廷休出任国立贵州大学校长，聘请柳诒徵、茅以升、谢六逸、任可澄等先生为特约讲座，柳诒徵先生为文理学院历史社会学系讲授中国历史。任国立贵州大学特约讲座期间，柳诒徵先生曾为国立贵州大学谱写过校歌的歌词。据中华民国三十四年（1945）八月版《国立贵州大学概况》记载，国立贵州大学校歌由柳诒徵先生作词，洪波作曲。其歌词为："古今岩疆重，忆黔山白水，民物熙丰，伟名贤武德，儒宗兮接踵，轮翼更宏通，学林艺府全世界罗胸，立德、功、言，昌明礼乐兵农，翊中华民国万年一统，翊中华民国万年一统。"从歌词中，我们不仅看到柳诒徵先生对贵州好山好水的描绘，更对国立贵州大学的功能和前途寄予了极高的期望。

随着全面抗战的爆发，浙江图书馆馆长陈训慈带着一帮书生，开始了一段匪夷所思的《四库全书》大迁徙。1938年3月，文澜阁《四库全书》迁移至贵阳，时任贵州省教育厅厅长欧元怀奉教育部命令，把这批国宝先存放于西郊张家祠堂。1939年2月，日军轰炸贵阳，《四库全书》又搬迁到地母洞，一放就是六年。《四库全书》所集图书，绝大多数是贵州没有的。其零散记载黔地历史、地理、民族等方面资料的图书较多，是贵州文人、学者使用此书的极好机会。它的入筑也帮助贵州相关文献得以完成。遂有"传抄四库全书珍本"之计划，教育部训令国立贵州大学校长张廷休派员与浙江省国立图书馆商讨"传抄四库全书珍本"事宜，拟定搬迁、建库、传抄计划，国立贵州大学聘柳诒徵主办该事宜。1940年5月—1941年8月，历时一年多完成抄录。除《贵州通志》未抄外，其余与贵州相关的只言片语都被抄录下来，以供修志使用，并被同仁编排成8册，定名为《贵州史料第一集》。但当时因经费困难，没有复印，黔南事变发生时，这些材料大都损坏了。据史料记载，1948年，贵阳文通书局出版的（民国）《贵州通志》，很多资料的收集便得益于文澜阁四库全书。

抗战结束后，柳诒徵先生于1946年复回南京，后迁居上海，再也没有来过贵州，但他在贵州的足迹、为贵州大学留下的财富将被我们永远铭记。

43. 人类星际航行理论奠基人
——记国立贵州大学数理学系教授张永立

罗应梅

他是人类星际航行理论的奠基人，是宇航途上的设标人，是宇宙线椎体理论的八大奠基人之一；他是我国在比利时获得数学博士学位的第一人，也是唯一一位在美国人类航空航天博物馆中有其生平材料以及研究成果的中国科学家；他在物理学上的成就曾被钱学森院士高度赞誉，他的工作成果曾被著名物理学家吴大猷教授多次引用，他的名字被命名为一项分子振动理论的名字——"张永立函数"，他就是世界知名的物理学家、国立贵州大学教授、文理学院数理学系主任——张永立。

1912 年，张永立出生于贵阳一个天主教世家。受家庭氛围的影响，张永立少时便喜好学习，尤其是数学，加减乘除、排列组合等运算规律成为其常挂嘴边之词。他也比较喜欢英语，常常翻阅字典、背诵词汇等。张永立 7 岁开始读书，先后入贵阳正谊小学、贵州省模范中学、省立第一中学。在校期间，其数学、物理、英语、文学、历史等学科成绩均名列前茅，是班上的佼佼者。

1931 年，19 岁的张永立考上上海震旦大学（现复旦大学）数学系，在校期间，他主办《理工杂志》，经常将自己的学习心得、学习成果撰写成文，发表在校内外刊物杂志上，还完成了著作《矢算初步》的写作。由于他在数学领域的长期潜心研究，其数学造诣深受震旦大学教授及中外数学学者的关注。1935 年 8 月毕业后，他被推荐到比利时鲁文大学攻读博士学位和进行研究工作。1938 年，年仅 26 岁的张永立在比利时国家博士学院考试中，以第一名的成绩获得比利时国家数学博士学位，成为我国在比利时获得数学博士学位的第一人。他的老师甫山教授高度赞誉了张永立的成就，并称"我的学生中学习最好的是中国的张永立"。他的照片顺理成章地被陈列在比利时鲁文大学纪念馆中，直到如今。

1937 年，抗日战争爆发，很多国外学习进修的有志青年纷纷回国，参加抗日救亡运动，张永立也不例外。张永立获得博士学位后，放弃了他的导师甫山教授保送他到美国继续深造的机会，冒着千难万险，辗转回到家乡贵阳，先后在内迁后的大夏大学、国立贵州农工学院、国立贵州大学任教、云南大学任教。在攻读学位期间，张永立就有大量的学术著作发表，在国际学术界声名鹊起。在震旦大学读书期间，他积极参加学术活动，主办《理工杂志》，发表研究文章或学习心得，并完成《矢算初步》的写作。后在比利时攻读博士学位和研究工作中，成果斐然。首先，张永立开创了星际空间有机分子形成的研究工作。他在布鲁塞尔《科学年鉴》和英国《自然杂志》上发表了多篇讨论星际单氚乙烯分子形成的物理性质论文，如《单氚乙烯分子的振动模式及频率的计算》《单氚乙烯分子的拉曼光谱》《宇宙线的纬度效应和不对称效应理论》等。在分子振动理论中，还有以他的名字命名的函数——"张永立函数"。他的博士论文《论宇宙线和乙烯分子的振动》得以出版，这些著作成为国际上讨论星际分子形成的早期奠基性论著，引起国际学者的普遍关注。其次，他还发表了宇宙线椎体理论的核心论文，如椎体理论研究的核心成果《无限靠近赤道的宇宙射线的椎体》《近赤道的宇宙线轨迹》，使他从众多青年中脱颖而出，被誉为"宇宙线椎体理论的八大奠基人"之一。

张永立回到祖国后，更是潜心研究，勤耕教学，做出卓越贡献。在贵州高校工作期间，他不仅辛勤教学，还身兼数职，曾任中国天文学会贵州分会会长，致力于祖国天文事业的开拓和发展。他还受聘为贵阳文通书局编辑所出版部主任，与马宗荣、谢六逸等著名学者主编大学丛书，出版中小学教科书及《防沙保土》《中国农业史》等系列应用科学丛书。由于他们的潜心经营，当时的文通书局从一个地方性书局一跃而为全国七大书局之一，出版了许多具有深刻内涵的书籍。1941 年，国立贵州农工学院成立，著名水利工程专家李书田出任首任院长，他积极在全国各地招聘教授，张永立应邀来校，于 1941 年 8 月来校任数理系教授。

1942 年，国立贵州大学成立，张廷休出任校长，继续续聘张永立为国立贵州大学数理学系教授。当时国立贵州大学文理学院数学系设系主任 1 人，由教授兼任，教授 4 人，助教 2 人，开设微分方程、高等分析、复变函数、理论力学、基础物理等课程。张永立潜心教学，勤于钻研，在国立贵州大学教授中也是佼佼者，他由学校出版著作《南北磁纬三十度以内之宇宙织锥》（法文），成为学校数理教员著书立说的第一人。任教期间，张永立教授理论物理、量子力学、物理光学等课程。他精通数门外语，数学、物理、天文等学科均造诣精深，培养了一大批数学、物理学人才，著名的美国贵州籍物理学家易家训和数学家秦元勋、越民义皆出其门下。1949 年全国解放，国民党败走台湾，校长张廷休去职，张永立应云南大学之邀请，到云南大学任教，结束了在国立贵州大学长达八年的教学和科研工作。

1949 年，张永立应云南大学熊庆来校长的邀请，到云南大学任教，兼任云南大学物理系光学专门组和理论物理专门组主任，带领同仁积极开展工作，成绩优异。他参加筹建我国设在云南东川落雪的宇宙线观测站，对云南大学物理系诸多理论物理课程的设置和高能物理人才培养做出巨大贡献。20 世纪 60 年代，苏联在我国困难时期撤走了专家，撕毁各项援助合同，企图逼迫中国就范，中国多数学者和科学家以笔为枪，对抗苏联的围攻封锁。张永立就是在这种情况下，开始了其著作《相对论导论》的撰写，这部著作对相对论的重要基础实验和基本概念做了详尽的分析阐述，介绍了相对论所涉及的重要领域，其行文深入浅出，语言简洁，易于读者理解和掌握该理论。

在"文革"中，张永立被扣上了"反动学术权威""特嫌"等帽子，遭到无情的批斗和折磨，但他却泰然处之，被拉去批斗后，回家依然继续看书做研究。他给云南大学物理系讲激光课，天天坚持写讲稿，一讲课就是三个小时，就在他临终前都还在写讲稿，最后的讲稿都还没有来得及分享给大家。

张永立于 1972 年 10 月 24 日与世长辞，享年 60 岁。

44. 投笔从戎抗日救国

——记参加远征军的王新邦教授

马明芳

王新邦教授说："在当年第十工兵团的翻译中，我极有可能是唯一在世的。虽然翻译在抗日战争中的贡献微不足道，但其意义仍不能忽视，如果我再不将这段抗战经历介绍出来，那我有愧于在抗日战争中印缅战场上做出贡献甚至献出生命的同事。"2012年1月，王新邦教授讲述了他七十多年前参加抗日战争的故事，为我们还原了一段鲜活的历史，再现了贵州大学历史上响应国家号召，组织知识青年从军，保卫国家的历史画面，勾画了"一寸山河一寸血，十万青年十万军"的热血场景。

王新邦（1923—2014），贵州贵阳人，贵州大学历史系原教授。曾任贵州省人民政府秘书处研究室科员，贵阳市第一中学、贵阳市第六中学、贵阳市第八中学教导主任，贵州教师进修学校历史教研组组长，贵州函授学院教师，贵州大学历史系教授。2014年9月14日逝世，享年91岁。

几经周折，就读贵大历史系

1942年，王新邦报考贵州大学政治系，但因化学成绩优异被分配到化学系。他只读了一年，始终感觉不满意，又于1943年重新考取了国立贵州大学矿业系。但读来读去，他还是对自己的专业不感兴趣。正在愁闷时，遇上西南联大梅贻琦校长受命从重庆回昆明，专程到贵大主持招考印缅战场英文翻译官。在同学的鼓励下，非英语专业的王新邦参加了应考，却被意外录取，遂入伍参加远征军。

1945 年，日本宣布无条件投降，王新邦回校复学，改读历史系。1948 年毕业留校任教，至 1989 年退休。

应召入伍，加入抗日远征军

王新邦回忆说："我在考试时，主试我的是当时贵大经济系主任刘循华的美籍夫人，她要我用英语陈述我的家庭情况。因为问题比较简单，我还能用英语口述，竟然也被录取。按当时规定，国难当头，处于战争状态，凡经考取，即等于被征召入伍。如不应召，在校生即刻开除学籍，所以我只有应征。"就这样，王新邦应征入伍，加入了远征军，奔赴印缅战场。据国立贵州大学民国三十三年（1944）三月呈送的《国立贵州大学从军或参加通译训练学生姓名清册》显示，当时参加翻译训练或从军的王新邦、潘侨南、马南骥、徐才森等 22 名同学分两批离开学校，开赴抗日前线。

所有考取的翻译人员都必须到昆明参加集中培训，才能派到各单位开展工作。由于抗日战争的残酷，国家各方面的物资都是奇缺的，所考取的这些学生没有统一安排交通工具，需要自己想办法赶赴昆明参加培训。王新邦说："我找到一辆大货车，带着行李上车时，车上已装满和栏板齐平的货物，货物堆上已有若干男女乘客和行李，我在他们中间觅一席之地坐下，一路颠簸而行，在到晴隆时，还要从一座高峻的山巅绕行 24 处'之'字形弯道而下，好在驾车人是个好手，有惊无险地下到平地。"这个 24 处"之"字弯道就是世界知名的位于晴隆境内的"二十四道拐"，它曾在抗日战争中起到非常大的作用，是连接"史迪威公路"通往抗战陪都重庆"滇渝通道"的重要咽喉，也是输送抗战物资的重要通道。

到达昆明后，王新邦立马奔赴训练班。"译员训练班的主任是西南联大的教授吴泽霖，来训练班上课的教师都是西南联大的教授，如闻一多、潘光旦等。"经过几个月的培训，他于 1944 年 4 月 2 日乘飞机翻越喜马拉雅山飞往印度。王新邦说:"喜马拉雅山是世界的屋脊,要直接飞越它是不可能的,经美军飞行员的试飞,才找出一条夹在两条绵延的山脉之间的山沟,从山沟的横截剖面看,就像骆驼两个驼峰之间形成的洼沟。"这条航线就是美国空军开辟的"驼峰"航线。但日军飞机是知道这条航线的,随时会派飞机来拦截,还好他们所乘坐的第一架飞机没有遇到日军的拦截,第二架飞机虽遭遇拦截,但也成功躲过危险,顺利到达印度东北紧邻我国西藏的杜姆杜玛降落,后乘车到接待站住宿待命。

一个月后,开始分配各翻译人员的工作单位。王新邦表示自己之所以能到第十工兵团工作,完全是由负责分配工作的美军大校的"命运铅笔"所决定的。据王新邦回忆:"当时一位美军大校把我们这批来的翻译召集去,准备分配工作单位。一开始,大校说,有一个工兵团需要一名翻译,谁愿意去,可以主动报名。因为我们都是初来乍到,情况一点也不清楚,谁也没有主动报名。大校就闭上眼睛,用手中的铅笔在名单上一点,竟然是点着我。"就这样,王新邦被分配到第十工兵团做翻译,该工兵团隶属于印缅战区司令部的后勤部,其主要任务是配合美方的机械筑路部队将史迪威公路修到八莫,与滇缅公路相接。该部的司令为皮克准将,他本人就是一位筑路的高级工程师。

起初,王新邦被暂时留在第十工兵团驻留在伊洛瓦底江源头的特务连工作,为他们向美军设在该地的供应站领取物资时做翻译。不久就接到团部的电令,要全连开回团部。王新邦说:"我和连长同乘一部吉普车出发不久,队伍要从一处密林中穿过。密林中有一种特大的蚂蟥,所以出发前发了特制雨衣和长筒胶靴,把全身包裹得严严实实的,只留两眼看路。可在密林中走了不久,腿部就感到发痛,解开痛痒处一看,真令人不寒而栗,原来竟有蚂蟥已在痒痛处打了许多黄豆大小的圆洞,并钻进肉内吸了不少血。它的头部虽有一部分钻进肉内,但由于吸了不少血,留在洞外的部分则因吸血过多,又粗又圆,不能继续钻,只在外面蠕蠕而动。"回到团部,他立即到团部的翻译室报到,跟随第十工兵团沿着伊洛瓦底江南下修整道路。

王新邦到第十工兵团时已是 1944 年年中。印缅战场上,经过胡康河谷战役、瓦鲁班战役、孟关战役、密支那战役等已基本歼灭多数正面敌人。因此，没有遇到特别的大仗、恶仗，加上又是在工兵团，负责修路，因此就几乎没有与日军正面交锋。据王新邦回忆，只有他到团部的第一天晚上，执行了灯火管制，以防止日军空袭。他说："从那个晚上以后，就再没有日军飞机的踪影了，因为制空权已完全掌握在盟军手中。"

抗战胜利，复学改读历史系

1945 年 8 月，第十工兵团奉命在曲靖待命。由于没有什么任务，王新邦遂请假回贵阳探亲。8 月 15 日，日本无条件投降，他立刻返回昆明办理离职手续，回校复学，改读历史系，1948 年毕业后留校任教。

说到改读历史系，王新邦教授与历史的情缘也许是源于他的高中老师刘方岳。他在《缅怀我的老师刘方岳》一文中写道："在方岳老师教学艺术的潜移默化中，我对历史掌握得特别快，也特别轻松。""毕业后，担任历史课的教学时，我的课堂教学方法则是自觉地师承方岳老师。"在他高中的毕业纪念册上，唯一能够记得清的临别赠言也是刘方岳老师写的。王新邦 1942 年入学，1948 年毕业，做了七年的贵大学生，换到第三个专业才安心下来，其最终选择历史专业是有一定原因的。

任教四十余载，桃李满天下

作为一位博闻强记的学者，王新邦上课时从不带任何材料。在教学过程中，所收集的资料、统计的数据、备课内容、教材等，他在讲授前都会下功夫。他先后讲过通史、断代史、形式逻辑等课程，但却从不带书。王教授执教四十多年，可以说"桃李满天下"。他在中学教书时，很多学生受其影响，钟爱文史。后来他对贵州历史有很深入研究，学术造诣很高。他本人的著述也很丰富，如《论秦汉的吏役制》《吏力制度的产生》《吏役的来源及代役的产生》文章，对中国魏晋南北朝的吏力制度进行了全面的研究。

我们不应忘记那些抗日英雄们的付出，正是他们大无畏的牺牲精神，才撑起了中华民族的脊梁。中国远征军是抗日战争时期为支援英国军队在缅甸抗击日本侵略军、保卫中国西南大后方而建立的出国作战部队。知识青年从军是在校学生们为保卫祖国、维护民族尊严做出贡献的有力证明，大批后方校园里的学子纷纷投笔从戎，参加抗战，保卫祖国，"一寸山河一寸血，十万青年十万兵"，贵州大学的青年也加入抗战远征军中，为保卫祖国奉献热血和生命。

45. 千里拜师记

——记中国文化书院古琴研究会

马明芳

初窥堂奥　心驰神往

2015年11月中旬，我在长沙"十翼书院"学习易学时，米鸿宾老师课堂上给学员们推荐了《古代天文历法讲座》这本书。我回到北京，有幸在网上买到一本。该书以讲座讲稿方式编排而成，作者用平实流畅的语言将许多人望而生畏的古代天文学讲得简单明了。拿到书的当天我就读完了全书的前四讲，第二天又读完后面三讲。对四分历的编制、应用及历法上的几个问题，我只能用"初窥堂奥，心驰神往"形容那两天看书时的心境。

天文学一直是我感兴趣的学科，在北大物理系读书时曾选修天文学相关课程。我近几年着迷于古琴、传统乐律的研习，自然接触古代历法等问题。案头摆着的多部天文学史、古代天文历算方面的书籍，我虽都仔细研读，但苦于无法用这些知识来解决实际问题。通过对《古代天文历法讲座》一书的学习，我得以重新认识、推演四分历。

该书在王国维先生"二重证据法"的基础上加上"天象依据"，做到"三证合一"，将此方法用于铜器断代、武王克商的年份、西周纪年、屈原生辰、秦始皇崩卒日等方面的研究，结论都确凿可信。该书作者张闻玉先生系贵州大学人文学院教授，书中提到的张汝舟先生为先生的老师。

寻寻觅觅　不负真心

我在一周内陆续购买了张汝舟先生的《二毋室古代天文历法论丛》和张闻玉先生的《辛巳文存》《铜器历日研究》《西周王年论稿》等书。

我在网上查了张汝舟生先和张闻玉先生的相关介绍，出乎意料的是他们并没有天文或物理的学科背景，只具有古代汉语、先秦史学等传统学科的深厚底蕴。我喜欢传统文化，但有时感觉会窒息在浩瀚的书海中，因此下决心要找到张闻玉先生当面求教。

我的书包里常带着《古代天文历法讲座》这本书，经常翻看。适逢年底，聚会较多，只要遇到有可能与这方面相关联的老师，我一定向他们打听，是否认得贵州大学的张闻玉先生？是否知道张汝舟、张闻玉先生有关古代天文历法的理论？我很快了解到，大多数文史哲的专家们遇到古代天文学的问题是绕道走的，认为天文学是非常晦涩难懂的"天书"。尽管有老师看过这本书，但都不认识张闻玉先生。2016年1月，我去看望乐黛云先生时，向她讲起运用《讲座》中的月相定点说、"三证合一"的方法可以准确考订青铜器的年月日，从而研究西周纪年。乐先生非常感兴趣，并告诉我次日贵州省文史馆顾久馆长会来拜访她，有机会获知张闻玉先生的联系方式。

与张闻玉先生第一次通电话的内容我已经记不清了，但还记得当时激动得有些语无伦次。因为临近春节，我没有如愿马上去贵阳拜访，只是通过电邮进行了自我介绍。几天后，我就收到一本厚厚的赠书《西周纪年研究》，上面有先生的签名。

随后，先生与我加为微信好友，我们多次用短信、微信联系。他似乎完全能理解我近几年学习传统文化的困惑，甚至能判断出我看书的进展。春节后，先生直接布置作业给我，让我试着推算几件铜器的实际天象，我依照他的提示按部就班地研读《西周纪年研究》这本书。当我按照四分历的法则推演出几件青铜器的实际天象，并与先生书中的结论完全一致时，那种欣喜真是"不足为外人道也"。

渐渐地，我才理解到张汝舟先生对《史记·历术甲子篇》和《汉书·律历志》中"次度"的解读意义，这是整套古代天文历法系统的基础，而结论完全吻合当时的实际天象。张闻玉先生在师说的基础上，将这套理论应用于青铜器的断代，通过对众多青铜器缜密的逻辑分析、严格的天象运算、符合史料的推理，进而推演出西周王年历表。

春节期间，我拜会了一位考古学家。他说："研究青铜器断代的有考古学家、历史学家、天文学家等好多领域的专家，目前关于武王克商的年代问题，至少有30种说法，莫衷一是。"

有几个问题困扰着我：为什么这样一套完整的理论体系在学术界没有得到应有的重视呢？是因为"月相定点"说与王国维的"月相四分"说相左，而王国维至高的学术地位导致这套理论影响比较小？还是因为文史学术界懂得天文历法的人太少，无法认定这套系统的正确性？

但这些疑问丝毫没有影响我继续研读与学习古代天文历法的乐趣，我搜集了一些具体问题，准备有时机当面向先生请教。2016年2月底，我满怀欣喜去长沙"十翼书院"上课，期间与张闻玉先生约好3月1日在贵州大学见面。我在高铁上翻阅先生的《辛巳文存》，文章包罗万象，涉及天文地理、诗词语法、社会现象、历史人物等，每一篇都立意巧妙、视角独特，旁征博引，似一位智者在讲故事，引人入胜。还没到贵阳，张闻玉先生就多次询问我的行程、住宿等问题，还特别安排学生陪伴我。

2016年3月1日上午9点30分，在贵州大学北校区内，我终于见到张闻玉先生。他衣着朴素，身材适中，精神矍铄，虽然已经是75岁的高龄，但他看上去也就60多岁的样子。几句寒暄后，我们便直接去先生的家。他家里陈设简单舒适，最显眼的是书房那几个装满了书籍杂志的大书架。先生已经给我准备好许多研究必备的资料、书籍，有富余的书就赠送给我，只有单本的就送去楼下复印一本给我。随后，我们又去了先生的办公室——贵州大学人文楼一楼的先秦史研究中心，贵州大学前些年返聘年逾古稀的先生担任先秦史研究中心主任。这里就是先生平日办公、会友、给学生授课的地方。靠窗三张办公桌，屋子正中是一套普通的沙发和一张茶几。环绕屋子四壁，门对面有装裱好的大幅周公圣像，相对是召伯"甘棠图"拓片，左墙高挂夏商周三代年表三个条幅，右墙是先生集联和张连顺老师书写的"六经皆史三代乃根"的金文大横幅。办公室装修体现出夏商周三代、先秦史研究的特色，让人难忘。清华前校长梅贻琦的名言："大学者，非谓有大楼之谓也，有大师之谓也"，正可以形容此处。

或许顾念我是北方人，听贵州话有些吃力，先生说话的语速较缓慢。从对传统文化的理解开始，先生认为中国文化是在阴阳五行理论指导下，建构了中医、儒家、命理三个主要学术层面。他说："中国人做学问，由情入理，由辞章而经学而史学，才算走完一位学者的全过程。"当面聆听先生的教诲，虽然不是我在直接提问，我内心的不少疑惑却已经涣然冰释。

谈到古代天文历法体系时，我讲起自己对这套体系理解以及应用意义，并汇报自己半年来的学习心得。先生认真倾听，不时点头微笑。通过交谈，我解除了那些长时间郁闷于心中的疑惑，也受到先生许多鼓励。恍惚间，我觉得一直就是这样与先生在一起向他讨教的，完全没有了陌生感，消除了心中的隔膜。

下午2点，我如约去办公室就具体问题再次请教先生。先生要求先将几本书的错印之处都一一改过来，说做学术，校勘这一课缺不得。有一处错误当时没有找到具体页码，先生回去找到了，晚上还发信息告诉我。一个小错也不放过，做学问就是要这样严谨，马虎不得。先生的言传身教，我铭记在心。

当我就具体历算推演问题、青铜器断代问题请教时，往往先生几句提示性的话便让我豁然开朗。先生说，学问必须是简明而实用的，科学的东西放之四海而皆准，有普遍意义。科学是简明的，繁复深奥不是科学。学问还要实用，没有实用价值也不是学问。

先生毕业于中文系，并没有天文学专业的学科背景。他所研究的领域涉及古代汉语、易学、先秦史学、古代天文历法，他在夏商周年代学和青铜器断代方面的学术成就格外令人瞩目。能在某一方面精通已属难得，他如何能做到精通多方面呢？"万事万物本同一理"，先生如是说。

第二天，拗不过先生的好意，他要带我去天河潭景区游览，品赏贵阳优美的自然风光，张婷也随行。天河潭不愧是名胜，随处瀑布高悬，随处潭水清澈。贵州的洞穴之美胜过"山水甲天下"的桂林。一路上，我们一边游览一边闲聊，先生讲到对他一生影响最大的两位老师都是"右派"，而且都是"极右"。张汝舟先生自不用说，1957 年，《贵州日报》花三天整版批判他的"三化"言论。讲课最好、最受同学们崇敬的中学地理老师颜冬申也在 1957 年被划为"极右"，饱受折磨。"文革"结束后，他获悉颜老师竟然在贵州茅台，就想方设法联系上，最后还协助颜老师调入贵州财经大学任教。通过多年的辛勤耕耘，颜冬申老师获得"贵州省劳动模范"称号，并荣获"五一劳动奖章"。先生与颜老师保持了一生的师生情谊。先生还谈到他在"文革"期间的经历，他在毕节耕读师范学校工作期间，被教职工们推选出来负责教学管理工作。他总是听取师生们的意见，站在他人的角度考虑问题。从他温和的语气中，我感到他宽厚待人、广结善缘、乐于助人的品性。文如其人，他的很多短文都流露出其真风骨与真性情。

喜得明师 终列门墙

此次行程千里，能够向先生当面请教实属幸事，而我内心里更期望长期跟随先生学习。于是，我冒昧地向先生提出可否拜他为师，终身追随。看出我是真心实意的，先生欣然同意了。

2016 年 3 月 3 日上午 10 点，在先生的办公室，由张连顺老师主持，阎平凡老师见证，举行了传统古法拜师仪式，我虔诚地向张闻玉先生行了跪拜礼。前辈黄季刚先生说："我的学问都是磕头得来的，收弟子就得磕头。"行过跪拜礼，先生正式纳我为弟子。先生再次教导我，做学问要做到：不争论，不批判，自成一家言。这几句话算是"师训"，几天来先生多次提及，他慨叹真正做到并不容易。通过张连顺老师的介绍，我才知道张汝舟先生是黄季刚先生的嫡传弟子，张闻玉先生是章黄学派章太炎先生的第四代传人。能得先生垂爱，实乃我平生幸事。

拜师之日，恰逢先生 75 岁寿诞之期，也是贵州大学新学期之始，先生请诸位弟子小聚"雨虹阁"，我也以新弟子身份叨陪末座，同门师徒相会，其乐融融。品味茅台佳酿，浅斟慢酌，我心中的喜悦难以言表。

身怀绝学　抱朴守常

我在校园里随先生走着，耳边常响起"张老师""张教授"的招呼声，先生也总是微笑着回应。无论是校内师生还是校内职工，他们都与先生非常熟悉，先生与他们说话如同家人般友善亲切。

最有意思的是，有位退休教师晚上想打牌解乏凑不够人手，请先生帮忙联系人，而先生竟也认真促成，不使其失望。助人为乐的确是先生的美德。先生虽学识渊博，若只是日常与之相处，没有人会想到他身负绝学。《菜根谭》里的"神气卓异非至人，至人只是常"似在说先生。在"大师""能人"甚嚣尘上的年代，竟有这样一位智者能时时处处替他人着想，过着平平常常的生活。即使是向先生请教学术问题时，他也尽量用平实的语言来解说，一如他的写作风格。说者无意，听者常能感受到他智慧的光芒闪现。

三日相聚，十分不舍。临别时，先生与师母还亲自送我到校园的大门口，给司机指明去贵阳北站的具体路径，唯恐司机绕路误了我的行程。

回京几日来，我常常想起先生的话——"做学问就要做三百年也不过时的真学问"，这是何等的胸怀与气度！张汝舟先生创始的古代天文历法体系，经过张闻玉先生而发扬光大，现已结出丰硕的学术果实，令学术界瞩目。张闻玉先生的格言"不争论，不批判，自成一家言"也给我以无限的启发。

有师若此，幸甚至在！

46．张汝舟先生古天文学说"始见光明"

——史王鹏

2017年6月12日，《光明日报》"光明学人"专栏刊登了张闻玉和马明芳的《从观象授时到四分历法：张汝舟与古代天文历法学说》一文，全面地介绍了张汝舟先生的天文学说。文章提到，古代文献中有大量的文献涉及天文，例如《诗经·豳风·七月》中的"七月流火，九月授衣"。对其解释，历代学者都提出了自己的看法。其中，《史记·天官书》和《汉书·天文志》是古天文学的专门著作。

通过对古籍的大量阅读和对古天文历法的运算，张汝舟先生成功地释读了《史记·历术·甲子篇》所记载的古代数据，使古老的四分历法重见天日。四分历是一种以365又1/4为一个回归年长度，以29又499/940日作为一个月的长度，19年置7闰的阴阳合历。由于古人没有现代化的计时手段，只能靠观测日月星辰的变化确定时日，这便是"观象授时"，这种历法以地球和月球之间自转和公转为基础。在成功解读古四分历的基础上，张汝舟先生还进一步完善了这个历法规则，使它成为可以独立运算的系统。

我国著名近代学者王国维先生曾提出"二重证据法"。1964年，张汝舟先生完成《西周考年》。在书中，他进一步拓展了"二重证据法"，提出利用天上材料（实际天象）、地下材料（出土文献）与纸上材料（典籍记载）相结合的"三证合一"的系统方法论，最终得出"武王克商的年代为公元前1106年，西周总年数为336年"的结论，为史学界破解了困扰多年的史学难题。张汝舟先生早年师从著名国学大师黄侃先生，是黄侃先生的嫡传弟子，不仅在天文历法方面造诣颇深，还发扬了章黄学派的声韵训诂学成果，其汉语语法研究也有完备的体系。

生于1941年的张闻玉教授是四川巴中人，他于20世纪70年代末到安徽滁州张汝舟先生门下问学，得汝舟先生学术之真传。他在新时期根据新出土的铜器，进一步验证了四分历的正确性，同时发表《小盂鼎非康王器》《西周王年足征》等多篇学术论文。近年又主持出版《夏商周三代纪年》《夏商周三代事略》，享誉学林。

张闻玉教授说："1957—1987 年，汝舟先生三十年才创建出完备的天文学说体系。1987 年浙江古籍出版社出版汝舟先生《二毋室古代天文历法论丛》是其明证。又经三十年检验，2017 年 6 月始见光明，一代学人得到学术界认同。六十年风风雨雨的学术历程，倍感艰辛，备受鼓舞。汝舟先生的学术成就我们后学应当发扬光大之。"

47. 用生命守护信仰

——纪念 1968 届优秀校友王开仕

田泽宇

2018 年 4 月 21 日中午 12 点 35 分，77 岁的农业科技工作者王开仕的心脏停止了跳动，这位一生奋战在脱贫攻坚第一线上的优秀战士停下了他忙碌的脚步。这场夺走他生命的意外，发生在他前去为果农做义务技术指导的途中。

王开仕，1941 年 11 月生，贵州思南人，1968 年毕业于贵州农学院农学专业，长期在基层从事农业技术研究和推广工作。曾任贵州省科学技术学会会员、中国科学技术协会会员、中国科学协会会员。曾获贵州省科技进步二等奖、贵州省人民政府嘉奖，被评为印江自治县扶贫开发先进个人等。

1968 年，王开仕从贵州农学院农学专业毕业。他放弃了留在城市工作的机会，带着"一个人活着就要做有意义的事情，中国人要改善生活品质，要靠农业人员不懈奋斗"的信念，来到了印江县农业局工作。这一股拼劲扎进去，就是一辈子。

20 世纪 70 年代中期，为了印江县及周边县市的杂交水稻种植，王开仕不辞辛苦，连续五年奔赴海南岛开展水稻引种试验和种子对比试验。身在异乡工作的他，甚至无法赶回家看看自己刚出生的女儿。后来，他给大女儿取名为"海南"。

20 世纪 80 年代中期，王开仕前往重庆的柑橘研究所，引进了"兴津""宫川"等优良的宽皮柑橘品种，还邀请到了专家顾问团来当地做技术指导。21 世纪初，印江县的六七个乡镇陆续种植了 3 万亩柑橘，产量可达 2 万吨，每年有接近 5000 万的产值。王开仕还主动牵头规划并组建了印江 10 万亩绿茶基地，形成了梵净山茶场、湄溪茶场和永义茶场三大茶叶生产企业，他指导生产出的"梵净山翠峰茶"多次荣获全国农产品博览会金奖。柑橘和茶叶至今仍是印江县重要的两大经济支柱产业，带动了当地农民增收致富。

"有的事情不是一两天可以成功的，在农业科学这条路上，没有捷径可走，只有到田间地头才有收获。"退休后，王开仕前几年同儿女一起住在贵阳，但他一心想回到家乡思南，改变家乡贫困的现实。那里的气候适合发展果树，于是他用退休金在思南县大坝场镇承包了五六亩的苗圃，在旁边租了一个小房子，置办了显微镜等简单器材，用于化验分析水果的糖分等数据，培植新的优良果苗，并低价或免费提供给果农，同时为果农进行技术指导，并为他们联系销售渠道。他每年只有春节才能回几天家，家人说："他比没退休时还要忙。"

尽管已经年逾古稀，王开仕还保持学习和研究的热忱。通过网络文献库，他查阅了日本学者发表的相关文献，并据此研发出一种新型精品水果"春香"。"春香"走的是精品水果路线，目前产量不高，但利润很可观，每一季的果实都提前被广东客商预订，并返销国外至日本和东南亚。后来，越来越多的果农找王开仕学习种植技术，王开仕也乐于为他们进行技术培训和指导。在一张记录王开仕为果农培训的照片里，他手拿枝条、神采奕奕地为大家讲课，脸上挂着幸福、满足的笑容。

忙碌的王开仕总是随身揣着卷尺、胶带、嫁接刀和枝条刀，来回于各个村镇之间。4月21日那天，王开仕前往大坝场镇洞龙村进行技术指导，恰逢古树倒塌，村里排险砍树，他不幸被枯木砸破大腿动脉。尽管医护人员第一时间赶往现场处理，但由于医疗条件有限以及伤势过重，王开仕最终因为失血过多去世。村主任守在事故现场前自责又悲痛地说："老同志，我怎么对得起你和你的家人啊。"

王开仕用一生践行了年少时立下的誓言，将"农科富民"的使命背负到生命的最后一刻。在王开仕的追悼会上，他帮助过的果农们久久不愿离去。

48. 我的导师

孙 童

在考研失利查找调剂信息时，我无意中看到了中国钢结构大会在杭州召开的新闻，董石麟、沈世钊、马克俭、沈祖炎四位中国工程院院士获得中国钢结构协会最高成就奖。当时，我就想要是能成为他们任何一个的学生该有多好。

我又仔细看了一下这四位院士所在的学校，除马克俭老师外，其他院士都是"985工程"大学的教授，而马老师和他们并肩受奖，一定有他了不起的一面，于是我开始搜集马老师的资料。我了解到，马老师立足贵州经济发展实际，坚持"花最少的钱，盖最好的房子"的理念，坚韧不拔、勇于创新，结出了累累硕果。国家发明专利43项、实用新型专利57项，出版专著4部，主编参编新型结构体系技术规程3本，发表论文100余篇……在中国空间结构领域，马老师成为炙手可热的领军人物，不少省外高校或高薪求贤的企业抛出橄榄枝，却都被他婉言谢绝。

著名诗人艾青的诗"为什么我的眼里常含泪水，因为我对这片土地爱得深沉"，正是马老师的真实写照。马老师六十年如一日，躬耕教坛，默默坚守，克勤克俭，上下求索，奉献贵大，无怨无悔，为贵州的经济发展和生态环境建设做出巨大贡献。马老师为了梦想不计名利，成绩卓著却仍谦逊沉静，这让我对马老师产生了敬仰之情。我必须选择贵州大学，选择贵州大学空间结构研究中心，我要成为马老师的学生。

于是，我把调剂的第一志愿填为贵州大学空间结构研究中心。经过紧张而严格的复试，我终于成为贵州大学的一名研究生。9月，我怀揣着美好的梦想，走进正在建设发展中的贵大，来到空间结构研究中心。为期一周的研究生军训让我们学会了团结协作；安全教育让我们学会了自我保护；研习沙龙、导师讲座让们对科研有了新的思考和收获；精彩的节目展演让我们充满青春的力量；书记、校长第一课更让我们对贵大校训有了更深的理解……终于开始了研究生课程。在近两个月的时间里，我对马老师有了更深的了解。马老师一周工作六天，除去在外开会、讲课、做工程、辅导博士生，只要在贵阳，他的时间基本上是在空间结构研究中心度过的，俯身案头，用传统的铅笔、三角板、丁字尺、圆规在制图板上绘制图纸……

马老师每周都会给我们上专业性极强的空间网格结构理论与实践课程。马老师都是提前来到办公室，做好相应的准备工作。无论是上课还是指导硕士生、博士生做课题研究，马老师都准备充分，行为严谨，从不仓促了事。在课堂上，面对一双双求知若渴的眼神，他总是不遗余力地讲解课题架构、知识要点。每每看到 85 岁高龄的马老师在黑板上提笔书写的背影，我的心中总是充满感动和力量。马老师给我们讲解大跨度窄长形平面混凝土蜂窝型空间网格图纸设计，语气舒缓，慈爱亲和，我们以不同的姿态围在他的身旁，聆听着、思考着、感动着、成长着……

"路漫漫其修远兮，吾将上下而求索"，作为贵大学子，我不敢懈怠。虽不能像马老师那样做出多么巨大的成就，但受马老师精神的鼓舞，无论现在还是将来，我都会谨遵校训，德业双修，争做社会主义新时代的合格建设者和接班人，无愧于马老师和他的团队，无愧于贵大的培养。

49. 我所认识的张闻玉先生

廖 银

一

愚自发蒙至研究生毕业，二十年间，师不在少数，张闻玉先生是教过我的最年长之师。

记得我还在读本科时，从《贵州大学报》上不时看到署名张闻玉的文章，初不相识，只是从字里行间看到涵盖宏阔的文化积淀、深入浅出的文辞表达，十分敬佩。后来听说作者是人文学院离退休老师，又增添了我对学院和母校的好感。未曾想到，几年后，我竟然坐到了张闻玉先生的课堂，并得知之前零星读到的文章已汇集成册出版，名曰《汉字解读》。

我与张闻玉先生的师生情缘源于我读研期间的课程"传统小学"。那时，72岁高龄的张先生仍坚守教学岗位，为我等研究生授课。在第一次课中，张先生介绍了小学的基本内容和框架，梳理小学的发展脉络，讲到晚清以来学术流派的变迁与传承。知道先生是学林前辈张汝舟的弟子，秉承黄季刚先生学脉，我顿生景仰之情。先生谈起学问，如数家珍，娓娓道来，思路清晰，情怀高古，让我们感受到百年学府的积淀与厚重。

后来，我有许多机会听课、听讲座，并与先生进行私下交流，更多地聆听先生的教诲。张闻玉先生在学问之启迪、人格之感召及爱生之情谊，铸就了学生们的成长道路，是帮助我成长的老师之一。

二

　　无论是小学、经学还是史学、天文历算，张闻玉先生均有著作问世，且不是浅尝辄止。回想先生给我们上课的情景，先生反复垂训，做学问要严谨求实，有一说一，做到有理有据，实事求是，不牵强附会，不恣意歪说，不无病呻吟。表达观点要"通透"，即要能融会贯通，深入浅出，简明扼要。先生一再说，学问真正做到家了，都是亲切易懂、简明实用的。我想，"通透"便是先生学问的追求目标，为学的精神所在。

　　作为当代的学问大家，张闻玉先生在所涉猎的领域均有建树而成一家之言，但始终为人谦和，从无居高临下、自以为是之态。先生始终坚守"不争论、不批判"的学术原则，每与学生交谈，几乎都会重申这个观点。先生并非漠视学术探讨和交流的重要性，但反对争论与批判，认为交流是学术思想和观点的碰撞，而争论与批判往往具有先入为主的价值判断、扬己抑他的功利心、非此即彼的是非心。一旦争论批判，就易转为人身攻击，与学术的精神相去远矣。

　　先生常要求学生要多读深思，多写多练，光动嘴皮子是不行的，要勤于动笔，只有写好小文章才能成大著作。先生本人便是从敏思好问、勤学耕耘的小学生成长为今天的大学者，堪称后学楷模。在上小学课程时，先生按照自己的学习经验，指导我们研读郭在贻先生《训诂学》做好笔记摘抄，并按"六书"原理抄写《说文解字》。虽然辛苦，但在抄写中学习，在辨别中析理，对我们学业增益良多。《汉字解读》是先生平生学问融会贯通、厚积薄发的成果，是由"小文章"熔铸的"大著作"。

　　先生重视史学、经学、天文历算之类的学问，认为琴棋书画是修身养性的辅助，不应作为主流，也多次劝诫晚生后学着力于学问。有一次，我们全班到先生家问学，先生展示他曾经写的柳体蝇头小楷若干，笔画工整，字迹娟秀，法度谨严，令人佩服。我始知先生在书法方面是下过工夫的，但因不是主流，且精力有限，故没有在这方面发展。先生强调练字重在修身养性，总是要求研究生坚持习字，便体现他对书法的重视。

三

刚认识张闻玉先生时，他体格微胖，喜穿运动服，精神矍铄，目光聚神，言行间流露淡定与从容，让学生觉得和蔼可亲，没有心理压力。这既有年长者的平和，更是先生学问涵养在人格方面的体现。与先生接触过的学生，均能感受先生对学生的宽怀。不知道其他学友见闻如何，但我从未见过先生对学生面红耳赤或高声训斥，他总能包容学生的不足，并加以引导。

威严棒喝与循循善诱，在师教中各有千秋，互补短长。于后者，我以为先生做到了极致。无论是生活中还是工作方面，看到学生的不足之处，先生会直接说出并加指正。若学生固执己见，充耳不闻，或闻过而不能改，他亦处之泰然。他认为，人各赋秉性，外缘乃助力，不可强求。但凡学生写了文章，交与先生审阅的，先生多从正面加以肯定和鼓励，若有可取者，还会通过微信群等进行转发宣传，以营造师门勤学、竞学、互学之风气。

四

张闻玉先生对学生的关怀是多方面的，不仅体现在学习上，还体现在生活上。有一次，我与同为学生的妻子去看望张先生，除关心生活、工作外，先生还问及我现在的读书学习情况，我如实汇报，学宗儒家，重点研读《论语》。先生说："很好！但你只读《论语》是远远不够的，还要读《孟子》，养浩然正气，做大丈夫。"我恍然大悟，老师的从容与宽怀，都是他自觉涵养的结果，我对先生的敬佩又增添几分。不久，先生还在微信向我推荐了张定浩先生所著的《孟子读法》一书，挂念着我的读书之事。拳拳关怀之心，令我非常感动，我立即在网上购买书籍用以学习。

先生性格随和，常与学生一起餐叙，其为人处世、学问文章便在言传身教中。先生体恤学生的清苦，与学生小聚都是他买单，从不让学生掏腰包。面对粮食，先生不会在意所谓"大教授"的面子，每次餐毕，若有剩余，都会让学生打包或自己打包带走，绝不浪费。经历过困难日子的人最能懂得珍惜。

张闻玉先生既是我的老师，也是我的长辈，其学问如大海，其道德如高山，虽不能至，心向往之。愿学追师长，行效贤德，克勤精进，终日乾乾，道德文章，以期有成。

50. 饶昌东先生印象

张闻玉

十多年前，贵州大学的诗教活动搞得有声有色，受到有关方面的重视，多次评为全国先进单位。大学生写诗吟诗成为常态，《贵大吟苑》定期有诗作发表。期间，宣传部门邀请我们几个有诗词爱好的玩友聚会，搞学生的诗词评比，评优评奖。在此期间，我有幸结识了饶昌东先生，十余年来成为好友，自然诗文往来不断。他留给我的印象有二，值得一说。

印象一：书画诗文，堪称全才，绝无仅有。一般的文化人，文章写得通畅流利已经不错了。再会写诗填词，旁人便会啧啧称赞，深表叹服。再进一层，写得一手好字，就称为奇才。饶先生字写得好不说，绘画也是高手，令人不得不伸出大拇指，心悦诚服。像饶先生这样的人，百里挑一，少之又少。想起当年还在四川上中学，我便知道花溪公园是贵州高原的花朵，而多才多艺的昌东先生亦是贵州高原的一朵花，一朵耀眼的花。

印象二：深耕故乡这片沃土，展枝结果。昌东先生生长在青岩，长住花溪。在家乡的这片土地上，他精耕细作，讴歌不断。他的勤勉与乐观，影响、带动了一大批年轻学人。他立足自己创办的菊林书院，设立了青岩中学、青岩小学、文昌阁、青岩状元村四个传播点，四处奔走宣传文化。

在花溪、青岩的社区街道和布依村落，都曾留下他的足迹，留下他的欢笑。故乡的老百姓视他为赤子，视他为贴心人。如果我们循着饶先生的脚步走访他去过的村寨街道，便会发现，他播下的文化种子已经展枝结果。

适逢昌东先生的七七寿辰，写下我的印象，以兹致贺。

附饶昌东先生诗、词各一首：

青岩云龙阁

寻芳古镇亦从容，玉带云龙浸远空。

紫殿红门人语响，青山碧水鹭声融。

弯弯石径蒙蒙雾，静静花丛淡淡风。

登上高峰刮目看，油松直耸九天中。

南乡子·诗乡

何处望诗乡？古镇文风瑞气昌。

几载酸辛多少事？

诚当，心境豁达撰丽章。

耆暮乐中商，坦荡胸怀济世芳。

黔地骚坛今赞誉，芳香，望远登高福寿康。

第三篇章

溪山芳华

51. 与贵大的四年情

杨松花

春已至，疫霾散，立静处清幽一角，看校园百花盛开，观阅湖波光粼粼，这大概便是疫情后贵大人心中最向往、最渴望做的事情吧！晨光起于白塔顶尖，终将铺满阴霾之地，我们坚信这场无声的疫情硝烟之战终将会取得胜利。这个寒假如此之久，可真让我们想念那春水初生的阅湖，春林初盛的南区；想念那熙熙攘攘的老朝阳，大礼堂前的喷水池；想念那热闹拥挤的明俊楼，宿舍里养在阳台外向阳的小花；想念那中山园的咖啡，东区食堂三楼的火锅……

乙未年初见

北宋文学家秦观在《鹊桥仙·纤云弄巧》中说："金风玉露一相逢，便胜却人间无数。"相逢是一种奇妙的缘分，对我来说，来到贵大是一场不期而遇的惊喜。于茫茫人海中，我带着重重的行李，满怀期待地和父亲来到贵大。那时的西区还是泥巴路，如果刮来一阵大风，我们便只能"灰头土脸"地去上课。

丙申年相知

唐代诗人李白在《三五七言》中说："长相思兮长相忆，短相思兮无穷极。"大二除了满满的课，还有满满的期待。那时，老师带着我们把校园里的每个林子都做了剖面分析，把阅湖的水质指标测了个遍。北区老朝阳好吃的小店店名已经口耳相传，北楼的迷宫教室也慢慢熟知。想念那时候排着长长的队就为了去新朝阳喝一杯奶茶的执着，怀念那时社团聚会常去烧烤的黄金大道。

丁酉年相熟

大三前半个学期课程的减少，使人变得有些颓废和茫然。我熟知了贵大的一草一木，也开始萌生逃课的想法，还好选修课老师的一番话点醒了我，他说："少年就是少年，你们看春风不喜，看春蚕不烦，看秋分不悲，看冬雪不叹，但我希望你们也要看不公敢面对，看当前处境有思考。"是的，校园的学习资源如此广泛，我们不该懒惰不自省，应该为未来的前途努力奋斗。想念图书馆一楼的咖啡，怀念站在顶楼时揽下的风景。

己亥年别离

今年海角天涯，萧萧两鬓生华。不知不觉竟到了别离之际，那时以为再也见不到南区的梧桐落叶，见不到新区的"二维码"似的图书馆，见不到爱拖堂的老师们，也遇不到相伴四年的室友。想念那跨年硕然绽放的烟火，怀念那时人最齐的毕业合照。

河边繁花随风动而飘落在河面上，落花成溪便有了"花溪"，我又再次认识了花溪。庚子年，庆幸我是一个贵大人。明朝寒食了，又是一年春，我想贵大的校园里早已春色撩人、红情绿意，我们一同期待硝烟结束，唯愿春风不改旧时波，到那时候再说一句：真的想你，贵大！

52. 读大学的那些年

管 静

我清楚地记得我第一次来到大学的时间是 2012 年 9 月 28 日，因为那天也是我的生日。

在炎热的阳光下，我拖着一个笨重的行李箱和高中同学一起走进了贵大，对贵大的第一感觉是："好多树啊，竟然还需要一直爬坡。"后来到了北区 23 栋我的寝室时，我深深地被这"古老"的宿舍楼震惊了。而那时我没想到的是，这个简陋的小寝室会让现在的我万般不舍。

大一的时候，我和所有的新生一样积极地加入各种社团和学生会。回想当初身材微胖的我竟然也能加入礼仪部，真是无比感激学姐的看重。我依然清楚地记得大家穿着高跟鞋在人文楼练习的日子，还有第一次穿着红色旗袍站在大礼堂的羞涩，学生会的确曾带给我很多美好的回忆。

大二的时候，我遇到了许多不错的朋友。曾经有人陪我一起去外语楼上自习，有人在夏天的礼堂弹钢琴给我听，有人在楼下买了奶茶等我，还有人每天给我打电话。那时阳光明媚，天空湛蓝，就连冬天也是温暖的，我甚至变成了一个文艺小青年。我会在书里夹很多特别的树叶，也曾对一个人说："我会陪你去看落叶。"可最终我们没有去看落叶，也没有走到一起。这应该就是大学的爱情吧，美好而遗憾。

大三的时候，承蒙学校的照顾，我去浙江大学做了交换生。每一次我在西湖边骑自行车时，我都会无比地感激贵大，我心想："学校对我实在是太好了，我到底是修了几辈子的福分，能有这样一个经历。"那时的我经常愉快地骑着自行车在杭州逛逛吃吃，记得有人在下雨天穿着雨衣，却任由雨水浸湿了头发，还有摩托车后座女孩幸福的笑容。当然，我并没忘记学习。

我以前没有考研的想法，但既然有这样的机会，我打算试一试。我首战目标定为南京师范大学，结果失败了。我感伤地给系主任发短信说我没过，系主任回了我一句话："如果你想要继续深造的话，请不要放弃。"看到这句话，我感动得热泪盈眶，于是重新收拾心情决定再次备考，并将目标定为暨南大学，最终幸运地通过了。幸亏当时有老师的鼓励，否则我可能就会直接放弃了。在此，感谢我遇见的所有好老师。

关于大学，我想说的事情还有很多。我记得军训时腿脚发麻的酸痛，记得一大早去当志愿者的艰辛，记得看到路边卖草莓的大叔在黄昏的细雨中吃自己卖的草莓当晚餐，记得路边年轻的女孩和男孩吵架的眼神，记得老师上课的某一个手势……

我怀念大一单纯活泼、无忧无虑的我，每天就是愉快地上课和玩耍。但我也很喜欢现在的我。无数个不一样的我造就了现在这样的我，不甘于清闲。比如在毕业论文写完后，由于不需要工作，很多人选择了宅在家或寝室，而我又开始折腾，上班时间认真工作，节假日就去旅行。我深知，世界上优秀的人比比皆是，我不能因为有一点小成就便故步自封。

我是一个喜欢看早晨阳光的人，它会让我精神抖擞、心情舒畅。生命是如此美好，尽管人们在早班车上会面带倦容，可年轻时这样的努力不正是有意义的吗？只有不断地充实自己，才能使人生变得有趣。

我会趁年轻去奋斗、去恋爱、去读书、去旅行，做一个令自己满意的人。

53. 行走在四月

金 惠

当四月暖暖的阳光把花催得那样娇艳时，我也随手牵了一缕阳光，在安静的城市边缘，享受着四月的温暖。四月是一幅水墨画，油菜花伴露而眠，垂柳随风而舞，游子的心也随风飘向家的方向。

遍寻人间四月天，却发现春天就在田野里。当车子离开喧闹的都市后，马路旁边的田野里一片片金黄的油菜花显得非常耀眼，让顽皮的孩子都安静下来去注视它的存在。那一株株摇曳的身姿，与风中的桃花各领风骚。一路上灿烂的油菜花开得一望无际，开得浪漫无邪，开得热情奔放。油菜花虽然没有牡丹的雍容、月季的热情和玫瑰的芳香，却在朴素中自有独特的芬芳，在四月的天空里，它们拥有独特的魅力。行走在四月，可以抛开那些凡尘琐事，享受这一片淡泊宁静的心绪。

清明时节，游子难忘故乡情。在四月的一天，我们到机场接到从台湾回来的三伯，便匆匆驱车赶回故乡，因为三伯说要回家乡给祖先磕头。车子驶入安徽境界的时候，雨滴开始淅沥地增大，渐渐地模糊了前方。这些雨滴多像离家五十多年的三伯的眼泪，因为"乡愁是一方矮矮的坟墓，我在外头，母亲啊在里头"。这纷飞的雨滴和着多少的乡愁呀，也许此刻的纷飞雨最能了解三伯的心情，一种难以诉说的情愫如这雨丝在三伯的心底缓缓流淌。

脚步接近家的距离，心也感觉到满满的幸福。我们能够借这个机会回家也是很高兴的。毕竟在外的游子最牵挂的便是家，自己如一只风筝，无论飞得多高，总有一根细细的线在牵扯着家，牵挂着亲人。每一次回老家，当车子还未驶入县城的地界，一想起妈妈温柔的声音和慈祥的面容，漂泊的心便安定下来。妈妈的牵挂也如久藏的老酒，浓烈得让我常常热泪盈眶。难怪有人说，最能让心安放的地方，就是故乡。

行走在四月的日子里，看柳絮在漫天飞舞，赏春天的花开花谢。凝视着窗外的花朵，感受着四月的温情，我将所有的祝福让四月的微风送给远方的亲人和朋友，让温暖四溢，让微笑拂过你眉端所有的轻松与淡然。

54．高考

——青春的一场告别

杨清秀

2019 年的高考刚落下帷幕，回忆拉扯着、翻滚着，把我带到去年六月的那一天。

那一天，天气爽朗，没有风，早晨的阳光从遥远的地方而来，打在脸上，如果眯着眼睛，还能看到睫毛的影子。穿过街道，路上的行人，有的神色匆忙，有的舒心微笑，有的在吃早餐，有的在整理文具。那一天，禁止鸣笛的标志很醒目，随处可见的是考生可以免费搭乘的出租车……那一天，一切如约而至，没有意料之外，没有惊心动魄。

考试结束的那个下午，有人尖叫，撕碎手里的稿纸；有人欢呼，自由写在脸上；有人流泪，看得让人心疼……路上的行人，有的准备回家，有的打算聚餐，有的约 KTV……那天下午夕阳很美。大家把卖书的钱凑在一起吃了顿饭，有的女生吃得很少，说高考后要开始减肥；有的女生和好朋友坐在靠门的位置，一直说笑着还不忘给大家加菜。我不记得那天晚上吃了什么，说了什么，只记得最后我们都哭了。一群每天抬头不见低头见的人，过完这一夜就要各奔东西了，恨不得把这三年发生的所有事都翻出来说一遍。夜幕降临，我们用一首首歌曲唱出难言的心绪，有人流泪，有人告白。回学校的路上，每一个店铺都能看到和我们一样的人，就连平日里不爱说笑的那个女生，都和大家打成一片。每个人都笑得很开心，没人管考试，没人想学习。

回到寝室，整理三年来的书籍直到深夜，有人提议通宵。高考完的兴奋劲还没过，没有一个人睡得着，寝室早已熄灯，地上堆积如山的是曾经的习题试卷，窗外不时传来其他寝室歌唱欢闹的声音。不知道为什么，摆在眼前，那些曾经发誓高考完一定要日夜不休看完的电视剧，在那一刻竟勾不起心里的一丝波澜。没有人想那天考了什么、考得怎样以及暑假安排，那一刻，脑子放空了，什么也不愿想。

第二天早上，我醒了，房间里一片狼藉，却比平日的规矩刻板更令人惬意。我蹑手蹑脚下床，不敢打扰才熟睡不久的大家。从窗台望出去，天和以前一样蓝。手机响了，是妈妈打来的，说已经在来接我的路上了。挂了电话，心里五味杂陈，我太久没回家了，我很想回家，已经考完了，我心中的担子终于卸下了。

只是我的高中生活，也就这样结束了。

55.秋日贵大

董 静

"一年好景君须记，最是橙黄橘绿时""桂魄飞来光射处，冷浸一天秋碧""荆溪白石出，天寒红叶稀""东皋薄暮望，徙倚欲何依。树树皆秋色，山山唯落晖""寒山转苍翠，秋水日潺湲"……古人用了许多笔墨来描绘秋景以及他们对秋的感受。现代作家也钟爱抒写秋天，林语堂的《秋天的况味》、老舍的《济南的秋天》、郁达夫的《故都的秋》、冯钟璞的《报秋》等文章都是描写秋的佳作。时下已是深秋，我亦想用文字来记录贵大校园的秋景。

贵州的秋，总是伴随着绵绵的秋雨。下雨的清晨，推开门窗，能感觉到一丝凉意侵袭而来，带着刺骨的寒冷，好似有意无意在提醒人们记得添衣保暖。走出宿舍，抬眼可以看见一层淡淡的云雾将溪山笼罩，平日里青翠的溪山在雾霭中若隐若现，颇有中国古代山水画的意境。随手一拍溪山，根本无须刻意构图和调色，就可以得到一幅不错的摄影作品。有时候，我会驻足欣赏溪山良久，什么也不用想，什么也不用做，只为单纯地获得心灵上的审美愉悦。望着细雨中的溪山，我总能联想到家乡的清江画廊，被清江水围绕的群山，即使晴天时也会云雾缭绕。欧阳修在《醉翁亭记》中说："若夫日出而林霏开，云归而岩穴暝，晦明变化者，山间之朝暮也。野芳发而幽香，佳木秀而繁阴，风霜高洁，水落而石出者，山间之四时也。"于我而言，秋雨中的溪山神秘而缥缈，并不会给人萧瑟凄冷之感，反而令人心静，感到闲适。

秋雨中的溪山让我感受到天地的高远辽阔，主色调是淡雅的黑、白、青。而在贵大校园中，秋的色调远不止这三种。"人烟寒橘柚，秋色老梧桐"，梧桐是秋的信使，当校园里的梧桐叶由夏天的嫩绿变成金黄，我们就知道时令变迁，秋天来了！校园人行道的两边遍满了法国梧桐，一阵风吹过，梧桐叶发出沙沙的响声，你就可以观赏到"金风细细，夜夜梧桐坠"的风景。枯黄的叶片在空中旋转几圈后，方慢悠悠地飘落，地上铺满了金黄色的梧桐落叶，踩上去发出清脆的声响。看到这些梧桐叶，秋的况味一下子就出来了。深秋的梧桐，树干是深褐色，梧桐叶有的全黄了，有的还带有翠绿，色彩极富层次感。而贵大的建筑又大部分是正红色，如果遇上晴天，天空蔚蓝高远，十分澄澈。当蓝天白云、红色的建筑和黄绿相间的梧桐树同框时，色彩就变得斑驳、浓郁而丰富，仿佛一幅优美的油画，亦仿佛一杯醇厚的美酒，令人心醉。

说到秋天，不能不提桂花。对于贵大之花木，我独爱桂花。我爱桂花的香气。传说千百年前，灵隐寺一个叫德明的和尚夜半时分听到窗外有雨声，举头凝望，却皓月当空。他出门一看，只见一粒一粒小珍珠似的桂花从月宫掉落。第二天他向师父谈及此事，师父说："这是月宫吴刚伐桂震落的桂花。"唐代诗人宋之问赞美桂花："桂子云中落，天香云外飘。"李清照也说："暗淡轻黄体性柔，情疏迹远只香留。何须浅碧深红色，自是花中第一流。"桂花是一种清、浓兼具的花，清可绝尘，浓能远溢。恰如宋人苏泂有诗言："远于沉水淡于云，一段秋清孰可分。"桂花虽香，但不会像栀子花那般浓郁，而是一种素雅淡远的清香。每次去食堂，我都会放慢脚步，细嗅那阵阵桂花幽香。新旧落花铺成地锦，不时有花冉冉零落。而无论落花颜色如新或容颜衰残，幽香终不减淡。桂花本身也具有观赏性，食堂旁的桂花树很矮小，但却枝叶繁盛。它的叶子是碧绿的，在阳光下闪闪发亮，桂花和花蕊都是淡黄色。花开得很小，一簇挨着一簇，远远望去，仿佛绿叶丛中点缀着细金，色调平和雅致，不事张扬，别有一番情味。

贵大秋日的风景不仅指校园里美丽的景物，还包括那些充满生机与活力的贵大学子。尽管天气逐渐变冷，但在走廊外、楼道里、石凳上、路灯下，我们都可以看见埋头苦读的身影，他们有一个共同的名字：考研人。现在考研已经到了最后的冲刺阶段，他们为了心中的梦想，在做最后的努力。我想对他们说："考研人，你努力的样子真美，祝你们成功上岸！"还有一些备考公务员考试、教资考试的学子也在认真记诵。他们展现了贵大良好的学风，让学校充满了书香气，构成了贵大一道亮丽的风景线。遇到天气晴好的日子，贵大操场上的人便多起来了，有人在跑步，有人在打篮球，有人在踢足球，有人在和好友聊天。看着他们的身影，我想起毛泽东的诗句："恰同学少年，风华正茂；书生意气，挥斥方遒。指点江山，激扬文字，粪土当年万户侯。"那种活泼积极、奋发有为的少年形象大概就是这样的。在大礼堂旁的广场，有在练太极、跳广场舞的退休教师，还有牵着孩子欣赏喷泉的父母，运气好的话，还能遇上绚丽的彩虹。他们享受着生活的快乐和闲适，而他们幸福的笑容也装点了校园，让校园变得更加温馨。

"自古逢秋悲寂寥，我言秋日胜春朝。"对我而言，无论晴天还是雨天，贵大的秋天都有其独特的美，都值得我们仔细欣赏。同学们，趁着还未毕业，多在校园走走，将贵大的美留存在记忆中吧。

56．回忆贵大每个角落

谭诗梦

2020 年 1 月 13 日。

2020 年 4 月 28 日。

离开学校 107 天了，在不知不觉中，2020 年已经过了近 1/3，我却还是未能见到我日思夜想的贵大校园，只能不断地去回忆它的模样。有人说，人的一生是回忆铺成的，我们往往会沉浸在那些幸福与快乐的美好时光中，忘记了时间。

一日午后，闲来无事，品一杯清茶，信手打开"贵研新声"公众号的文章，看着一幅幅黑白照片逐渐填满原本就属于它的鲜艳色彩，悠扬的音乐一字一句敲打在心上，一幕幕情景瞬间在思绪中翻涌开来，伴随着阵阵茶香，我的心也飘到了贵大校园里的每一隅角落、每一季景色。

当树梢再一次冒出新芽，花儿又一次绽放笑脸。冬去春来，鸟语花香，暖春悄然而至。我走过图书馆旁的马尾松林，它们首尾相连成为一片寂静之地。无论太阳是否升到最高，总有一半温柔隐藏在阴影下，隔绝尘世般闭着眼睛安然呼吸。时间缓缓流淌，下课钟声响起，此刻夕阳披着紫红色的薄纱依偎在黄昏身旁，路上三三两两并肩同行的伙伴发出银铃般的笑声，是否在诉说着今天的快乐趣事？路旁木椅的红泽衬得人脸浮上红晕，金色阳光透过树林，温柔地在发丝上印下了斑驳的光影，我不禁出了神，世间美好大抵也不过如此吧。

我来到图书馆前的大草坪，这是一片柔软似地毯的草地，这里没有城市的喧嚣和浮躁，只能听见湖水的流淌和风吹拂大地的声音。我躺在软软的如地毯般的草地上，抬头望着蓝色的天空、金色的太阳、白色的薄云。一股夹杂着淡淡青草香味的空气顺着风轻轻地涌来，我望着深蓝的天空，升起了蔚蓝色的梦。那蓝色天空带来了无数的幻想，五彩阳光笼罩着我，我渴望时光在这一刻停留，在这和煦而温暖的阳光呵护下净化、升华。梦醒了，我依旧躺在草地上，看着飞机拖着长长的尾巴从天空划过，留下一道轨迹，美丽得让我找不到任何一个词来形容它，感觉短暂又美好。

路上偶遇朋友的问候，让我感到惬意；班里同学们和睦相处，让我感到轻松；食堂带笑的阿姨，扑面而来的饭菜香，让我感到温馨。操场、宿舍、图书馆、大礼堂……属于贵大的每一个角落，都会让暗淡的心情变得明朗，烦躁的心趋于平静，路边采撷的花朵就在不知不觉间，编织成你我生命的花环。

缺少期盼的年华是孤寂的，缺少希望的生活是荒凉的。希望是在焦躁不安的等待之后如愿以偿的一缕阳光，是在终会到来的期盼之后溢于言表的一抹欣喜。可最后，回忆被拉扯，已是笔落文终，但思念的心却不会变：贵大，我想见你！

57．聆听暑假

杨 杉

暑期的到来让很多同学都在躁动着，伴随着夏日的燥热，大家都忙着找兼职、找实习、找旅游点，还有一部分同学拖着行李回到那分离了半年的家乡。我就是属于后者，迫不及待地回到那个属于我的小山村。

乡间的生活总会让你不经意间感受到那幅惬意的画面。生活的忙碌并没有消除人们对生活的热爱。现在让我们一起来聆听炎夏时节农家的生活趣闻吧。

炎热的夏季总是忙碌的，幸好在这贵州的大山深处，酷热似火不是那么明显，这也让这里的生活充满着更多的热情。

老百姓总喜欢早上那勃勃生机的时光。每天早上 6 点，我就在老妈的催促下起床，洗漱整理好就得下地干活。

在去地里的路上，你会在那些露珠中、鸟叫声中、草木的清新味道中苏醒过来，感受到那份恬淡。我总觉得地里有干不完的活，不是做这样就是那样，我有时候真的很佩服我妈，什么活都能找出来，让你招架不住。经过早上五六个小时的劳作，你会感叹生活的艰辛，但当你转过头看到劳动成果时，心中的喜悦也是不言而喻的。

中午的太阳让我们总想躲着它，但这也让我们可以得到休息。在这段时间里，可以看电视打发时间、睡个午觉、看看小说、听老人们闲聊、洗洗衣服，还可以看小朋友们在河里游泳。总之，你可以随便安排，感受生活的惬意。

下午又是忙碌的，你得忙碌到天黑了，才可以回家吃饭。

爷爷喂养了一群不安分的鸭子，每天天黑了也不知道回家，爷爷就成了赶鸭的老人，每天都去河里找鸭子，经常晚上 8 点过才回来。有时候找不到鸭子，他就会在桥上坐着等，而鸭子会伴着月光找到回家的路，我就成了偶尔伴随的人。

晚上走在稻田边，在月光下能看到闪闪发光的露珠、偶尔跳动的青蛙，在潺潺的流水声和不停的虫鸣声，你会觉得整个人的心情是很舒畅的。桥上赏月又是别样的。这里的山大，明月虽没有诗人笔下的皓月当空的气势，只是那山顶的点缀，但你会看到月上月下一团一团层层逼近的云朵，却又无法遮挡月亮，那种美是不可言喻的。

　　母亲的园子里的蔬菜瓜果，总能装满我的篮子，黄瓜、茄子、青椒、玉米、西红柿、空心菜……让我忙得不亦乐乎；桃子、梨子、青苹果，还有那偶尔往下掉的核桃，总让生活多了些情趣。农闲的时候，约上从小一起长大的伙伴坐在河边树荫下谈谈现在的生活，聊聊以前那些记忆犹新的事，讨论我们将面临的以后。当然，大家最爱说的就是各家母亲的唠叨，但在埋怨中，每个人都是幸福的模样。这样的生活似乎也乐在其中。

　　好一幅恬静的田园风光，在家乡，在暑假，闭上眼睛，我们一起聆听小桥、流水、人家……

58．燃斗志，奋青春

蔡微红

　　生活没有一帆风顺，苦难在所难免。不求一帆风顺，但求艰苦卓绝，不负韶华。

　　古往今来，有太多太多励人心志的故事，无论是悬梁刺股还是凿壁偷光，都在告诉我们：人生需要努力，不能让外界条件成为我们的绊脚石，当下的努力，未来会以最好的姿态回报我们。潜能需要靠自己努力去激发，斗志需要靠自己奋力去点燃，青春需要靠自己全力去奋斗，未来需要靠自己当下勤勉。

　　生活需要顽强拼搏，梦想需要努力奋斗。若安于现状，不懂努力，不知勤奋，我们永远也不会知道自己有多优秀，更不会知道未来能抵达怎样的彼岸。不认真，就只能荒废青春，一事无成。青春是用来奋斗的，努力是必不可少的。"树无根不长，人无志不立。"有志向才有努力的方向，有目标才不至于迷茫，有梦想才不会虚度光阴。要让困难成为我们的垫脚石，而非绊脚石，用困难磨炼自我意志，充实自我内心。遇到困难，首先想到的不该是放弃，而是斗志，要利用困难燃起斗志，实现梦想。活着不是靠泪水博得同情，而是靠汗水赢得掌声。大千世界，梦华而不实，想虚而不真，但梦想只有通过努力才能到达真实的彼岸。林丹，中国羽毛球男子单打运动员，羽毛球史上第一位集奥运会、世锦赛、世界杯、亚运会、亚锦赛、全英赛、全运会及多座世界羽联超级系列赛冠军于一身的双圈全满贯选手，但在他荣誉的背后，是常人难以想象的努力。在那之前，曾登上顶峰的林丹却在 2004 年雅典奥运会中遭遇职业生涯最大的一次"滑铁卢"，首轮比赛中爆冷出局，被人戏称"林一轮"。为了摆脱这个称号，林丹不断训练，不断进步，从未放弃，最终重拾信心，再次登上羽坛顶峰。人因梦想而伟大，我们应有自己的志向和梦想，且为之认真、坚持奋斗，才能最大化实现社会价值，在获得自我认同的同时，赢得别人的掌声。

　　懒惰虽享受，却虚度年华；勤思虽苦涩，然充实生活。人生只有一次，浪费了就不再，更何况青春如此短暂。时光不会停留，不能以玩乐当虚度的借口，要以勤奋充实生活。运动健儿谷爱凌，自 3 岁接触滑雪，到 18 岁站上北京冬奥会的滑雪场，她不断磨炼自己，一步步成长为世界级滑雪名将，在北京冬奥会中取得亮眼的表现，享誉世界。单板滑雪天才苏翊鸣，在学习和挑战高难度动作的过程中不断受伤，但他从未放弃，无论是身体上的伤病还是心理上的挫败，他都坚持下来了。苏翊鸣说："这源于一份纯粹的热爱。"最终，他在 2022 年冬奥会上为中国拿到金牌，实现了零的突破。"笨小孩"武大靖并不是一位以天赋见长的滑冰运动员，而他却凭着自己的坚持和努力，一路冲进国家队。起初他只是一名陪练，大部分人并没有看好他，甚至觉得他不适合滑冰，但他一点点突破自我，刻苦训练，最终为我国拿下一块又一块金牌。"古之立大事者，不惟有超世之才，亦必有坚韧不拔之志。"我们青年更应务实当下，把握青春！

　　青春不允许虚度，梦想不容忍放弃，未来不能够荒废。不努力，谁也救不了自己；不认真，什么问题也解决不了；不拼搏，谁也不能点燃斗志；不奋斗，谁也给不了我们完整的青春。青春永不言放弃，斗志永不离青春。让我们燃斗志，奋青春，创造一个属于自己的美好未来。青春如春光般短暂珍贵，一去不返，唯愿这美好春光与青春齐奋进，与诸君共勉。

59. 三月，我在田野上缓缓地行走

杨海波

三月，我在田野上缓缓地走。沐浴着柔暖的春风阳光，被雪花埋着的遐思妙想不觉间回绿吐芽了，被严霜凝固的泪滴不觉间融化消失了。心儿便像张起了帆的小船驶出港湾，泊在一望无垠的碧蓝海面上，满心胸荡漾着静谧美好的诗意，想对着世界娓娓地诉说什么……

脚步叩摸着宽广而又柔软的大地，周身的神经松弛般舒舒展展，竟不怕别人笑话自己轻浮失格，而去模仿儿时的举动，在窄窄的土路上一走一蹦，直到气喘吁吁了才卧在初醒的秀草上，想象着自己是一只飞在柳间树梢的燕子、一朵开在嫩绿草丛中的野花、一支牧童横在唇边的柳笛、一片随心所欲飘荡的白云……

目光散漫地荡开去，发觉天地被绯红的热流默默地揉为一体，生活便成为一帧帧浪漫的图画悬垂其间，变幻着无限的情趣。蝴蝶挣脱了蛹的束缚，在忙忙碌碌寻找失去的梦。油菜花摆着金灿灿的衣裙告诉它：你的梦在你的翅膀上。紫燕心里惦记着它的"老家"，匆匆忙忙从南方赶回来却对着一幢新盖的小楼房大发迷惑，叽叽喳喳地争论着那楼檐下还有没有自己的小泥窝。牧童到河边去折柳，却突然看见自己冬天插在岸上的一根柳鞭上已吐出了鹅黄的淡芽。

没有约束，没有目的，我在田野上缓缓地走。用心读着这田野的春意。我读出一匹斑斓的唐三彩马，从古老的历史神采飞扬地走来；我读出一排火焰般的红旗，指引着人们向新生活不屈不挠地走去；我读出遍地如血似霞的鲜花……春日晒红了我的两颊，春风将我的头发蓬松飞扬。我变得年轻、多情，身心也万般地轻盈，和春天一起在田野上飞舞、欢唱、奔跑……

一位摇着轮椅的姑娘在吃力地爬坡，我走过去助她一臂之力。姑娘回头望着我笑，又弯腰摘下路边一朵野花，别在我胸前说："春天真好！"崖畔的一株桃树下，桃花映红了三张脸：年轻的父母抱着呀呀稚语的女儿。他们想照一张甜蜜的合家欢。我愉快地为他们摆位置，调焦距，当上了快乐的义务摄影员。年轻的妈妈将女儿递到我怀中，孩子噘起小嘴，给我脸上印下一个桃花般的吻。我跑进一家农户讨水喝，主妇不问我的姓名，却殷勤地留我吃饭歇脚，说她的"死鬼"一开春就跑出去挣钱了，撇下她一人守家。大彩电里有看的，录音机里有听的，偏偏就少个拉话的，我听着她娇嗔地骂，又跟着她看她丈夫为她购买的洗衣机、沙发，还有门前那片几十亩大的苹果园。我惊叫了："他不是鬼，是神！"主妇扑哧一下笑出了声："那'死鬼'呀，可赶上逞能的时代了！"

三月的田野是希望的母床，是生命的基础，播下的是什么，收获的就是什么。我谨慎防守着心的池塘，不让一丝阴郁溅起苦涩的涟漪。我欢呼，我高歌，我在三月的田野上奔走。扔掉了夏的狂热，扔掉了秋的冷漠，扔掉了冬的无情，我便觉得活着真好，活着真轻松有趣。我用这美好的心境在三月的田野上播种友爱、信任与理解，让它伴着我的渴盼，也伴着风雪雨霜，去成长为幸福，成长为欢乐，成长为未来。

三月，我在春天的田野上走，春天在我的心上走……

60. 我的贵大我的梦

陈曼媛

初见的贵大是高挺的树群，是素黄的屋宇，是陌默的人流，是温暖眼帘的蓝绿相接，这是怎样的初见，就好像顷刻间变成一粒小种子，植入她深深的土里，然后生根发芽，长出蔓藤来，编织成一团梦。

当我闲庭信步地走在林荫道、石子路上，一步一世界，穿石绕树的水流在小丘挪开后秀出，纵眼望去，潭水深碧，翠峦倒映。水中的水草摇曳着，如梦一般温柔，而水面浮出的水草在阳光下暴露了它存在的久远。柳掉水月旁，一座孤独的桥躺在那儿很久了，许是百年，我不禁想到卞之琳的那首《断章》："你站在桥上看风景，看风景的人在楼上看你。明月装饰了你的窗子，你装饰了别人的梦。"眼前的桥代替了诗中的桥，不知何时所谓伊人在桥上驻足而立，被人相思无限。

月淡风扬，又是一夜细雨的淋漓，簌簌落下。这时最想跑到树茂的地方去贪婪地享受宁静，倾听细雨声留下的诉说和清脆的鸟鸣声。

南校区有着百年的痕迹。细察秋毫，生命力旺盛的植物早已攀爬过一幢幢楼顶，铁围栏亦锈出了时代的年轮，站在历史沉重校园的每一个角落，都好似端坐在岁月的一隅，梦着无边无际的梦。我不是一个羞涩自闭的人，但我喜爱安静，因而沉默少言，总与热闹的景象格格不入。这是我一直以来的生活方式，有同学问我："怎么不去找同学玩？你看起来总是闷闷的，像受了潮似的。"我笑而不语。我喜欢简单而安静的人，正如我喜欢简单而安静的地方，如若有个干净且沉默的少年，举止不俗地经过我身边，与我来一场绚丽的相逢，我的忧愁也便随草绿天涯了。

瘦弱的街道，孤高的落月，皓洁的月影，街道两旁郁郁的树林，请为我编织一个梦，在我的头顶轻轻地摇曳着你们的枝叶，让我轻松愉悦地享受这里的一切。书香四溢的图书楼，打开陈旧的书，卷里卷外，字字刻人，思绪竞现。生活被冗事缠身时，这图书楼就好像听雨阁能给人带来长久的安静。在这雅室不仅能把史问今，聆听教诲，或还能寻得一个知音，她会教你写诗，给你说她家乡的风景，陪你坐在椅子上谈心事，为彼此熬制心灵的鸡汤。

　　它只是一棵雏菊，悄悄地开，无人知之，它不怀抱任何无知的梦，但不是没有幸福，许是零落成泥碾作尘，匆匆地来又匆匆地走。

61.三月，我在想念春天

卢海娟

　　最近，我常常留恋于网友的油菜花图片。在与我相异的空间里，油菜花涂满了阳光的色彩，一路开到天涯。漫山遍野的油菜花让春天一下子燃烧起来，喧闹起来了，连旁边那所小木屋也要雀跃着飞跑起来。

　　披着婚纱的女子在油菜花里绽放出一朵素白的花，似乎就要滑向幸福的彼岸，耳畔传来奶声奶气的童谣："油菜姐姐会绣花，她绣的花像喇叭，答滴答滴答。"而今，会绣花的油菜姐姐就要出嫁了，油菜花全都昂着头为她吹喇叭，像极了一群嬉笑着的调皮娃娃。蹲在油菜花里弄焦距的人该是未来的老公，油菜花直达天际的黄在他心里掀起了怎样的幸福波澜？他是不是正深陷在油菜花中，含情脉脉注视着他的新娘？油菜花开，满地黄花，所有年轻的心都蠢蠢欲动，爱情是最绚烂的植物，已经结出满树的花苞。

　　"春风一诺花满河，油菜花开满地金。"长满油菜花的田交叠着，相挽相牵。置身油菜花间会嗅到淡淡的菜花香，还会有花粉落满头，染黄了衣裳。这些调皮的天使和会跳舞的精灵无边无际，它们蔓延到天边，出现在我的梦里。那一望无际漫天的黄真让人迷醉，让人向往。

　　看得多了，有时我也会固执地认为，在清风微荡的午后，满地黄花堆积中，走来的该是个有着长长的麻花辫，穿着青花衣裳的女子。她心事重重地走来，不时回头张望，身后是油菜花铺开得无边无际的远方。这是个与油菜花默默守望的女子，就像对着曾经相知相爱的人倾诉衷肠——春天来了，他乡的人还没有踏上归途，油菜花的岸，一只乌篷船像是谁丢失的鞋子，疲惫地小憩。

　　可惜我是北方人，农历三月的北方，春天迟迟不肯光临，那些光秃秃的树枝昂首向天翘望着春风。树的衣裳哪里去了？它们全都急了，求春风找回它们丢失的衣裳，就像小小的，寻找丢失爱情的女子。

油菜在伶仃女子的身边，一个个脸色蜡黄。不觉自怜起来，耳边循环唱着的歌曲是："我是一棵冬天的树，我在想念春天。"正好看见一只轻巧的风筝飞在油菜花上，感谢春天，给油菜花送来了最大的蝴蝶。

等到来年春天，我要计算好它们的花期，去看油菜花。我要做个赤足的女子，脖子上戴着油菜花的花环，像小小的圣女在油菜花中奔跑，耳边有油菜花的牧歌轻轻唱响。油菜花金黄的云雾让我迷离了眼，那被油菜花环抱着的村庄，那些被温馨的故事萦绕的人们，紫陌红尘路上，像天空一样辽远。我要让黎明提前，黄昏更加明亮，世间的给予和爱的祈求统统都在这一片油菜花里释放。

62. 那片梧桐那个人

岑龙香

梧桐叶随风翩舞，随地而落。我伸出手，缓缓拾起一片。萨克斯的音符很快传入我的耳，落寞，甚至于有些哀伤，但有希望，对未来的希望。

一眼望去，发现一个人在不引人注目的角落里柔情地看着曲谱，从灯光的映衬中，我看到他的眉间有一丝焦虑，刹那间怦然心动。停住脚步，细细聆听那美妙的旋律。室友发现我脚步停下，问道："怎么了？"我笑而不语。其实，我也想回眸问他："怎么了？"

角落里，他沉浸于暮色中，时不时把握呼吸，传出一阵令人忧伤的乐曲。那片黄桐上有属于他的音符，我小心地拾起。他低眉时，有着些许岁月的青涩。寥寥一抹浅笑，暗藏多少关于奋斗的伏笔。若天堂没有音乐，墓碑也会显得荒凉。星星划过夜空，梦想打破孤寂，他拨动手指，时间已将脚步静止。

回到宿舍，久久不能入睡，那旋律深入我心。我于他，只是一个路人，他于我，却像一个知音。那天晚上，我想了很多，即使风吹雨打、百草零落，梦想也能使他光芒万丈，熠熠生辉。这样的人，我很想去认识，或许能从中找到些什么。

次日早上，暮色还未完全褪去，校园被一层薄雾笼罩，比起昨日清晨更冷。我攥紧手里的信，不愿它遗落在风中。

晚上，我经过那个充满音乐的地方，再次停住脚步。他在那里，熟悉的旋律，熟悉的背影，以及那熟悉的梦的声音。我想走过去和他结识，心中有着按捺不住的激动，却又有着莫名的焦虑。他会很高兴认识我吗？会很乐意吹曲给我听吗？会让我用铅笔在纸上为他写下一首又一首的诗歌吗？一切都是未知数。当然，更怕他像我嘲笑牵牛花没有梦想嘲笑我一般，朝开夕陨。我驻足了许久，并没有上前，凉风吹过，我的思绪仍没有半点飘摇，只是傻傻地望着、想着。突然，他回头，我下意识地转过身，仓皇地走了。我没有回头，一直朝看不清的路走着，那一刻，风过梧桐叶落。

第三天晚上，鼓起勇气，我跟跟跄跄地走在那条路上，手里拿着信封和那片属于他的梧桐，当然，还有一支白玫瑰。它纯洁、耀眼，在黑色中更显光芒，包含着我炽热的情感。我左顾右盼，反复准备要说的台词，以及设想他会问的问题和我回答的话语。该怎么接他的话才不显得是我精心安排的偶遇？还有早已准备了三天的信怎么才能让他顺其自然地收下？或许他会问"你什么时候就写好的？为什么要写？"我应该回答"三天前？"哦不，显得我有预谋，"昨晚？"哦不，又显得我不够重视，"两天前，偶然路过并被你的音乐吸引，不知不觉就写了。"至于写的理由，"我倾慕你？"哦不，太不矜持了，"我喜欢轻音乐，并且走火入魔？"把自己说得好像太有品位。"我喜欢音乐，但不太懂。"不错，委婉而又透露着一种欣赏。殊不知，在身后紧握在手中的玫瑰正在渐渐枯萎。

终于，我踏出脚步，距那还有一段距离，我慢慢走近，仔细聆听，安静，好安静。心里的燥热渐渐冷却，从岩浆变成坚冰，他却不知所终。

第二天起来，阳光温暖，我从梦中醒来，怀揣梦想。昨晚，玫瑰落在地上，今晨，信封在桌上，里面有属于那个人的梧桐。

63 . 久违了，我的贵大

———————————— 蒙怡彤

2019 年 9 月，我第一次进入西大门，第一次和你相遇。校园里熙熙攘攘，涌动的人群满脸朝气，我想，这就是我梦想中的大学。2020 年 4 月，由于疫情，我已居家几个月，满心都是期待开学与你的再次相逢。

亲爱的贵大，有人爱你的玉"树"临风，有人爱你的高楼林立，而我却爱你不经意之中的美丽。

每到考试周，图书馆便都是复习的身影，而我也不例外。冬天的某日，我喝着豆浆，迎着寒冽的西北风走向图书馆。昨夜似乎很冷，鹅卵石路旁的小草已有凝霜。小路即尽，终于靠近了图书馆。一眼望去，白茫茫的阅湖湖面就像一条干净的白练，静静地陪伴着图书馆。走入图书馆，我便开始了一天的学习。

坐在靠湖一面的窗边，学至午时，抬起头望向窗外，又是久违的太阳。早晨的雾尽然散去，阳光映入水面，白练似染上绚烂的色彩。草坪上错落着三两同学，有的坐着看书，有的躺着看风景。偶尔飞鸟掠过，湖面泛起了点点涟漪……

终于结束了一天的复习，走出图书馆已是戌时。在夜幕的点缀下，满月似乎坠入凡间，我在湖面看见了月亮。阵阵风吹过，湖对面的国旗迎风飘扬。视线转向左方，林深见影，熹微的月影漏过小树林，洒下一地斑驳。一切好似一幅山水画。我静静地看着，想把它印在脑海里。这是我平凡的某一天，但却是贵大一个不平凡的美夜。

屋外路灯已然亮起，小雨沿着屋檐一串串滴落，肚子也应景地咕咕叫，此时此刻，我分外地想念贵大。想念"五脏俱全"的学府里，想念热闹欢腾的老朝阳村。说到学府里，我首先想到了花甲粉。不得不说，学府里的花甲粉真是一绝。无论哪家，只要你进店，花甲粉都有的蒜香味就会迎面袭来，让人直咽口水，赶紧下单。大碗花甲粉一上桌，先是观"色"——砂锅中装的是热腾腾的米线，盛的是一片片饱满的花甲。再是一口汤汁，慢慢一品，只觉味道极其鲜美，唇齿留香，香辣得就似冬日里的一份温暖。紧接着是一口米线，蘸着特制的调料，送入口中。米线筋道醇厚，唇齿舌尖上的碰撞，顿时让人心花怒放。

一路向北，我们会来到贵大学子最爱的美食圣地——老朝阳。老朝阳的美食更是数不胜数，从火锅到烤鱼，从蛋挞到水果捞，老朝阳的一切美食都深深吸引着我。只可惜现在远离了校园，只能把思念付诸纸上，独留肚子空乏。

亲爱的贵大，夜已深，倍感对你的想念。我还没见过春天的校园，听说樱花早已盛开，芬菲烂漫。期待这个美丽的春季，期待和你的再次相遇。千里驰援战"疫"魔，黔鄂同心是一家。同袍同裳同生死，大疆大爱大中华。呜呼！慨然逆行，山河为之悲号。守望相助，神州必获新生。

还记得 2 月 26 日长江日报记者在直播中的哽咽吗？

"现在是早上的 9 点，按道理这个时候应该是车水马龙的。而现在呢？我的武汉……我的武汉现在没有跑车！"期间，这名记者一边拼命拍打电动车座椅一边无数次说："武汉你快点好起来！你快点好起来！"这段话让我们无数人跟着落泪，我们互相鼓励着——"花溪牛肉粉为武汉热干面加油"。

我知道，大家都在等待那一天。等待可以摘掉口罩，大口呼吸清新的空气。别急，已经立春了，立是开始，春是希望。只是为了更好地遇见，才赠予了距离和时间。

那一天，值得等待。

64. 青春飞扬　马不停蹄

韩　梅

　　青春是每个人一生必经的旅途。青春大多是迷茫的，也许荆棘遍布，也许漂泊无依，但我们追求的就是在迷茫的青春里活出不一样的精彩，这是青春的真谛，也是青春的追求。我们一直追寻着非一般的青春，永无止境地让青春飞扬。

　　在飞扬的青春中，总有一段日子是拿来拼搏的。无奋斗，不青春。那些夏夜是我别样的记忆。回忆这些年华，唯有用文字来表达我此刻的心情。那年夏天，有一群人为了同样的目标，在一起奋战了无数日夜。那样的青涩年华是真正的青春，那样的夏季是诗意大发的日子，那样的记忆是一生的启迪。

　　幼时是天真快乐的，但在不知不觉中，我们有了自己的想法。我们不再无拘无束地玩闹，慢慢学会了倾听：听时钟转动的滴答声，听雨打芭蕉的情意，听彼岸花的忧伤。这样苦涩的日子，犹如秋天落叶的横飞，缓缓飘进记忆的长廊。一辈子很短暂，转眼之间，青春即逝。这是一次精彩的旅行，我们走过希望的田野和每一个春夏秋冬。哪怕是一次次摔倒后再站起来，我们都在马不停蹄地追求还未得到的东西。

　　诗人李白说："桃花潭水深千尺，不及汪伦送我情。"在最好的时光里，遇见三两个知己足矣。有人说，所有的遇见都是久别重逢。缺少朋友的青春称不上有意义的青春。分别是青春所必经的过程，也是人生里的遗憾。

　　想来一场说走就走的旅行，这是大多数人青春时的梦想。享受大自然的美妙，享受一个人背着包行走在大山间的情调，享受生活的冒险和人生的挑战，这些都是青春的必需品。在年少的时光里，那些行万里路的体验终将难忘。

　　月色满空，微凉如斯。你说我不来你不走，可我来了，也始终没看到你的身影。约定一起旅行却无法履约，或许这也是青春。曾经的风雨，如情从浅到深、似义从轻到重……用豪情壮志演绎了一部部动人的"电影"。但逝去的无法挽留，我们要做的只能是看向未来，在剩下的青春里奋勇前行，携带着似乎难以企及的理想继续前进。

有多少个早晨，叫醒我的不是闹钟，而是梦想。这并非夸大其词，而是实实在在的存在。我渴望被时光温柔以待，像草原上的雄狮和天空的鹰鹫，能淋漓尽致地展现自己。当有一天，我睁开眼睛时，希望看到的是无尽温柔的世间，而非我久久不能寻的梦乡。

青春之所以让人心生向往，是因为人们时常在追求无悔的青春时，燃烧了自己，照亮了别人。在不知不觉中体会人间的美好和奉献自我的乐趣。生命不在于长短，而在于质量，高质量的青春必然是贡献力量、帮助别人的青春。这才是年轻的意义。

青春还需要有海纳百川的精神和宰相肚里能撑船的宽容。他人的好得刻在石头上，风雨都无法洗去；而他人的不好得写在沙滩上，当海浪涌来，一切都会化为乌有。从你的全世界路过，我只愿做你记忆中最美好的样子，也希望你同我一样去看待这个苍白的世界，把它变换成一片斑斓的天地。

飞扬的青春，不朽的年华，永恒的记忆。这是大家应有的青春，永远在探寻的途中努力、坚持，直到到达理想的彼岸。青春的音符在跳动，犹如追寻目的地的激情在澎湃。在这个黄金时代，勇敢追梦是青年人不可推卸的责任，也是势不可挡的态势。让青春飞扬，永不间断。

65．以梦为马　不负初心

钟　纯

马克思曾言："一个时代的精神，是青年代表的精神；一个时代的性格，是青春代表的性格。"一个时代的进步或更迭，离不开青年；一个时代的魅力或个性，更离不开青年。作为当代青年，要勇于追梦，志存高远，把我们的青春融入中国梦中，肩负起"振兴中华"的神圣使命，为成为一名合格的当代青年，打下扎实的根基。

青春因梦想而绚丽，因奋斗而精彩。马于驰骋，人活梦想。马儿不在草原上驰骋就不叫良驹；鸟儿在天空不展翅高飞就不叫雄鹰。同样，人不为梦想而活，就如同行尸走肉，整天过得浑浑噩噩，做一天和尚撞一天钟，毫无生气与活力。苏格拉底说："未经审视的人生是不值得过的。"与其让自己庸庸碌碌地度过此生，还不如为梦想奋斗一生。实现人生梦想，就要做好被嘲笑的准备。"被嘲笑的梦想是具有价值的。"如果拥有一个在当前难以实现的梦想，就可能被他人说成"癫蛤蟆想吃天鹅肉"，但只要我们坚持不懈、持之以恒地努力，终有一天会开出梦想之花，奇迹是有可能发生的。

青春因立志而高飞，因责任而担当。要想让我们的青春熠熠生辉，就必须志存高远，增长才干。只要我们不向命运屈服，就会拥有壮士割腕的勇气、刮骨疗伤的魄力。哪怕只有像萤火虫发出微弱的光，也要敢于向黑暗挑战。在近代，无数的国人志士抛头颅、洒热血，他们用智慧点燃中国的希望，用激情谱写革命的壮歌，甚至不惜牺牲生命来换取革命的胜利。正如孔子所言："志士仁人，无求生以害仁，有杀身以成仁。"尽管青春如白驹过隙，但不悔的青春、逐梦的青春、奉献的青春将永垂不朽。从一群学生掀起的五四爱国运动到陈独秀领导的新青年运动；从鲁迅为祖国生死存亡弃医从文到李大钊为中国共产党英勇就义；从毛泽东领导农民土地改革到新中国成立……中国一步步走来，能够屹立东方，少不了革命先辈们自我牺牲与乐于奉献。他们这种无私奉献精神，激励着我们一代又一代的青年投入建设祖国的怀抱，立志为党的事业薪火相传。

青春因初心而闪光，因实干而致远。初心即最初的初衷、动因，随着时光的消逝，初心也会变得若隐若现，模棱两可。如果我们任由岁月磨去初心的棱角，那么我们的人生理想和信念也将失去支撑的基石。尽管生活中常常有暗礁、荆棘和坎坷，但只要初心不忘，必能继续前行。正如习近平总书记用"不忘初心，继续前行"要求广大青年怀揣家国情怀、牢记历史、面向未来、面向世界一样，初心不能忘，实干也不能丢。常言道："空谈误国，实干兴邦。"从古到今，历史无不在告诉我们这个道理。唐太宗图求新变，开创出"贞观之治"的局面；战国时期赵国的赵括却因纸上谈兵，40万大军被秦国所歼灭。作为当代大学生，我们既要仰望星空，又要脚踏实地；既要坚守初心，又要笃行务实。只有这样，我们的青春才能在实现中华民族伟大的复兴梦中绽放光彩。

"青春须为早，岂能长少年。"趁着年轻，我们要练就过硬的本领，做祖国事业的接班人。我们要刻苦学习文化知识，将有限的青春投入建设社会主义事业中去，不负光阴，不辱使命。

66. 夏天过后　与你邂逅

向涛涛

　　时光荏苒，不经意间高考已经过去了四个月，高中三年的疯狂与奋斗已变成回忆，人生大起之后，又恢复平静。我不曾想到自己会成为贵大的一名新生。高考时我没有考出满意的成绩，好在命运待我不薄，我考上了贵大。

　　下了火车，便有学姐学长为我们带路。负着重重的行李，在步行一段不算太远的路后，我和爸爸坐上了开往西校区的校车。校车在市中心缓慢前进，我的内心因激动泛起波浪，脑海里不停地描绘着想象中贵大的样子。

　　当校车驶入校园，不得不说内心由山峰跌至谷底。映入眼帘的是一台台挖掘机和凌乱的环境，这不就是一个施工现场嘛！这与我想象中的大学，简直有着天壤之别，我的内心升起一点小小的不悦。

　　一位好心的学长领着我们径直地走向报到点，周围的校园社团招新活动立刻吸引了我。我好奇地环顾四周，一派热闹的情景：有在耍刀弄枪的武术社成员，有在欢快跳舞的舞蹈社成员，还有在展示新奇机器人的机器人社成员……到处都充满了青春的活力和阳光的气息。这就是我的大学生活，我想我要试着爱上它。

　　住在西校区的寝室，我们便已成为这里的新主人，想到这里，我的心情不觉地美丽起来。我没想到，作为百年学府的贵大仍在不断地发展，仍有它新的一面。校园坐落在贵阳市花溪区，四周有许多旅游的好去处，如秋天最美的"黄金大道"，有"黔南第一山"的黔灵山。学校主要有北校区、南校区和西校区三大校区。旧和新总是相对的，旧有旧的历史底蕴和文化气息，新有新的朝气和发展。

　　贵大学府起黔中，百年传薪火。贵州大学由清朝时期创建的"贵州大学堂"

发展而来，在 2005 年 9 月成为国家"211 工程"建设大学，成为国家"中西部高校综合实力提升工程"14 所高校之一。

　　在贵大的四年里，我会慢慢地思考这样的问题：大学究竟是什么？我又将如何在贵州大学度过梦想中的大学生活？

67. 夏夜流萤

王永清

在电视剧《小鱼儿与花无缺》中，有这样一个场景：小鱼儿带小仙女爬到山顶上摸月亮，捉萤火虫。山顶上月色清幽如水，漫天飞舞的流萤，明明灭灭、飘飘忽忽，闪动着惊艳的光芒，美得让人窒息。

我想起了儿时乡村的夏夜，月牙挂在半山腰，像姑娘微微上翘的嘴角，月光晶莹得像一树雪梅花，纷纷扬扬洒下梦幻般的光，点点流萤在夜空里闪烁流动，乡村宛如睡在童话里，宁静而温馨。

那时，没有空调也不碍事，劳作了一天的乡民吃过晚饭后，便三三两两地聚在村头纳凉。勤快的女人此刻还不忘做一些手头活，顺便嚼两下不咸不淡的"舌头"。男人们光着膀子，脖子上搭一条擦汗的毛巾，天南海北地胡侃着，一副悠然自得的样子。而小孩子最大的乐趣，便是三五成群地去捉萤火虫玩耍。

萤火虫是夏夜里最闪耀的风景。丝瓜架下、绿草丛中，到处飞舞着它们纤巧的身影，串成一条条闪亮的光带。它们时高时低，时隐时现，变幻着身姿，看得我们心里痒痒的。我们在月光下追赶萤火虫，捉到后放入透明的玻璃瓶中，整个瓶子就散发出清亮的光芒。我们比谁捉得多，谁的瓶子亮，然后提着"灯笼"追逐着、嬉闹着。那些晃动的光洗涤了夏的炎热，点亮一片清凉。

夜深回到家里，我打开瓶子，将萤火虫放入蚊帐里。熄了灯，躺在床上看它们幽幽地亮着，仿佛一颗颗伸手可触的星星。我就这样近距离地观赏着它们，体会这份恬静的优美。后来读到沈复的《闲情记趣》，他说"留蚊于素帐中，作青云白鹤观"，我留萤火虫于帐中，比他浪漫有趣多了。

萤火虫也是许多诗人笔下的爱物。《诗经·东山》描述了一名在东山从军出征的男子，思家心切，日夜兼程返乡，归途中，漫山遍野的流萤照亮他回家的路，这是多么温馨浪漫的回家之旅啊！读唐代诗人杜牧的《秋夕》，喜欢"轻罗小扇扑流萤"之句，有人说这首诗写的是古代宫女孤苦寂寞的生活，但我分明看到一个活泼灵动的少女，正拿着小扇扑打着飞来飞去的流萤，如此娇巧可爱。

萤火虫喜欢植被茂盛、水质干净、空气清新的自然环境，但近年来，森林的减少、河流湖泊的污染、农药化肥及化工产品的过度使用、城市的光害等，都给萤火虫带来了厄运。美丽的夜精灵，如今你到哪里去了呢？

68. 樱花盛开的季节

刘 威

樱花盛开的季节，是一个温情的季节，更是才子佳人的季节。

樱花盛开的季节，是一个浪漫的季节，更是执子之手的季节。

樱花盛开的季节，是一个细雨吹香的季节，更是暗尘笼鬓的季节。

——题记

三月雨声细，樱花着意开，此时的樱花满树烂漫、如云似霞，所谓"梅花谢后樱花绽"，正是此也。"处处山樱花压枝"，一朝春雨洗尘烟，这样的季节，这样的景致，想来曾经追求的"梨花一枝春带雨"，曾经向往的十里桃花十里堤都是远远不及的。生活在这样的季节里，你可曾悸动？可曾遐思？

十里樱花十里尘，谁道樱花无主人。载一船的春色，收满眼的湖光，感暗香浮动，触细草微风。亲临花下，看落英缤纷，簪花于头，如此优美之神韵，如此曼妙之形态，怎是人间应有，确是胜却天堂之境。想来，定是这花许下的千年尘缘。

花开自是有情，人生最惬意的莫过于在这样的季节里，能在不经意间闻一曲古调，见一座古楼，嗅几丝茶香；能在忙忙碌碌的生活和迷迷茫茫的路上，看一看雨浸红花，听一听鹿鸣鸟语，感一感风摇烛影。许下半世年华，留下半生回想，方是这个季节应有的礼节，不负春光。

都道"樱花落尽春将困"，所以"花开堪折直须折，莫待无花空折枝"。莫等花褪残红，独留感叹。定要在这初见的美好中，撷一手繁花，春风得意；执一卷诗书，与花对吟；举一樽美酒，与花共酌；席一方天地，与花共眠。

"何处哀筝随急管，樱花永巷垂杨岸。"既是一种感慨，亦是一种伤情。"昨日雪如花，今日花如雪。山樱如美人，红颜易消歇。"正如周恩来《春日偶成》中的诗句："樱花红陌上，柳叶绿池边。燕子声声里，相思又一年。"道出的是花开花落自是有时，今年花落，明年花开，"今年花胜去年红"，明年亦如此，留几许相思，几多等待又何妨。尽管"年年岁岁花相似，岁岁年年人不同"，但依旧可以笑送今年花去，静候明年花再来。如此种种，皆可"乐事回头一笑空"，更是在这一季节里体会到的一种人生境界。

一棵开花的树是经过在佛前千年的期盼，经过佛的允许，才迎来这一树繁花。所以都希望一样花开一千年，独看沧海变桑田。而人生都希望一笑望穿一千年，笑对繁华尘世间。的确是韶光弹指过，人生种种恰若这人间三月之樱花。

"风剪一丝红，红丝一剪风。"在这樱花盛开的季节里，"忆来何事最销魂，第一折枝花样画罗裙"。这才是真正的温情与浪漫，才是真正的细雨吹香。

69. 值得怀念的时光

郭阿静

　　年轮悄无声息地从生命中划过，恍然间，我已到了而立之年，人生的各种尴尬也纷至沓来。忙碌的间隙，看看各个年龄段人群的生活百态，以往的时光从脑海中悄然溢出，串成一条河流，淌过生命中的安然岁月。

　　少年时代，一切都好，好风，好雨，好时光，彼时唯觉得读书是清苦的。小小的年纪既要识记大量的知识，适应崭新的环境，忍受家境的贫寒与身体的病痛，承受少小离家的苦闷，劳心劳肺自是不必分说。于是，我每每暗自下定决心，并写下各种座右铭，激励自己走下去。那些苦日子在当时觉得那般难熬，如今想来，如同过去了半个世纪般的漫长，却一刻都不肯停留于此……在后来的岁月中，每当自己对生活产生倦怠，变得庸庸碌碌时，总会怀念往常的那些时光。怀念那个瘦得像根豆芽，但依然背着重重的双肩包，弓着身子，迎风前行的少年。正是这个缩影，成为我多年以来不懈奋斗的动力。

　　工作几年后，我在公司遇到了一位大学校友，攀谈之余倍感亲切。由此，大学时的一幕幕如同打开的水闸，在我的脑海中奔涌而出——期末考试前的紧张备考，图书馆激烈的占座潮，热火朝天的社团活动，课业之余的各种打零工，与舍友在一起的嬉笑打闹……大学时代，我们摆脱了中学时期繁重的课业，进入一个微型的"社会"，有了自己专属的交际圈，并在圈里圈外忙活得不亦乐乎。那时父母的身体尚且健朗，我们做儿女的不必有过多的操心；那时亦无对生计的忧虑，我们一路唱着高歌，迈进一个展示与张扬自我的时代，活得那般真实、自在、痛快！

　　大学毕业后，我投奔了在省会工作的堂姐。此后，我们两姊妹相依为伴，度过了一段简单而又快乐的时光。那时，姐姐每天需要上12个小时的长班，我下班后会在家里提前烧好饭菜。而姐姐对我更是照顾有加，她会早起带 2 个鸡蛋排队为我摊煎饼，会出现在我每次外出的接送站，更会在每一次我身无分文时慷慨解囊。在姐姐待嫁的时日里，我们一起探讨爱情攻略；在我更换工作的时候，我们一同分析跳槽的利弊……尽管那时我们收入微薄，却逛遍了这座城市所有的步行街，尝遍了周边绝大多数的特色小吃，搜罗了各类值得品悟的书籍。姐姐于我，是亲人亦是友人，我们之间没有掩饰和猜忌，两个简单的人不断追逐着职业的进步，以及生活的美好，朝着希望的原野一路飞奔……

后来我谈了恋爱，素日里总喜欢朝着窗口处望去，看三三两两、疏离来往的行人，看那个人每天骑着单车行至楼下，绕着花坛转过一圈又一圈。有时他突然间一抬头，四目相对，两颗心沉醉在甜蜜的海洋里，漾起一个个爱的涟漪……若是因为某事发生了小矛盾，耍起小性子一走了之，他定会不动声色地跟来，待到达目的地后，轻松地吹着口哨。彼时，我筑了一路的心理防线顷刻间就会土崩瓦解，一颗颇具棱角的心也会被消磨得圆润起来……相较之下，那些时光更像是慢镜头电影般一幕幕回放，经典而不朽。

有了儿子之后，我的生活重心发生偏移，小小的他成了我最甜蜜的负担。产后休养的日子，我时时与他相伴，享受他完全地依赖着我的模样，冲着我快乐地撒着娇，感念于他的每一次进步、每一步的成长。我喜欢凝视他小小的面容，小小的轮廓，像极了当年小小的我，顿时生出想要抱抱小时候的自己的冲动。阴雨连绵的时日，小家伙静静地躺在我的怀里，他那安稳的睡眠、匀称的鼻息，以及睡梦中不时展露的笑靥，构成了一幅和谐的画面，我也不禁生出一种"岁月静好，现世安稳"的感动……

那些细碎的时光呀，如同一颗颗别致的宝石值得我珍藏。怀揣着那些美好，奋力前行，一路所遇的坎坷，便如阳光下的积雪缓缓消融。

第四篇章

溪山青语

70.德行，为学

王广宏

倘若我满腹经纶、学富五车，胸中有着万千沟壑，我定当踏遍名山大川、阅尽人间繁华、看破历史大道。但我尚未如此，所以我选择了贵州，选择了贵州大学，并以此作为我人生目标的新起点。

倚门而思，凭窗而眺，入目之物，尽显沧桑。金秋时分，我踽踽独行在这曲径而又通幽的小道上，惬意地享受着这难得的静谧。夕阳的余晖挣脱了层层密叶，在地上留下了寥寥光斑。微风轻拂，抚过耳梢，掠过树间。顷刻，金灿灿的树叶随风而动，发出哗哗般的呼唤声。遗落在小道间的光斑闻声而起，轻灵而又不失厚重地在风中摇曳。我穿过小路，绕过走廊，拾级而上，目之所及，一截斑驳的围墙横亘在前方。在岁月的侵蚀下，她褪去了往昔的浮华，只见围墙中央赫赫写着"明德至善，博学笃行"，此乃贵大校训也。

《大学》开篇："大学之道，在明明德，在亲民，在止于至善。"寥寥十余字，阐明了光明正大的品德是做人的原则。良好的德行是立身之本、成才之基，唯有以她作为人生指标，我们才能在至善至美的道路上勇往直前。《道德经》记载："美之于恶，相去若何？"这足以看出德行的自我修养在个人性格发展中起着重要的作用。因为善恶仅是一念之间，德行建设永远在路上。

在这个物欲横流的年代，如果心念浮华、不舍喧嚣是难以得到内心的安顿的。多少人汲汲于功名，切切于富贵，桎梏于外物。我们常常感叹："俗人昭昭，我独昏昏，俗人察察，我独闷闷。"殊不知，与其临渊羡鱼，不如退而结网。我们只有得到心灵的净化，才能找到人生的归属。

《礼记·中庸》有云："博学之，审问之，慎思之，明辨之，笃行之。"明确地提出了为学的几个阶段。古人语："为道日损，为学日益。"为学是长期积累的过程，贯穿人的一生，而勤是为学的主要途径。然而虽知天道酬勤，但知易行难。常惜叹：负登天之志，乏兰台之才。但是天下大事，必作于细；天下难事，必作于易。为学可从博览群书做起，熟知相关学科的知识体系，实现跨学科的研究，从不同的角度认识问题，从而通过他者反思自我，并把得出的理论用于解决社会问题，提升自己的专业能力。

吴语轻柔与珠玉落盘不是我的最爱。沐浴焚香，书籍在手，觅一青藤长椅俯身而坐，泡一沸腾香茗置于圆桌，在袅袅的茶香中品读佳作乃人生之乐事。茫茫人海与烽火流年、荒野无涯与万千星辰都磨灭不了我对你的爱，因为你给了我一个与众不同的贵大梦。

71. 话屈原

周孙梨

小时候倘若有人问我屈原是谁，我会照本宣科、一板一眼地背诵出来："他是我国一位杰出的政治家和爱国诗人，为自己的理想和祖国跳入了汨罗江。"

长大后，我才真正走近屈原，走进他的精神世界……我幻想过他的容貌穿着，幻想与写下"路漫漫其修远兮，吾将上下而求索"的他见上一面，当面问一问他："你，孤独吗？"无数的世人称赞他高洁的品质，夸耀他出彩的诗歌，尊崇他的伟大爱国情怀，也有很多人关心他的身世、家族、国家和理想，但我更想追寻这个问题的答案。虽然很少听闻有他人有这样的疑问，也许在世人眼中，这个问题并不重要。

我翻看过屈原的几幅画像，明末陈洪绶所画的《屈子行吟图》最符合我的幻想。木版画上的屈原，高冠长剑，形容枯槁，神情忧郁，茫然徘徊在空阔寂寥的山林之间，他在江水之畔，站立许久，最终湮没水中。他内心中一定藏着很多问题，这些问题无处诉说，他只得以笔为友，以文诉情，把内心的一切郁结统统都写在他的《天问》中。他追溯天地的起源，向神灵发出质问，激扬起我们对日月星辰、先贤神灵的思考。

《离骚》中的屈原，最早是披着江离和辟芷，佩戴秋兰进入我的世界。他身姿挺拔，如日月星辰，以饱含深情的话语，对听信谗言的君王诉说着自己的忠诚和抱负，热诚地呼唤着君王跟随着他的脚步，走上圣贤的道路。我接着把《离骚》读下去，读得更多，屈原高大的身形却逐渐地憔悴起来。他曾回望历史，向先贤发出沉痛的质问；他曾幻游过昆仑、西极，追寻心中的一方净土；他也曾追求过高丘女、宓妃、有娀氏、虞之二姚，寻找理想的知音，而回答他的是一次次的失败和打击。他行走在寒风萧瑟的汨罗江畔，心中万念俱灰，即便是彭咸再世也无法解开他的郁结。

这个固执而疯狂的诗人，决定带着自己的铮铮傲骨跳进汨罗江。这一跳，激荡起一个民族的波涛。汨罗江仿佛有了时间上的长度，算来两千多岁的江水，引得多少文人临江怀吊。那瘦弱的身体沉入了江底，却还给这个民族一副挺直的脊梁。太多文人以他为榜样，纵身一跃江中追寻他的步伐。历史的长河里，埋葬着多少同样固执的人啊，飘荡着太多千年江风打不散的忠魂，迸发着"虽九死其犹未悔"的民族气概。

如此看来，屈原并不孤独。

72."金鱼病"

张雅兰

爷爷进屋的时候右手操着把锄头，锄头上沾着新鲜的泥土，不知道又去哪儿挖了一遭。他四处张望，一副视线找不到落脚点的样子。大概过了半分钟，他把锄头放在了堂屋的角落里，又寻了把板凳悠闲地坐在门口。我这才看见他脚上的军绿色胶鞋，鞋边粘着湿黏的泥土，下脚的那块瓷砖已经蹭上了几道泥巴印子。

"爷爷，你不换鞋，奶奶看见了又该骂你了。"我赶紧去门口，在鞋架上找着室内拖鞋递给他。

爷爷没说话，接过鞋开始慢腾腾地穿。可能是年纪大了手脚变慢的缘故，爷爷换鞋的过程很长，期间我上了趟厕所，回来时他刚把右脚套上。

"你奶奶呢？"他问我。

"去镇上了，还没回呢。"我答道，把他换下的胶鞋放到门口，顺便拿拖把将泥巴拖干净。

不知道从什么时候开始，爷爷变得很嗜睡，一沾板凳准睡着。这不，当我清理完地板再看他的时候，他已经埋着头打起呼了。爷爷近些年瘦了很多，背也驼了，坐在凳子上像一株古老的松树盆景。

我打开电视，是十一台的戏曲频道，一群油头粉面的人挥长了水袖"咿咿呀呀"地唱着。我正欲调台，爷爷醒了，一脸的睡眼惺忪和茫然，显然是被刚刚节目里的花旦那声惊天动地、连绵不绝的"啊"给吓醒了，我连忙转台。

"你奶奶呢？"

"去镇上了，还没回呢。"我刚说完，爷爷又睡着了。

诸如此类的对话模式总是不可避免地出现在爷爷和其他人之间，带着规律性地重复，消磨着人的耐性，偏偏对方又是一副什么都不知道的样子，再多不耐也不忍心在言语上过多表现。

不出意料，爷爷再次醒来之后的第一句话又问我："你奶奶呢？"

经过多年的磨炼，面对爷爷的无限循环疑问，我已练就一身淡定。于是，我面不改色四平八稳地答道："去镇上了，还没回呢。"每当这种时候，我就会想起那种叫金鱼的生物和它时长7秒的记忆特性。

我想，爷爷大概是得了"金鱼病"。

时光倒流六七年，爷爷还是个很能干的老头，会做很多事情。

因为家在农村，我的童年没有太多和电子产品发生联系的机会。那时的乐趣除了来自山川田野，还有爷爷做的玩具：用鸡毛和铜钱做成的穗子，用茶树木做成的陀螺，甚至是从木桶上卸下来的滚铁环的道具……爷爷是我幼时最佩服的人。

不光是稀奇古怪的玩具，爷爷还总能从外面带回来很多好吃的东西。那时，我家养了一头水牛，每个清晨和傍晚，爷爷都牵着它去山上吃东西。回来时手上捧着一包用梧桐叶捂着的野果子，红红亮亮的，像缩小版的草莓，我叫不上名，味道却是顶好的。爷爷献宝似的递给我："给你个好吃的东西。"我乐呵呵地接过，嘿嘿地冲爷爷笑，眼睛眯得只剩一条缝，爷爷也笑嘻嘻地看着我，眼睛眯得只剩一条缝。

小时候，爷爷总是逗我："你是我从河里捡来的。"现在看来很没技术含量的谎话在当初却让我屡屡上当。每次听到我都会想到《西游记》的开头，唐僧被人放在木盆里顺着河水流了很远，后来被一个寺庙里的和尚救下，我觉得我可能就是那么来的，只是救我的不是和尚，而是一个留寸头的小眼睛老头。我那时还没发现自己也是个小眼睛的姑娘，并且小得和爷爷很神似。

我妈说："你别看你爷爷现在这样，他以前可是村里能干出名了的人物。"

我知道，我都知道。

直到傍晚时分，奶奶才背着个背篓从外面回来，影子被夕阳拉得长长的。她有点费力地把肩上的背篓取下来，问我："就你一个人在家啊，你爷爷呢？"

　　我转着遥控器，视线转了一圈没见着人影，门口只剩一个空板凳，又起身，发现角落里的锄头也没了。我说："刚刚还在呢，这会儿不知上哪儿了，锄头也没了。"

　　奶奶闻言，脸色立马变了："这个老头子噢，肯定又是上哪儿挖去了，挖自己家的地不说，别又挖到人家的了。"

　　噢，是有那么个事，大概是去年冬天，和今天差不多的情况，爷爷扛着锄头从外面回来的时候被奶奶抓个正着。

　　"你去哪儿了？"

　　"去湾里除草。"

　　"哪个湾啊？"

　　"屋后头竹林子底下那块。"

　　"那哪是咱家的啊，那是前边屋里的！"

　　"那就是我们家的地，怎么会是前边屋里的！"

　　"你个老糊涂，我们家什么时候有那块地了，让你待在家里你偏要出去，做错了又不承认，只会帮倒忙！"

　　奶奶是个不怎么温柔的老太太，特别是在爷爷得了"金鱼病"之后，老太太耐性骤降的同时脾气也见长。

　　爷爷不再说话，用沉默结束了这场纷争。后来，前边屋里的叔叔找到奶奶说爷爷把他家的白菜挖了，奶奶向他道歉，又说把白菜赔给他，他没要。爷爷站在旁边听着两人的谈话，不停地搓手，不知所措的样子像个做错事的孩子。

　　显然爷爷今日这番行动又刺激了奶奶的记忆，让她想起上次的事情。爷爷这骂是挨定了，我只能在心里祈祷待会奶奶口干，可以少骂一点。

　　爷爷回来的时候天色已经有点暗了，幸好奶奶在厨房做饭暂时没看到爷爷，要不然又是干柴遇烈火，躲都没地儿躲。

　　不过"暂时"的时效总是很短的，特别是在不好的事情上。应验了那句"躲得过初一躲不过十五"，爷爷刚把锄头放好准备落座，奶奶便从厨房出来了，带着一身煞气。

"你又背着锄头跑到哪儿去害人了。"

"没去哪，整了一下黄豆田，池塘边上那块。"

我松了一口气，幸亏这回是自家的地，可我往爷爷脚上一看，心又被揪紧了。

"你又把脏鞋穿进来，讲了多少回了，没一回记住！"奶奶果然是个眼尖的老太太。

爷爷不说话，闻言只是弓着背慢吞吞地挪步到门口不太利索地换上拖鞋，然后慢吞吞地挪回来不太利索地坐下。

奶奶的一拳仿佛打在了棉花上，软绵绵得不到回应。老太太憋了一肚子的火没处发，从楼梯底下抓了几颗蒜又愤愤地返回厨房。

而这会儿，爷爷已经坐在板凳上睡着了，嘴半张着，咧着只剩几颗牙的嘴，鼻子里发出轻微的鼾声。

奶奶说："要不是家里有个老糊涂，我不知道过得有多轻松！""你可千万别死在我后头，不然到时候饭都不晓得弄，饿死你个老糊涂。"

可我知道，只要有好吃的，奶奶总会留一份给爷爷。此外，奶奶每次去镇上都会买点爷爷喜欢吃的甜食带回来。

我妈常和奶奶说："妈，你别给爸吃那么多甜的，对他身体不好。"

"可他喜欢吃啊，"奶奶边说还剥开一个软面包递给爷爷，"来，老糊涂，吃！"语气仍是夹枪带棒的，一点也不客气。

至今，爷爷和奶奶的婚姻已经持续半个世纪有余。以我二十年的有限生命实在很难想象把3/4的人生用在和另一个人的"瞎耗"上是什么滋味，可又觉得，就算是"瞎耗"，有个人一起总是好的，人生不就是个"慢慢耗"的过程吗？

73. 读书，让人生更美好

杨林洁

我是寻着气味来到贵大图书馆的。

漫长的黑夜遮蔽了我的双眼，嘈杂的聒噪掩盖了我的耳朵，在这个人心浮躁的时代，幸好我仅存的嗅觉尚未完全丧失，是它让我在茫茫尘世间找寻到最后一抔芬芳的净土。

求学贵大，不为美丽如画的花溪河流连忘返，也不为悠久沧桑的人文楼所感怀喟叹，单单是一种学术氛围，让人无法释怀。从入学的那天起有很多事情延搁下来，唯有读书一日没有荒废。于图书馆里寻书，像是在茫茫人海中寻觅知音，以手抚书，心灵相通，一拍即合，方为良师益友。有时候，我甚至愿意去读那些艰涩难懂的文字，这些文字往往能给我惊讶和感动。

贵大图书馆气势雄伟的"中国印"，像一抹绯红掩映在拥翠群山中。这里是各种气味汇聚的渊薮，不同的书，不同的人，不同的气味，都将在这里交汇。读书极像阅人，观人亦像品书。一本书总是能找到认可它、赏识它的读者，而一个人也总能在浩如烟海的书架中撷取他的至宝。这仿佛命中注定，又好像是某种无法解释的缘分，然而，真正使他们之间相互吸引的是气味。

书籍是有气味的，有的辛辣，有的甘甜，有的苦涩，有的酸楚。无论它们之前是什么气味，只要在图书馆里经过读者们的诵读传抄，经过不同气质的读者进行不同角度的释读，它们最终会产生奇妙的化学反应，生成芬芳如花的酯类香氛。沈括《梦溪笔谈》载："古人藏书辟蠹用芸草。芸，香草也。"古人在书中放置香草，不仅可以防止被蠹虫咬蛀，还能给书留下幽幽清香，"书香"一词便由此而来。

我想，读书的气味大概是芬芳的。试想一个天朗气清的傍晚，太阳即将落山，书室空寂无人，手捧一册古书埋首其间，时而会心一笑，时而扼腕叹息，时而不忍卒读，时而拍案叫绝。掩卷沉思时，书页上一个浅浅的折痕展开了你冥思苦想的万千心绪，字里行间一段简单的注脚流宕出你灵感阻断时的灌顶醍醐。偶尔眼前闪过一两个精彩绝伦的句子，你便会如痴如醉、不能自拔，仿佛被一股强烈的芬芳吸引，萦绕周身，挥之不去。

黄卷、青灯、皓月、清风，四物具备。于是，读书的气味就这样悄无声息地出现并散逸开来。那些厚重的典籍，弥漫着浓酽的历史厚味，初闻微辣，深嗅回甘；那些初将付梓的新册，弥散着清雅的灵氛，清香盈肺，沁人心脾。读书的气味，就在这样交织的气味里氤氲不断。

在图书馆里读书的时间越久，身上沾染的气味也就越浓烈。渐渐地，也许有一段时间你可能会再也嗅不到读书的气味了，恭喜你，那是因为你已经与图书馆融为一体了。在图书馆之外，也许还有怨气、戾气、酸腐气、浊臭气，以及那些无知无畏的世俗之气；在图书馆里，在你翻开的那本书中，却无不散发着书卷气、清雅气、书生意气乃至横贯乾坤的浩然正气。

是否还记得野猪林里埋头苦读的孩子？抑或是罗马广场前大声诵读的学人？又是否想起中国文化书院前矗立的孔子行教像？每当看到有人手捧着书本、头顶着淅沥的小雨穿行在贵山书院的苍翠中，在那一瞬间，周身仿佛弥散着淡淡的书香。书中所承载的文化思想，更是雄厚深渊、气舒山河。在我的故乡，也有一座香港孔教学院院长汤恩佳先生捐造的孔子圣像，与贵大文化书院的这一座遥相呼应。即使相隔2000多公里还能遥见家乡风物，不同的只是地域，不变的是同样的人文精神和文化情怀。

我常读书，身周经常"书似青山常乱叠"，只觉"书卷多情似故人"，更甚"三更有梦书当枕"，终究还是无法释怀书中的那一缕芬芳。这缕芬芳像麝香，像沉香，更似龙涎香。

住久了世俗的藩篱，到哪里去放飞沉寂的情怀？看厌了浮躁的生活，到哪里去寻找心灵的慰藉？现代化的生活过得太快，我们有时候很难跟上时代的脚步，一不留神就会被新的时代语言所斑驳。尽管是这样，求学人的心却是平和的。这是文化的自觉，也是学子的良知。不去盲目地迎合，只要静下心来坐住科研的冷板凳，不断地去阅读、去思考，就是对学问的肯定和对书籍的致敬。

幽翠的花溪河还在昼夜不息地流淌，十里河滩金黄的稻子已成熟收割，受山水滋养的百年贵大钟灵毓秀、人杰地灵。漫步在路上，思索着世间的真理，在图书馆里仰望文化的凝芳。它是心灵的花开不语，也是生命的滋兰树蕙。

寻芳之路，道阻且长；漫漫书途，谁与撷芳？

74. 军训的题中之义是德育

周春艳

最近，校园里的新生军训正如火如荼进行着。走过操场，清一色的迷彩服和一张张稚气而朝气蓬勃的脸映入眼帘，脱去平时五颜六色的鲜艳着装，穿上这一身迷彩绿，平添几分英姿。

对于军训，褒贬不一。支持者认为，大学生军训很有必要，当代大学生多为家庭条件优越的独生子女，缺乏吃苦耐劳的品质，军训可以锻炼他们坚强的意志。反对者认为，大学生的任务就是好好读书，保家卫国自有当兵的，军训是浪费人力物力。那么军训到底是否有必要？军训的意义又何在？

我认为，军训是必要的，其题中之义在德育。中华民族有着五千年的悠久历史，祖祖辈辈更是给我们留下了许多传统美德。作为当代大学生，参加军训，是接受德育的最好机会。首先，军训重在爱国情操的培养。爱国主义作为民族精神，是中华民族传统美德的核心。"国家兴亡，匹夫有责""苟利国家生死以，岂因祸福避趋之"等名句我们耳熟能详，古人将国家利益放在首位的自我牺牲精神值得我们学习。作为当代大学生，我们正身处一个总体和平却仍有局部战争的年代，居安思危意识应时刻谨记。国家的安定离不开军队，爱国先爱军。参加军训，各种训练让我们体验了比平时更加艰苦的生活，有的同学开始叫苦连天，亦不乏体质差的同学在站军姿时晕厥，但我们在军训时所吃的苦，不及解放军战士的万分之一。他们不是神，可为了保家卫国，他们风雨不改、无数次摸爬滚打苦练技能，在国家遇难、人民危险的时刻，他们奋不顾身，冲在最前头。每一次洪灾，他们伟岸的身躯筑成钢铁长城，替人民挡住无情的洪流；每一次地震，他们争分夺秒，徒手挖泥抢救人民的生命与财产。那血迹斑斑的双手是他们对国家和人民最火热的爱。面对日本人屡次参拜靖国神社的行为，我们无比愤怒、强烈谴责。日本人的行为固然可恨，然而，我们是否该好好反省一下自身？日本人站在他们的立场，去追悼怀念那些为他们民族利益牺牲的军人。那么对那些为让我们过上幸福生活"抛头颅、洒热血"的革命先烈们，我们怀着崇敬感恩之心去追悼了吗？每年的清明节，发自内心前往革命烈士陵园献上一朵鲜花的人又有多少呢？当我们沉迷于各种电视剧，为那些悲情的爱恋流泪时，又有几人知道李存葆的《高山下的花环》？又有谁记得那个为保卫人民，连刚出生的儿子都未能见上一面，甚至给老母亲和妻儿留下一张负债累累账单的连长梁三喜？至今记得，小学时当父亲带着我看这部电影时，我留下了感动而伤心的泪水，此后，三看三哭。事实上，中华民族历史上保家卫国的"梁三喜"们数不胜数，每一个"梁三喜"都值得我们终生铭记。当云南鲁甸地震来袭，鲁甸县龙头山镇女护士李美仙在经历地震的生死考验后，吐露自己的心声：解放军才是真正的"男神"！因此，跟着教官训练，以虔诚、敬仰的心听他们讲述军中的故事，培养自己的爱国情操和民族自豪感，是我们力所能及且应当谨记的事情。

其次，通过军训，我们还可达到内外兼修的修身目的。作为大学生，我们参加战争、上阵杀敌的可能性实在太小，但除了爱国的赤诚，军人吃苦耐劳、坚韧不屈、善良正直、团结一致、守纪惜时等优秀品质也值得我们学习。经受住军训的考验，让自己在远离父母呵护的环境中学会吃苦耐劳，改变懒散拖拉的习惯，培养团结友爱的精神，这些都是令人受益终身的好品质，对我们将来走进社会、走上工作岗位有着不可估量的裨益。同时，军训也让我们对自身的身体素质有了更好的评估。容易晕厥的同学是否该在今后的学习生活中加强锻炼呢？身体是革命的本钱，没有好的身体，难以谈好好学习。军训是短暂的，留给我们的积极影响和思考却应该是持久的，军训只是一个形式，我们应该深刻把握其题中之义，以达到德育的目标。

75．论自律

廖　银

常人往往只关注自由，却忽视了自由源于自律。孔子 70 岁时达到了"从心所欲不逾矩"，人们读此句，多看重的是"从心所欲"，殊不知"不逾矩"才是"从心所欲"之高邈衬托。从心所欲，是精神的无待，今而言之，就是自由。但自由不是散漫无边、无限放纵的，个体自由的前提是不妨碍他人的自由，也不能违背自然的规律。高扬自然和社会的名义来给人以限制，往往就让自由的目的加上了双引号，难于澄澈透明，反而暧昧不清。自由，可以训为"由自"，其出发点是个体，其落脚点也是个体。

只有自主地追求与超脱，才有可能拥有真正的自由。此追求与超脱，第一步当是自强不息。天行健如此，人比之而行。然而，亢龙有悔，过犹不及。人要自信自强，绵绵用功，但不能自是不彰，自大自得。需时刻有克己的功夫，此克己的功夫便是自律。

自律当从四方面着手：一是精进，二是弘毅，三是慎独，四是自省。其贯穿者，自强不息，日新之精神是也。

所谓精进，体现为有进取之心、精一之功。无进取之心，便奋发乏力；无精一之功，难于有成。在某种程度上，人生来与其他动物并无多少不同，都是从自然获取食物，在天地间进行能量进出的转换，终有一天不离一死。但人与一般动物又有所不同。人会思考，有时间的观念，会问人存活的意义与价值。"人无远虑，必有近忧""生年不满百，常怀千岁忧"，人的存活便不只满足于安全、衣食、果腹这种一般动物的需要，还有更高的意义与追求，即彰显人之独特性的追求。此追求有远近高低之别，欲求其重其老，当有逐高之进取心。人生短暂，思维活跃，精力旺盛的时间有限。一天中，除去吃喝、休息、社交、娱乐等，我们的时间极少。庄子说："以有涯随无涯，殆已！"所以当有开源节流的努力，做精一之功。开源是要强健体魄，储蓄体能；节流是要合理运用，厚积薄发，不妄为，不放纵，不散逸。

所谓弘毅，即志存高远并为之坚持不懈、百折不屈。弘毅一词最早见于《论语》，曾子曰："士不可以不弘毅，任重而道远。仁以为己任，不亦重乎？死而后已，不亦远乎？"曾子继承老师孔子的教诲，以仁为终生最高的追求，至死方休。孔子强调坚持到底、一以贯之的精神，自诩"好学"，从"十有五而有志于学"至"七十而从心所欲，不逾矩"，一生"学不厌教不倦"。弘毅的另一层内涵是刻苦、坚毅的品格，故孔子也说："岁寒，然后知松柏之后凋也。"《大学》《中庸》都有言：君子必慎其独也，"诚于中，形于外"，前者强论自律所谓慎独，乃指群居之自持，独处之自觉。后者推崇"莫见乎隐，莫显乎微"。无论言谈举止，还是起心动念，都能自我观照，自我调控，有所为有所不为。一切社会法律和道德规范，根本上要在个人的慎独自律中体现。

所谓自省，即反身而诚，反求诸己，反躬自省。《论语·学而》曾子曰："吾日三省吾身：为人谋而不忠乎？与朋友交而不信乎？传不习乎？"《荀子·劝学》曰："君子博学而日参省乎己，则知明而行无过矣。"反省是自我认知的开始，深刻反省，才有可能做到"自知者明"。《中庸》曰："君子内省不疚，无恶于志。"要保持反省的精神，每日所思所想所作所为，都要进行自我剖析、自我克制，见恶而羞，择善而从。

自律，知易而行难，如《贞观政要》所言："非知之难，行之惟难；非行之难，终之斯难。"所以发心自律者，当以明理为先，践行其次，终日乾乾，慎终如始，尚有可期。

76. 我读书的一点感悟

史周培

对一个传统的文科生而言，阅读意味着什么？是可以轻松复述一段文学典故？还是可以一眼看出历史事件出处？因此有人就以为阅读唐诗宋词，便知道盛唐气象、境界、豪放与婉约；以为通读历史典籍，便通晓古今之变、天道循环；以为接受思想史教育，便可以指点百家，激扬文字。

这恐怕太狂妄自大了。对于经典，我们应怀有敬畏之心。孔子曰："君子有三畏：畏天命，畏大人，畏圣人之言。小人不知天命而不畏也，狎大人，侮圣人之言。"经典承载民族的文化，是民族精神的圣地。敬畏经典，就是敬畏民族文化。这种敬畏之心不仅体现在阅读的态度上，也体现在接受的态度上，切不可读过几本古籍，就以为弄懂了传统文化，而动辄阔论儒家、道家和佛家，更不可随意贬低批判。我们对传统又理解了多少呢？多一点敬畏，少一点狂傲，在还没有足够的积累和见识的时候，不可随意评论。

阅读最怕功利。功利心太强则无法心静，心不静，阅读也容易浮躁，浮躁容易草草掠过，不能深入下去，看似阅读了大量的书籍，实际却收获甚微，表面营造出颇有感想的样子，内心却是乱麻一团，不成体系。"当我沉默着的时候，我觉得充实；我将开口，同时感到空虚。"如果虚心，觉得领悟不透还可以回过头去认真研读、用心体悟，然而功利的心态只关注了阅读的量，却放弃了闪闪发光的质。只将所学之皮毛，用来点缀门面，作为面具，实则徒有其表。

经典百读不厌，每次重读都会有不同的收获，谁能一次读懂？好书是作者苦心孤诣、多次删写才成，不用心阅读，怎能发现其中旨趣所在呢？

先正其心，抛开功利，浮躁和虚荣，方才进入书的世界。每本书都是作者建成的一个世界，在这个世界中一直有作者的影子和声音，它们时时影响着我们的情感和思考，我们也在无形中被作者从自己的城带到了他们的城。他们有所思，有所悲，我们亦有所思，有所悲。读一读宋词，见花落春去，会忍不住地惆怅；读一读思想史之著作，见社会中的纷纷扰扰，便会立马按照所读书本去思考……

然而，这些情感、思维终究不是自己的，我们只是记得并演绎罢了。阅读不仅要进得去，还要出得来。进得去，我们才能了解书中的世界，体察各种思维，感知作者心境，欣赏其中的美；出得来，不为书中的世界占据我们的心灵和思考，保持独立之思考，自由之精神，不做书呆子，只会关注书中的不同世界，而忽略了我们所处的世界。保持思想的独立性，让我们不会迷失在他人的世界里。

阅读不是谁派给我们的苦差事，如果阅读让你感到痛苦，那为何还要继续这份痛苦？阅读出于心灵的自觉，出于对人类思想结晶的敬畏，有时是因为对世界感到迷惑而选择阅读，让我们不再迷惑，有时则是追求纯粹的美感而去阅读。凡有所学，皆成性格。不论怎样，在阅读中我们感受到充实与愉悦，感受到自身素养的提升，这就是阅读的意义。

77. 情感是语言创作的灵魂

郭 敬

在语言创作的过程中，情感有着不可替代的重要性。艺术创作者在创作过程中都带有本身的情感，换句话说，艺术作品都是有感情色彩的。而好的艺术作品普遍带有强烈的感情色彩。艺术创造的过程，是抒发感情而创作的过程，非是为了作品而创作的过程。作为艺术创作，语言创作也应当如此。但语言创作是基于作品本身的二次创作，在语言创作的过程中，对情感的把握、调动又与一度创作的艺术作品不同，本文就旨在探讨语言创作中情感的重要性及其作用。

我们语言创作的过程，就是对已有的文字稿件进行再创作的过程。在对文字稿件进行再创作的过程中，应当怎样运用情感呢？

著名散文家徐迟曾说："朗诵者应该进入诗人创作时所具有的那种精神状态中去，把诗人在创作时燃烧着的思想感情，再一次在朗诵中燃烧起来。"古人云："感人心者，莫先乎情。"我们在语言创作的过程中想要达到的效果莫过于打动受众，使受众被我们的语言调动情绪，从而最终达到带给受众审美体验或宣传的效果。而想要达到感动受众的效果，首先要感动自身。这就要求我们对文字稿件进行深度挖掘，融入文字稿件里，进入诗人创作时所具有的那种精神状态中去。

在刚开始进行语言学习时，我曾选取闻一多先生的《死水》作为朗诵稿件。起初，在进行这篇稿件的语言创作中，我的语气生硬，语言也苍白无力，没办法打动听众。后来在老师的指点下，我详细了解了闻一多先生创作这篇作品的背景——在那样一个半殖民地半封建的黑暗时代，诗人怀着报效祖国的志向去留学美国，却因为国贫势弱，在异国的土地上，尝尽了华人被凌辱、歧视的酸楚。1925 年，诗人满怀期望地决定提前回国实现复兴梦想的时候，看到的却是一个军阀混战、帝国主义横行的"死水"般的黑暗世界。

在了解时代背景后，我更好地把握住了诗人当时创作时的情感。"这是一沟绝望的死水"暗指那个黑暗的旧中国，"清风吹不起半点涟漪"是新思想的风气不能起到一点作用。《死水》饱含着对旧中国的现状的失望与痛心，对新思想之"清风"的希冀与期许，对"清风"吹不醒国人的失望与激愤。我将对丑恶旧社会的憎恶、愤怒以及作者绝望的情绪交织在语言创作的过程中，对《死水》这篇稿件的把握登上了一个新台阶。

而后有所感触的作品是舒婷的《祖国啊，我亲爱的祖国》。在第一次对这篇稿件进行语言创作时，我认为诗人创作的这首诗只是饱含着赤子对祖国的热爱。但当我回过头来再看这首诗时，发现了这首诗所蕴含的更多内容：在对这首诗歌进行语言创作时，不仅表达了对祖国深沉的爱和慷慨激昂的献身精神，更表达了对祖国的融入感和归属感。我是祖国的一分子，祖国是生养我的母体。

在舞台上，朗诵的我仿佛变成了"老水车"，变成了"熏黑的矿灯"。我是祖国的贫困，是祖国的悲哀，是祖国的希望。祖国是我的笑窝，是我的眼泪，是我的迷惘。在这一刻我好像融入祖国的怀抱中，而祖国也在我的血肉燃烧中沸腾、喷薄。我就是祖国，祖国就是我，相融为一。正如徐迟老师所说的："把诗人在创作时燃烧着的思想感情，再一次在朗诵中燃烧起来。"

情感是我们语言创作的灵魂，人没有灵魂就是行尸走肉，而没有情感的语言和机器发出的声音就没什么两样，更谈不上什么语言艺术。希望广大朗诵爱好者都能形成良好的语言习惯，走上语言艺术的康庄大道。

78．向上的力量

张　毅

合抱之木，生于毫末；九层之台，起于垒土。幼苗，之所以扎根石缝，长成坚韧不拔的大树；荷花，之所以亭亭玉立，成为出淤泥而不染的君子，皆因"惟希望也，故进取；惟进取也，故日新"。它是一股向上的力量，敲击我们慵懒的灵魂。

一条细软的溪流，总是静静地、缓缓地流淌着。它用坚定的信念激起一瞬即逝的浪花，追寻着斑斓的世界，领悟着人生的真谛。它从不吝啬自己的身躯，为了寻找生命的源头，蜿蜒徐行。穿过地缝，绕过悬崖，越过高山，它总在遍地荆棘中开辟自己前进的方向，在深林中奋力前行，在穴潭中回旋，经过漫长曲折的奔波，突破重重障碍，最终回归大海母亲的怀抱。

一株平凡的小草，总是悄无声息地点缀着大地。它不怕风吹雨淋，不畏艰难万险，不惧环境的恶劣，只要有一粒种子，都可以安稳地扎根，顽强地生长。"疾风知劲草""野火烧不尽"，虽然只是草原中的一点绿，小草却承受着狂风暴雨的肆虐，顽强地生长。它虽是山冈上孤零零的小草，却怒放着生命之花，成长为一棵苍翠欲滴的小草。它在这里播撒下希望的种子，经历着季节的轮回，繁衍着后代，汇集为一望无际的草原。

一只幼小的雏鹰，在羽翼还未丰满时，就开始接受残酷的训练——飞翔。为了掌握熟练的飞翔技术，它需要经历无数次生与死的考验。在生死的抉择中，它要毅然抛弃苟活，要经历苦难的磨炼，战胜艰难困苦。它要不断地向上，不断地向更高、更远的目标冲击，最终练就一双搏击风雨的翅膀，翱翔于千仞山巅，与长风、白云为伴，永远让世人心慕追随。

小溪如果没有一颗向上的心，不断地向远方流淌，也就不会有浩瀚的海洋；

小草如果没有向上的信念、坚韧不拔的毅力，也就不会染绿原野、遍布山川，呈现一片绿油油的草原；雏鹰如果没有向上的勇气和胆量，也就不会看到搏击长空，翱翔于蓝天之上。

任何生命都要经历挫折与磨难，人生的路上也会有种种困难，少不了临风栉雨。面对人生的挫折不幸，我们不应当埋怨生活、愤恨人生、憎恶社会，我们要学习小溪、小草、雏鹰那种不怕困难的精神，勇于面对挫折、敢于接受挑战、坦然面对现实，保持平静的心态，奋力进取，坚持到底。相信成功的道路就在脚下，胜利的号角已经吹响，最终成为前进路上的冲锋号。

荀子说："骐骥一跃，不能十步，驽马十驾，功在不舍。"天才在于勤奋，勤奋就是进取；冰心说："成功的花儿，人们只惊慕她现时的明艳，然而当初它的芽儿，浸透了奋斗的泪泉，洒遍了牺牲的血雨。"正因为它冲破了土壤，才可以向太阳绽放；"不经一番寒彻骨，怎得梅花扑鼻香"，你不去努力，不去进取，如何回馈给你扑鼻的花香！

人生有"四气"：奋发向上、百折不挠的志气；铁面无私、令人敬畏的正气；披荆斩棘、舍生取义的勇气；求新求好，能做善做的才气。是的，谁要想成为一个赢家就必须具有人生"四气"。然而，我认为进取心是"四气"的关键。有了进取心，你才会奋发向上、百折不挠；有了进取心，你才会披荆斩棘；有了进取心，你才会求新求好。生命的辉煌在于不断地进取。

踏着晨露的熹微，迈着新时代的舞步；嗅着季节的芬芳，穿过黄莺清脆的歌声；迎着头顶灿烂的朝阳，揣着期许的目光。朝着已定的方向，用一颗进取的心，去步入我们梦想的殿堂吧。

79. 何以正学风

罗雪倩

何为学风？谓学之风，行之表。家有家风，校有校风，学亦有学风。书院育才，先生教书，言传身教，学之有道。前辈植新芽，博学览物，耕之以凌云志，修辞立诚，以身教人，一言一行，皆为效范，后生故有循也。读书万卷，领神会意，习书之所精，会书之所意，学风自成。故师以师道，学以善读，学风自在。

花生两面，瑕瑜互见。文章有长短，学风有良莠。仰观以晓远近，躬行以知深浅。从善如登，从恶如崩。故何以正学风？博物精艺，学风自益。然行远自迩，登高自卑，腹有英才，非一日所成。此间有二法，一为读书，二为躬行。所谓"书读百遍，其义自见"，观书中之见闻，常读精思，以至久而不厌，方熟知其义。书如良药，下而利病，上而净根。医读者愚，传书中志。此间往来反复，自然博物。所谓"行是知之始，知是行之成"，行前人之道路，或辟之新路，事有经过而悉知，以至遇难遇惑，方领会其神，行之有变通之法。躬行而知真，践履而笃习，上下求索，自然精艺。是为博物而深厚，勤习则艺精，博学笃行，踵事增华。

师道既尊，学风自善。璞玉需琢，浑金待磨。孔丘尚三省其身，人生而有不足。师者，传业授道，教其不足而解惑。尝闻《师道》，师有传道之责，仁者善仁，一善燃灯，百里通明。耳濡先生之行，目观先生之善，则弟子有所向善。旋而复始，以至身正而不令即行，道弯则弟子不随。师之所以成师，其有所司也，故而师有授业之责。君司于治，官司于行，既成人师，有司于育人，其身教言传，任重道远；师有解惑之责，先生授道，弟子学后而知不足，则愈困愈思。师者援疑质理，解其困而明其神，卒有所闻。故而从师问学，学之有道，惑之有解，是以明德至善。

薪尽火传，学风自立。虚心求贤，学有所成，继而衣钵相传，承嬗离合，蔚成风气，学风自立。是故先修闺门之内，行以纤微之事，至于学成文武，形诸于外，人自见贤思齐，向善而从之。尔后上行下效，循以成习，则蔚然成风。

是故博学精艺，学风益也；尊师重道，学风善也；薪尽火传，学风彰也。

80．纪念戍边烈士肖思远

张　航

2020 年 6 月，我军四名边防官兵为捍卫国土英勇牺牲。其中，戍边烈士肖思远籍贯是河南省新乡市延津县石婆固镇东龙王庙村，就在我的家乡。看过他的英勇事迹后，我和我的家人深受感动，想去他家里探望他的父母，看看英雄成长的地方。

2021 年 2 月 22 日上午 7 点，我和我的父母就出发了。一路上我们都有些忐忑，怕英雄的父母不在家，又怕他们不见我们，还担心我们的到来会引起他们伤心……

等我们到了东龙王庙村头，首先映入眼帘的是一条横幅：向新时代卫国戍边烈士肖思远致敬。我们缓慢开着车，想先去村委会问问，妈妈一眼看到路边一家院内有致敬烈士的横幅，我们赶快跑过去，正巧一位老奶奶从院里出来，妈妈一句话："请问肖思远烈士的家在哪？"话音未落，奶奶就泪流满面了："我就是肖思远的奶奶，这里就是他的家。"妈妈抱着奶奶的瞬间也落泪了。

听到我们的交谈声，肖思远的父母也出来了，叔叔阿姨看到我脱口而出："肖思远个子也有一米八，他也很瘦……"听到这句话我心里一酸，原来英雄和我个子一样高。我快步跟着叔叔来到肖思远的房间祭奠，端详英雄的容貌。看他阳光灿烂的笑容，他仿佛就像我曾经的同学和朋友，有种莫名的亲近感。英雄和我同岁，比我还小三个月，他为了捍卫祖国领土主权，维护边境地区的安宁，英勇奋战献出了宝贵的生命……"肖思远很勇敢，他冲出重围后又返回去解救战友了……"阿姨给我叙述着肖思远的战斗经历，我能感受到她语气中的骄傲。

"看我脚上的鞋，这是肖思远给我买的。他孝顺细心，家里缺什么，他都悄悄买了寄回来，母亲节、父亲节他都记得给我们买礼物。他最节省了，他的津贴 800 元，他每月只留 300 元，寄给我们 500 元。牺牲后，我们发现他的银行卡里只有 202 元……"阿姨哽咽着说不下去了。叔叔抹着泪说："肖思远特别孝顺，他太爷爷身体不好，他就利用休假时间和太爷爷睡一张床，方便伺候他……"听着听着，我心里不由得一阵酸楚。以前我在书本里看到过英雄，今天我走近了英雄，了解了英雄。他是一个孝顺、懂事、阳光、向上的儿子，他是一个爱国、热血、坚强、勇敢的军人。因为有他，有他们的无私奉献，有他们用血肉之躯筑起的钢铁长城，我们才能尽情享受幸福生活。

临行前，我们与叔叔阿姨道别，阿姨含着泪说："这段时间有很多好心人来看我们，我们很感动，也很欣慰，我们不是说大话，而是心里话，大家没有忘记我们，我们肖思远为国家牺牲是值得的！"妈妈紧紧抱着阿姨："保重，我们会经常来看你们，咱们老百姓心里都知道感恩……"

肖思远，我的同龄人，这个名字我们会永远铭记，你是英雄，你是我们学习的榜样。叔叔阿姨，你们是英雄的父母，国家和人民会厚待你们的，感谢你们培养出祖国的好战士！

81. 牛年说牛俗

——趣谈中国传统斗牛文化

董馨凝

2021 年是辛丑牛年。

或许在大部分人眼中，牛是一种温顺的动物，它们有着壮硕的身躯和慢条斯理的脾气。而今日便说一说牛不一样的一面——斗牛。

说起斗牛，我们的思绪总会飘到遥远的西方国度，向往着西班牙斗牛士手里挥舞着一抹红布的威武模样。而实际上，很多时候我们都忽略了中国传统斗牛文化也是"斗牛"这个大概念中浓墨重彩的一笔。

中国的"斗牛"其实是斗兽类活动的一种，是一项世代集体传承的风俗文化，属于国家级非物质文化遗产保护项目。斗牛又名"抄牛角"，顾名思义便是让两牛相斗，一决胜负，是一种激烈的竞技运动。关于斗牛这种民俗活动的来源，《成都记·李冰》有言："李冰为蜀郡守，有蛟岁暴，漂垫相望。冰乃入水戮蛟。己为牛形，江神龙跃，冰不胜。及出，选卒之勇者数百，持强弓大箭，约曰：'吾前者为牛，今江神必亦为牛矣。我以太白练自束以辨，汝当杀其无记者。'遂呼吼而入。须臾雷风大起，天地一色。稍定，有二牛斗于上。公练甚长白，武士乃齐射其神，遂毙。从此蜀人不复为水所病。至今大浪冲涛，欲及公之祠，皆弥弥而去。"

斗牛之习俗，早在应劭的《风俗通义》中便有相关神话传说的出现，由此可以判断，早在汉代我国就已经出现了斗牛这一习俗，并在我国南方较为普遍，有的作为单独节日发光发热，有的则伴随其他传统民族节日为其增光添彩，总之均是为了展现"牛"的文化光辉，其主要集中在贵州、海南、云南等少数民族丰富的省份，并呈现多种多样的礼俗和仪式。

完整的斗牛活动要从斗牛前的准备活动开始说起。斗牛比赛的前一天，主人们会把牛牵出来擦洗牛身，还会用菜油和锅烟墨把牛身涂黑涂亮，有的还会用白色的颜料在牛腰处写上"常胜将军"等荣誉称号。送牛"出征"时，村寨中的男女老少会盛装出席，男人随斗牛一同奔赴赛场，女人则会在家祈祷比赛顺利，而其他村寨的亲朋好友也会提着贺礼挂在斗牛的脖颈上，表示美好的祝福。

谈及斗牛，最值得一谈的便是斗牛的过程。斗牛场一般选在宽阔的大田或干水的河坝，每到会期，总有从四面八方汇集而来的人们，有牵着壮牛昂首挺胸阔步走来的主人，也有带着惊喜目光而来的满怀期待的观众。斗牛比赛正式开始之前，总会有宛若"运动员入场"般的展示环节，牛的主人会牵着各自的斗牛在场内环绕一圈以获取好感。斗牛的顺序和对手一般由抽签决定，随着几口糯米酒灌入牛肚，一场精彩的斗牛比赛便开始了。"斗遍天下无敌手"的亢奋牛儿在赛场上奋力拼搏、精彩纷呈，随着牛与牛犄角的相互碰撞，四周山坡上围观的观众也欢呼雀跃，呐喊声、吼叫声、赞叹声此起彼伏，平日寂静的斗牛场此刻成为欢乐的海洋。

斗牛比赛激烈异常，但并非要斗个你死我活。当两头"运动健儿"在议定时间后仍然斗得不可开交，若干回合也难分胜负或一方伤势过重引发主人怜惜时，便会启动"劝斗"的程序。劝斗，就是斗牛的双方主人各执一根粗绳捆住对方的牛角，在一声号令后同时向后拉退斗牛，等其平静下来后牵出场外。这样一来，斗牛的比赛效率和受伤概率都会大大降低。比起西方斗牛中长矛直刺牛背的血腥残酷，中国传统斗牛显得柔和了许多。

通常情况下，每次斗牛比赛都会有几十头甚至上百头牛参加，在一些少数民族地区，斗牛这项古老的活动不亚于一场规模盛大的运动会。在斗牛比赛中，另一激动人心的时刻便是牛王的诞生。"牛王"是众多场比赛中获胜的佼佼者，在鞭炮声中，人们为牛王披红挂彩。牛王头戴红花，角系绸带，人们还会纷纷地向牛王的主人敬酒，以表祝贺。

牛是人类古老的朋友。传统的斗牛活动在中国流传了千年，为众多少数民族人民所喜爱和接受，而古老的斗牛文化中流露的传统品格也为世人所津津乐道。中国式斗牛受到传统和谐文化精神的影响，体现了传统和谐文化精神，表达了一种对生命的尊重，不但不因此而削弱其自身的竞技魅力，反而使斗牛的较量更具综合性和智慧性，形成一道独特的民族文化景观。由此，我想到了中国生生不息的优秀传统文化，它们在数千载的岁月更替中得以传承和发扬，是中华民族宝贵的生命智慧和精神品格。

小小的斗牛文化，映射着包罗万象的中国智慧。愿斗牛不息，万古长存，山河永驻，文化常青。

82. 国士无双　稻花常香

赵孝嘉

2021年5月22日13点7分，我国"杂交水稻之父"袁隆平在湖南长沙溘然长逝，享年91岁。这一天，各大网络平台被蜡烛刷屏，男女老少走上街道为袁老送行，外媒也撰文致敬。一代农学大师的影响，从来不分地域与国别。

作为中国研究与发展杂交水稻的开创者，袁隆平在1964年率先在中国开展水稻杂种优势利用研究，成功选育了世界上第一个实用高产杂交水稻品种。随着技术的不断成熟，袁隆平和他的团队攻坚克难，将籼型杂交水稻"三系"配套成功，解决了三系研究中的关键难题，在人类历史上首次育成强优势杂交水稻。此后，他开创性地提出杂交水稻的育种发展战略，方法上从三系到两系再到一系，程序不断简化，效率越来越高，逐步攻克制种与高产的关键技术难关。

随着技术的不断改进，中国成为世界第一个利用水稻杂种优势生产的国家。此后五十多年的时间，不论是面临冲破束缚的危险还是八年心血付诸东流的打击，袁隆平都始终致力于"让所有人远离饥饿"的伟大追求。外交部发言人赵立坚说，"中国用不到世界9%的耕地，养活了世界近1/5的人口，将饭碗牢牢端在自己手中，这与袁隆平院士的艰苦努力密不可分"。

袁隆平曾说自己是个"贪心"的人，"贪产量"。从2000年开始，他带领团队接连实现800公斤、900公斤、1000公斤的"三连跳"亩产目标，并尝试攻克1200公斤大关。为了扩大水稻的生存空间，探索水稻的增产道路，袁隆平在2020年成功研制出耐盐碱的沙漠海水稻，能把1亿亩荒滩变良田。2021年，袁隆平团队又首次实现热带地区超级稻大面积种植亩产超1000公斤的目标。

他有两个梦，"一个梦叫'禾下乘凉梦'，我们的水稻有高粱那么高，穗子有扫帚那么长，籽粒有花生那么大，我看着好高兴，坐到稻穗下乘凉；另一个梦，叫杂交水稻覆盖世界梦。"

　　袁隆平工作起来时常忘我。他吃饭不规律，患上了肠胃病，只能吃面食；脚扭了，为了多倍体育种研究坚持白天看材料、晚上再治疗，半个月过去，脚还是肿得很高；两个儿子出生，他不是在产房，而是在稻田里实验新种；他没想过要退休，耄耋之年笑称自己是"九〇后"，仍旧坚持工作；躺在病床上，他还在关心学生传过来的实验数据和图片，鼓励他们再接再厉。

　　临终前，袁隆平问了两个问题，一是试验田的稻子怎么样，二是自己是不是快不行了。他表示，大家辛苦了，不用太费力气。于他而言，身体、家庭乃至生命，都比不过承载着国家和民族希望的稻子。记者问："您一生中有没有特别美好的回忆？"他说："很难说，美好的回忆有很多。"记者又问："那您现在觉得自己最在意什么？"他没有任何迟疑地说道："关心杂交稻。"鬓已白，心更热。

　　他曾对媒体慨叹："我的童年是在抗日战争的烽火中度过的，我知道民族的屈辱和苦难。我能用科学成就在世界舞台上为中国争得一席之地时，'杂交水稻之父'的称谓也好，各种名目的科学大奖也好，都不重要。我首先想到的是，我为中国人赢得了荣誉和尊严。"生于吃不饱、穿不暖的年代，却想让"中国人吃饱饭"；拥有满身的荣誉加持，却首先想到为国争光。

　　袁隆平想让我们的杂交稻走出国门，为全世界解决粮食短缺问题做贡献。世界粮食奖基金会名誉主席肯尼思·奎因在发给袁隆平90岁大寿的贺词中说："2004年，怀着无上的敬意与自豪，我们授予您世界粮食奖，以示对杂交水稻之父所取得的卓越成就的赞誉。自那年至今，已整整十五年。十五年来，您仍孜孜不倦地在水稻研究领域创新突破，造福人类。"这是世界对"东方魔稻"的肯定和对"杂交水稻之父"的敬意。金庸笔下的"侠之大者，为国为民"，便当如此。

　　袁隆平带研究生有一个硬性要求——必须下田。他说："电脑里长不出水稻，书本里也长不出水稻，要种出好水稻必须得下田，实验出真知。"他无数次说年轻人是今后建设的重要力量，经常鼓励年轻科学家发表自己的观点，一起讨论，甚至因为种田种得好而破格录用研究生。2020年5月，袁隆平养了一只叫花花的猫，想让它"抓老鼠，守护水稻"，让热爱渗透生活。这个可爱的老人坚守着内心的道义，在田垄默默耕耘，光芒满身，最终汇入历史的璀璨星河。

在一束献给袁老先生的花的纸条上写着："这世上没有神仙，也无须立庙，因为每一缕升起的炊烟，都是飘自人间的怀念。"那些与我们同时代的伟人，如同日月般自然恬淡，为我们镀上光晕，陪伴我们前进。我们总是不自主地相信日月不曾消逝，因为时代的丰碑从未消亡，无数能人志士得以因这光线而成长。日月不断更迭交替，却从未缺席，于黑暗中照亮深渊下的灵魂。

国士无双，稻花常香，袁老一路走好！

83 . 学习是什么

杨清秀

起初我想这篇文章应该叫"论学习"或"论读书的重要性",但一想到我所知的和它同名的文章就是培根的散文《Of Studies》(论学习),便觉得自己的文章像是自嘲了。但我写这篇文章的初衷并不是为了讲道理,而是想说一件发生在北区图书馆门口的事。

那是一个周二的早上,没有风,很平静。在图书馆门口,喷泉停止的片刻间隙里,你会听到附近人读书的声音。我和几位室友站在图书馆门口,准备处理完选课事宜以后读会儿书。我们讨论着哪节课的老师会留课后作业,为什么我们学院会有理科的选修课……讨论之余,我们还不时发出笑声。就在我们紧盯着图书馆的屏幕,仿佛周遭环境都与我们无关的时候,一个身影冲进我们的视线之内,对着我们大声地说了句什么。我们困惑不解地看着他,于是他又重复了一遍刚才的话,声音比之前更响亮、笃定。

这一次我听清了,他说的是:"学习是什么?"

杵着一根拐杖,宽松的白色衬衫也难掩他的消瘦,脸上布满皱纹和岁月的斑迹,牙齿有些稀疏,戴着一副度数看起来不低的眼镜,镜片下面那双眼睛带着渴望,在期待我们的回答。出于礼貌,我们没有打断他兴致正浓的开场白,交换了眼神后决定留下来。看到我们缄口不言,他带着点不可思议的语气说:"连学习是什么都不知道,还在这里学习?"虽然这样说,但他脸上始终带着一抹长者特有的和蔼慈祥。他用同样的语气,让我们坐下继续听他讲,我们提出让他先坐,却被他一口否决了。就这样,一位耄耋老人站在我们面前,我们三个年轻人则并排坐着。每当他准备说什么或定睛看我们的时候,一种我解释不清的东西始终在他眼睛里萌动闪耀着,那是一种尝遍世事后,睿智通透却又对这世界抱着怀疑和期待的光芒。

还没等我们做出反应，他立马提出了下一个问题——"世界是什么？"不知道为何，在那个场景和那个时刻，这个问题居然把我们逗笑了。一个普通得不能再普通的早上，几个认识三年的好友，在一片熟悉的地方，做着一件寻常事，一位陌生的爷爷突然过来问你一个只有哲学家才会日思夜想的问题——世界是什么？

现在想想，我们当时会笑完全是出于惊异和不解。比起思考这个问题，我们会更多考虑"今天下午吃什么""明天早上穿什么"。见到这位老人以后，我开始不得不承认，无论何时何地，在某些人身上，智慧从未过停止工作。但作为青年人，长者说话时突然笑出声实属不应该。此外，作为一个即将结束大学生涯的大四学生，我竟然从未思考过学习是什么，脑海中甚至未曾闪现过这一想法，这一发现让我吃惊不已。我们日复一日在重复的所谓的学习，仅仅是为了迎合我们作为学生的身份而存在的吗？基于这两点，那笑声不仅是不合时宜的，也是轻率无礼的。

一位室友小声地回答了一句："物质。"老人突然笑起来，露出几颗牙齿，脸上也因多了几分活力而舒展开来。他说："看嘛，你们也是知道的。这世界就是由物质构成的，这树是物质的，你们坐的板凳也是物质的。物质又是由分子原子构成的，了解了这个你就知道世界变化发展的规律。学习就是探索一切物质变化发展的规律。你学什么，做什么事，首先要了解它，探究它的发展规律，你才能掌握它，学好它。"就在他说完的瞬间，我突然被震撼到。这席话和过去我在哲学中学到的没有什么两样，但在这个时候，一切却才真正变得无比通透明晰。我觉得最令人为之动容的，不是这句我们耳熟能详的真理，而是他身上流露出对真理的敬畏之情和对事理阐释的运筹帷幄。

这件事已经过去很久，但它总是在某个瞬间在我的头脑里闪过。今后，我还有很长的学习之路要走。学习是什么，这个问题的答案会引导我提出更多问题，寻找更多答案。

在这个偌大的校园里，我可能不会再见到那位不知姓名的老人。但我会把这个问题的答案作为读书行路的信条，在我迷茫困惑时拿出来仔细回味，就像站在未来看看过去的自己。将来有一天，我也会变得和他一样不再年少，希望那个时候，我也能和他一样，永远怀着对这世界和对真理的热忱。

84. 也谈中国神话

翟　娇

神话是人类蒙昧时代的童话，是人类始祖对世界的初步认识。一方面，它是人类在认识世界的过程中通过想象力获取的能说服自己的解释；另一方面，它是伴随着生产力进步而不断演变的文化现象。我们可以通过零散的神话片段，来了解人类的文明史。

神话是对自然的探究。由于人类智力的开发受到社会生产和自然环境的限制，人们没办法给天地起源一个合理的解释，于是就有了盘古开天，而他的身体化作日月星辰、山川树木的神话，人们借助丰富的想象力，用神话来解释天地的起源。

对原始社会出现的神话，马利特提出"前万物有灵"，原始先祖用神话思维来看世界，认为贴近自己生活的动植物等同于人类，有生命、有意志，并以此为中心创造神话。原始先祖用神话对西高东低的地貌进行了有趣的解释，认为这是"共工怒触不周山"导致的结果。他们认为人类的力量在神的面前微乎其微，唯有神拥有这样非凡的能力。当原始先祖无法解释某些自然现象时，把这一切归于神的力量就合乎其理了。

神话受社会形态的影响。原始人口数量多少对先民来说是具有非同寻常的意义，人口数量的多寡决定了部落是否强盛，而在此基础上便产生了对女性的生殖崇拜。在"知其母而不知其父"的母系氏族社会中，女娲造人的神话反映的是原始母系社会以女性为中心的婚姻关系和生育情况。在新石器时代，女性在生产和生活中占据主导地位，因此认定女娲是开辟神。但随着物资生产取代人口生产，男性的有利条件在社会生产中逐渐凸显，母系氏族社会不复存在，取而代之的是父系氏族社会的确立。开辟神从女娲到盘古的转变，是母权制让位父权制导致的，后续神话中对男性神的描写占据了大部分的篇幅，比如在"夸父追日"这一神话中歌颂了男性神征服自然的勇猛，"鲧腹生禹"则表现出男性在当时社会中举足轻重的社会地位，这是因为父权制度对后来的中国社会发展有着悠长、深刻的影响。历史人物存在神化的现象。将历史人物神化其实是一种英雄崇拜，这些历史人物原本是真实存在的凡人，他们因卓越的才能被后人推崇，也有一些人物因后世统治者的褒奖扩大了其形象的影响，成为神一般的存在。以关羽为例，关羽正是统治者所渴望的人才，历代统治者欣赏他对刘备的忠心，赞扬他被俘时的坚贞不屈，因此大肆宣扬他的忠心，让其忠肝义胆的形象深入人心。人们供奉他来祈求平安，消除灾难，同时期望他能铲除世道的不公，主持人间道义，因为被人称道的忠义和能征善战的勇猛，关羽成了令人敬畏的神话人物。

神话是原始先祖在认识世界和改造世界的过程中对未知事物的大胆想象，里面夹杂着敬畏、恐惧等多种复杂情感。神话的意义不局限于借故事的形式表达原始先祖对自然、社会的认识和愿望，同时解释了某种自然、社会现象。对原始先祖来说，神话就是一本百科全书，里面包罗万象，所有疑问都可以从中找到答案。

不同时期的神话故事有其鲜明的时代特征，它们不会随着一个时代的没落而消亡，能及时结合新时代的内涵进行演变或创造出新神话。即使是在科学发达的 21 世纪，神话仍然有其存在的价值，当代被保留下来的祭祀活动有它的影子，被人反复揣摩研究的文化作品有它留下的痕迹，它融汇古今，真实地记录着人类的发展历程。

神话对原始先民的积极作用是大于消极作用的，它犹如一种无形的推动力，促使他们对自然、世界进行不断地探索，给予他们勇敢解决现实困难的信心。神话中乐观进取、不屈不挠的精神也延续到当代，被当代的民族精神吸纳，为凝聚民族力量和激发民族责任感做出贡献。

85．语重心长说"背诵"

张闻玉

近期，与学生和朋友以微信交流，我总是送出一句话："学校教育的失败在于不背书、不背诵经典。"这是我几十年教学生涯的切身感悟。

记得小时候在老家四川巴中八庙场，有一句人人都爱说的俏皮话："三年读本《百家姓》——聪明！"今天可能有人不懂，那时的语境，是讥笑不背书的蒙童，太愚笨。

几十年前，在家乡的私塾，小孩入学首先学《三字经》《百家姓》《千字文》，所谓"三、百、千"是也。对塾师而言，你背不得书，便不算聪明。三年背完一本百家姓，已是"三天打鱼、两天晒网"之能手。当时，背书是人们衡量学子智商的唯一标准。

1979—1980年，南京大学洪诚先生主持全国性的训诂培训班，影响颇大。我那时在安徽滁州师专，师从张汝舟先生。汝舟先生告诉我，洪诚先生研究"三礼"（《周礼》《仪礼》《礼记》），三礼的注解他都背得。洪诚先生被南京大学中文系师生称为"活字典"，学生们对他的学问佩服得五体投地。

年轻时，我常从贵州回四川老家探亲。碰到一些年长的亲友，他们总是问："你们那个大学里还讲究背书不？我们小时候背《诗经》，注解都得背哟！"一些兴致好的，就当面背诵起来："关关雎鸠。关关，鸟鸣声；雎鸠，水鸟也……"当时，我只有惊讶和感叹。

小时候，我读私塾，背诵"四书"——《大学》《中庸》《论语》《孟子》，直到解放那天。背完"四书"，接着是《幼学》。家里父亲将《幼学故事琼林》一页一页裱糊好，我也知那是下一步要读要背诵的课本。

背诵"四书"让我终身受益。以至于后来上高小和初中，我都不觉得读书有啥难。高中阶段，语文课本增加了许多文言文，王恢绪先生也教得好，背诵课文自然是家常便饭，甚至乐此不疲。

大学毕业，我分配到毕节市第一中学教语文，接手两个高二年级的班。课本的范文我都能背诵，也要求学生背诵，少数学生有点犯难，我做背诵示范，大家就不得不背了。一学期下来，同学们的学习热情高涨，课外的鲁迅文学小组、诗词学习小组先后成立。后来考入理工科大学的同学，多是学校编墙报、出班报的能手。他们回忆说，得益于高中阶段的背书。

又若干年，大学恢复招生，我调入贵州大学中文系任教，1981 年秋季起教授古代汉语，使用的教材是王力主编的四大册。第一学期讲第一册背第二册，第二学期讲第三册背第四册。一年下来四大本都处理完了。这在当时很难有古汉语老师做得到，一般只讲授两册课本而已。

我要求学生每周背诵一篇古文，一学期 18 周，学生得背诵 18 篇古文。我鼓励同学们多背书，超过 20 篇给"优"。多数学生背诵的古文都在 40 篇以上。我的口头禅是："你不背书，学不到东西，等于零；你不背书，我给你零分，不及格，也等于零。"

背诵经典的效果是明显的，同学们的文化基础提高了，文化自信心增强了。数以百计的弟子，即使在毕业多年后再回忆大学生活，都赞叹背诵经典的诸多好处。当年我的严苛，自然也换得个"严师"的名号。

以我为人徒、为人师数十年经历，我以为背诵当从幼儿抓起，对中小学的学生来说，课堂内外背书、背诵经典是不可缺少的重要环节。

86. 这是最好的时代

史孝花

这是最好的时代，是我们可以感受到幸福的时代。

我是一个青年，正在贵州大学读研。2017 年，雄安新区成立，全国喜迎十九大，2020 年中国会脱贫，我还知道未来每年、每月甚至每天都会有很多大事会发生。全世界在学习汉语，中国"一带一路"正在影响全球，第一艘国产航母正在舾装，越来越多中国人获得民族自信，文化自信，这是今日的中国。

我们历经近一百七十年，获得了从制度到文化的自信，也从近代以来其他民族发展历程上获得教训，发展是硬道理。我们不再盲目自信，也能正确看待过去的历史。祖国护照的含金量越来越高，即使身处战乱也能获得外交人员的帮助，我们越来越成为其他国家人民羡慕的对象。从缅甸到越南，从欧洲到美洲，越来越多的华侨华人挺直了腰杆。中国啊，终于等到你盛世重现了。

21 世纪初，很多初中寄宿制的孩子还是自带干粮读书求学，睡大通铺。几年后孩子们就已经有了独立床位，有了财政午餐补贴，考上大学的孩子可以申请国家助学贷款，还有助学金和奖学金。2000—2017 年，大学毕业生越来越多，每年几百万的高素质人才成为中国最坚实的力量，进入社会各个行业的高校毕业生正急剧改变这个国家。

年轻人的苦闷和烦躁也必须靠时间消释，这是最好的时代。从老科学家、老院士为保卫祖国而读书到新时代青年人为更自由的职业选择，从我们每个普通青年成为自己家庭里第一个大学生，从每一个改革开放以来获得职业、家庭和荣誉的中国人，我们都能说："谢谢你们，那些为了中国荣耀和骄傲的每一位中国人。每一代中国青年人身上的责任和担当必须适应时代，幸运的人不必自傲，不幸的人不必自卑，因为我们这个民族相信君子自强不息。"

越来越多的青年人更加认同和热爱这个国家。一个民族最重要的特质是青年人的精神面貌，中国梦不是一个虚幻的概念，是每个青年职业认同、家庭认同和民族认同的构建。我们青年人关注的焦点不应仅停留在明星绯闻和商业娱乐上，要有家国情怀和以天下为己任的世界观。我始终相信，一个青年人社会价值的实现一定是与国家现实的迫切需求紧密结合的。

贵州是一个很特殊的地方。深居内陆，天下难知，贵州自古便是贫瘠地区，虽自汉代以来就被纳入中央政府管理，但直到清末才实现改土归流。大规模基建也是在 21 世纪开始，近年发展才受到广泛关注，以旅游和大数据知名的贵州名片始热。贵州有 17 个世居少数民族，各族人民同呼吸、共命运，投身民族团结的伟大实践。

作为国家"211 工程"高校，贵州大学理应为贵州经济社会发展提供人才和智力支撑；作为贵州大学的学生，也理应将自身职业发展和贵州的发展同道同向。青年应立志建设伟大祖国，怀着满腔热血，服务美丽家乡。

87. 青年强则国强

徐开程

谈起国防，我第一个想到的词就是"部队"。我是听着"部队"这两个字长大的。我的父亲和哥哥都是从部队里出来的，爸爸是武警，哥哥是消防兵，从小在军旅思想浸浴中长大的我有着强烈的国防意识。我从小就立志成为一名军人，去边疆守卫祖国的疆土，把自己的青春与热血献给光荣的国防事业。但事与愿违，8岁时的一场意外导致我左手手臂粉碎性骨折。术后，手臂上两条大大的伤疤似乎写着我这辈子都不可以当兵了。当时的我流下了悔恨的泪水，也是从那时开始我立志要发奋学习。军人能为国家冲锋陷阵，抛头颅、洒热血，而我要成为一名法律人，为国家的法制事业做出自己的贡献，不可从戎乃携笔。天终不负有心人，我于2017年9月被贵州大学法学系录取。大学，是一场新的开始。

进入贵州大学后，我深知当代大学生不应只有学习，拥有强烈的爱国意识和积极的国防实践也是非常必要的。在大一下学期，我加入了贵州大学国防教育协会，经过严格训练与层层选拔，我成了一名光荣的国旗护卫队队员，在学校的各种大型活动中负责升国旗的光荣任务，这也在一定程度上圆了我的军人梦。

贵州大学国旗护卫队隶属于贵州大学国防教育协会，是一个具有高度爱国意识的准军事化组织。贵州大学国防教育协会的许多成员都是在读大学时去当兵，退伍后又回来继续读大学的。作为退伍军人，他们素质过硬，团队意识很强。他们带领我们这些新队员一起训练、一起跑操、一起拉歌、一起打军体拳，几乎把部队里学到的本领都毫无保留地教给了我们。虽然老队员们对我们的训练要求很严苛，但我们没有任何怨言。齐步、正步、摆臂这些动作我们不知重复了多少遍，但只要有一个人错了，跟不上节奏，所有人就要从头再来。老队员们说，在部队最忌讳的就是个人主义，军营是一个培养集体团结力和凝聚力的地方。铁打的营盘流水的兵，兵是一块砖，哪里需要哪里搬。他们退伍离队的时候无一不痛涕失声，这浓浓的战友情是他们永远铭记于心的羁绊。

每年的九月是一个有着特殊意义的月份。九月大走兵，在这个特殊的日子里，我很关注自己的亲友里有没有去当兵的人。自己虽已不能当兵，但我打心里佩服他们、崇敬他们。一人参军，全家光荣，为国参军是光荣而骄傲的。

2017级的军训刚刚结束，作为一名贵大学子，我对这大学里的第一次军训，也可能是人生中最后一次军训颇有感触。感动于同学们在烈日下的相互帮助，感动于教官声嘶力竭而沙哑的口号声，感动于这极有凝聚力的班集体。这次军训的强度虽远比不上部队里的训练，但给我们带来的影响却是深刻的，深刻的原因就在于这种国防教育以身体力行的方式来教会我们同学之间的团结与配合，在为期十五天的军训里培养我们团结向上的团队意识。集体的意志大于个人，这种观念在军营里休现得淋漓尽致。在我看来，国防与军训就是目的和行动之间的关系，军训是为了给国防提供充分的后备军保障和提高同学们的国防意识。

青年强则国强。作为当代大学生的我们要加强国防意识，抵制文化渗透，学习国防教育知识，积极投身国防实践。我坚信，富强、民主、文明、和谐的中国将会在我们这一代人的努力下继往开来，再创辉煌。

88．中国有少年

陈绎舟

"纵有千古，横有八荒。前途似海，来日方长。"琅琅书声伴着清风而来，思绪不觉已随这书声远去，一幅关于时代变迁的画卷在我眼前展开。

忆往昔，我中华大好河山被无情践踏。一战结束，作为战胜国的中国却在巴黎和会受到了极为不公平的对待，国人清楚地认识到"弱国无外交"这一现实。五四风雷，为国人吹来了希望，也惊醒了无数在旧社会昏睡的中国人。"一条游船，劈开了南湖的波浪，十几个热血青年，在运筹一个红色的理想。"南湖的红船以它那决然的姿态撕开历史的巨浪，承载着一个个红色的梦想，驶向远方，为中国革命翻开新篇章。"全中国的同胞们，平津危急！华北危急！中华民族危急！只有全民族实行抗战，才是我们的出路。""为保卫国土流最后一滴血。"这是那个时代青年的呐喊！中国全面抗战爆发，十四年艰苦卓绝的抗战，为这场战争画下了句号——中国胜利了！

看今朝，我国人才辈出，自新中国成立以来取得之成就数不胜数。原子弹、氢弹的成功爆炸，意味着我国国防力量的提升；东方红一号的成功升天，使中国打破了神话的壁垒；杂交水稻的培育成功，让国人从此解决了温饱问题……中国，这头亚洲雄狮已然苏醒，中华民族从此站起来了！

"我们唱着东方红，当家做主站起来；我们唱着春天的故事，改革开放富起来。"春天的故事响彻大江南北，中国经济如枯木逢春般迅猛发展，经济特区的设立，香港、澳门的相继回归，中国加入世贸组织，奥运会、世博会的成功举办，中国富起来了！中国已不再是那个贫穷落后的国家，中华民族又一次屹立于世界民族之林。

站起来！富起来！强起来！在习近平总书记的带领下，我国建设"亚投行"，实施"一带一路"倡议，港珠澳大桥顺利通车……新时代的中国已愈发强大，中国梦的实现近在眼前。

中国的未来掌握在我们这一代青年手里，实现中华民族的伟大复兴将由我们继续完成。中国青年必须牢记历史使命，为祖国的建设奉献青春，为中华民族伟大复兴的中国梦贡献自己的力量。

"路漫漫其修远兮，吾将上下而求索""莫等闲，白了少年头，空悲切"，圣贤之言常在耳边萦绕，自知吾辈青年任重而道远，我们必须努力学习科学文化知识，用知识武装自己，"少年强则国强；少年独立则国独立；少年自由则国自由；少年进步则国进步；少年胜于欧洲，则国胜于欧洲；少年雄于地球，则国雄于地球。"吾辈少年，乃国之根本，吾辈年少，必不畏困苦，乘长风破万里浪，凌青云啸九天歌。

一百多年前，在国家危急存亡之际，梁启超先生振臂高呼，唤醒当时中国少年奋起救国，今日，值此国富民强之时，当代青年必与梁老相呼应，发出中国少年最为真切热烈的呐喊："美哉！我少年中国，与天不老！壮哉！我中国少年，与国无疆！"

第五篇章

溪山行记

89. 川大行记

江少华

（一）

还乡

身流蜀家血，胎投黔地郎。

三十浮生梦，一朝还故乡。

在火车上迷迷糊糊地挨了一夜之后，车窗外逐渐明亮起来，随着山地和荒野的远去，高楼和大桥渐渐映入眼帘。经过十几个小时的长途跋涉，火车总算是从贵阳驶进了成都。

我们一行四人，分别是张闻玉老师、曾丽娜、向津润和我，此行是我们三个弟子随张老师到四川大学讲学。佛经上记录佛陀去某地传法的时候，虽然所有篇首也会轻描淡写地记录一下佛陀的行程——佛陀到了某地，乞食完毕，洗漱完毕，一群人围着佛陀恭恭敬敬坐下，长老开始提问……但所有佛经的重点都是在记录佛陀的讲法过程，无须考证释迦牟尼佛当年的传法行程是否艰辛。即便是到了科技进步的现代社会，火车飞机等代步工具的出现使人可以一日千里，在火车的硬卧车厢挨了一夜之后，我们几个已经灰头土脸，急不可耐地要跳下火车去。70岁高龄的张老师虽然是在软卧车厢，但这份疲倦是同等的。

传法是难，取法也不易。无论跋山抑或涉水，其中的吃喝拉撒全都不是小事。唐玄奘从长安徒步到印度取经，途中绝对不止"九九八十一难"。不管传法取法，都任重而道远。

下了火车，四川大学的富察同学已经率车等候多时。我们感激不已地将行李丢上面包车，随着司机的一脚油门，我们从火车站地下停车场驶出，眼前逐渐明亮起来，望着平旷的公路，白色的天边并没有一丝阳光，我们便这样进了成都。

我的祖籍在四川内江。据说我的爷爷是四川人，中华人民共和国成立前后，从四川迁到了贵州。我对奶奶的记忆大多在儿时，当时印象最深的便是她头上的那块苗族头巾。奶奶每天起床第一件事是先用黑色的花头巾将头发包裹起来，然后便一整天戴着它，直到睡觉。因此，我始终记得奶奶是贵州本地的苗族妇女。由此可以推论，我爷爷是到了贵州以后才结婚的，结婚生子，子子孙孙无穷匮焉，隔了一代到我这。我对爷爷的印象只有家里墙壁上点着高香供着的黑白照片，照片里头有个据说是我爷爷的瘦削老人，这个老人是四川人，此外便没有更多的印象了。

对儿时的我来说，"四川"只是一个发音，我的贵州人自觉一直持续到小学升初中的时候。当时表格里有一个项目叫"籍贯"，我翻开户口本，"四川"这个字眼才重新映入眼帘。后来，填表格的机会越来越多，"四川"也被我写了好几遍，这个属于我的户口但从来没有去过的地方逐渐在我的心头刻下了印记。又过了七八年，在到了18岁之后，我才终于意识到，原来我不是贵州的本地人。

在接受了这个事实后，我便知道有朝一日要到四川来。头几年热衷旅游，跑了深圳、香港，之后准备去成都。无奈当时汶川地震刚结束，我的行程便被母亲给阻止了，她生怕我一过去马上遇上成都地震。这事一搁置便又是三五年，小伙伴们成家的成家，立业的立业，留下仍在等待的我，转眼间年近三十。

机会便在不经意间来了，搭上师父川大之行的传法列车，我背上一个小包，便踏上了这次"返乡"之行。

（二）

游青城山

青城山下千百人，青城山上三十峰。

大众难攀老君观，归途又遇吹笛翁。

人经生老和病死，山历春夏与秋冬。

名迹自古多贤圣，谁人羽化踏仙风？

在连续听了五天课后，所有人都在周日迎来了一个休息天，我则在这一天来到了青城山。

青城山虽是道教圣地，但到了节假日依然不能免俗，一路人山人海，随着人流好不容易挤到山门门口，但见高挂黑匾一块，上书"青城天下幽"。正门门内所架设的检票口狭窄而曲折，昏暗而幽深，一群人在关卡内艰难地蠕动着，好不容易从另一端挤出去后，眼前豁然开朗——一股明光映入眼帘，只见周遭绿树成荫，古木参天。

阶梯上挤满了游人，同两位女伴匆匆话别后，我便加快了脚步。刚走没几步，只听远处传来悠扬的笛声，我循声踏去，望见在高处有个吹笛的老头。走近，我发现皮肤黝黑的老头浑身都挂满了乐器——原来是个卖笛的老翁。身旁的人流依旧，我三步并作一步走，在人群中不断超车，我平时坚持每天跑5公里，这次总算是找到了用武之地，望着身边气喘吁吁的游人，我有些自鸣得意，便越发加快了脚步。

进山门的时候海拔已有700多米，路上地图指示牌显示峰顶的"老君阁"海拔是1260米。每经过一个路牌，上面显示我距离峰顶的距离就近一些，这让我开始有些跃跃欲试。我越走越高，越高越停不下来，周围的游人也越来越少，四周越来越清幽。也不知道是走了多少台阶，过了几个道观，我便乘兴做了个决定——徒步登上峰顶。

下定决心后，我像是突然走到了另一座山上，周围突然变得人迹罕见，而周遭的奇石峭壁似乎也多了起来。

随着越发开怀的心境，我沐浴在山间的清风里，来到一处悬崖边。此处的岩壁高二三十米，我仰着头望了半天也没望见顶。半圆弧形的岩壁从我的右手边延展开，而不足 2 米的栈道则修葺在岩壁下方的凹陷处，从栈道上过的时候，人就是走在一块大顽石的凹缝里。我左手扶着栈道的麻绳，谨慎而兴奋地从凹缝里走过。人到对面之后，再扭头，在左弧的岩壁外，又是另外一番景色。两道弧线的中间是道沟壑，此地名作"掷笔槽"，传说当年道教天师在这里掷笔镇妖。

随着山势的上升，地势也变得陡峭起来，坡面不知什么时候起变得越来越陡，双脚行走几乎要变成手足并用。我扶着一旁的铁链扑腾了几道台阶，忍不住感叹："这可真是'爬'山了！"

进入朝阳洞范围内，一旁的路牌显示我所处的位置的海拔已经突破 1000 米。远远地望见仍在施工的朝阳洞，除了一名正在漫步的黑衣道士，还有一男一女，那位女青年居然穿着高跟鞋和裙子，已经一身臭汗且气喘吁吁的我，当时差点就忍不住要上前行礼，然后大呼一声："女侠你好！"

不知道从什么时候开始，路面已经逐渐平缓，我也随之放慢了脚步。漫步在山间的绿荫中，左右不乏奇石巨岩，天边的阳光偶尔能够透射进来，我突然感觉这一切既陌生又熟悉，好我在什么时候背了一个布袋穿着一双布鞋在这里走过。名胜古迹虽然在书上读了很多，但身在其中的体验却是任何文字都代替不了的，怪不得除了读万卷书，还要行万里路。或许等到某一天，我便要背个布袋，穿双草鞋，然后遍访天下名山。

胡思乱想间，突然望见远处的山峰上有一座高高的红色阁楼，那便是峰顶的老君阁了。又绕了几个弯后，游人再次多了起来，我意识到自己已经来到峰顶。终点之前的这段路程过于平淡，让我有些失望。弯弯绕绕，又爬几层阶梯，总算抵达终点——老君阁。站在阁前的栏杆旁，望见远处的大树都变成了一个个的绿色小蘑菇，走近栏杆，我不经意地朝阁楼下方看去，才发现整个阁楼是耸立在山峰之上，栏杆下方于是被一片深不见底的绿色海洋包围着，这让我倒吸了一口冷气，赶紧把脑袋缩了回来。

下山时，我决定选另一条路回程——缆车，便和几个游人进了同一辆缆车。黑红色的缆车除地板外，四周都是透明的，而我则背靠车窗。车上还有一个三口之家，父母带着一个五六岁的小孩。这并不是我第一次乘坐缆车，在开车之前我都没觉得有任何异常。随着一段段距离的爬升，缆车突然开始下行，望着缆车下方的幽壑，我心里既兴奋又紧张，右手紧握着车内扶手，一动也不敢动。只见身旁的小孩依旧谈笑风生，若无其事，而我此时只能故作镇定。在下行了三五百米后，望着头顶远处的其他缆车，才庆幸自己选了这么个位置，因为我不确定自己能否在半空中正面这三五百米的高度。

下了缆车，基本上又回到了山脚，人流多了起来，嘈杂再次回归。又见到了挤香肠的场景，我突然意识到：如果上山之道是"求真"，下山之路便是"还俗"——求真得清净，还俗人喧嚣。

绕过丈人湖的栈道，在下山路上又听见了老翁的吹笛声，悠扬而婉转。

其实，芸芸众生之中也能别有洞天。

90. 华清宫犹在　何日君再来

——行游华清宫漫记

——周春艳

那年七月，毕业典礼拉下帷幕，别离的笙歌亦已奏响。考博一事尘埃落定，备考的疲惫稍得缓解，我终于可以来一场说走就走的旅行。7月5日，一个人，背包，咸阳国际机场。西安，我终于来了。

坐上从机场到临潼的巴士，我心雀跃。这是一片随处可踩着文物的热土，这是中华文明的源头。"古人不见今时月，今月曾经照古人。"踏上这片热土，或可与历史上那些鲜活的人物来一场心灵的对话。我选择先到临潼，因为那里有秦始皇帝陵和兵马俑，更因为那里有华清宫，有唐明皇与杨贵妃缠绵悱恻、流传千古的爱情故事。

经过一晚的养精蓄锐后，次日一早，我便出发了。刚出酒店，便看到正上方写着"华夏源脉"四字，左右两侧分别写着"秦风"和"唐韵"，正下方则写着"欢迎您再来临潼"。酒店离华清宫景区很近，我慢慢走在秦唐大道上。经过陆军、空军等各个疗养院后，终于看到高高耸立的指示牌：大唐华清城。我加快脚步，很快便到了长恨歌广场，唐明皇与杨贵妃的双人雕塑站在喷水池的最高处，衣带下摆环绕在一起，已难分彼此，二人翩翩起舞间，正深情对望。右手指尖相接，似牵未牵，左手皆向外高举，仿佛要乘风归去。塑像下面一周，环绕着起舞怀抱琵琶的歌女，形态各异的人和马匹。人物体态丰腴，马儿体肥膘壮，马头微昂作嘶鸣状。这一刻，我深刻体会到：有一种自信叫文化自信，有一种气象叫盛唐气象。

公元712年，唐明皇李隆基成为当时最高的统治者，时年27岁。李隆基英明果断，多才多艺，擅长书法，通晓音律，长得更是英俊伟岸。李隆基励精图治、知人善任，开创了开元盛世。可一个人的出现改变了他的命运，甚至改写了唐朝的命运，她就是杨玉环。杨玉环本是李隆基儿子李瑁的王妃，且两人感情颇为恩爱。奈何，李隆基宠爱的武惠妃因病逝世后，李隆基在高力士的引荐下，终是将目光对准了与武惠妃肖似的儿媳杨玉环。从此，便有了《长恨歌》。如果武惠妃没有病逝，如果杨玉环和武惠妃不那么像，如果李隆基没有荒唐到夺儿媳为妻，也许李隆基还是那个英明神武、受人敬仰的君主，杨玉环也还是李隆基的儿媳，更不会背上祸国殃民的骂名。可人生没有如果，也许这就是李隆基和杨玉环彼此命定的劫难，注定纠缠，不死不休。

杨玉环从"养在深闺人未识"，变成了"一朝选在君王侧，三千宠爱在一身"的杨贵妃。而中青年李隆基也从励精图治的天子，成为宠爱杨贵妃、怠慢朝政，"从此君王不早朝"的晚年唐明皇。由于李隆基沉湎声色、政策失误加上重用安禄山，使开元盛世后的唐朝画风亦为之一变。八年的安史之乱，唐朝由盛转衰。其实单从爱情的角度来看，他们没有错。可他们终究忘了自己的身份和责任，在其位不谋其政，难免要付出惨重代价。公元756年，安禄山带领叛军攻占潼关，长安城危在旦夕，唐明皇携杨贵妃仓皇出逃，入蜀避难。途经马嵬坡时，李隆基被迫赐死杨贵妃，是为"六军不发无奈何，宛转蛾眉马前死"。多少往日恩爱，尽付三尺白绫，从此阴阳永隔，各自劳燕分飞。也许从一开始，他们的相遇便注定是场美丽的错误，欲牵难牵的手，也终究无法一生相携。

走过广场，进入景区，游人如织，芙蓉园映入眼帘，池里莲叶田田，岸边垂柳丝丝。景区内有华清宫御汤遗址，其中，唐太宗的星辰汤形制最为华丽，池壁似山河，而唐明皇的莲华汤规模略小，杨贵妃的海棠汤则最为秀气。遥想当年，"春寒赐浴华清池，温泉水滑洗凝脂"的杨贵妃应是多么楚楚动人。谁又料到，后来却是"马嵬坡下泥土中，不见玉颜空死处"。参观完御汤遗址，路过温泉古源三号出水口，阳光下，一尊杨贵妃披着浴衣的白色半裸石像立于出水口前。贵妃像蝤首低垂，黛眉微敛。刹那间，我竟心生凄怆。纵雪肤花貌，恨无知音赏。

华清宫犹在，何日君再来？

91. 菲律宾的色彩碧瑶

敖佳勇

我来菲律宾快一年了，生活在碧瑶市，就是生活在色彩的世界。

先是那浓淡总相宜的绿，各种树木、花草不同的绿，把伯纳姆公园的湖水都染绿了，有时候仰望天空，会觉得白云里也有丝丝绿意。这绿在阴天里和阳光下会变幻出不同的色彩，有时幽幽的，空灵而透明；有时又重重的，稳健又细密。偶尔会觉得这绿似曾相识，像家乡雨后山上的清晨，又像盛夏里的森林，也像是莫奈莲花池里的叶片，或是吴冠中画里的水乡。常常梦里会迷失在这绿意里，如品了花的芬芳，醉在碧瑶的仙境中。偶尔细雨和云朵缠绕在一起，游荡在你的周围，到处弥漫着薄雾的绿，真是把心都融化了，不知是你在雾中游，还是云在你的身边飘。单凭这绿，我便爱极了碧瑶。

在绿底子上，任何颜色都会显得更加生动。碧瑶没有高楼大厦，随处可见的是各式的小别墅。各种风格的建筑，还有纯粹的草房和树屋，真让人赞叹碧瑶人对色彩的运用和诠释。各种彩色的别墅掩映在翠绿的松柏中，如钻石，如琥珀，闪耀着七彩的光芒。可以是粉顶，可以是蓝墙，有玫红的栅栏，有洁白的窗格。就连总统的夏宫也是不同的绿色，但屋内一定色彩缤纷。还有粉色的教堂、蓝色的超市、彩色玻璃的窗户和琉璃碎片的台阶。每个房屋的墙壁都有不同色彩，这里的油漆恐怕都是树木结的，能调配出千百种颜色来，可见碧瑶人对色彩有多么热爱，生活有多么精致。这里别墅多木质结构，地板都是原木的，木头结的漆再刷木头上，就那么和谐美丽。碧瑶的木头很多，公园里任意的木桩都可以站成一座雕像，一堆的木头会生成一处景致，就那么随意地堆放，仿佛是大自然的手笔，原始又神秘。原木的颜色和各式墙漆融合在一起，装点了别墅特有的气质。无论是自家的花园还是公共的绿地，到处都是原木的长椅。无论清晨或午后，在这样的长椅落座，仿佛触碰了大自然的肌肤，有情感，有温度，也就有了生命，不用去数年轮，只用静静地聆听，他与你讲述的碧瑶百年的故事……

我们的校园外墙是红色的，进门的走廊却是蓝色系的装饰花纹，每个楼层一个颜色，每个教室不同色彩搭配，最美丽的当然是幼儿园，粉蓝、粉红、粉绿、淡黄、浅紫、深绿、大红……每个物品都是有颜色的，就连教室里必备的黑板都是深绿色，漆了厚厚的漆，写起字来却很舒服。这样的色彩世界是童话的世界。美丽的色彩和着学子们爽朗的笑声，每一天都是美好的。与之搭配的是老师们周一到周五不同色彩的服装，咖啡、翠绿、宝石蓝、玫红、果绿，一天一套，一天一色。在碧瑶，一件衣服穿两天会被认为是对人的不尊重。学子们海军蓝的校服也是不同的两套，每天换着穿。而男教师五件不同色彩的衬衣，正好附和着女教师服装的美丽。能把粉色衬衣和酒红衬衣穿出味道的，恐怕也只有在碧瑶了。

其他颜色自然也是与众不同的，超市里的服装区，不同品牌有不同色彩的搭配，我最喜欢一个 T 恤专柜，男模特身上穿了星期衫，七天七个颜色：深红、橘黄、柠檬黄、草绿、中绿、湖蓝、深紫。想象着和心仪的男子每天穿着一样的色彩，该是一件多么浪漫的事，即使阴雨天，也有彩虹般的绚丽。超市里女装的色彩自然不必多言，有你能想到的，也有出乎意料的。那一件件衣服都不用穿上身，单单叠在那里就染了你的双眸，色彩人生不过如此。还有公园里每天晨舞的舞者着装，虽说是广场舞，却都统一服装，周一到周日分别为粉红、紫色、白色……百余人在公园里跳着劲爆的广场舞，确是一道美丽的风景。在艺术PARTY 里看了少数民族的表演，有成年男子裸体做祭祀，只在腰间前后围了民族织锦的挡布。挡布是红色系的织锦，最简单的服装却体现了人对自然的敬畏和崇拜。据说这里的高山族以前是不穿衣服的，无论男女。日子越久，逝去的就越多，但菲律宾对民族传统的继承依旧很好，民族的才是世界的。

美丽的服装要有美丽的脸，有个笑话讲最完美的皮肤："上帝想给人类打造出最完美的皮肤，第一次，他煮过头了，皮肤成了黑色，这便是非洲人；第二次，他忘记煮了，皮肤成了白色，这便是美国人；第三次，他煮得半生半熟的，皮肤成了黄色，这便是中国人；第四次，他决定打造出人类最完美的皮肤，他小心翼翼地煮，皮肤成了棕褐色，这便是菲律宾人。"在高山强紫外线的阳光沐浴下，棕褐色的皮肤却是最完美的，虽然碧瑶有不同种族不同民族不同肤色的人，但棕褐色的皮肤才是这里永恒的色彩。完美的肌肤搭配长长的睫毛和大大的眼睛，不需要任何化妆品，都恰到好处。碧瑶的女性都喜欢涂口红，且要把厚厚的嘴唇涂得猩红，初来真不习惯，国人多喜欢素颜，但一支口红是充满诱惑的。如果说红唇太张扬，菲律宾的女性大多都有一头乌黑浓密的齐腰长发，从不加工，就那么瀑布一样垂着，束发和盘头的极少，和着音乐的步伐舞动着。我常常回头看擦肩而过的长发，难怪有句广告语说："我的梦中情人要有一头乌黑亮丽的长发！"这黑发与红唇，迷住了我，是否也迷住了你？

92. 赣州苏区见词实录

徐 松

"被誉为'共和国摇篮'的苏区在哪里？""苏区过去是什么样，现在是什么样？""国家给了苏区怎样的政策帮扶，未来苏区会怎样？"近日，70余名大学生记者走进赣州苏区，一同见证着苏区过去的辉煌、今朝的发展和未来的蓝图。作为贵州校媒记者，我和贵阳学院罗开基同学有幸参与了这次活动。

历史·厚重

在赣州期间，大学生记者参观了赣州古建筑，对赣州历史和文化有了初步了解，郁孤台上吟咏爱国诗人辛弃疾"郁孤台下清江水，中间多少行人泪"的千古绝唱，八境台远观章贡二水合流的壮观景象，宋城墙上思考历史的厚重，历史文化与城市建设博物馆中一幅幅珍贵的老照片反映了客家人在这里出现、聚居到繁荣的演变，还有这片红色土地上人们口口相传的老故事。

"蒋经国在大陆待的时间最长的地方就是赣州，可以说，赣州就是他治理台湾的试验田。"在蒋经国故居，导游向大学生记者们介绍了蒋经国治理赣州的故事，让大学生记者们不仅对蒋经国个人有了进一步了解，对他留下的《新赣南家训》更是佩服至极。

农村·新貌

青石板石阶、土坯房和麦秆房顶，用瓦罐贮藏粮食、挑着扁担箩筐的汉子走在尘土飞扬的公路上……这是20世纪40年代苏区的农村记忆了。如今，改革开放三十余年，赣州苏区也赶上了发展的步伐，特别是《若干意见》实施以来，赣州市人民政府推出"三送"工作为重点的系列工作，赣南苏区农村面貌发生了翻天覆地的变化。十年前还可以见到的土坯房现在已难觅踪迹，一栋栋两三层高白色外墙的小洋楼坐落在乡村的各个角落。柏油路已经修到了村里，每家每户门前也有了一条 1.4 米宽的连户路，生活困难的农村弱势群体也得到了妥善安排。

此外，不少大学生也将志向转移到农村，从基层做起，从为村民解决实实在在的事做起。农村已全然不是过去破旧的景象，如今面貌早已焕然一新，到处可见良田美池、屋舍俨然的景象。

工业·振兴

享誉世界的"世界钨都"赣州，蕴藏量占全国同类矿的 70%、世界的 60%；钨矿产量约占全国的 20% ～ 30%，是我国乃至全球钨的主产区。

早在 1931 年，时任中华苏维埃共和国银行行长的毛泽民兼任"中华钨砂公司"总经理，采钨砂近 8000 吨，创造了 620 万元的财富，换回了大量的药品、食盐和武器，为粉碎敌人对苏区的围剿和经济封锁起到了重要作用。

如今，矿藏大市不再以矿产品出售为主要经济命脉，在政府的主导下，加快产业升级成了一条新路子。赣州市矿藏大县分别为不少企业规划了工业园区，并以优惠的政策吸引企业入驻。

除传统矿产外，赣州还紧紧抓住各区县的产业和资源优势，鼓励企业区域化发展。

政府·服务

为更好地吸引企业入驻赣州，赣州市人民政府打出"服务"的底牌，以贴切的服务赢得企业的口碑。

"商品生产出来了，就要销售，就要找买家，我们就把卖家集中起来，告诉买家我们在哪里，有什么卖的。这相当于我们就是卖家的业主。"赣州综合流园的项目工作人员告诉记者。而这种模式，在赣州尚属首例。

赣州综合物流园总占地面积达 360 万平方米，有 10 类商品交易区，能提供 15 万个就业岗位。入驻的商家不仅可以享受税收、物流的优惠，还能融入大型商贸市场。功能全、规模大、优惠广，创造收益多，就业人口多，这是政府给物流园的定位。此外，赣州也是家具企业集中的大市，为了方便家具产品质量的检查，赣州市人民政府还申请了国家级家具质量检测中心，加大家具产品的检验和质量鉴定力度。

活动结束后，奔赴各区县的各小组分别将成员的所见所闻汇集成一份完整的调研报告，并向江西团省委、赣州团市委领导做了口头报告。同时，赣州团市委还向每一位参与的校媒记者发放了《"传承红色基因·助力振兴发展"赣州苏区青年传播大使》的聘书。

93. 关于鹭岛的记忆

潘 蓉

泛舟厦门海

天高海阔水无垠，浮玉明珠满目陈。

望眼金门终不远，回身鹭岛已成邻。

云舟破浪翻新页，鸥鸟飞身引故人。

一片霞光铺两岸，千帆竞发接新晨。

鹭岛是个优雅而恬静的地方，海滨城市那种悠闲自在的慢生活，那种空气中弥漫着海水的味道让人心驰神往，享受太平洋海风带来的浪漫和自由，在碧海蓝天沙滩阳光里放松自己疲惫的身躯。

午后时分，我在海边的树下乘凉，看着浪花轻轻拍打细软的沙滩，听着海浪声和远处码头渔船的鸣笛声，吹着凉爽的海风，一瞬间觉得世间那些曾经让你痛彻心扉的那些过往，在这海天之间都烟消云散了。有人说，旅行就是从一个自己待腻的地方跑到一个别人待腻的地方去。多希望能腻在这里，每天看看海，看看人，跟邻居买一块面包，就着自制柠檬水唠一个下午。看着来来去去的游人，脸上满是喜悦和希望。在岸边听着海浪拍打沙滩是自由的，灌进身体里的都是太平洋带着水汽的风。这一刻，我才感觉到真正的回归。这个心心念念的世界，此刻耳边除了自己的呼吸声，再无其他。

那是在环岛路的一天，我踩着单车在岛上驰骋。在六月海滨的烈日下行走是件美好又虐心的事，特别是在正午时分，简直是在用生命行走。相机只能记录下一小部分，更多的时光装在脑子里，消化在情绪里，渗透在生命里。我想，旅行的意义也不过如此吧。

　　我不禁开始感叹时光，好像人生就这么被偷走了一截。时间其实是在一分一秒中流逝的，脚步细碎却从不停留。海边的礁石不知在那里矗立了多久，迎来送往，把孤立化为美丽，就像用生命在修行的苦行僧。这时，我的脑子里不禁自动循环着那首《时光谣》——"十二年青春一去不返，也遇见过让我伤心的人。这世界还是这个世界。原来英雄少年已不在。这时光摇啊摇啊。这时间转啊转啊。"我在那里久久停留，直到夕阳西下，晚霞隐去，夜幕降临。夜晚的鹭岛也别有一番风味，从白天娇俏可爱、青春洋溢的少女蜕变成了千娇百媚、风情万种的女子，温柔而妩媚。

　　对鼓浪屿的第一印象，不是阳光沙滩和缤纷海岸，满目的绚丽和细致到角落的建筑让人想不到这是个物资丰富的隔世小岛。岛上海鸥翱翔，帆船声、海浪声、隐隐约约的音乐声，真实而梦幻。弯弯曲曲百转千回的巷子，斑斓的石墙，碎石子小路，欧式风格的建筑物，蓝天白云，还有簇拥着的花，一恍惚，还以为自己掉入了多年前的梦里。听着岛上居民讲他们如何一砖一瓦把房子建起来的故事，我才明白什么是真正"觉醒"的人，突然好生羡慕。傍晚，远眺鼓浪屿的落日余晖，透过矮墙看到粉红的晚霞，伴着打鱼归家的人们传来的热闹。

　　夜晚在岛上的巷道里穿梭，看着这古老斑驳的巷子，还以为自己回到了中世纪布拉格的街头，红砖绿瓦，百叶窗里透出昏黄的灯光，享受这海岛独特的海洋气息和悠闲生活。进入一家很有感觉的咖啡厅，像是民国时期达官贵人的小别墅，一进门就听到女子婉转慵懒的吟唱，摇篮椅旁边的树上挂满了富有设计感的古典明信片，让人不忍离去。岛上一直萦绕着悠扬的轻音乐，伴随着淡淡的香气和空灵的风铃声，就像童话里的秘境。

　　我来到岛上闹市街头，让自己与这川流不息的人群融为一体，尽情释放热情的灵魂。玩累了，听着岛上悠然的音乐，伴着一路的清香，沿着那曲曲折折的巷子回到旅店。在鹭岛的最后一个夜晚是终生难忘的，音乐和气味对我都是最深的记忆，那是樟脑的香气混杂着浅浅的歌声，伴随着隐忍的忧伤。

　　醒来的早晨，迎接我的是岛上延绵不绝的蝉鸣，穿透树梢透下来的破碎阳光，以及那让人魂牵梦绕的香气。吃过早餐走在出岛的小路上，我感受着这美丽岛上的宁静安详。无言告别，登船，启程。我坐在甲板上，前后摇荡着双腿，吹着清凉的海风，默默地离开这个"仙境"。

好好地和这个世外桃源告别，一转身，我又该好好回归生活了。一段旅程的结束，也许说暂停更为合适。旅程永远不会结束，最美好的状态莫过于"未来还有什么等着发生"，不是吗？

94. 行万里路　看万里树

杨秀竹

这世界若要以数量排名的话，树木也算得上名列前茅了。它们堪称人类发展史上的目击者之一，生生灭灭，见证了人类两百万年的历史。凝聚远古的气息，沉淀人类的记忆，它们是大自然妙不可言的精灵，是宇宙间良久不灭的赞语。

它们或高或低，或粗或细，或直或曲，或倒或立，虽形态各异，却实属有趣；或幼或长，或丑或靓，或柔或壮，或繁或荒，虽呈世纷奇，却引人着迷；或海或沙，或土或洼，或原或崖，或场或家，虽人间广域，却均有足迹。

它们或直插云霄，或矮如蓬蒿，因而对其或可举目仰望，或可手折溢筐；或存世罕有，或习以为常，因而对其或可制法护守，或可放纵砍伐；或鲜活生熠，或枯腐虺隤，因而对其或可满怀期待，或可摧而杂烧；或被视若奇珍异宝，或惨沦为废物糟糠；或鲜受喜爱得到悉心修养，或倍遭厌弃不免野蛮生长；或居闹市，流连车流不息与灯火通明；或立僻壤，咀嚼无人问津与终年孤凉。它们或生于亚非大陆，或长在南北极处；或隶属于热带雨林，或分配于高寒荒漠；或漂洋过海远奔异国，或跨洲越陆独赴他乡；或安居于此永不迁移，它们或无处可安天涯浪迹。或相伴虫蛇鸟兽，或陪同人群机器；或围成园林，或制成家具。或活得多姿多彩，全年可经红橙黄绿；或过得索然无味，四季苦耐一色到底；或感受鸟语花香，体验春天的无穷魅力；或忍受寒风刺骨，煎熬冬日的冷落凄离；或芊芊郁郁，放眼望去林海无际；或星星点点，东搜西觅毫无踪迹；或吸收粉尘，或净化空气；或保持水土，或消减风力。

日月盈昃，习惯了星的迁徙、光的转移；辰宿列张，容忍着尘的疯狂、霾的张扬；寒来暑往，接受着风的亲昵、霜的躏击；秋收冬藏，历经过雷的霹雳、雨的洗礼。

它们或许也有笑语，或许也曾哭泣，只是传达有阻，人们未曾留意。它们或许也有心动，或许也有苦衷，只是物种所束，悲欢难有人懂。它们或许也想义无反顾，或许也想万物无阻，只苦命运所缚，有苦难言其中。它们或许也想证明我爱你，或许也想说一句我想你，只是上天不赋其张口可言之力。

于其下可得清净，可表真心，可言深情；观其景，可入幻影，可听冥音可感归零。生而为树，它们能忍耐万物；生而为人，我们索求良善仁慈。它们与生俱来的好脾性，应当融入人类的魂灵；它们独一无二的姓名，应当写进历史的碑林。

看万里树，行万里路。

95．红色之旅　广安游记

易水寒

在全国上下掀起学习贯彻党的十八届三中全会精神，奋力全面深化改革之际，我对中国改革开放和社会主义现代化建设的总设计师邓小平同志的缅怀之情油然而生。2013 年 12 月 13 日，我们单位组织 10 名党员同志奔赴四川广安，开始了一场红色之旅，瞻仰伟人风范，追思伟人功绩。经过十几个小时的舟车劳顿，12 月 14 日凌晨，我们终于顺利到达了广安，入住思源广场附近的"广安岷山世纪大饭店"。

亭台楼阁，城寨水榭，这是厚重、深沉、活泼、洒脱的伟人故乡——广安；青山翠拥，古寺云集，这是绿色、纯净、自然、耀眼的川东明珠——广安。广安，取"广土安辑"之意，呈扇形分布在川东丘陵与川东平行岭谷两大地形区之间，三千多年的文明史刻下了岁月的沧桑，也留下了丰厚的宝藏。从溯源古老的宕渠文化到盛极一时的明清文化，从丰富奇特的民俗文化到悲壮雄浑的红色文化，从高大恢宏的亭台楼阁到迂回曲折的古院深巷，从清风白月里的城墙庙宇、小桥白塔到风霜雪雨中的残垣断壁、土砖青瓦……一切都是历史的馈赠，都是祖先的寄托，都是流动的财富，都是我们心灵的居所。

第二天，我们便迫不及待地驱车前往邓小平故居参观。邓小平故居坐落在广安区协兴镇牌坊村的邓家老院子，距广安市区约 7 公里，邓小平故里以邓小平故居为核心，被当地人称为"邓家老院子"。经过了清朝为表彰邓小平先祖大理寺正卿邓时敏的功绩而赐建的德政坊和神道碑，以及全国各部门、地方政府和企业捐赠的园林后，我们到了邓小平的故居。正房大门上方悬挂着江泽民同志题写的"邓小平同志故居"横匾，两侧为著名作家马识途撰写的对联："扶大厦之将倾，此处地灵生人杰，解危济困，安邦救国，万民额手寿巨擘；挽狂澜于既倒，斯郡天宝蕴物华，治水秀山，兴工扶农，千载接踵颂广安。"这是邓小平一生的写照。由于时间不是很多，在导游的带领下，我们沿着 2.6 公里的主干道开始了解邓小平同志的一生。

故居坐东朝西，占地 833.4 平方米，有 17 间房屋，分正房，左厢房，右厢房。粉墙黛瓦，木柱石础，青石铺地，院内铁树绽花，屋后竹影婆娑，庭前荷塘泛绿，自然景观颇为壮观，与四周相映成趣，充盈着浓郁的蜀乡风情。走进故居，里面的摆设一切依旧，邓小平同志少年生活的痕迹历历在目，横屋里摆放着的方桌、板凳，卧室里的方形架子木床、青色大布蚊帐，天井边房中陈列的农具、水车、蓑衣、风车，经过半个世纪的沧桑，岁月褪尽了它们原有的色彩。导游向我们娓娓诉说着伟人年少时的智慧和风采，贫困的中国农村生活，养成了伟人勤劳、勇敢、朴素、苦读的秉性。故居前是一池塘，因邓小平小时候经常在那里洗毛笔，取名洗砚池。洗砚池正前面不远处是笔架山，因中间凹下，像以前的笔架而得名，听导游说着"门前有座笔架山，不出文官出武官"的传说。导游还说只有到下午，夕阳才能照到屋内，象征着邓小平同志晚年才到达事业的顶峰。

看完了邓小平同志的故里，我们来到了邓小平陈列馆。邓小平故居陈列馆由序厅、陈列展厅、电影放映厅、珍藏陈列厅组成，收集了有关邓小平同志的 408 幅图片、170 件文物、200 多件档案文献资料，通过声、光、电等科技手段，生动形象地展现了邓小平同志为中国革命、建设和改革事业不懈奋斗的光辉一生。邓小平同志生平事迹的展馆是全园的中心建筑，宏伟高大，设计独特，有着起起伏伏的屋顶。导游说陈列馆的建筑形状，意含邓小平三落三起的政治生涯。走入展馆，迎面是邓小平的全身塑像：邓小平从容不迫地向我们走来，他的身后是高山大川，他的身上闪耀着光芒。远远看去就好像伟人正向我们走来，他的形象显得格外高大、挺拔，无产阶级革命家的气概尽显无遗。邓小平同志曾经三落三起，但每一次的落和起都能激起他工作和学习的无限热情，正所谓革命者是不怕困难。人生的三落三起需要多大的勇气和决心才能承受啊！进去后映入眼帘的就是"我是中国人民的儿子，我深情地爱着我的祖国和人民"，我终于知道他为何在"落"的时候还能如此坚定，在"起"的时候带领中国人民走向富强。在 20 世纪 30 年代初期中央苏区时第一次"落起"，邓小平因坚持以毛泽东为代表的正确路线而遭到批斗，一度被关进监狱，并受到党内最严重警告处分，29 岁的他和妻子金维映也离了婚。在"文革"期间第二次"落起"，邓小平作为"刘邓资产阶级司令部"的第二号"走资派"被打倒，全家受到株连，被下放到江西新建拖拉机修造厂劳动改造，这是邓小平一生中感到最痛苦的时期。在 1976—1977 年第三次"落起"，邓小平因全面整顿"文化大革命"的错误，违背了"以阶级斗争为纲"的指导思想，"四人帮"发动了"批邓、反击右倾翻案风"运动，邓小平再次被打倒。每一次的理由都是那样的荒谬——因为坚持正确的路线和正确的理论而被打倒。但他无怨无悔，就因为"我是中国人民的儿子，我深情地爱着我的祖国和人民"。

随后，我们来到邓家祖坟——佛手山风景区。这里的几个传说增添了邓氏家族的神秘色彩，埋葬的几乎全是女性，体现了邓氏家族对女性的尊重。在那个年代能将女性的身份看得如此之高，相当罕见，这也又一次说明了邓家的开明之风。下午，我们又回到邓小平同志的故居，故居为三合院，各类房间齐全。在那个年代，邓小平同志的家境是相当不错的。邓小平同志的祖上为官，曾在清朝被赐过政德牌坊，这也是此地被称为牌坊村的原因。邓小平父亲曾在当时的黑白两道上都较有名气，在村里名望颇高，是个受过新式教育的开明之人，因此才会有送邓小平出国留学的举措。正是有了这一基础，邓小平的思想才不被封建礼教束缚，才会有后来的文武双全和远见卓识，才会有大刀阔斧的改革开放和带领全国人民奔小康。走出故居，展现在眼前的是满眼绿色，依山傍水，环山围绕，青松郁郁，翠竹婆娑，大自然的气息使我们心旷神怡，让我们领略到"圣地"灵气和岁月的记忆。斯人已逝，精神永存，抚今追昔，我们由衷地感谢共产党，如果没有共产党，就不会有我们今天的幸福生活。在这次参观邓小平故居的过程中，我们瞻仰故居，重温他老人家写下的字字句句，缅怀他的丰功伟绩，深切地感到共产党的伟大和今天幸福生活的来之不易。生长在和平年代，我们更应该清醒地认识到自己肩负的重任，把为人民服务的宗旨放在首位。

12月15日，匆匆吃过早餐后，我们赶往远在20公里外的华鉴山。华鉴山素有"小峨眉"之称，是四川盆地底部最高峰，景色优美。一路上苍翠茂密的山林、清新的空气让大家心旷神怡，秀丽的喀斯特石林、溶洞，让大家啧啧称赞。华鉴山游击队遗址和"双枪老太婆"等英雄事迹是华鉴山另一大看点。游击队指挥部遗址位于喀斯特岩石溶洞内，地形隐蔽却阴暗潮湿，条件艰苦，导游为大家讲解的游击队自给自足、智斗敌军的故事让大家感慨万千，深深为其爱国精神折服，并纷纷表示以后要大力发扬华鉴山游击队精神，艰苦奋斗，为国家、为学校做出自己最大的贡献。"双枪老太婆"是华鉴山游击队流传最广的英雄故事，代表着华鉴山游击队坚忍不拔、不屈不挠的作战精神，导游的讲解更是让大家十分感动。当来到"双枪老太婆"巨大的雕像前时，大家争相合影，以做纪念。参观华鉴山游击队战斗过的地方，每到一处，我无不被眼前的历史实物和革命先辈英勇事迹所感染。为了革命事业的成功，为了新中国的诞生，华鉴山游击队员浴血奋战，前仆后继，做出了巨大的贡献和牺牲。是烈士们用鲜血和生命才换来了今天的幸福生活。华鉴山红色文化具有特别的教育意义，我们亲身体验了革命先烈生存和斗争的环境，才能了解今天幸福生活的来之不易。

云山苍苍，江水泱泱；盛世和平，气清天朗。询四海风流安在，问伟人故里为何？天地为广，和谐即安；广安天下，天下广安。小平理论，功著千秋；高山仰止，万世风范。这次广安之旅，我们不仅欣赏到了邓小平故居、华鉴山两地清幽俊美的自然风光，更圆了我们的红色梦想。我们参观的景点都与红色历史有关，如今硝烟散去，只留下静静的墓园和葱郁的山林，让生活在和平年代的我们去回想艰苦年代的生死考验，血泪洗礼，没有这里的英烈，就没有我们和平的生活，没有他们的流血牺牲，就没有我们今天现代化的建设。我们一定将老一辈革命领袖的"牺牲、奋斗、奉献、廉洁、自律"的精神发扬光大，要珍惜今天的幸福，紧密团结在以习近平同志为核心的党中央周围，凝心、聚力，奋发图强，为实现中华民族伟大复兴的中国梦贡献自己的力量。

96．丽江南门桥

——————————— 张思诗

我不喜欢旺季的时候去旅游，踩着别人一步一个脚后跟。我所理解的旅游是去到另一座城市一个小镇体验当地人的生活习俗，品尝当地美食，了解当地文化。

上高中时，我就喜欢在雨季时坐在教室，看窗外淅淅沥沥的雨打在绿叶片儿上，散成一颗颗剔透的水珠。那时，思绪便会飘到烟雨缭绕的古城，没有旗袍油纸伞，只想坐在石板桥上，听雨滴在花石路上清脆的声音，一个一个打开的圈，一条一条连成的线。

我喜欢古城，因为它的历史厚重感，一砖一瓦都记录着祖祖辈辈在这里生活的痕迹。在河边洗衣物的妇女，店铺里的铸铁匠，不停穿梭于车水马龙的车夫，在大街小巷叫卖吆喝的小贩，这里是比都市慢了好几个档的悠闲城镇。

这次到丽江小住了几天，我没有在意网络上对它的负面评价。当然，不能否认随着社会经济这个大齿轮的高速旋转带动着古城也向着洪流涌进来。商业气息的浓厚在所有的古城都是扑面而来的。

五一街、七一街、四方街大大小小的高墙窄巷都是披着民族风的披肩，脚踩小布鞋的女生。无须太多言语，只是轻踏在石板路上，心早就已融入这高原上的古城。无论来自何处的人，都甘愿让自己融入这古城的颜色中去，让一切看上去似乎都那么自然与和谐。行人五颜六色的服饰似乎不用担心潮流与时尚的问题，大胆地穿戴着民族色彩图案的服饰，在暖暖的阳光下体会这悠久而简单的美感。

这里的生活惬意悠闲，让我仿佛回到童年那无忧无虑的日子，晒着太阳，吹着凉风，望着蓝天与天际远方的山丘，少了点云的太阳温度却刚好迷人。而在这里，高原雪山与蓝天是这古城的背景，无论走到哪里，抬头便是那雪白与蔚蓝。

在来自雪山的风的陪伴下，我竟没有感受到高原阳光的强烈。趴在石板路上晒太阳的睡眼惺忪的狗狗，像是在提醒我们要放慢脚步去好好享受这段美妙的时光。

在这座古城里不需要什么目的地，每一处都有它独特的感激。深巷里传来的吉他声与歌声伴着垂柳流水木屋，如同置身于中国的维也纳小镇。静坐，漫步，自由自在，犹如与世隔绝；并肩，牵手，人来人往，令人深深陶醉。

我初到时走过一座小石桥，惊讶它岁岁年年地坐在那里，不动声色地任由行人流水般的上下穿行。我离开时走过一座小石桥，羡慕它岁岁年年地坐在那里，如细眉上弯，聆听长流细水，笑看百态人生。

97. 旅行·生活

———————————————— 李湘南

在生活节奏日益加快的今天，很多人心底依然有一个去旅行的愿望，或远或近，总之十分美好。

酒暖花深，宿雨沾襟，于是趁此身未老执意踏上美妙的旅途。这一次要去的是北海，在这美丽的四月天，我们乘坐"和谐号"动车踏上了让人惬意的旅途。

一路听着悠扬的歌曲，望着窗外的美景，期盼着、猜测着——广西又是何种不同于贵州的美丽。"和谐号"在青山翠谷悬崖绝壁中前进，像一条轻盈的绸带飘舞在青山秀水之间。伴着一路绿意葱茏，连绵起伏的大山偶尔夹杂着平坦的土地，千奇百怪的大峡谷与螺旋盘绕的梯田成为一路风景的主旋律。早已耳闻"桂林山水甲天下"，但从未领略。不知何时，窗外的山不再那样连绵起伏，而是独峰成秀。窗外宽阔的平地连接着不远处的翠峰，这里的河比家乡的宽，比家乡的静，没有水花那种欢欣鼓舞的蹦跳感。家乡连绵的巍巍山脉柔和却挡住了视线，让人好奇山的那边；这里的石山平地拔起，棱角分明，千奇百怪，成片的平地仿佛延伸到天边，我心顿时开阔而敞亮。

别样的风光还未看够，我们就到了桂林北站。坐着公交，来到桂林市中心美丽的杉湖，湖边绿树环绕、湖中亭台楼阁、湖水清澈透底。经过日月双塔，我们来到漓江边。江边的山，平地拔起，壁立峭峻，千姿百态；漓江的水，蜿蜒曲折，明洁如镜。客船上的游客欣赏两岸美景，怡然自得。不禁让人联想到李商隐的《桂林》："城窄山将压，江宽地共浮。东南通绝域，西北有高楼。神护青枫岸，龙移白石湫。殊乡竟何祷，箫鼓不曾休。"

这里的植被在我看来都是那么新奇，尤其是街道两旁的大树。茂盛葱茏的大树见证了这座城市的宁静，远远看去，我还以为它那壮硕的树干上挂满了奇怪的绿草。走近才发现，原来这些都是寄生在大树身上的蕨类。

下午4点，我们乘坐"和谐号"继续向南前进，窗外迎来的是一幅幅美不胜收的画卷，真是"水作青罗带，山如碧玉簪，未若独秀者，峨峨郛邑间"。约莫半天，我们就从贵阳到了桂林，再到我们的终点站北海。

次日，我们走过大街小巷，来到北部湾广场，广场由林荫广场、露天表演广场和展览馆组成。林荫广场的绿化是具南方特色阔叶乔木水石榕，修剪成方体和球体，树下设置有简洁大方、别具热带风情的"C"形木椅，同时还设计有造型活泼的阅报栏；露天表演广场是利用原有地形建成的敞开式的公共文化娱乐和休息场所，凭借原地形建有长形的水幕墙、巨型浮雕"海之韵"、露天表演舞台、音乐茶座、阶梯级观众看台、骑楼式店铺、斜坡式花坛等园林设施，创造了一个优雅宜人、景观独特的室外环境。展览馆是利用原水厂蓄水池改造而成的一座造型独特的建筑。但我最喜欢的是那棵独木成林的小叶榕，它让我想起了巴金先生笔下的《鸟的天堂》，处于闹市的"鸟的天堂"身上栖息的鸟儿虽然很少，但在炎炎夏日，它就是人们的天堂。

我们经过北海老街去海边，这是一条拥有百年历史的老街，沿街全是中西合璧骑楼式建筑。这些建筑大多有两三层，临街两边墙面的窗顶多为卷拱结构，卷拱外沿及窗柱顶端都有雕饰线，线条流畅、工艺精美。临街墙面布满不同式样的装饰和浮雕，形成了南北两组空中雕塑长廊。建筑临街的骑楼部分，既是道路向两侧的扩展，又是铺面向外部的延伸，人们行走在骑楼下，既可遮风挡雨又可躲避烈日。骑楼的方形柱子粗重厚大，颇有欧洲建筑的风格。傍晚，面朝大海，一望无际的浅绿一直延伸到天边，波涛汹涌一望无际，闭上双眸想象自己穿破层层巨浪，这是一种让我心胸开阔的力量，可让我此刻抛开一切烦恼。

98. 旅行的意义

田志远

很难说当我们抵达某一地方时能真切地得到些什么，因为这个过程如同人的衰老，在一个又一个春夏秋冬里悄然流过，一次回溯就足以让人感到无比惊异。第一次触摸浸在夜晚的温度，那段持续的雨季，我在常年湿润的西南季风中感到困惑，这样的思考有时却偶然地得到收获。清晨，叶子簌簌地掉落在地面上，时钟滴答滴答的一圈圈踱步，不着外套的旅人匆匆离去，而天空恰好明媚鲜艳。凤凰的冷锋是根深蒂固的，小城几乎每天都被钢灰色的天空覆盖，像莫奈画中完美的背景、阴影和轮廓。

在半山上的某天，公园成了一个荒凉的蔓延，泥和水照亮了夜晚雨迹斑驳的路灯。在一个大雨倾盆的晚上，记起了从前夏季的酷热，暑气已经掉在地上，抚摸着草，直接接触地心享受着它的自由和扩展。夏季的碎片通常出现在室内外的分界处，房间内的人感觉自己一半处于世界，另一半又在家中，水乡处处可见的红色吊脚楼咀着乳白的雾，低空上的挂灯与土墙窃窃私语。连绵的阴雨中也有属于南方的冬日暖阳，明亮喧闹的棕竹生长在角落，枝繁叶茂像一个赤脚少女，激起了游人的好奇和渴望。

我决定动身去西安。惊讶于秦川渭水的桀骜不屈，最简单的线条被诸神设置成运动的山河，不怒自威。历史上最繁荣的人类文明也难逃衰落的危机，漫长的西北风沙蚕食古老的田园风光，磨砺出粗犷刚健的沟壑，只剩下光影交错的皮影戏在轻述故都的烟云史。一茬茬麦客或披星戴月，或宿水餐风，激烈的战斗在浪波里发生着，这些水手们理解的生活又会是什么样子，寻找幸福或许同样需要原始兴奋和强烈的心灵力量？

拿到下一张火车票，遐想的美味，艺人的嘲弄。朝发轫于天津兮，所以耳朵眼，嘎巴津味和一杯啤酒便放在桌上，凭直觉的香浓填满真空。一辆旧式夏利载我们在租界的小洋楼里迂回，一排油纸般的黄色建筑，上面用很小的字体写着各家工会或学堂。居民的天真乐观瓦解了外来的怀疑谨慎，小册子上没有撒谎欺骗。海河编织起一封简洁的介绍信，静静地蜿蜒、流淌，用自己的语言说明筑城浚池的纪年史，漕运的短促号子一领一合，依然让人紧张心悸。原来旅行地图的不同地点是不同的幻想，行至它的尽头就能订阅不同的体验。

登上火车，忍受陌生的床，脑海中没有存下多余的焦虑。或省略或压缩，又或是过度曝光，愉快的细节疯狂成长。橡胶表带上的磨损变成了一只讲故事的蟋蟀，跳进了无关紧要的烟灰缸，又跟着混沌的光线飞快地向后退去。

次日醒来，车窗上尽是紧凑的图像，但有了更多的向往，我将从一个自己腻味的地方到另一个他人腻味的地方。

99. 品味贵阳

——————————————————————— 韦坚值

　　料峭余寒未了，四野初萌春雷。林城山水，花都贵阳，正有新柳千条，花溪河畔上迎风弄笑；早桃一枝，贵大校园里向阳舒眉。山清水秀，微波暖处鸭群竞；气畅风清，远雾散时雀共飞。

　　渐东君起舞，兴阑狂饮，轻描淡写成画。于是冰解花寤，阳光似蝶之振翅，飞满世界。雨细笋新，暮烟如梦之低吟，绕梁不绝。林堤何处，游人阔语惹鱼听；青草野外，弋者踏歌使鸟学。高淡雅和，直追流觞到曲水，佳山丽地，养就文人兼墨客。青岩镇上，年年诗词会里，且听春风润唱；白云街头，每每杂志亭旁，暂得花香熏说。

　　春为一帧水彩，夏乃一张油图。此际贵阳，丽赛乾坤同纬，爽如九天蟾蜍。有天下之山萃于云贵之霸唱，接难于上青天攀登蜀道之高呼。水悠悠，山连连。茂影垂地，浓色染天。红去绿来，许矜东君笔妙；深入浅出，为求少女眉匀。当新人入境，或性情者登临。疑花溪流水，送片片、酿成一品茅台；叹黔灵高山，对幽幽、禁他双将麒麟。甲秀楼头，静看星移归花海；文昌阁外，仰思风吹换天云。

　　移步花廊，悠然一曲蝉高跃；撑手竹枝，总使半分人俯行。树随屋并长，花绕墙同生。桥贯空中，长虹脚下万里云；楼腾地起，巨龙头上满天星。自改土归流，经改革开放，至避暑林城。

　　西风起，梧桐落。红残绿碎，且剩菊香几朵？篱疏径冷，却无一片可捉。红枫湖岸雨叮咛，青岩石上风萧索。是谁嵌以落霞绣地，捧将秋水雕天？黄昏对景，诗人试写立久花疼，凭空叶痛。当此时分，雨复凄凄。树瘦依人立，花老伴墙垂。可赏荒凉一把，高原盈悲。待雨过天晴，瞻黔岭山高月小，践黄金水曲路平。此状可赏碧空万里、月下无声。

然最喜草地蛮歌，弹唱中秋皓月；或是街边饮酒，烤熟新来鱼蟹。对谪仙之愁心，了夜廊之欢夜，真可谓闲人之悦。或傍玄书，挑星辰，观物之荣枯，参世之奥妙，觉人之本心。岂不为逸者之寻？

寂寂纤纤，翩翩道韫当年。间偏巷远，有鸡唱晓、雪连天。故黔筑之冬，非北国之严冷；而黔筑之雪，较南国之秀丽。当其始，劲风八荒蹗走，繁云四处聚积。水僵溪凝，唇蓝颊赤。至于花溪飘絮，小河飞沙，横斜入隙。更者添璧红枫，累霭黔灵，一履天地。

透骨风强，翻帘雪怒。裹以锦被貂衣，束以腰条围布。兽无行动，人无出户。初疑为广寒碎玉，轻降一地琼珍。终似画家写意，漫撒些许墨痕。咽风滞水处，看梅斑鬓者，语浅而意深；断梦破歌中，思乡愁容客，神恍且心沉。尔后雪上寂静，唯有深闭楼门。

100. 七月去延安

周 礼

"心口呀莫要这么厉害地跳，灰尘呀莫把我眼睛挡住了……手抓黄土我不放，紧紧儿贴在心窝上……几回回梦里，回延安。"每当听到这首激情澎湃、耳熟能详的民歌时，我的心里总会生出一种急切的向往，那就是什么时候能够去延安看看，看看我们新中国的发祥地，看看那一眼望不到头的黄土高原，看看毛主席和其他革命前辈曾经生活的居所，追溯那抛头颅、洒热血的峥嵘岁月，亲身感受伟大的延安精神。

七月的一天，我终于得偿所愿，怀着激动的心情走进了延安，走进了梦里寻她千百回的革命圣地。当宝塔山巍峨的身影伫立在我的眼前时，我忍不住大声地呼喊："延安，我的母亲，我来看您了！"

宝塔山坐落在延安城东南一隅，四面为群山所环绕，像是处在温暖的怀抱中。这里绿树成荫，野花遍地，石刻成群，古迹遍布，自然景观和人文景观有机地结合在一起，让人既饱了眼福，又增长了见识。有人说，只有登上宝塔山，才算真正到了延安。宝塔既是延安的标志性建筑，也是革命圣地的象征。在战火纷飞的年代里，挺立的宝塔像一面不倒的旗帜，指引着无数的仁人志士不屈地斗争。在宝塔的一旁，挂着一口明代铸造的大铁钟，用力敲击，声响如雷，传递四野。据说每次有敌人来犯时，哨兵就敲响这口大钟，警报山下的红军做好转移和战斗的准备。

从宝塔山下来，我们直奔中共中央书记处所在地—枣园。枣园原是当地一家地主的庄园，后来中共中央入驻延安后，改为社会部驻地，同时更名为"延园"。1943 年 10 月，中共中央书记处由杨家岭迁驻于枣园，这里便成了中共中央的临时指挥部和几位重要领导人的住所。

走进枣园，只见一排排高低起伏，排列整齐的窑洞呈现在眼前。处在最前面的就是中央大礼堂，说是大礼堂，大小却不及一所学校的礼堂，里面的陈设也十分简陋。我们很难想象，当年轰轰烈烈的大生产运动、整风运动、中共第七次代表大会和延安文艺座谈会就是在这里进行的。

沿着枣园的青石小径，我们一路前行，途经一条长长的水渠，人们称它为"幸福渠"，据说这是毛主席当年亲自带领延安的军民修建的。水渠全长6公里，北起裴庄，南至枣园，采用自流灌溉的方式，可灌溉枣园周围5个村庄的土地。水渠修成后，将枣园和附近的旱地变成了水浇地，庄稼连年丰收，老百姓都不由自主地称之为"幸福渠"。

跨过"幸福渠"，我们来到了毛主席旧居，这是一座幽静的独立小院，院内是一排面向西南的三孔窑洞。走进其中一间，里面摆放着一张床、一张桌子、一把椅子、一个简易书架和一部黑色的手摇电话。就是在这间狭小的窑洞里，毛主席写了《学习和时局》《论联合政府》《关于重庆谈判》等多部著作，并指挥全国人民展开抗日斗争，及时拆穿了国民党反动派的内战阴谋。

带着无比崇敬和感恩的心情，我离开了圣地延安。这次红色之旅令我感受颇深，今天的美好生活来之不易，我们应该加倍珍惜，不辜负先烈们的牺牲。

101. 带上初心去旅行

赵庆勇

我在高中时便一直向往大学生活，原因之一便是听了老师那句"现在好好努力，上了大学你们就轻松了"。当初的我们"天真"地相信了老师的话，因为它就像一阵和煦的微风，轻轻拂过被各种考试压得喘不过气的我们，为这即将到来的幸福生活，我更加坚定了一路向前的决心。

上了大学才知道，所谓理想的生活，是走到哪里都要一路向前。原来那句我们深信不疑的话是恩师的良苦用心，怕我们压力太大轻言放弃，怕我们对埋头苦读产生厌倦情绪，只能用这"缓兵之计"让一个个尚未成熟的灵魂挺过那段三更灯火的日子。那份坚守与执着也终将伴我一生，永不褪色。

刚进入大学的时候，我对一切事物都充满了好奇。首先映入眼帘的是鳞次栉比的教学楼与宿舍楼，这是我对大学的第一印象。后来我才知道，"所谓大学者，非有大楼之谓也，而有大师之谓也"，博学多识的教授、浓厚香醇的学习氛围是一所大学的精神所在，而精神的养成无疑是大学教育的重要使命。出于某些原因，我与心仪的大学失之交臂，可生活的钟摆不会停下来等我悲伤，一切的盛衰荣辱都会随历史的车轮滚滚而去，所有的不如意也都是暂时的，生活本身就是一场充满奇幻与未知的旅行，重要的是我们需要给灵魂一对向上向善的翅膀。

走在微风徐徐的小道上，不知道前两个月我和同学一起种下的丹桂、雪松和紫薇长得怎么样了。如果说种一棵树最好的时间是十年前，其次便是现在。坐在这一棵棵迎风"歌唱"的小树旁，我突然觉得，长在什么地方并没有那么重要，因为我们都在同一片星空下，溪流和江湖都要奔涌向前，才能不沦为一潭死水。诗人汪国真在《热爱生命》一诗中说："我不去想，是否能够成功，既然选择了远方，便只顾风雨兼程。"在短暂的生命里，每个人都有过深情的期许。学生希望上好学校；父母希望孩子出人头地；员工渴望升职加薪……这些都是大多数平凡人的期许。古人把"功成不必在我，功成必定有我"视为至善的人生理想，当我们做一件事没有任何功利的羁绊而能全身心投入时，这才是理想的状态。

知道为什么出发远比出发了多久更为重要。在市场经济如火如荼的今天，我们在追求幸福生活的同时，要保持一颗至真至纯的童心，才能不被外在的名利所左右，才能追随自己的内心，走得更远。走累了，就停下跋涉的步伐，在温暖的家庭港湾里休息。从家里带出来的一切，父母的教诲一直陪伴在我的旅途，灵魂有了栖息地，离开家的孩子也就不再流浪。

在外念书，假期便是生活赠予我的一个小确幸。票价50元的绿皮火车是一条在故乡和他乡穿梭着的情感纽带，打破时空的阻隔把羁旅之人的乡愁带回故乡，承载了倦鸟归巢的喜悦与故乡泥土的芬芳。每次坐车，回家的时候总是感觉列车跑得要快些，它似乎读懂了我的内心。离家的时候，我们舍不得家人和朋友，列车就像是客人一样，想留下却又必须走，只能依依惜别。回家的时候，列车又像是一个百米冲刺的运动员，争分夺秒到达终点后，好让旅人及时把这一路的酸甜苦辣向家人诉说一番，再看看父亲的背是否还直挺，母亲的眼角是否能抗住岁月无情的变迁。

作家沈从文在散文集《湘行散记》中说："我行过许多地方的桥，看过许多次数的云，喝过许多种类的酒，却只爱过一个正当最好年龄的人。"我深深赞同沈从文先生的专情，在人生的道路上，我们会经历花开百样的诱惑，但请遵从自己的内心，用滚烫的初心为沿途的风景染上一抹亮色，让美景一路相随。

102. 多彩贵州

涂思婷

多彩贵州，多彩的是它的旅游资源、民族资源、矿产资源等，而我此次所讲述的，是贵州的旅游发展。

作为外省人，踏上贵州这片土地之前，许多人大抵只知道黄果树瀑布。而如果对贵州有大概的了解，便能知道梵净山、草海、百里杜鹃、青岩古镇、千户苗寨……其景点数量之多，不一而足。

位于省城贵阳的青岩古镇，青岩猪蹄一直为游人所称道，但实际风味因人而异。古镇之城墙曲折，能让众多游客受一番苦，不仅是体力上的，也是心理上的，毕竟在高上百米、角度颇直的青石阶梯上，往下看时，着实令人胆战。游客在青岩游玩之旅中，虽车程稍长，但可饱览青岩风光。

避暑天堂、青山绿水……这些贵州的代名词早已烙印在游客心中，然而旅游景点同质化是各省旅游发展之痼疾，贵州亦是如此。通过观察各省旅游发展模式，围绕特色提高知名度才是制胜点。贵州也有许多特色景点，如黄果树瀑布、梵净山、百里杜鹃等，寻其根源与发展历史，打造特色自然与文化相结合的旅游名片，也正是贵州旅游发展采取的策略。梵净山便是一个很好的例证，它得名于"梵天净土"，原名为"三山谷"，乃"武陵正源，名山之宗"，还是全国著名的弥勒菩萨道场，是与山西五台山、四川峨眉山、安徽九华山、浙江普陀山齐名的中国第五大佛教名山，在佛教史上具有重要地位。也正是因此，梵净山自古以来便吸引着络绎不绝的佛家弟子前来参拜。

贵州的山水风光虽好，但旅游景点存在过于分散、路程长的问题，好在有县县通的高速公路加以弥补，贵州旅游业的发展不至于过慢。

其次，众所周知，旅游景点配套设施的完善与否是影响游客游玩体验的重要因素。无论是基础设施还是旅游接待设施、娱乐设施等，都是旅游过程中不可缺失的要素。贵州省的旅游业正如火如荼地发展着，各大景点的配套设施也正陆续加以完善，在青岩古镇便可见一斑。

夜郎、黔贵地区自古便被视为蛮荒之地，被流放、被贬官的各路人来到这里，其发展状况可想而知。但从建省到建国，贵州省的发展渐上正轨，一项项优惠政策、一颗颗送来希望的善心、一批批爱心捐款，都是贵州省发展的助推剂。"自助者，天助"，贵州省也正迎头赶上，恰逢西部大开发，正是发展的好时候。

朝着立体化、全方位化发展的贵州省不失为西南地区的新起之秀，正用她饱满的热情与细致的规划创造着未来。在这条漫漫长路上，无论以何模式发展，"黔"行路上，我们频频回望，以史为鉴；我们亦在展望，以集众人之力，成"黔"之大业。

103. 平生之欢

谢朝怡

一个时代

对一本书而言，我们品尝这沉淀在字里行间的蕴意美感，辗转在一个又一个故事中，带着些许"我自倾杯，君且随意"的洒脱与淡然，笑看世间的浮城浮事。普天下之漂流者，皆若空游无所依。一本书，无论是历经了岁月的洗礼，或是人世的检阅，都饱含着它赋予读者的深厚盼望。

每一个写字的人都如同这世间的漂流者一般，用笔调绘写生活，用生活勾勒文字，用文字组建自己的世界，并热切希望有人能在这世界中寻找到各自的价值，这亦是诸多文字漂流者的希冀。如同一部史书，命运指引着它背负一个民族的传说，镌刻在龟甲上开裂的纹路，在掌心蔓延的掌纹，曲折交错的线条隐喻着黄土大地上奔涌的河川，连绵不断地传承着中华民族源远流长的文明，浩瀚无声。

人间事事不堪凭。确实如此，现代人的阅读趋于快餐化，一本书读下来就连大概意思都弄不明白，更加不用说有自己的看法和理解了，这样的快餐化阅读给我们的时代、生活、思想所带来的影响是不堪设想的。

我将要推荐的这部书的角色里，有我们这一代人的影子。我们是一群不知天高地厚的少年，看不上过时的作风和思想，却又无力改变整个大环境。时代下的青年被裹挟着前进，太多的物质蒙蔽了本心。于是，书籍便也承担了一个时代的责任，去唤醒那些还在沉睡中的孩子。

一本书

《平生欢》就是这样的一本书。它没有浮夸的情节，没有大起大落、大悲大喜的转折。藏在这本书细枝末节处的，是氤氲在脑海中的旧时光。书中平淡却又真实地描写了一群人、一个年代、一座古城的岁月历程，他们如同生灵活现般存在于我们的世界中，带着宽容而慈悲的微笑，默默演绎着属于他们的故事——关于青春、成长、爱情、梦想、现实、希望、衰老……作者七堇年曾这样动情地介绍它："平生欢，喻素来交好。古曰：'（徐公）不妄交与人，一日，忽过予，一见之，如平生欢。'是为题。不做任何纪念，或判断。关乎知交，关乎故友，关乎平生。"

早已忘记了读到这本书的最初契机，或许只是简单地抱着一个读书人本质的渴望与诉求，在沉默之间，我翻开了这一页。我突然感觉，这些年的千山万水在此刻终于静止成为一幅画，就这么无法被涂改地置于眼前。下笔重如泰山，现实轻如鸿毛。小说里的人物都从相同的起点，像是几条射线往不同的方向延伸，都不曾知晓最后的落脚点，往事像一帧帧画面串起故事的首尾，让我细细读去，看到了他们的年少及对未来人生的思考。

七堇年在这本书里跳脱了往日的写作风格，没有矫揉造作，不用技巧将语言束之高阁，她用写实的手法将故事娓娓道来。小说人物以第一人称的视角，叙述了邵然、邱天、陈臣、白杨等人的人生旅程和聚散离合。他们的家乡是一个叫雾江的小城，这几个年轻人在雾江长大，度过了童年和少年时光。后来走在各自的人生道路上，浅尝了人世冷暖、人情世故，在而立之年，想到了雾江，想到了走过的岁月，想到了平生的故友，以及内心的周折转化。时过境迁，当他们再度相聚时，回味着再也回不去的时光时，或唏嘘，或感叹，或微笑。而立之年的他们已不再年少轻狂，有的有了妻眷，有的奔波于事业，有的干着与理想毫不相关的工作，有的找到了幸福。他们相视而笑，碰杯，再多的话也都是无言。

一个读书人

我看着七堇年的蜕变，就如同看着自己的变化。就如她笔下而言："如果没有别离，成长也就无所附丽。"放下书，明白这并不是一个多么万劫不复的故事，同时也并不适合去安慰时代下日趋躁动不安的灵魂。

往事历历终虚化，淡罢淡罢，它只适合用来回味一段旧时光，与过去的自己端茶对坐。过去的自己，一脚跨在无知的门栏内踌躇不前，因为琐碎小事懊恼难过，往往忽略了身边的那些美好温暖的事情。很多时候，时间溜走在阅读的瞬间，但这使我不再抱有朱自清先生所写的《匆匆》一文的遗憾。事实如此，我们总能在书中流逝的时光里找到价值。这些细微的日常逐渐勾勒出一个书的世界，使我能虔诚而执着地追求着我的读书梦。

《平生欢》如同漫漫书途上的潺潺清流，在这条清流的对岸，我看到了一个真挚善良的写作者，用她的成长书写了一代人的成长。平生而欢，如人饮水，冷暖自知。河流里皆是繁华的倒影，世人皆是影中人。而我们绕在这条相同而又不同的轨道上，以一个读书人的姿态，品读着各自的平生之欢。

104．平坝赏樱

张新宇

三月，又是一年赏樱时节。

提起樱花，人们总会想到著名的樱花之国日本，每逢樱花季，都有大量的中国人飞往京都、奈良等地赏花游玩。殊不知，国内众多的赏樱胜地，与前者相比亦毫不逊色，红枫湖畔的万亩樱花园便是其中之一。

周日上午，天色朦胧，我和同学来到西校区的门口，坐车前往万亩樱花园观览美景。车在路上行驶了一小时。道路两旁不时有稀稀松松的樱花树映入眼帘，树上的樱花开得正旺，似乎在为即将出现的园内盛况做预演。

到达目的地，只见景区外游人如织，小商小贩摆满了货摊，像赶庙会一般热闹。我们下了车，跟着大部队走，穿过马路来到了景区入口处。入口处的门上写着"平坝农场"四个大字，万亩樱花园就在农场里面。但农场里的樱花园如同一本小说中迟迟不肯出场的主人公，非要等前文做足了铺垫才愿露出真容。我们刚进入景区，放眼望去并未发现樱花的踪迹，只有叶子哗哗作响的各种树木在欢迎四方来客。

走了十多分钟，一抹丽影突然出现。那就是我们心心念念的万亩樱花园！而就在此时，天也开始放晴，不似早晨阴沉沉的景象。边走边看，无尽的樱花观之不足。"不到园林，怎知春色如许？"同样的道理，走在大路上观赏樱花而不深入樱花林内，只能是蜻蜓点水，体会不到樱花的真正魅力。于是，我们也像其他游人一样，爬坡进入了樱花林。

林中春色，自是别有乾坤。粉色的樱花开满了樱花园，驻足于樱花树下，就像身处茫茫雪国。游人纷纷为这美丽的樱花所陶醉，脸上洋溢着欢乐的笑容，园内顿时充满了节日的气氛。几名少女身着汉服，款款走在林间，为樱花园平添了些许古意；又有二三佳人，手执团扇翩翩起舞，使得周围的樱花更加灵动。"哇——"人群中传来一阵惊呼，原来刚刚吹过几缕清风，樱花簌簌飘落，下了一场壮观的樱花雨。我低下头，看到婆婆纳等小花也在绽放，而落樱便成了它们最美的装饰。

樱花之景，使人早就不顾地面的潮湿与泥泞。经过一番探春寻幽，我们又回到刚才走的大路上，鞋底已沾满了泥土。

路旁的指示牌上郑重其事地写着，前方不远处有观景台。抱着一颗好奇心，我们踏上樱花掩映的木板小路，沿着指示牌所标明的方向走去。至观景台，眼前的景色给人一种豁然开朗之感。与之前林中的热闹不同，这时所见到的画面多了几分静谧。蓝天白云下，红枫湖碧波万顷，一叶扁舟泛于湖上，数对白鸥低飞徘徊，成片的樱花林坐落于对岸，恍如云霞。樱花林后，群山耸立，烘托出一幅绝美的奇观。再仔细看去，林岸还有两三"粒"走累了的行人，正坐在那里悠闲地聊着天，却听不清说的是什么。

时光在不知不觉间流逝。为了不误车程，我们依依不舍地离开万亩樱花园。樱花从盛开至凋零，不过短短七日，多么希望她能永不败落，四季摇曳。

105 . 清江夜游记

张 天

庚子年暮商，暝昏时，风伯雨师转阴轴，翻阳机，雷公鼓之以雷霆，黑云乍现紫金蛇，骤江倾而河沛，瀳天瓢为一滴，寒凛冽兮来逼。予倚栏独坐，四围空，不闻鸟兽，屏神凝思而不觉乎梦清江。

夜郎故国，黔之东南，清江起苗岭，清江者，剑河也。余踏云梯，乃御风而行于崇山峻岭间，倏至剑河城。余望也，群山万壑围中城，近观乎，姹紫嫣红漫万壑，山花烂漫沁人心。苗岭之巅现玉蟾，广寒宫中无玉兔，月桂树旁斧孤单，蟾宫门外独倚柱。唯见女神赴婵娟，时人谓之女神仰阿莎之故乡也。吁！壮哉清江，浩浩汤汤，郁乎峨峨。往至苗岭，有麒麟异兽，行乎其间。中有苗民，饮以甘露，寿似蓬瀛不老仙。

有妙乐兮，轻灵飘逸，轻柔如水，闻之如幽兰飘香，人谓之侗族大歌，其兴起于贵州省黔东南苗族侗族自治州黎平县。侗人名之曰嘎老，嘎，歌也；老，宏伟也。侗人常以礼侗歌，其曲长，其声多，其礼盛。大歌以自然、劳作、男女情爱、友人来往为和谐。史以歌传、道以歌传、理以歌传、文以歌传。侗族大歌须由三人以上演唱。遂每侗寨必有十五人上下，歌人为伍，凡侗年节、吃新节、春节，侗人以歌对之、以歌赛之。奏唱大歌之时，男女互以目光觑之，若乎深情脉脉，则结为良缘。饭养身兮歌养心，侗人以为道。

侗人以歌作粮，视歌为宝，认歌为笔纸。侗人以歌师为最杰出之人，敬之。侗族多以歌为乐。侗歌有鼓楼大歌、声音大歌、叙事大歌、礼俗大歌、儿童大歌、侗戏大歌六大种。其余侗歌皆为小歌。侗歌为侗民节令庆贺时，多于鼓楼场坝歌唱。大歌常指鼓楼大歌，余下则为鼓楼对歌穿插。鼓楼大歌唱时长，多为通宵达旦。唱时，主客男女分坐两旁，或坐上方，主分坐两旁。

　　清水江水自黔贵滚滚东流，出芷江銮山，入归墟乃止，川流不息，流域无垠而人不得知，蛟龙游乎江中，鱼虾戏于水底。清江两岸，峻岭崇山，层峦叠嶂，风光旖旎，怡然而育芙蓉。水产丰厚，尤以鱼为盛。侗人取鱼，以清水濯之，调之以酸汤，其味鲜美爽口，食之，唇齿留香，回味无穷。鱼汤甚美，闻之令人垂涎三尺。有美酒焉，时人谓之米酒，其口感醇厚，入口绵柔，醉人于无形中。苗民深谙酿酒之道，盖九州之祖也，未成酒香惊陶潜，既成醴开醉杜康，对饮李白酣歌舞，自云本是真酒仙。予御风而行于空中，下视也，清水江边，黄发老者闲情垂钓江畔旁，总角小儿嬉游其中。彩虹桥上，霓光流彩映天亮，往来行人游其中，身飘摇兮如入天宫。

　　苗疆圣水，天然温泉，氤氲氲氲，享西南浴都之美誉，不洗贵妃洗苍黎。浴之心舒畅而百病消，补虚驻颜，意志定而嗜欲除。女子沐于其中，则腮凝新荔，鼻腻鹅脂，肤如凝脂；男子浴之，集阳气兮固神元，体健硕兮世无双；老者出则肌肤光泽，走如飞鸟，能负重而体不疲极也。

　　忽闻鼓声，吾拨云雾而见苗寨出山涧，或曰苗人有一宝，踩鼓舞。传苗人尝于山林中砍木，忽听闻林深处阵阵清脆之声。苗人往返于族中，击鼓仿之。至此，苗人适逢节令，以舞祭祖，土地大收之时，苗人心悦之，亦舞。适逢农历三月姊妹节，苗女鼓舞以贺。以一女歌舞入场，然继而歌唱并击木鼓以伴之。词曲意为召唤，唤姊妹勿错时机，呼来舞之。常多高妆苗女聚众于鼓架，对皮鼓踏节而舞。然舞蹈高点之时，男女老幼遂入舞场，共组若干层同心圆圈，皆作舞。时有忘我者，其双臂摆动，随鼓点节奏而起，舞步之变幻，观者无不啧啧称奇。踩鼓舞为苗人礼仪交友、情爱之法。苗族现有女神像，高数丈，绝世而独立。其上有祥云照顶，栩栩蝴蝶戏其间。青鸟环绕，摘云汉之珠、衔山野之流萤饰其衣裳。以眼观之，体轻盈兮羞嫦娥，身窈窕兮赛玉环，神女像下，吹笙鼓簧，其调古朴悠扬，男女老幼舞之蹈之，世人谓其舞之故乡。

　　感清江之浩瀚，叹神女之无双，壮哉我清江，民风淳朴，人杰地灵，乃苗岭之间一簇簇鲜之奇葩，发日夜之媚香，耀熠熠之明光。吾御风驾云而返，聚气凝神，倚栏独坐，思吾乡兮情浩荡，不觉泣涕兮沾满裳。

106. 十里河滩记略

王贵燊

阳春三月，因近来琐事烦心，我心神不宁，为解心事，于午后独自外出踏青，以寻求内心的平和。

从贵大前出百余米，越陌度阡，即至花溪河。河宽数十尺，绵延十余里，碧波荡漾，杨柳垂河，故称十里河滩。正值春日踏青，游人如织，风景如画，美好的景象给人以欢欣愉悦的感受。

河滩周围的树木很多，却不显得拥挤，或三或两地立在河岸，有枝条触水的垂杨柳，挺拔高耸的梧桐，也有好看的粉樱，绿柳映红花，衬之以花溪河的碧绿，构建了一幅美妙的山水画卷。山水之情，了然于心。

在美丽的山光水色中，再紧张的心情也会慢慢放松下来，我开始暂时忘却心里的烦闷，惬意地享受着踏青的快乐。从入口到七孔桥，我漫步前行，看见了怀抱女儿游河的男子，他们爬上了一颗枝干横亘水面的垂杨柳；也看见了一群老年人在粉樱旁拍照，时光流逝，笑颜依旧。伴随着耳边清脆的铃铛声，一个个骑着单车的大学生从身边掠过，带起阵阵微风，风中传来青春的笑声。

走到七孔桥附近时，我看见前方有两位女生身着大长袍，仔细一看才反应过来，这是汉服。自甲申国难，神州陆沉，中华大地竟有二百余年不见汉家衣冠，今日看见汉服，心有感触，引起对历史的反思。两位女生长得极美，所穿汉服为淡绿色的月袍，黑红相间的襦裙，再借这自然美景，十足的古风美人。我抱着欣赏的眼光赞叹了一会就离开了，心里却留下了美好的回忆。

在安静的环境里，人是很容易思考的。思考是人的天性，我终于想起自己踏青的目的，开始思考。思考了许多事，也回忆了很多人，思考过去、现在、将来，思考爱与被爱，思考什么是幸福和责任，思考人活着的目的。我没有想得太明白，但我知道对每个人来说，答案都是不同的，相同的只是我们都需要它。

　　这些问题先贤们也在漫长的岁月中无数次思考过。五百多年前，有一个人在修文县也思考过、挣扎过，他找到了自己的答案，最终悟道。我很羡慕他，也希望能有一天找到自己的答案。多数人都过着周而复始的生活，但我们也该在适当的时候，想想自己生命的目的和意义，思考一下什么是爱和尊重。

　　愿我们都能找到自己的答案，把自己爱恋的哲思之地变成只属于自己的农场。

107．夏至未至

潘　贤

六月，正是西南地区的梅雨季节，偶尔晴天，日光朗朗，气候凉爽宜人。于是，我决定在这个雨季出发。

是夜行的火车。第一次坐这种长途的硬席卧铺，空间逼仄拥挤，和想象中的相去甚远。火车缓缓地启动，渐渐驶离站台，投入浓浓的夜色中。坐在过道边的座位上，我凭窗看着渐渐远去的站台，慢慢地消失不见。

一

火车隆隆前行，两节车厢交接处有机器一直工作，发出巨大声响，与邻铺如雷的鼾声交织一片。火车在一些站台上短暂地停靠，有人上车，有人下车，始终无法入睡。我数次拿出手机，打开 GPS，不断定位火车到达的位置，并在心里把它们连接成一条线，预测火车还有多久会到达，盼着快些天亮。

天色渐亮，车窗外的地理形貌已是另一番风景。犹如抵达一座平原之上，低矮平缓的土坡蔓延到达远处，连接天际。火车速度渐慢，缓缓停下。第一站，昆明。我将在此地短暂停留，然后出发前往大理，最终目的地是丽江。

作为西南地区边境省份的省城，昆明显得有些小家碧玉。城市面积与其他省份的省城相比，明显小得太多。建筑物没有其他城市那般巍然耸立，却自有其特点。由于地处边陲，带着明显的异域风格，每座楼的楼顶都以尖顶收封，窗户形状也自有特色。

看到很多民居，家家户户养弄花草。青色的藤蔓悬垂下来，花儿自开着，密密簇簇，沿着围墙攀爬得到处都是。

在翠湖公园，很多老人和孩子自在玩耍，自得其乐。有老人围坐一堆，抱着乐器敲敲打打，中间有人吊着嗓子咿咿呀呀，周围围观的人群发出掌声阵阵。有年轻画家在路边给人画像，画的人神情专注，手中的铅笔"唰唰唰"画个不停；被画的人也是神情自然，尽管被很多人围观，他们依然泰然自若。

我深深地被这座城市散发出来的独特气质吸引。在这整个社会大踏步向前快节奏的生活中，它却显得慢条斯理，踏出的每一步都那么沉稳、踏实。

二

前往大理的火车在夜里 11 点，硬座。夜里我困倦不堪，又无法安稳入睡。车内空调温度很低，到夜里变得寒冷。我从旅行包里拿出厚外套，反披在身前，蜷缩在座位上。困意时时袭来，但每一次闭上眼睛，我又顿然警醒。

火车行驶一夜，在第二天早晨抵达大理。天空碧蓝澄澈，明晃晃的天光从头顶垂直照射下来，强大的紫外线在皮肤上剧烈咬噬、烧灼。苍山覆盖着厚厚的森林植被，莽莽苍苍，山顶烟雾缭绕。古城坐落山脚，远处洱海环绕，我找了一家旅馆住下。

沉沉的一觉，午后醒来，窗外阳光炽烈。我在古城里穿梭，西南明亮充沛的高原阳光打在额头上，就像雨点一样簌簌有声。在洋人街附近转悠，逛商铺，品尝名列云南十八怪的当地小吃，原料、配料、味道、吃法、制作手法都稀奇古怪，我并不喜欢，倒是偏爱简单的烤豆腐。

第二天早晨，我去爬苍山。循着苍山索道而上，脚下的高大松柏和各种绿色植被蓊蓊郁郁，青色的松针间隐藏着丰硕饱满的松果。在山顶远眺的时候，整个大理古城便尽收眼底。远处的洱海环绕着古城，静若处子。

下山后，我在一处农家小店吃午饭。吃的都是当地的家常小菜，简单而清淡。下午，我在洱海上泛舟。带我上船的姑娘黝黑矮胖，走起路来一摇一摆，像只企鹅。在白族家庭中，妇女是家里的主要劳力。

看当地渔民采用古法捕鱼：全身乌黑的鸬鹚潜入水底，一会儿工夫嘴里便叼着一条大鱼浮出水面，船老大把手里的长竹篙往鸬鹚脚下一挑，便把鸬鹚弄上船来，抓住鸬鹚的头取下大鱼。在鸬鹚长长的脖颈上都拴着一圈线，这拴线的松紧颇有讲究，太松鸬鹚会把捕到的大鱼给吃掉，太紧又不能进食。我很小的时候在家乡看到过这种捕鱼方法，逐渐长大之后就再也没有看到过，曾一度以为这种捕鱼方法已经绝迹。

清凉的海风徐徐吹来，从一个小岛上传来热闹的鼓乐声，伴着轻快欢乐的清脆唢呐。曲调甚是熟悉，一入耳便能立即分辨，是电影《五朵金花》里的配乐。这一部古老的爱情电影，在我情窦未开的时候，就已经被它简单感人的故事情节感动落泪。

在从大理开往丽江的火车上，我重新看了一遍《五朵金花》。

三

早晨抵达了丽江这座古城。古城刚下过一场雨，脚下的石子路被雨水冲刷干净，湿润并闪烁着光泽。游人稀少，空气清凉。

穿行在交错纵横的狭窄小巷里，三两行人稀稀拉拉，罕见人迹，感觉荒凉得像是一座被人离弃而去的荒城，我心中甚是诧异。后来从一个当地人口中得知，原来白天几乎所有的游客都分散到周边的自然景区去了，只有晚上才会聚集到这里。到了晚上，这里会变得很热闹。

太阳落山，华灯初上。聚集在四方街周围的酒吧开始亮起霓虹，震天响的喧嚣音乐震耳欲聋。人群突然增多，熙熙攘攘。酒吧门口有侍应生在对过往游客招揽生意。酒吧里的人们高声嘶吼，纵情宣泄着压抑已久的情绪。灯红酒绿，热闹繁华，这座昼伏夜出的不夜城，从白天的蛰伏中醒来。在这座陌生遥远的古老小城，它的热闹与拥挤让我有些局促不安。

在丽江只待了一天一夜。这个被过度开发的旅游城市，现在只是一个代表着商业和盲从的旅游地。虽是淡季，这里依然拥挤着从四面八方汇集而来的游客。若是旺季，更是不可想象。跟随人流，到处是人山人海，人头攒动，拥挤不堪。

第二天一早，我就决定离开。

在离开的清晨，我突然发了疯似的冒着大雨跑到四方街的许愿廊。鞋子被雨水打湿。带着急迫焦灼的复杂心情在廊架上挂了一块心愿牌。用笔郑重而认真地写上一行字："愿得一人心，白首不相离。"写完又郑重地留下自己的名字，并注明日期，小心翼翼地挂上去。在那样的时刻，我感觉心变得纯净透明，无比虔诚，像举行一个庄严神圣的仪式。其实这不过是想在离开之前留下些属于自己的痕迹和念想。

我坐上丽江直达贵阳的航班。飞机起飞后，我便斜倚着身子把头抵在舷窗上，看着天空中漂浮的白色云朵和地面上无限延伸的黛青色山脉轮廓。高空阳光照射在层层叠叠的云堆上，无遮无挡的耀眼光线直刷刷地刺射进来，感觉瞳孔被人为放大，接近目盲。眼睛灼痛，我拉下遮光板，突然只是觉得很累。

第二天，夏至。

108. 长安忆

赵虎威

当南国还留有夏秋的余温时，黔中早已先一步踏入冬季。空蒙的细雨接踵而至，淅淅沥沥，飘飘洒洒，数日不见阳光。空中氤氲着雾气，远处的行人与高楼令人看不真切，捉摸不定，近处斜风细雨，吹打在滚烫的脸上。

已是学期结束的时候，校园像退了潮的海滩一般宁静，自己的心中也空荡荡的。当一个大学生已经半年有余，却还是迷茫。可谁的青春不迷茫？烦恼、迷茫、孤独，在内心如潮水般泛滥。关灯，离开已经无人的教室，抬头，路灯如同一双双诡秘的眼睛窥视着夜行的人，一条寂寞的路便展向两头了。陌生的城市，与自由相伴的都是寂寞，与攀登比肩的唯有风声。

人不该被生活拘束，而应去一个更广阔的舞台。我决定要去西安，旅行可能不是因为前方有多么美好，而是我决心要去。

虽然人们常说旅途愉快，唯有出行时方知路上的煎熬。忍受陌生的床，一阵恍惚，火车已由黔地至巴蜀再到关中。蜷缩于一角静候时间如溪水般从自己的眼前汩汩流过，周围的人消失，周围的墙消失，周围的一切变软，从固体变成液体再变成气体，不知今夕何夕，时间变得很浅，不觉全身无力、四肢酸痛。

难道仅有躯壳的疲惫吗？至少心灵是自由的、驰骋的，早已挣脱了自己，飞向无尽的远方。朝发轫于筑城兮，夕余至乎长安。果然，第二天醒来，车窗外尽是紧凑的山川，我又有了更多的向往。

每次想到西安总觉得沧桑，我踱步在这古老的城市，微风吹过，仿佛卷起了秦汉的烟尘。伫立于西安城墙上，总觉得自己是那么幽渺，不禁牵起一种壮阔而浩荡的心境，记忆从镐京到咸阳，由贞观至开元，我的心遂变得剧烈又模糊。

于我而言，无论怎样抚慰自己，出行都不是一件值得享受的事。因为出行不仅有路途的舟车劳顿，风餐露宿的艰辛，用步伐丈量世界的勇气，更有一路思考的压力。每次出行都仿佛是去接受一次重大的使命，但我内心很坚定，这种坚定来自玄奘。

已是秋去冬来，群芳尽谢，枝叶凋零，唯有大慈恩寺的一片松柏郁郁葱葱，清风吹过，松涛阵阵。玄奘高耸的塑像站立在雁塔广场，手持铁杖，平视前方，目光慈祥坚毅，背后就是他亲自督建的大雁塔。

雁塔后有一座玄奘的纪念馆，玄奘的佛像端坐中央，接受着来自各地人的参拜。当我跪拜时，几声佛寺的钟声传来，悠长而又宏阔。闭目合十，心也随钟声海浪般起伏。如今无论是在中国还是印度，无人不知玄奘的故事。不知是贞观初年的哪一个夜晚，他执意西行，为求真法，度化众生。没有皇帝的支持，面对国内佛法众说纷纭，他出玉门，过高昌，度荒漠，爬凌山，上无飞鸟，下无走兽，四顾茫茫，人马俱绝。无论盗匪横行，还是饥寒交迫，法师心如磐石，"不求得大法，誓不东归一步"，不畏生死，出行十七年，五万里行程，一百多个国家，终至那烂陀。不知从哪里传来一股力量，我心引起的一阵共鸣犹如乱石穿空，惊涛骇浪。当玄奘面对困难，应怎么来描述。苦难？绝望？有一个词叫突破，可大多人的一生中真正突破过几次。

都说来西安必去华清宫，我便前往骊山，感受唐明皇与贵妃的爱情。走到长生殿不禁回忆起那令人神往的故事："七月七日长生殿，夜半无人私语时。"唐明皇通晓音律，贵妃能歌善舞，琴瑟和谐便是一曲《霓裳羽衣曲》。可当唐明皇于安史之乱后再次回到宫殿的时候，他已是孤身一人，当年"在天愿作比翼鸟，在地愿为连理枝"的誓言早已不复存在，只剩天阶月色，飞虫流萤，一片凄凉。

心中还留有在大慈恩寺与华清宫的余悸，我已转身踏上了去乾陵的路。银灰色的天空，绵延不断的山峦，一片青葱，一片枯黄，像一幅展不尽的莫奈油画。乾陵壮观宏阔，展现了大唐的万千气象。无字碑静静地立着，默默地展现着女皇的一生，是非功过已化作滚滚烟尘，更加显见历史的辽阔。爬上梁山，八百里的秦川尽收眼底，这片历史上最繁华的地方已如尘入土，帝王将相随风而去，漫长的黄沙吹卷着这片古老的大地，唯有一代又一代的秦人还耕耘在这片土地上。皮影戏与秦腔轻诉着故都的烟云，一曲刚刚听过的《信天游》渐渐回荡在耳间："白云悠悠，尽情地游，什么都没改变，大雁听过我的歌，小河亲过我的脸，山丹丹花开花又落，一遍又一遍，大地留下我的梦，一座座山峁像裸体的巨人，任凭严厉的风鞭打着自己黄铜似的躯体。"远处村落的上空，袅袅地升起几缕黑色的炭灰和白色的柴烟，人们也都穿起了臃肿的棉衣棉裤。千年后的人们还是学习着他们先民勇于开拓的精神，披荆斩棘，开土拓田，他们咬紧牙关，闷着脑袋，打坝、修梯田、垫河滩。这就是勤劳的关中人民，曾经修筑万里长城，创造兵马俑的秦地人民……

从西安回来已经很久，每每回忆起来，仿佛是从别人那里借来的一段时光，如一盏灯于一角温柔地发着光。身感疲惫，心灵却如淋圣水。于彼，我是匆匆走过的过客，于此，发问自己的内心，发现陌生的自己。满心疲惫地想着被误解的生活，不禁觉得于最原始的地方得到释放，最寂寞的地方得到倾诉，最柔弱的地方变得刚强……

109. 遇见，镇远

吕彦男

镇远，青山白雾中的静女

"静女其姝，俟我于城隅。爱而不见，搔首踟蹰。"若用《诗经·静女》中的话来形容镇远倒也贴切。静坐在舞阳河河畔的她，温柔娴雅，让人倍感亲切与舒适。

清晨，从睡梦中苏醒或许并不需要闹铃的扰闹，舞阳河氤氲的水气便能慢慢唤醒你全身的细胞。掀开窗帘，远处层层白雾错落有致地遮住了两侧青山的山顶，山腰处露出了稀疏的亭台楼阁，颇有一股道家遗韵。

"九山傍一城，一河分府卫。"蜿蜒的舞阳河穿城而过，将古镇分为南北两个部分，北岸为府城，南为卫城。几百年来小镇一直安详地卧在石屏山下，这里既没有刺眼的阳光，也没有嘈杂的汽笛声，只有那姿态万千的碧水晨雾，以及随江而下渐行渐远的船夫的歌声。

镇远，曲径幽巷中的隐士

镇远古镇多巷道，复兴巷、仁寿巷、冲子巷、米码头巷、紫宝阁巷、石牌坊巷、四方井巷、陈家井巷……数不胜数。古镇小巷多幽深，五步一折，十步一回，或上小坡，或下台阶，回环曲折；幽深小巷多互通，此一处可到达彼多处，或有牌有匾的街道，或无名无姓的陌巷，错综复杂。

古朴的街巷石苔斑斑，两侧的青砖黛瓦曲曲折折却又错落有致地排列在古巷中，鲜艳的红灯笼或成串地挂在过道里，或星星点点地装点着农家的门庭。庞大的古巷群在阴天里如隔绝繁华都市生活的千年秘境，等着来人一探究竟。

小巷里的人家大多承袭祖业，酿酒、磨豆腐、开镖局，这些古老的传统技艺就这样一代代传承下来，也传承了古老的味道。迈入大门，便是老式的建筑布局，三面民居，最里面的是厅堂，靠门一侧卧房一侧灶房。这种建筑风格既有江南庭院的风貌，又有山地建筑的布局；既有堡垒式的森严，又有商贾大户的豪气。木石的完美结合，小处可见精雕细刻的细腻，大处则现挥洒自如的豪放。与众不同的是，这里古民居的大门都是斜对着厅堂，可称"邪门歪道"，当然，这与本意相差甚远。据当地人介绍，这样做是为了避免大门与厅堂正对而漏了财气，叫作"财不露白"。

镇远，石桥古楼上的凭栏人

顺江而下，独卧在小镇尽头的石桥便是祝圣桥——一座古老的七孔青石拱桥，始建于明朝洪武年间。尽管多次维修，却也掩不住六百多年的历史在它身上走过的痕迹。桥面的青石由于雨水的冲刷而发白，两侧不过半身高桥栏上的块石也参差不齐，青绿色的藤蔓爬满了桥尾，几根细枝向桥中的"状元楼"蔓延，仿佛也想凭栏远眺一览古镇山水。三层三檐八角攒尖楼阁建筑便是"状元楼"，亦称"魁星阁"，据说此楼建成十年后，贵州路破天荒地出了两个状元，该楼因此得名。

桥的另一边是青龙洞，距今已有五百年的历史，集儒、道、佛、会馆、桥梁及驿道建筑文化为一身。背靠青山、前临绿水，贴壁凌空。悬崖上的飞檐翘角、红墙青瓦的亭台，峭壁上的廊腰缦回、檐牙高啄的楼阁，五步一楼，十步一阁，气势雄伟，巧夺天工。既有凭江远眺的木楼，又有静谧幽邃的寺院禅台，既有琅琅书声的学子院，更有锣鼓喧天的戏台……各具特色的建筑物与悬崖、古木、藤萝、岩畔、溶洞浑然天成，布局精巧。"入黔第一洞天"，名副其实。

镇远，春江灯火中的青年

镇远美，最美是夜景。来过镇远的人都这样回忆道，没来过镇远的人也都这样期盼着。酉时一到，古镇便热闹起来。小镇街道上亮起暖色的灯光，光与影的交错使古色古香的栏台更添一丝亲切。灯光交相辉映赶走夜晚的寒气，桥上的霓虹灯也开始渐变色彩，在颜色单调的街道的衬托下显得亮丽非凡。舞阳河两侧的客栈、餐馆此时已全部开馆，灯火通明。若站在新大桥上向上游望去，便会发现舞阳河两侧的灯火各有不同：金色灯光映照在墙壁上，随店家的灯火点亮了南岸河畔，多了一份热闹；红灯笼如繁星般点缀在古楼上，水汽氤氲着北岸，多了一份神秘。民居、石桥和古楼上的灯光倒映在微波荡漾的河水中，宛若一幅巨大的春江灯火油画。

游人纷纷出行，或乘船逆江而上，携和风细柳、置身画中，一览万家灯火；或沿江漫步而行，踩万家灯影、数路灯几盏。酒吧、茶楼、烧烤店、咖啡厅，或热闹、或安静、或释放青春、或独赏春江灯火辉煌，各有一番风味。

第六篇章

溪山艺韵

110 . 一叶茶事

杨清秀

茶，又作茗，自古便是我国人民热衷的饮品。在漫长的岁月沉淀后，茶被赋予的定义已不仅是一种饮食象征，更代表着一种信仰和寄托。因而以茶为载体的茶文化也在茶事发展中应运而生。

古人讲究茶情茗义，有"以茶会友"之说，也留下众多品茶交友的名篇佳咏："半壁山房待明月，一盏清茗酬知音。"古代文人墨客作诗属文常以茶酒相伴："茶亦醉人何必酒，书能香我无须花。"心静时品茶读书，使二者达到完美的融合，可以品味书中的文字，抑可以品读茶一般的人生。

以茶修身作为喝茶更高层次的享受，具体表现为茶道。茶道，即品尝茶的美感之道。茶道精神是茶文化的核心，可静心养神、陶冶情操、去除杂念。同时，茶道又被誉为道家的化身，它所表现出的美律、中庸、俭德的精神得到世人的秉承和延续，成为华夏子孙内化于心、外化于行的优良品质。古人常把茶高尚的品质与人紧密联系起来："茶香宁静却可以致远，茶人淡泊却可以明志。"以茶性映射人内心的思绪和情感。

作为大众文化，饮茶活跃在各个阶层。在古代，饮茶的活动不仅盛行于宫廷，更风靡于民间。大到皇家茶宴上的贡茶，小到百姓人家的大碗茶，都体现出人们为饮茶赋予的独特而崇高的内涵。不仅如此，各民族人民也酷爱饮茶。茶与民族文化生活相结合，形成各自民族特色的茶礼、茶艺、饮茶习俗。各族人民在饮茶品茗中思根思源，在品味茶文化的同时增强凝聚力，推动茶文化发展，并以此锤炼中华民族整体性格。

中华大地，承丰壤之滋润，受甘露之霄降。大自然的钟爱，造就品种繁多、文化内涵丰富的特色中国茶，为世人所瞩目。茶，饮后齿颊留香，香高而悠远，喉底回有甘味，味醇而益清，初尝醇厚，余香清新，令人心旷神怡。

茶文化注重提倡尊敬他人，重视修身养德。庄晚芳教授把中国的茶德概括为：廉、美、和、敬，意在劝诫人们为人处世要廉俭育德、美真康乐、和诚处世、敬爱为人。在茶道和茶艺的助推作用下，做好礼法教育和道德修养教育在当代中国具有极强的现实意义。

茶文化的深层意蕴是博大精深的。一壶茶水、一只茶杯、一颗赤诚宁静的心、一个闲暇的午后，摊开躺在岁月里的往事，细细品味每一口茶水，细细品味每一叶过往，细细品味这仅有一次的人生。品茶如同品味人生，啜苦咽甘，人生也是如此。

111. 金香茶赋

————吴雅泱耶

尧吕水语曰苗归，又名凤凰羽城，乃修道世间之神都，太古神民后裔之所居。其处有金香灵木，棕表碧叶，枝繁叶茂，春色终年。其以水历腊月十五至于元月三五为花期，其花四瓣，身小似浮萍，往往百朵聚于枝，其色纯黄若稻粒，其味香正胜仙花。

尧吕仙寨之中，有一金香灵木，其干六人方可围，其高常人不可攀，其枝延绵数百尺，其状圆圆类蘑菇。察观而不能明其岁月，询问而未可知其春秋。长者云："此树乃我寨之神木，古已有之。但为谁所栽，又为谁所有？确实不得而知。然日月伴其生，风雨随其长，莫非唯其所知耶，或其亦未所知耶？"适逢花期正盛之时，其香弥漫村寨间，百里犹可闻。一旦因风起，花雨金粉全城飞，宛若金雪从天来。白鹤因之起舞，凤凰为之高歌。一时芦笙阵阵传乡外，铜鼓声声动地天。于是，豆蔻妙女，佳龄后生，四方来聚，篝火欢跳，山歌对唱，彻夜不息，此乃常俗也。

余叹曰："此花可观而不可食则诚为憾矣！"友语余曰："金香灵木之花亦可为金香灵木之茶。其茶又名金香灵茶、金香茶或灵茶。此乃吾方之极品，世间亦难寻得媲美者。然深藏于大山之中，幽谷之间，鲜为外世所知也。郎可有意一尝乎？"方闻此语，余顿然大悦曰："善哉！君快与吾煮来。"于是友携余之手同拜蒙家。其屋皆松柏所建，木香轻发，青瓦凤檐，竹环柳绕，如是仙居。及家，君客余于高楼，以待玉茗。其且煮且言："吾方古语云'蒗曩囊苗归，蒗曩牒尧吕，蒗曩玉神都，蒗曩茶金香。'是以，煮尧吕金香茶，必得苗归圣泉之玉水，神都天山之银柴，方可烧得至阳之真火，才能烹出纯正之灵茶。"又云："倘时有异，所采之茶亦分品。今者，乃元月九日正阳之时，暖所亲得，数尊茶也。若于它时所得则贱矣。昔有善茗者，味其味辄晓为某月某日某时所采矣！"余连叹不已。

待金香茶既成之际，正是群鸟送阳去、童稚撵牛归、炊烟连岚雾、农者荷锄回之时。然，虽未见茶，却已闻其香；虽未饮茶，却已得其味。言后，友者以为非，驳以玄妙两重天之说。于是，君置杯于楠竹桌之上，倒茶于金竹盅之中，余才得见其真颜，品其实茗。

尧吕金香茶，其色金黄纯正仿佛南瓜之汤，其气清香甜雅宛若九阡之酒，其味润滑鲜柔如是瑶池之水。其实，先于舌尖得其甘甜，后经舌身得其清爽，至于喉咙以下，五脏六腑皆得其喜悦福乐。而其香先淡于鼻前，后浓于鼻根，再散于周天。一杯而觉香甜，二杯而有轻涩，三杯方晓苦相连。然三盅既毕，反觉其味更醇，其香更正。纵有苦意，然其味余亦不能舍，其香余亦品不足。于是友微笑而言曰："金香茶之味与生之道相类。人初生而有父母相爱而觉生甜，待成年自立而觉生涩，及暮年身病而觉生苦，然人生虽苦，甘甜于其中！"

噫！品一金香茶即若品一人生。三杯金香茶，为生之哲理尽在其中。当倾诉既于忘言之际，忽觉身飘飘然欲飞，天下皆于脚；心欣欣然将空，尘事尽为所忘。金香灵木之茶，奇哉！金香灵茶，妙哉！金香茶，极矣！灵茶，绝矣！尧吕金香茶，不愧为圣地之极品、神都之琼浆！今幸得金香茶，方知天下之无茶矣！

余既得金香茶，却怜其深藏于云雾之间，鲜为外人所知；惜其多化泥为草木，有暴殄天物之嫌；又苦于外世人以凡叶为上乘，将俗味奉佳露。于是再不忍数人独享此仙茗，故欲将此神品普于众生，是以作此文，冀世人能传阅，知世间之美茗也。

112. 水乡子　水乡魂

韩启能

有些渊源刻在血脉之中，纵沧海桑田，仍一如既往。

"唱起歌来，像大江流水。"它知道，孩子们众里相寻是要凭这一句水话去认清彼此身份的。从远古走来，他们曾是殷商时期祭祀的贵族；千百年来，他们虽历尽沧桑，却仍能以自身独特的文化凝聚起自己的同胞，彼此相依，立于当世。

水书、水话、水歌、铜鼓等都是水族人情感精神的寄托，每个水族人走在路上，只要听到这些都会不由得停下脚步，上前追问："你们可是我们水族的同胞？"

凭借这声问候，哪怕是在最年少轻狂的时候，那些水族少年仍能患难与共。三都水族自治县（简称三都县）的许多孩子，都会到黔南布依族苗族自治州上学。这些孩子各自散落在都匀一中、都匀二中等学校，学校里来自各地的人太多了，他们只是其中之一，但其凝聚力却是别人无法比拟的。虽然那时的水族少年们年少轻狂，调皮捣蛋的事迹比比皆是，但很多老师却不得不承认，在来到当地的外县人中，三都县的学生是最团结的。水族少年们彼此的认同，源于对三都县、对这片水族人民长期居住的土地的强烈归属感。这片安详淳朴的土地承载了他们太多的回忆，在市场经济的冲击下，很多传统地区都受到了不同程度的冲击，但水族的父老乡亲却依旧那么淳朴，唱起歌来仍是和祖先一样的"大江流水"。

"青石板上造文字，造得文字测吉凶。"在疾病灾害面前，持水书的水书先生必然能化解灾疾。不时请水书先生做法事，以驱邪避鬼，求家人健康，这并不稀奇；而当人们面对突发状况，水书先生更是人们最大的精神寄托。三都县曾发生过一起严重的火灾，当地的人们物质和精神都受到了严重打击。在火情得到控制后，参与救火的很多人却不敢回家，当地村干部说："人们在等待水书先生到来，水书先生能去除人们身上的火瘟，防止下次火灾在自己家里发生。"在那场盛大的法事里，救火的人全都聚集在一块空地上，水书先生拿着公鸡快速念着咒语，咒语念毕，夜风乍起，水书先生手起刀落，鸡应声落地，这场肃穆的法事才算完成，人们也方才零零散散各自回家，而那份对这古老仪式的敬畏，依旧留在了人们心中。

"谷熟也，谷熟也！"谷物归仓，这一年也就告一段落。如今，越来越多的水族人走出了故乡，但那无比盛大的节日，却在水族人的魂里梦里扎下根来。漫山遍野的歌声，从年少一直唱到白发。

端节是水族最隆重的节日，它与端午节虽仅有一字之差，却是全然不同的。从九月开始到十一月，谷物丰收，农事暂歇，水族人都陷入了端节的喜庆中。据水族老人讲述，祖先为了方便亲朋在端节走动，就把端节安排为七个批次，而家族有多个支系的，老大先过，老二次之，然后依次往下。

"唱起比米酒更香的'姨娘歌'诶。"端节来临时，铜鼓声便在村里的山间回响，水族人的清晨，都是在铜鼓声中醒来的。这一天人们除了走亲访友、饮酒助兴，室外活动也极为丰富多彩，赛马、拔河、水歌对唱等，有时一天的时间都安排不过来。如果唱歌的地方比较远，中午一吃好饭，便得往山上赶。一年中最热闹的，就是这时候了。

按照水族的族规，凡过端节的村寨就不过卯节，过卯节的就不过端节。九阡一带地区的卯节，是水族最美的情人节。这些年来，卯坡老树见证了无数水族儿女的爱情。他们在这一天相约卯坡，以歌会友，以歌许诺。打破平日里的繁文缛节，以最动人的歌声去打动对方。有些人，彼此之间认识不过数个小时，却相爱相依一辈子。这种不在乎对方贫穷与富贵，只在乎彼此之间心灵的沟通的随心而行是难能可贵的。

"求一句言语，让千万年后的人，记得你。"长期以来，水歌在水族地区备受推崇，无论是盛大的节日还是人们的日常生活，水歌无时不在。以简单的曲调，押韵的格律抒发内心最真诚的情感。女孩出嫁时，有些人家还会要求男方家请歌手来唱歌，而正是彼此的赤诚，才成就了两家之间上百年的情缘。

在市场经济相对繁荣的今天，水族文化也遭受了较大的冲击，水书逐渐失传，水族马尾绣工艺面临无人传承的危机。为了传承我们优秀的民族传统，许多水族人担起了水族文化传承与宣扬的先锋。三都县的学子先后在贵州民族大学、贵州大学、贵州师范大学建立起了水族文化研究协会，为保护水族文化尽微薄之力。这颗璀璨的文化明珠正在不断地积攒出鲜活强大的生命力，向大家展示了民族生活的方方面面，让越来越多的人去了解这古老而伟大的民族。

水族的同胞以自己的文化根基，凝聚起自己的同胞，传承自己的文化，彼此认同，始终共面风雨。

113. 书事杂记

韦时福

说起我和书的缘分，要追溯到懵懂的幼儿时代。小时候，乡里的赶场天是我最期待的日子，印象中奶奶每次赶集都要带些新鲜蔬菜、瓜果、大米、山药等到集贸市场去卖，我当时只有五六岁，跟着奶奶慢悠悠地走，也不觉得累。卖了带来的各种农副产品后，第一件事就是去县新华书店买我哭闹着要的书。说来也是奇怪，当时为何喜欢看书，现在也想不通，或许是冥冥中的缘分吧。当时不是开架售书，书放在书架上或玻璃柜里，只看到书名而不能拿出翻阅。我当时也不识几个字，就随便乱指一本书，奶奶非常宠溺我，我指哪本就给我买哪本。当时每一周买一本书，不知不觉累计有三大箱书，里面有《飞夺泸定桥》《水滴石穿》《霍元甲》等。这些书在我读大学时因无人照料而发霉了，而我敬爱的奶奶在我初三时就因病去世了，每每想到这里，我都欲哭无泪，或为奶奶，或为我心爱的书籍，或为我逝去的童年时光。

1993年考上中国人民大学，为我打开了一个新天地。刚入学时，同宿舍的杨君在看金庸的武侠小说，我当时很困惑，中学语文老师说过"看武侠小说都是不良学生干的事"，怎么杨君看得这么入迷？我就这事请教杨君，杨君咧嘴一笑："不看金庸古龙，生命就没有多大意义。"半信半疑中，我开始接触金庸的小说，结果一发不可收拾，短短一个多星期，我便把能借到的金庸小说都看了个遍。书看完了，负面作用却接踵而至。慢慢地，我开始上课看不清楚黑板，便到眼镜店检查，果然，我近视了，只得配上眼镜。

此后，我开始了自己的淘书、读书之旅。学校图书馆和北京图书馆不必多说，海淀图书城、国林风书店等成为我流连忘返之地。后来成为北京文化地标的万圣书园早先就在人大附近，书店的人文氛围非常浓郁，我经常去，但当时囊中羞涩，看的多买的少。北京一年一度的书市是淘书的好时机。印象颇深的一次我在摊位上看到一本肖洛霍夫的《静静的顿河》精装版，漓江出版社出版，定价 36.95 元。一般的书也就 5 ～ 10 元，超过 10 元的都很少，虽然我喜欢得不得了，但因书价迟迟没有入手。当时这个摊位是五折销售，已经在我能承受的范围，但摊位上只剩下一本了，且有人正拿在手里翻阅，看得出那人也喜欢这本书。我佯作随意浏览其他书，实则眼里一直盯着这本书，良久，那人还是放下书转身走了。他刚刚转身，我一个箭步跨过去，把书紧紧攥在手里，生怕别人抢走，二话不说就拿去付款。直至今日，这本《静静的顿河》还躺在我的书架上，偶尔翻翻，买这本书的场景仍然历历在目，相信那位书友也早已买了这本书吧，想想不禁莞尔。

淘书更多的是和杨君一致行动。杨君爱书如命，并且眼光独到，关于书方面的资讯更具特色。他曾经对我说："贵州人民出版社出了几本不错的书，如《山坳上的中国》《顾准文集》等。"这几本书很快被我收入囊中。当年，人大体育场旁边有一个半地下室，书价折扣很低，可以买到一些教材和外文影印书，我书架上的很多英文版的《读者文摘》和外文经典小说就是在这里买的。书并不旧，应该是出版社或书店滞销许久然后送到这里来处理的。旧书摊中，印象最深的是潘家园，它是一个废旧的建筑工地，天没亮就有人在这里买卖，人称"鬼市"，堪称京城一景。6 点起床从海淀过去，坐公交车要换乘一次车，到潘家园已是 8 点左右，必须早到，晚了说不定心仪的书就被别人抢走了。

大学期间是我买书最疯狂、看书也较多的时期，后来床底、衣橱里全是书，我每次回家都得背上十几本书。毕业前夕，杨君说要送我一套三联版的《金庸全集》，我当时觉得这个礼物太贵重了，便拒绝了，现在想想十分后悔。倒不是说这套书如何，我只是可惜错过了一个见证我们珍贵友情的礼物。杨君现在在中国政法大学任教，我与他各自忙碌，联系较少。希望有一天，我能和杨君再度畅游旧书店，一起畅谈过去的书和事。

絮絮叨叨讲了许多，最想表达的是，这一路走来，伴随我最多就是自己最为喜爱的各种书籍，有书为伴，乃我一生幸事！

114．一书一世界

张泽宇

最爱夕阳，那就是一场剧，烂漫，璀璨，慵懒。亦如人生，没有读书的过程，则无璀璨。书就好像是春日里的萌芽，鲜活充沛；是殇夏里的淫雨，骚弄人心；是孤秋里的落红，醉人无比；是冬日里的声音，听竹烹茶。书是作者心头的一滴泪，是读者口上的一抹味。从一个生命的诞生到另一个生命的延续，我们是孤独的。我们渴望被赞美、被了解，这足以填补一时的孤独。我们禁锢着时间的短暂，却忘了它的冷漠。但唯有书才能平静喧闹的撩拨，抚平沉静的哀伤。

书给我的感觉，像歌曲 *See You Again*，沧桑却又温情。经历了许多后，再遇朋友，想要敞开心扉倾诉所有，我的眼眸透出安好、欣慰、缅怀，即使周遭纷杂，也想给你坚定的目光。书的感觉便是这样美好。书的叙述便好像是一方天，景色交替，人物变更，你所期望的故事、你想见到的景色都在其中，像缠绵悱恻的爱意，怦然心动的纯真，浓郁历史气息的墨西哥，浪漫雅致的巴黎，令人心醉的斐济。许多的悸动，许多的敬意，许多的忘乎所以，寄情于字用以慰藉。书的感觉便是如此浩瀚。

每一本书是作者人生经历过的沉思、感慨，我们借着他们的话语，倒映自己的轮廓，找寻自己的过往。

书带给我了宽容。我们的狭隘源自要求，当现实不能满足时，我们便自私地谋取，从而无限加大别人的过错。在不宽容的世界里，我们活得很辛苦，宽容不了别人，也接纳不了世界。爱德蒙·唐泰斯是《基督山伯爵》的主人公，因受到卑鄙小人与法官的陷害，他被打入黑牢，狱友神父传授他各种知识，并告诉他基督山宝藏的秘密。他逃狱后获得了宝藏，并逐步复仇。最后，他却选择了宽恕。荫翳下的心，报复地、自卑地想要保护自己，理所当然地放置错误。放下你的有形眼睛，看到的是真实与浅色的蓝天。捆锁在埋怨，愤恨的我们，无法看到自己最好，最优秀的一面。这是书带给我的做人处世的态度。书带给我了对爱情简单的向往，依然记得《霍乱时期的爱情》里的一句话："那瘦骨嶙峋的老人的手在黑暗中相互触摸，他们的吻散发着老人特有的酸味。"这份爱情与我国洗净铅华、等待命运的爱情不同，依旧激情与热爱。最后阿里萨决定航行，那是一个摆脱社会观念，敢于面对死亡的决定。"死生契阔，与子成说。执子之手，与子偕老。"生活在 21 世纪的我们太想表达自我价值，过分要求生活质量，好像它才是爱情的前提与保障。无可奈何的我们自认为是现实的嘲弄，爱情成为盲目的所属品。在许多爱情作品的感染下，我想以一种轻松的心态，静候爱情的到来。让我能够维护、守候这一份压箱底的珍贵，这便是书带给我的自信，带给我对爱情的期待。

书带给我了自爱。我们很自私，却不自爱。《三生爱》中叶文玲笔下的茫茫及家人在动乱的年代遭受深痛的伤害。未经历动乱的我们，肆意流失青春的朝气，尽兴挥洒生命的点滴，不曾了解对生命极度热忱人们的敬意。我们自我伤害，用烟酒麻痹内心深处的渴望，试图满足自己被人疼爱的虚荣。但只有学会爱自己，才能学会去爱别人。对爱我们的人来说，我们是无与伦比的存在。

书给了我灵魂，给了我一个借口，给了我许多许多。就好比有了阳光，绿色才如此耀眼；有了海洋，黑色才如此深邃；有了天空，白色才如此自由。

让我感慨颇深的一本书是老舍的《四世同堂》。那是抗日战争时期的故事，书里有让人恨得牙痒痒的汉奸，有英勇无畏的爱国主义者，但更多的是无辜受害的百姓。老舍笔下的人物入木三分，讽刺意味辛辣而浓烈。

我们借着他们的话语，倒映自己的轮廓，以最好的姿态，享受美好人生。就像蜡梅，盛一清冽的笑靥，傲以遗世独立，迎风而笑，不悔其意，随风而逝，不破不立。人生因读书而美好，因感悟而绚丽。

115. 你的气质里，藏着你读过的书

彭久榕　周　丽

春风破晓，万物复生，在这般美好的时光里，于静谧闲暇之时，手捧一本书，将自己深深地陷入藤椅之中，任凭阳光洒落，在这片温暖中细嗅墨香，在浩瀚书海中畅游，何其幸也。"胸藏文墨虚若谷，腹有诗书气自华"是对读书造就气质的最好诠释。气质是一个人对学习、工作和生活的态度，坚持多读书，逐步改变对人生的态度，进而不断提升属于自己的独特气质。

"把书念下去，然后走出去，不枉活这一生。"这出自孑然一身的黄国平博士的论文致谢。父母不在，婆婆病故，师长离世，就连最后的陪伴老狗小花也不知所终，但他并没有放下心中求学的信念，而是勇敢地向生活宣战。读书让他苦涩的人生焕发勃勃生机，虽然他曾身无长物，但精神上的富足让他光彩夺目。

曾经关于读书无用的言论甚嚣尘上，但当我们深入北上广的电子工厂，看到那些从初中就开始辍学的稚嫩身影，真的如此吗？比尔·盖茨、韩寒等人的创业故事固然让人眼前一亮，但我们也应清晰地认识到，与普罗大众相比，这样的成功只是凤毛麟角的存在。读书是这个世界上投资回报率最高的事，且延续终生、福泽子嗣，有效期是永久。

你过去看过了什么书，就在塑造什么样的你；你在读什么样的书，代表着你就是什么样的人。一个喜欢读文学书籍的人和一个喜欢读财经类书籍的人，他们的谈吐、气质都会有一些微妙的差别，而这种气质也必定会在与别人的交流中散发出来。读书不仅是为了明事理，也是为了让我们拥有更多的选择。相比蒙昧蹉跎一生，通过读书来探求真理，这样的人生更加值得追求。

但读书能否真正提升一个人的气质，取决于读书的目的和方法。如果以"书中自有千钟粟，书中自有黄金屋，书中自有颜如玉"是求，功利心十足，陷于

"匆匆忙忙、嘈嘈杂杂、混混沌沌、晕晕乎乎"的境地，怎能造就从容、优雅的气质？若拒绝阅读经典，拒绝精致阅读，哪怕读得再多再勤，亦无济于事，不过沦为"两脚橱柜"而已，与提升气质无关。

回首中华上下五千年，我们曾身披荣耀，也曾跌落谷底。春秋百家争鸣，历代学术争锋的时代依稀可见。然而，这一切随着近代的苦难被掩埋进炮火硝烟中。近代中国的屈辱历史，伴随着"寄意寒星荃不察，我以我血荐轩辕"的怒吼，伴随着"为中华之崛起而读书"的决心，正是一个欣欣向荣的崭新国度才给了你我栖息的家园。

时间流逝，我们被这繁华的尘世遮了眼，读书何用？"生逢盛世，肩负重任。"我们正处于坚定理想、锤炼本领、勇担重任的黄金时期，这一时期的成长直接影响乃至决定未来一生的走向。成为有理想、有本领、有担当的新时代青年，既是实现中华民族伟大复兴历史任务的时代要求，也是中国特色社会主义进入新时代赋予我们的全新使命，更是立足新方位、彰显新作为的价值追求。

正如台湾作家三毛所说："读书多了，容颜自然改变，许多时候，自己可能以为许多看过的书籍都成过眼云烟，不复记忆，其实它们仍是潜在的，在气质里，在谈吐上，在胸襟的无涯，当然也可能显露在生活和文字中。"人生是一场修行，即使读书不会给你带来直接的财富，却可以使你的内心富足。当你爱上读书，你便会发现，整个世界都在偷偷爱着你，因为你总会在书中的世界里遇见更好的自己。

腹有诗书气自华，信然也。也许不曾历经沧桑，不曾热泪滚烫，不曾得见万千生灵，但读书给了我所有的憧憬和期待。我始终坚信，读过的书不会白读，它会在未来日子的某个场合，让我们感谢曾经那个努力读书的自己。

墨韵书香，细嗅长思，你的气质里一定藏着你读过的书。

116．郁孤台下清江水

周春艳

前些年我有事外出，返粤途中，途经赣州。江西有三座历史文化名城，赣州即为其一，历史名人辛弃疾、周敦颐等均在此居住或停驻过。对中国古代文学专业的我来说，这浓厚的文化气息实在是一种难以抗拒的诱惑，从而有了赣州一游。

买了张地图，惊喜地发现辛弃疾笔下的郁孤台就在市区内。于是，去寻访郁孤台公园便成了顺理成章的事情。相传，位于赣州城区西北部贺兰山上的郁孤台，因其"隆阜郁然，孤起平地数丈"而得名。到达郁孤台公园已是傍晚，只见四周大树颇多，抬头往远处眺望，隐约可见郁孤台被掩映其中。因是冬日，有些树叶已掉光，只裸露着光秃秃的灰色枝干。一股冷风吹来，郁孤台便多了几分萧索。

沿着公园正门的阶梯拾级而上，远远地，我便看到了辛弃疾昂首挺胸、正气凛然的塑像，左手紧握腰侧剑鞘，右手拔剑，雕像底座正面是有关辛弃疾的简介。苍茫的暮色中，塑像平添了几分肃穆。因天色渐暗，塑像身后不远处的售票处没什么游人，只有两三孩童争先恐后地背诵辛弃疾那首流传千古的《菩萨蛮·书江西造口壁》："郁孤台下清江水，中间多少行人泪？西北望长安，可怜无数山。青山遮不住，毕竟东流去。江晚正愁余，山深闻鹧鸪。"隐约间听孩子们说，如果售票时间能背出这首词，便能全免门票。

其实，辛弃疾此词作于造口而非郁孤台。据《万安县志》记载，造口又名皂口，在今江西万安县西南六十里。关于皂口，史书有载，南宋建炎三年（1129），金兵南侵，直入江西，隆裕太后在造口弃船登陆，逃往赣州。而隆裕太后逃亡四十七年后，任江西提点刑狱的辛弃疾驻节赣江，途经此处。此时的辛弃疾，看着浩浩东流的江水，忆起隆裕太后仓皇出逃的旧事，再想到当朝统治者偏安一隅、屈辱求和，且国土沦亡、收复无望的现实，不禁百感交集，悲从中来。整首词主要表达了词人对统治者苟安江南的不满和力主抗金的政治主张，同时，也抒发了词人报国无门、壮志难酬的愁苦和悲凉。

因为景点已经关门，我便只好绕着郁孤台的旁边走去，途经四贤坊和蒋经国旧居，不知不觉到了古城墙边上。据说城墙始建于汉代，距今已有两千年的历史，后来历代皆有修缮和加固，而现存较为完好的当属建于北宋嘉祐年间的城墙。沿着城墙走，不时能看到上面的砖块刻有"唐××年""宋××年""民国××年"，给人一种历史的久远和沧桑感。思绪飘飞间，又想起售票处前的那几个孩童。都说"少年不识愁滋味"，一千多年后，天真烂漫的他们轻松地背诵着这首《菩萨蛮》，却不知当年词人写下此词时心头的千钧之重和锥心之痛。

俗话说，"宁为太平狗，莫作离乱人"。可辛弃疾偏偏生逢乱世，其出生时，中原已被金兵所占领。在亡国背景下长大的辛弃疾充满爱国赤诚，21岁便积极参加抗金起义。起义失败后，宋高宗任命他为江阴签判，从此开启了他在南宋的仕官生涯。然而，辛弃疾始终不曾放弃收复中原的想法，一生力主抗金，并曾向当权者献上《美芹十论》《九议》等军事论文，分条陈述敌我形势，提出强兵富国的具体规划。但辛弃疾的爱国热忱不但没有获得统治者的采纳和施行，反而屡遭投降派掣肘，被革职处分，长期闲居江西，始终未能实现自己的复国理想。徒有远大志向却报国无门，其心情之愤懑可想而知。辛弃疾以词闻名于后世，但纵观其一生，他先是"上马杀敌"的军人，却英雄无用武之地，而后才是"下马填词"的词人。他将自己汩汩流淌的爱国之情和战斗精神诉诸笔端，和北宋大文豪苏轼并称"苏辛"，成为中国词史上豪放派代表人物，光耀后世。

想着想着，脑海再次闪过郁孤台前作拔剑状的辛弃疾塑像，不禁感慨万千。不得不说，此塑像实在入木三分地刻画了辛弃疾欲北伐抗金，收复中原的急切心情和坚定决心，这种爱国情怀是中华民族的传统美德之一。可面对贪生怕死、懦弱无能的统治者和投降派，辛弃疾满腔的报国激情和心血，最后只能如那滔滔的清江水一般，尽数付诸东流。无怪乎当年在造口壁，他最终发出了"郁孤台下清江水，中间多少行人泪"的喟叹！

117. 倚窗人填词

李　静

你问我最近过得怎样，我说我喜欢上了"倚窗人填词"。

也许听到这里，你会下意识地认为这是一首诗的名字。其实不然，你可以想象这样一个场景：夏季的雨后，透过窗缝看到帘外雨洗礼过的天空，还有飘着的柔软洁白如棉花糖般的积雨云，倚窗而靠的你满怀心事，慵懒地看着这一切。

"少年不识愁滋味，爱上层楼。爱上层楼，为赋新词强说愁。而今识尽愁滋味，欲说还休。欲说还休，却道天凉好个秋。"时光那么美好，却为"赋新词强说愁"，本该戏玩人生的年龄，却烦恼千丝；本该放纵不羁的青春，却都流放给了忧郁。时间给了我们天真、浪漫、浮华、任性，但也残忍地将它们磨平、带走。人有时就是这样，当我们不知道的时候还年轻，当我们知道的时候已不再年轻。懂得多了，快乐却少了；想得多了，心却变痛了；在乎的多了，却容易失落。这是我后来才感悟的，所以我换了一种生活方式。

那些闲暇的时间，我想用来做自己喜欢做的事情，又或许说，我是在寻找一种安静的生活，逃离这个城市的喧闹与繁华。我的床头总是会摆上几本书。杂志、小说、名著，各式各样的，其中最多的当数杂志，有文艺、旅游、时尚类的。并不是我有多爱看书，而是闲来无事时喜欢翻翻，这些内容虽然不会装进我的脑袋，却能转移我的注意力，让我浮躁的心安静下来。心情好的时候，我也会写上一篇稿子，打发时间。尽管我的那些稿子曾被深深地嫌弃，那些我自认华丽的字句，却被朋友批评得毫无内涵——"你的那些文字，连你自己都感动不了，又何以感动他人。"所以现在我写朋友，写生活，写感悟，写心情，记录每天的点点滴滴……唯独再也没有写那些看似华丽而没有任何感情的文字。

如果我告诉你，我最近迷恋上了一个男人的声音，你会不会嘲笑我？但事实确实如此，我在喜马拉雅FM的软件上近乎疯狂地爱上了DJ程一的声音。每晚，在他低沉而又磁性的声音中安然地睡去，我听他温柔地念："我想有一套不大不小的公寓，哪怕是夹杂在繁多的楼宇中普通的一户，一盏不需太明亮但却精致温馨的灯，一间干净且充满香气的浴室，一张容得下我们所有疲倦的床，然后我们躺在上面，小声地说说一天又一天的大事小事，浅浅淡淡地，听着你的耳语入眠。"突然，那些冰冷的文字都变得温暖起来。

我偶尔会有点小冲动，那是我的小幸福。安静的生活偶尔需要冲动，来激起体内激情，为生活增添乐趣。我会因为一时冲动，穿越大半个城市，只为了吃一碗米粉；会一时冲动买下那些过期的杂志，即使有些买后从未翻开。一天，朋友的电话打进来，突兀地告诉我，她在长沙黄花国际机场。我愣了一下，问："怎么突然飞去那里？"她说："××（她的偶像）今天在这里下飞机，我来接机。"我笑了笑，突然羡慕起她来，但我并非羡慕她能见到明星本人，而是羡慕她那"说走就走"的勇气，那是我所没有的。多年来，我一直嚷着要来一场说走就走的旅行，就像很早念叨说要去丽江看看，开始学业繁重，后来总是被琐事缠绕，一直没有成行，不像朋友能说走就走。如果我要是有那份勇气，也不至于现在还没有实现这个心愿。原来，我可以做的事那么多。

倚窗人填词，我的生活过得不温不火，不骄不躁。闲时看书写文字，安静时发呆、散步，心情好时任性，忙时专心做事，累时品茶听歌。只要愿意，我们可以把每一天都过得更有意义。

118．一部研究红楼人物的力作

——张劲松《红楼金刚：贾琏之符号危机》

张　军

　　人物研究一直是《红楼梦》研究的重要组成部分，但诸多研究大多侧重其中的女性人物，男性人物除男主角贾宝玉外，其他人物相对显得薄弱。如王昆仑先生 20 世纪 40 年代发表在《现代妇女》的系列论文，于 1948 年以《红楼梦人物论》为书名结集出版，该书共计 19 篇文章，除去贾宝玉的 2 篇，另有 2 篇对贾府的老爷、少爷、奴仆们的总体论述外，其他 15 篇论述的全是女性人物。贵州省红学会 1958 年编的全国红楼梦学术讨论会论文选《红楼梦人物论》共有 25 篇论文，除 5 篇带有总论性质的论文外，还有 20 篇红楼人物论文。其中，贾宝玉 2 篇，焦大 1 篇，其余 17 篇论述的全是红楼女性人物。以上所举，虽显片面，亦可见红楼男性人物研究状况之一斑。除贾宝玉等仅有的几个男性正面形象外，多数红楼男性都被视为反面形象，缺乏系统深入的研究。

　　就贾琏、王熙凤夫妇而言，上文提及的王昆仑写有《王熙凤论》，论文选中与王熙凤相关的有 2 篇，更为重要的是著名美学家王朝闻多达 50 万字的《论凤姐》对王熙凤的细致解读，但其"另一半"贾琏的专门研究却处于缺失状态，直到三十多年后张劲松的《红楼金刚：贾琏之符号危机》出版，这种状况才得以弥补。仅从这一点，我们即可看出该书选题的学术价值及其在红楼人物研究史上的重要意义。正如作者所言："有感于贾琏一系长期为人所轻视，研究皆不够深入，特别是少有探索贾琏家庭和生活的相关论著，故本书以贾琏为叙述的符号主体和论述的核心与主题，在展示贾琏生活空间的同时，辐射性地旁及小说中的其他次要角色乃至边缘人物。"

学术探讨与性情流露的有机融合

张劲松开篇即说："本书虽是学术性的探讨，然亦是作者的性情之作。"这既是作者的追求，也是该书的亮点。作者条分缕析，我们可以真切地感受到作者内心的情感律动，从而极大地增加了该书的可读性。

例如对探春之"刺"的论述，"敏探春"何以带刺，就在于她的庶出身份，作者以此为出发点，抽丝剥茧，对探春表现出来的敏感、自卑、自尊、冷漠、薄情等各种情绪进行合理分析，充分揭示了嫡庶之分对母女之情的无情挤压与割裂。又如对平儿的论述，作者以"上等女孩"切入，分析其贤良与福报。作为贾琏身边的女人，平儿对贾琏有着深情和爱意，在没有凤姐的日子里，平儿的心计发生作用，最后被扶正，"她才是帝制高墙缝隙中透出的希望之光"。再如对贾环的论述，张劲松从贾环所作灯谜入手，分析其仇怨、恋爱及其自我的文化性质与恋爱心态，作者指出："贾环因生活和交往空间被层层挤压有如'枕头'，其内在的反抗和悖逆则表明他在向'兽头'转化。"以上所论均能别出新意，自成一家之言，论述之中又随处可见作者的真性情。

符号自我的精心选择与精到阐释

在序曲和尾声首尾呼应的宏大叙事框架之中，张劲松更注重的是对《红楼梦》各色人物符号自我的精准把握与深入解读。他能穿透笼罩在文本之上的重重迷雾，直击红楼人物内心最隐秘幽深之处，并将其清晰地展示在读者面前。

张劲松对贾琏的性情与符号自我进行了分析，他以"脸软心慈"作为贾琏的符号自我和性情特质，并拈出清人王墀的"柔邪"二字与之匹配，"'柔'是温厚，'邪'乃谓其善机变和浪荡子的本色"。贾琏的"脸软心慈"正好与凤姐的"脸酸心硬"形成对照，作者以文本为依据，对所作论断进行一步步生发和充实。如对贾琏"温厚"的阐释，作者紧扣关键字词，层层论证，有理有据。"所谓'温'者，即他做事不过分。所谓'厚'者，他为人处世比较宽厚，对人多留有余地。""贾琏之'温厚'的性情还表现为做人较宽容厚道，他的宽容与凤姐之苛刻狭隘正好相反。"贾琏的行事主要从其识人较准、办事有条理、对待贾府族人后辈比较宽容三个方面进行具体分析；贾琏的交游则主要在与贾宝玉的比较中揭示出来。至于贾琏身边的女人，作者都能抓住各自的符号自我，进行比较精细地解读。

总之，这是一部将学术性与思想性结合得很好的红学论著。

119．故乡的琴书

李海流

在我的家乡微山湖畔，最受人们喜爱的民间小戏要数琴书了。乡亲们牵牛出工、荷锄晚归时走在乡间小路上，随意扯起的那一嗓子一嗓子的抒情，便是听惯了的朴素的琴书调……小时候，每逢农闲时节，乡村、集镇都能看到琴书艺人的身影，无论是长篇曲目还是琴书小段，用的都是地方方言，通俗易懂、诙谐幽默。观众听得如痴如醉，常常忘了回家的时间。

一架扬琴，一个简板，一把坠琴，一只提灯，一张桌子，几把椅子，这就是我对乡村琴书的全部记忆。黑了天，下了工，吃了饭，宁静的乡村因为唱琴书的到来便热闹起来。村民们扶老携幼，说着笑着聚在四爷家门前的空地上。琴书戏一般由两个人来唱，一男一女为最佳搭档。女的坐在上首，一手打简板，一手敲扬琴，是主唱；男的拉坠琴是配角。他们一男一女，你唱我随，有些东北二人转的味道。

邻村的郗姓人家出了个善唱琴书的姑娘——郗香萍，她常到我们村唱琴书。郗香萍人长得俊，琴书唱得更绝，尤其是那出《李自成》，谁听谁夸。方圆几十里，提起郗香萍，没有人没听过她的戏。常常和郗香萍搭档的是她的丈夫。她的丈夫一把坠琴拉得极妙，男腔也格外动听，道白最为精彩。高官布衣，公子小姐，演谁像谁，悲欢离合，高低起落，张弛有度。模仿起千军万马、刀光剑影的厮杀场面，活脱脱一个口技表演艺术家，道白中不时地还能来几下动作表演，常常引得人群阵阵喝彩。郗香萍两口子珠联璧合，一时红遍整个微山湖区。

月上柳梢头的时候，乡亲们吃完晚饭，坠琴悠悠扬扬，扬琴叮叮咚咚，把乡亲们都引到四爷家门前的那片空地上。四爷是个老戏迷，不但爱听还爱组织，村里人公推他为老队长。逢有民间艺人来村，人们便招呼着去找四爷，只要四爷说声唱，当晚便有戏听。四爷给香萍夫妇二人备好桌凳，点亮提灯，再送两壶白开水，琴儿弦儿响过几段，空地上人差不多满了，这戏便开始了。

我是听着郗香萍的琴书长大的。三十多年过去了，至今犹能清晰地回忆起她和丈夫一唱一和地唱《李自成》的情景。戏中的人物、情节仍然鲜明如初，有时还能模仿他们的唱腔。想起来刚懂事那阵子，往往连晚饭也不吃，早早地呼朋唤友，搬着小板凳和小马扎，到四爷家门前的空地上抢占地盘，如一群小狗状围坐在戏桌旁，兴趣之高，仿佛真的识戏一般。其实每每在戏开场不久，我们便香香地睡熟了，第二天又免不了向大人们问长问短，打听昨天晚上唱到的故事。

长大后，走乡串村卖艺唱琴书糊口的渐渐地少了。郗香萍因为在乡间唱出了名声，被微山县曲剧团招去了。喜欢听戏的四爷也去世了。人们说四爷临死的时候，一句话也不留，只让守在床边的儿子为他哼了段琴书，便笑着闭上了眼睛，离开了这个世界。

国庆节回家，晚上与乡亲们闲聊起来，都说如今这世道让人捉摸不透，居然听不到琴书了。我想或许是日子富足了，谁都不愿去吃那口饭了；又或许是一到晚上，乡下人也如城里人一样，守在家里看电视，欣赏节目，却冷淡了先前滋润过世世代代乡下人精神生活的琴书。每每想到这里，不禁心里空落落的，有些回味怅然的感慨。

于我而言，琴书就像一个温馨的童年情结，在我逐渐长大在外地上学乃至离开家乡成家后，这情结仍牢牢地系着，时时带给我愈来愈浓重的乡情。前不久，我在地摊买了两盘琴书光盘，回家后放在 DVD 里连续听了好几遍，奇怪的是，在一样熟稔、亲切的唱腔和乐音中，我却怎么也听不出琴书原来的味道，难道只有在乡村夏夜围着一盏提灯才叫听琴书？好在我心里却是琴书依旧、声声绕耳、久久不去。

而今我已离开家乡多年，身居闹市难以再现童年的光景，每当夜深人静，独坐在电脑旁，便有一声声亲切而悠扬的琴书从家乡的微山湖畔飘来，冥冥中勾起我对乡村琴书的回忆……

120. 轻舟已过五十山

——祝贺《贵大吟苑》出刊五十期

《贵大吟苑》至今已经出版到第 50 期了。作为《贵州大学报》的副刊，《贵大吟苑》在传承和弘扬中华诗词文化方面做了卓有成效的贡献。在已刊出的近 5000 首诗词作品中，既有贵州大学众多学子的新枝花芽，又有不少教师的老树新发，还有国内 10 多所高校，特别是不少名家的诗词佳作和诗词文论，更为"吟苑"增辉添彩。校园内，中华诗词的学习、切磋、交流活动开展得风生水起，"吟苑"的水平不断提高，影响不断扩大。

十年磨一剑，《贵大吟苑》在全国中华诗词进校园活动中已竖起了一面旗帜，活跃了学校文化氛围，培养了一大批诗词新人，取得了令人鼓舞的成绩，得到了社会和同行的肯定和赞赏。在祝贺《贵大吟苑》出刊第 50 期之际，要感谢贵大党委的远见卓识和正确领导，感谢一大批热心诗教工作的专家教授和诗教工作者所做出的贡献。他们是《贵大吟苑》的辛勤园丁，为之做出了无私奉献。

我与这所学校已有半个多世纪的不解情缘，但遗憾的是与《贵大吟苑》相知相识至今还不到两年。感谢冯泽老先生帮助我走上了学习中华诗词之路。感谢学校党委关心，给我逐期地寄来《贵州大学报》，使我感受到《贵大吟苑》散发出的校园文化气息，并在学习过程中被博大精深的中华诗词文化所感染。从此，学习中华诗词成了我退休生活中不可或缺的组成部分。在夕阳无限美的风景中，有了诗的陪伴和远方的召唤。

正如人五十而知天命，《贵大吟苑》也已进入硕果飘香、成熟壮健的知天命之年。在《贵大吟苑》出版第 50 期时，特填"临江仙"词一首，祝愿《贵大吟苑》这艘文化之舟，在中华诗词历史的浩瀚长河中乘风破浪远航；祝愿《贵大吟苑》这棵文化之树，在中华诗词文化的智慧森林中新枝新花频发。

附：

临江仙·《贵大吟苑》五十期感赋

渊源十里清溪水，扬帆学海吟坛。轻舟已过五十山，诗词歌赋，逐浪梦方酣。

苍松不老催叶茂，新枝茁壮频添。风清时代更蓝天，校园幽处，花蕾又出尖。

121. 诗　　缘

江锡瑜

　　2005 年，69 岁的我有幸参加贵州老年大学诗词班学习。由于我在中专、大学中学习的专业都是农学，毕业后任农学专业教师四十二年，文学素养不高，今天有缘学习中华诗词，实属难得。

　　经过三年的学习，我的收获很大。通过学习，我逐步培养起对诗词的喜爱和兴趣，可以说是初结情缘。我由原来为完成任务而写诗，变为自觉学习创作诗词；由单纯为欣赏诗词而学习，到进一步认识弘扬中华优秀传统文化的重要性和提高自身人文素质修养的必要性。因此，我主动投身学校诗教活动中，以锻炼提高自身文学素养。

　　诗词班结业后，我们南北校区的全体学员于 2008 年成立了"松涛诗社"，大家推选我当副社长。取这个社名，以喻我社诗友晚年应像苍松那样高风亮节。在学校诗词学会指导下，松涛诗社经常举行讲座、研讨、吟诵、出刊，并与兄弟诗社联欢交流或参加校办诗词文化活动等。活动内容丰富，形式生动，进一步提升了全社成员的诗词修养和创作水平。

　　2008 年，《贵州大学报》创办诗词副刊《贵大吟苑》，松涛诗社由我收稿、送稿和分发吟苑报刊等，每一期吟苑选载我社的诗稿有 10 ～ 20 首，诗友们创作积极性很高，诗社活动朝气蓬勃。

　　多年来，因贵大党政领导重视弘扬中华国粹，倡导诗词文化在校园普及和提高，在党委宣传部的大力推动和校诗词学会的积极配合与努力实施下，在广大师生员工积极响应和参与下，贵大的诗教活动日益活跃，已在校园竖起人文素质教育和中华优秀传统文化传承、创新的旗帜。以诗育德、启智、健心、塑美的功能，正发挥着润物无声的教化作用，提升了学子和教工们的人文精神和道德风貌。贵州大学荣获省级"诗词校园"、全国"中华诗教先进单位"的光荣称号，我作为诗词学会的会员感到无比的振奋和自豪！

我这名年逾八旬的老学员，也在校园诗教洪流中得到洗礼。通过十年来的学诗、写诗和品诗的实践，我更进一步体会到中华诗词的博大精深，从而更加热爱诗词，自觉学习、钻研和创作诗词。在学习中，对我的人生征程最有指导、激励作用的是明代军事家于谦的《石灰吟》："千锤万凿出深山，烈火焚烧若等闲。粉身碎骨浑不怕，要留清白在人间。"每当我遇到困难、挫折和迷茫时，一想到这首诗，就自然地产生了战胜困难的力量，下决心要清清白白、堂堂正正做人。

在老师的谆谆教诲和诗友的热情帮助下，我的创作水平也日渐提高。日积月累，我已创作300余首诗稿。在《贵大吟苑》《溪山畅咏》《贵大吟苑诗词选》《松风诗选》等书刊中发表诗词及对联上百篇。2016年，我整理、选编退休后读老年大学的诗、画作业，在八旬之际出版了《枫韵——江锡瑜诗画习作选》一书，以此感恩教诲我的老师们及热情帮助我的诗友们、同事们、亲友们。

如今，我和诗词结下不解之缘，诗词也已成为我老年生活不可缺少的伴侣。我深切地体会到"老有所学、老有所为、老有所乐"的真正含义，获得了莫大欣慰。

122. 青衿煮韵呼 春风把盏吟歌

——对"翰林诗苑"有感

汪守先

这个群体，有 19 位发烧友。

这个群体，组织纯粹自发，活力四射。

这个群体，全来自理工科，以诗词为乐。

这个群体，以 QQ 群为平台，在梦境中寻找真实。

这个群体，相互碰撞心灵，挥洒个性，表现自我。

这个群体，用作品传声，骋激情，时而同"意境"相遇。

这个群体，互相"拍砖"，互相"嘲笑"，每每制造"风景"。

这个群体，聚会行游，醉酒豪歌，吃喝打闹，逞才使气，任性诗词。

这个群体，一个社团，一个集体，一个小圈子，一群大学生，一群知己。

这个群体，一群绰号，一群活宝，一群俊男靓女，一起招摇，一路声浪。

这个群体，"大神如云"，有才子，有才女，有诗人，个个能临屏赋诗。

这个群体，正儿八经开起诗词讨论会来，夸夸其谈，满座生风。

这个群体，作品覆盖了校刊学生诗词栏目一半以上版面。

这个群体，参加学校诗词大赛，竟能摘取过半获奖数。

这个群体，赢得了贵大多位老辈诗词行家的青睐。

这个群体，邂逅一年，竟"炮制"出一本作品集。

这个群体，逐诗情，追诗境，探诗路。

这个群体，就叫"翰林诗苑"。

——题记

感受一：青青子衿　各显风姿

颇有诗才，相对水准较高者，有两位。

马腾飞，胜于律绝，多有佳句；用语活泼，诗意生动；清雄俊雅，自有风韵。七律《自嘲四首》《溪山六咏》颇具代表，笔致轻灵，意味深厚，迥出时流。

王福凌，长于七律，风格自然清雅，颇有味道。非贵大学子，为翰林成员。堪赞！其《寄毕节故人十二首》见才力，有深致；其《红枫湖》见风致，不乏隽语，意到情到。

创作娴熟，各有擅长，见自家风貌，具一定水准者，略八位。

以绝句和词创作为主者。陈少聪，作品清新可人，每有好句。其七绝《惜春》《无题》尤见性灵；而《临江仙·一拾荒老妇》颇见忧怀。陈翔，用语自然淳朴，能将口语雅化入词，清景怡荡。其七绝《寄母亲》融情入境，别具风味；其《水调歌头·校园之春》，笔下真情，直入清空境，堪赏！

以词见胜者。何渝，作品雅宕深幽，古韵昂扬，亦有情致，如《高阳台·江月三千》《南乡子·庐州月》等。罗怀赞，作品雄逸劲健，颇有风度，长调词也写得很到位，如《雨霖铃·黔中述怀》《蓦山溪》等。唐姝妹，作品清婉健放，雅情盈溢，如《西江月·情醉荷塘》等。田晓琴，作品清朗多味，每有新语，如《清平乐·春雨》等。

以律诗和词见长者。薛景，作品多沉雅之风，如七律《怀屈原》。其《行香子·冬》，清境怡然；其《长相思·诗词缘》和七绝《黄金大道记游》，亦颇有寄托。

格律诗词各有特点者。甘青山，作品时有妙句。绝句，清秀婉转；律诗，沉稳多韵；词，意韵流荡。其七绝《过客》，景中寄兴，足堪回味；七绝《送友人》语新，亦含蓄；其《忆江南》等短调词，语浅，句炼意浓。

掌握了绝句和词的创作要领，已经打下较好基础者，有四位。

王莉莉，沉雅有韵。"初心尚且输梅菊，不怪生前未有诗"，如此拟昙花，清真！"哪是贞操铺一地，分明雨过长出来"，如此咏落花，奇绝！都能如此为诗，自成一方修月手。

李稳，沉健有意。"明月浊酒西楼，拨弦星落山丘"，如此写秋思，自是灵动；"至今无业利还零"，自是见巧，以此铸就全篇，自有新境。

杨兴平，沉着有象。"独思往日落尘埃"，"逢君能留几个秋"，自是诗人句，让此造境之法拓宽到全诗，作品自会灵动入味。

赵龙，沉稳有度。"滴娇艳蕊倚枝闹，妩媚残红枕土眠"，如此性灵为诗，前景不可限量。"梦境外衣包裹下的真实"，其实这就是诗，也是真实滋生的梦境。

掌握了诗词格律，偶有沉稳作品者，有五位。

刘先奇，偶有意味。"向月心常冷，知花眼易湿"，"微风多是乱，细雨不曾直"，如此景情交织浑化，自生出佳境。

简军军，偶有寄寓。"苍松坚劲还催绿，试看子衿有几春"，如此情景相融，定能出好诗。

杨倩，偶出境界。"疏星暂伴天边月，淡影轻逐陌上风"，都能如此为诗，自会超人一头。

晏水珍，偶得妙象。看"灯如注""柳如瀑"，来日嫁春风，自有动人处。

罗家礼，偶得清机。"青蔼蔼""绿迢迢"，一朝悟得诗中法，自有美景入诗瓢。

感受二：清辞丽句　各具风雅

意象清灵入眼新，韵雅出风神。俊语化作诗中骨，风采试撩人。

"东风吹老叶青青，也曾吹老，那阵阵雏莺。"（陈少聪《临江仙》）写青春，形象！叶老，春不老；雏莺老，情不老，为诗正好。"摘些绿柳手中玩，摘些三叶草，做个大花冠。"（陈翔《临江仙·湿地公园》）写闲情，自然！常景常物，得雅得趣，白描出味。

"酒醉还来花下睡，东边斜月正相思。"（甘青山《黄昏》）写思怀，凄清！有境界，有情致，灵动。醉来花下眠，月下思远人，妙哉。

"几次惊开心上结，都疑滴滴是卿么。"（马腾飞《寄青春八首》）写幽情，感人！是与不是，正入朦胧之境，清新脱俗。

"岁月渐磨狂士骨，酒肠空剩少年身。"（马腾飞《自嘲四首》）写素怀，跌宕！岁月磨骨，酒肠恼人，意味幽深，颇有气格。

"醉笑草木寒萧瑟，满城飞花落离殇。"（唐姝妹《秋殇别恋》）写离情，浑脱！草木与飞花，各懂衷肠，此所谓造境也。

"低首望红唇，几度偷亲，依依怀抱暖儿身。"（田晓琴《浪淘沙》）写物，真切！物与人，爱与情，何曾相异，深得拟人之法。

"阙下弦音倾半世，英才自古几王孙？"（王莉莉《锦城》）写古，深沉！问得巧妙，问得有味，直入意境深处。

"怀襄未解秋兰意，惆怅空余独醒人。"（薛景《怀屈原》）写人，沉郁！深悟用典之妙。"怀襄"易成别语，必流于"滑熟"。

感受三：同类同题　各有会意

几子写同题，体式各相宜。偶有俊语出，清机何离离。青春入杯酒，况怀诗几斗。群情激高吟，天地问何有。闲吟成风调，遨游复长啸。豪气裁作诗，煮韵情自俏。雄健还朗朗，婉约自依依。多彩复多姿，袖底出神奇。真情与尔共，落华复相送。秋冬自转深，诗心实难控。以物寄春心，赋诗莫伤神。年华如梦好，才思总不凝。微吟遣寂寞，无题复自嘲。思深情自远，意厚境方高。作诗无妙方，寄意韵高扬。有我生真趣，会境得天香。作诗实造境，下笔性与秉。万物入诗心，雅俗各自领。随处搜诗料，不被题材恼。胸底罗大化，情动韵来早。学诗知寸进，自有眼前春。囊中五车富，锦绣聚高岑。诗海复洋洋，催舟自无央。

会得苍凉意，破浪自痴狂。举目看诸生，萧萧诗气横。放笔堪醉眼，洒落复轻盈。默默思乡梦，遥遥羁旅情。枕边翻幽绪，夜月作和声。御街醉诗客，雨色落幽深。云移闲庭月，花落几点真。几人行香子，词气舞落英。雅吟入白雪，寒色亦可怜。清明樱花落，丽境满空城。一笑长愁没，解脱小凡尘。小笔写大梦，自有高情纵。胸底纳乾坤，雄雄大象动。诸子张意兴，昙花有妙诗。一言生境界，老客难自持。热血输于国，碎他万丈霜。纤毫作雷雨，峥嵘复铿锵。冯公一片温，青衿几许淳。满庭芳色好，九子独沉吟。丁老应有幸，气入桃李间。长作诗中树，凛凛复翩然。会得诸君意，赋此自由篇。评诗不评句，任尔春风癫。

感受四：临屏即兴　各有所得

几子同临屏，翩翩诗气盈。出手风落帽，趣味自纷呈。骋才成机巧，随意见真淳。胸藏大智慧，蹦出满眼春。吹毛知肥瘦，逗趣识性灵。悟得诗中味，意象复纵横。即兴人忽忽，得象意轻轻。痴情三两语，婉婉熟还生。催歌独袅袅，敲韵自闲闲。对酒长坐啸，逐情上峰巅。诗思新跳跃，意马正腾飞。高才比咏絮，妙笔写宏微。口语入精妙，最爱少聪陈。之子讥说教，先生也出神。

趁酒能捉月，四子同留名。一醉玉山倒，诗趣半空萦。诗趣复诗心，新风拂旧尘。吟来各有态，隐隐风骨存。昼雨浑身打，梨花满空飘。落地未清白，徒尔守贞操。吹芳君不老，作情意自骄。玄玄说真爱，伊人何处逃。谁家红杏出，墙外见妖娆。无题多意绪，随尔起风骚。贴吧人不倦，翰林诗无限。惹我入春巢，寻幽看万遍。诗情来逗我，作此打油篇。醉中问诸子，如何得真诠？

123. 王夫之诗学浅谈

————————————————————————————— 陈敦学

主观和客观是美学的两个基本范畴。简单来说，美学的根本任务是辨明主观与客观在人审美活动中参与的比例，并根据其对美的理解概括出自己的定义。通俗地讲，中国古代的诗学是关于诗的美学，其中同样需要处理美学两个基本范畴的关系问题，具体表现在心与物、情与景，这两对概念其实是异名同谓的。

著名思想家王夫之的诗学也不例外。与之前的诗学理论家不同的是，王夫之在一般分析手段的运用中，处处横贯和充溢着他的哲学思想，王夫之有一套完整的哲学体系。因此，欲读懂王夫之的诗论，必先了解其哲学。而王夫之很多精辟的哲学见解正是通过他的诗论表达出来的。下面我们就通过对王夫之数例诗论的分析，来总结王夫之对主观、客观两个范畴在美学中的作用。

王夫之评《诗经·采薇》"昔我往矣，杨柳依依。今我来思，雨雪霏霏"一句说："以乐景写哀，以哀景写乐，一倍增其哀乐。"这说明了情、景与心、物在诗歌创作中的互动关系，这种关系在一定的诗境中可能是负相关的。在评唐人《青楼曲》"白马金鞍从武皇，旌旗十万宿长杨。楼头少妇鸣筝坐，遥见飞尘入建章"时，王夫之说："想知少妇遥望之情，以自矜得意，此善于取影者也。"这是王夫之在其诗学中特别推许的方法，即"以情写景"。王夫之的诗学对于情、景两个范畴，更倾向于情的运用，他批评那些只知致力于景的摹写的诗人，称其所用的方法对诗的最终目标"引起人的通感"来说是"钝斧劈栎柞，皮屑纷霏，何尝动得一丝纹理"。由此可见，在王夫之的诗学中，情、景二范畴的作用比例是不对称的。王夫之在诗的创作方面并非只注重情的运用，在他所选的那几本历代诗选中，他对能"于景语中作情语"的作品同样激赏，他所反对的是在诗歌创作中穿插排比而其中没有任何联系的陈腐做法。在这种情、景手法的不对称应用中，其实质还是两种手法的互相统摄。王夫之说："夫景以情合，情以景生，初不相离，唯意所适，截分两橛，则情不足兴而景非其景。"这是王夫之对情景关系最直接的表述，也是对心物关系的直接表述。心的表现形式是情，而物的表现形式在诗歌里即景，单纯景的描写激发不出人情的感动，对景的描写只有赋予一定的在人的情感上能产生影响的形式，其诗的创作才不会脱离其抒情的最终目的。这种形式王夫之称之为"意"，"意"是王夫之诗学中的重要概念，主要指诗人在诗歌创作前其所抒之情的最终指向，兼指诗中情感表达所依的次第顺序。

王夫之又论情景说："情景名为二而实不可离，神于诗者，妙合无垠。巧者则有情中景，景中情。"从总体上看，王夫之的诗学中关于心物或情景关系的表述，在诗歌的创作中都具有重要作用，其中情的表达方面尤为重要。在诗歌于创作主体所具有的抒情功用层面，情的表达是其主要目标，而涉及如何更好表述的具体技术层面，王夫之说："不能作景语又何能作情语邪？"又说："以写景之心理言情，则身心中独喻之微，轻安拈出。"不难看出，比起单纯的情语，景语言情能更好地表达情语难以完整描述的个人感觉，因为景语手法在诗歌创作中为实现其目标的表达技巧层面优于单纯情语。在王夫之看来，诗歌的终极目标同音乐一样，是为学者涵养性情、化民成俗等道德修养和社会教化服务的，其中参与作用的大部分属情感的方面。

124.《夏商周三代事略》序

官长为

近些年，在研习中国古代文明进程中，我们有着这样的体会：按照恩格斯提出的两种生产理论，重新界定人类文明发生和发展的历史是十分必要的，也是切实可行的。

距今一万年前后，伴随着农业革命的出现，人类自身生产由族内婚向族外婚过渡，标志着人类文明的形成。而国家只是人类文明进程中一定阶段的产物，后来的工业革命和后工业革命，包括先前的前农业革命在内，大体上构成了人类文明历史的四个不同发展时期。从这一意义上讲，我们应对中国历史有一个全新的认识。

具体来说，其中的前五千年可以作为第一个阶段，也就是公元前 80 世纪到公元前 30 世纪，约处于中华文明的奠基阶段；相对而言，后五千年之中的前三千年可作为第二个阶段，也就是从公元前 30 世纪到公元前 221 年，约处于中华文明的开创阶段；而后的两千年可作为第三个阶段，也就是从公元前 221 年到公元 1911 年，约处于中华文明的发展阶段；余者一百多年，可以作为第四个阶段，也就是从公元 1911 年到公元 2022 年，约处于中华文明的转折阶段。

显然，我们所要讨论的中国古代文明包括夏商周三代社会在内，正好处在后五千年之中的前三千年，也就是从公元前 30 世纪到公元前 221 年，约处于中华文明的开创阶段。换言之，通常指中国早期国家阶段，即从五帝时代到三王时代，前后约有三千年的历史。其间的五帝时代是三王时代的前奏，三王时代是五帝时代的发展。如果再进行具体的划分，我们可以把它划分为五个时期：第一个时期是黄帝、颛顼、帝喾时期，处于中国早期国家的发初期；第二个时期是尧、舜时期，处于中国早期国家的发展期；第三个时期是夏商周三代时期，处于中国早期国家的鼎盛期；第四个时期是春秋时期，处于中国早期国家的衰落期；第五个时期是战国时期，处于中国早期国家的转变期。

不难看出，在中国早期国家发展的过程中，作为中华文明开创阶段典型代表的夏商周三代，不仅构建了中华文明的开创阶段的基石，还构建了中华文明的发展阶段和转折阶段的根脉，有着极其重要的历史地位和现实意义，需要进一步深入发掘，不断地传承与创新。

正是基于这样的理解和认识，经过精心组织策划，张闻玉先生带领的团队详细考证梳理，先后出版《夏商周三代纪年》《夏商周三代事略》两部力作，旨在传播中华优秀文化，使读者更加方便地走进古代历史的殿堂，从而亲近、热爱中华优秀文化，最终"爱我中华"。

作为《夏商周三代纪年》的姊妹篇，《夏商周三代事略》以夏商周三代历史为接续，以帝王的时代顺序为先后，着重记述重要历史事件，力争做到史时与史事结合的完整性、系统性。通读一篇，该书有以下几个显著特点：

其一，体例独特。从体例上看，这部《夏商周三代事略》新作彰显两层蕴意。自表言之，《夏商周三代纪年》的体例分为正编和支撑材料两部分；自里言之，亦将《夏商周三代纪年》《夏商周三代事略》分为"正编"和"支撑材料"两部分，二者相互补充，相互印证，形成独特之体例。

其二，编撰匠心。从编撰上看，这部《夏商周三代事略》新作着眼两观结合。自宏观言之，侧重夏商周三代发展大势，诸如朝代、体域、都邑之变迁；自微观言之，侧重夏商周三代史事系年，诸如王年朝、史事辨析、人顾之间或曰两说之间，可以说互有侧重，互有依倚，体现匠心之编撰。

其三，学术创新。从学术上看，这部《夏商周三代事略》新作注重两代传承。自往言之，作为一代宗师黄侃先生的亲炙弟子，张汝舟先生秉承章黄学派，传道授法；自今言之，作为张汝舟先生的亲炙弟子，张闻玉先生坚守家法，推陈出新。两代之间或曰师徒之间，可以说承前启后，继往开来，再铸创新之学术。

自汉代司马迁《史记》问世以来，《夏本纪》《殷本纪》《周本纪》构成了历史上第一部中国古代文明史。西汉元帝成帝之间褚少孙补缺，包括刘宋裴骃《史记集解》、唐司马贞《史记索隐》、张守节《史记正义》等，都旨在补充完善史迁巨著。可以说，《夏商周三代事略》出版发行赓续前贤遗训，追述司马迁之遗志。读者如果能将其与《史记》的《夏本纪》《殷本纪》《周本纪》对读，也许会有更加意想不到的收获。

张闻玉先生是学术界德高望重的老前辈，我与张先生交往已有三十余年，亦师亦友。承蒙张先生厚爱，嘱我为大著作序，师命不施，乃勉力为之。

125. 耄耋老人的赤子之心

——读《时习斋诗文选》有感

王纪波

案头是一卷厚厚的《时习斋诗文选》，一行苍老雄浑的自署笔迹，衬着素洁如绢的白色封面，在如此清幽的春夜灯光下，显得静谧而安详。

此刻，女儿已经睡下，室内一片寂静，只能听见秒针走动的顿挫声响，还有远方工地上昼夜无歇的机器的轰鸣。我察觉到，这寂静的夜中似乎潜伏着千军万马的奔腾和翻江倒海的悸动。荒荒油云，寥寥长风，直逼眼前，于是我翻开了这本书。

书的作者名叫冯泽，他是我的恩师。孟子曰："诵其诗，读其书，不知其人可乎？"首先我要介绍一下他的基本情况。书中有一幅冯老的画像：一头如雪的白发，怀中抱着一只可爱的泰迪，霭若春风的微笑中，流露出惯看世事沧桑的云淡风轻。冯老是四川南充人，生于 1930 年，现在定居贵阳。退休前，他是贵州农学院原党委书记，为贵州的农林科学和树人大计付出了大量的心血。退休后，他在贵州大学不遗余力地推广诗教，孜孜矻矻、焚膏继晷。冯老与袁本良、王晓卫、黄莉等诸多先生一道，在中华诗词的广阔天地中开疆拓土、传薪续火，培养了一大批诗词创作人才，为贵大校园补充了郁郁乎文、弦诵不辍的风雅底蕴。

《时习斋诗文选》是这位 92 岁老人的诗文选集。那些饱含深情的文字，写的是作者近十五年的风雨阴晴，灌注的却是他九十余年的磅礴心力。读起其中的清词雅句，我们似乎看到沧桑岁月、壮丽山川，皆在作者笔下往还奔走。其间烟霞之色、钟鼓之音，足以荡人心魄、振聋发聩。书中穿插的一帧帧照片，令人追忆十里溪山的锦瑟年华；冯老亲自书写的一幅幅力透纸背的书法作品，更是跳动着激越高昂的生命强音。

其实，这本书也不完全是冯老的个人作品集。更准确地说，它既是冯老的诗文创作精血诚聚的结晶，也是他多年来呕心沥血推进诗教工作实践全方位、立体化的情景微缩再现。如果为个人计，他的 370 首诗词作品撑起这本书，足矣！但若为贵大计，为贵大诗教继往开来计，冯老觉得这还远远不够。因此，我们可以看到，这本书别出心裁，设置了四大篇章。第一编"诗词"，是冯老从自己大量作品中一遍遍忍痛割爱，精益求精、优中选优，淘漉下来的力作，妙语佳句，珠玑满眼。第二编"文论"，是冯老在不同场合、不同时段的理论探索，更是他为诗教工作不遗余力地奔走呼号。第三编"手札"，是众多热心人士与冯老一起为贵大诗教工作呕心沥血、鸿雁往还的点点滴滴。淡墨之痕，宛似朵朵花开；嘤鸣之声，寄托殷殷意重。第四编"藻鉴"，选了几篇诗友的点评文章，像是在给同学们上"诗词鉴赏"课程，手把手帮助他们登堂入室。可以说，这 400 余页的字里行间饱含着冯老传薪续火的良苦用心，堪称贵大诗教的经典教科书。

徐复观先生在《中国艺术精神》中写道："道德、艺术、科学，是人类文化的三大支柱。"冯老退休前，把自己的青春奉献给了农林科学；退休后，把自己的"人生第二春"全部交给了诗词艺术。然而，无论是退休前还是退休后，贯穿冯老全部事业是一股浩大执着、崇高谦和的人格力量——道德。"三大支柱"在冯老这里实现了完美统一，给予他"心如老骥常千里""虽千万人吾往矣"的不竭勇气，让他在贵大诗教事业中筚路蓝缕、以启山林，成就了贵大诗教云蒸霞蔚、腾蛟起凤的盛大气象。而《时习斋诗文选》既是这段峥嵘岁月的最好见证，更是贵大诗教新的辉煌的坚实奠基。岁月无言，溪山为证。一部《时习斋诗文选》，我辈贵大学子自当珍之如美玉，宝之如明珠，从中不断汲取奋发踔厉的生命力量，庶几可以不负冯老之良苦用心也。

回头来看书的扉页，赫然印着这样一行庄严的文字——"谨以此书献给伟大的中国共产党百年华诞。"作为一位有着七十年党龄的老共产党员，在党的百年华诞即将到来之际，以这样一种独特的方式深情献礼，彰显的是耄耋老人的赤子之心。正如冯老在序言中所写："在党的悉心教育和培养下，才有了我的今天，才有了我的一切，难道不应该把自己的最后一点心血奉献给党吗？"读到这"最后一点心血"，我的心头不禁一颤：拳拳之意、眷眷之情，何啻荆山之玉、丽水之金，如何不令人悄然动容、肃然起敬！

126．言简意赅　导之以正

罗松乔

　　就初学者而言，《周易》难读为古今所公认。就研究者而言，《周易》可解又是不争的事实。易道广大，无所不包，得其一端皆可以敷演为说。时下解读《易》之作虽远不及汗牛充栋，却也足以令人眼花缭乱。究竟在阐释易理，还是郢书燕说，恐怕连作者本人也不甚了了。2019 年 5 月由北京出版社出版发行的张闻玉先生作品《周易正读》，在笔者经眼的同类书籍中别具一格。全书由两大板块构成：第一部分讲解《周易》相关知识的，属于通说性质；第二部分是解读六十四卦的，阐释每一卦主旨，分析每一条卦爻辞意涵。拜读之后有如下感受。

　　一是着眼宏阔，下笔精当。作者认为：易卦体现的是中华元文化，解释易卦的《易经》是唯一对自然科学与人文科学都产生过重大影响的典籍；易学是中华文化之源，是中华民族智慧与文化的结晶。伏羲画卦、文王系辞、孔子《易传》等易学重大问题，历来聚讼纷纭，《周易正读》从中华历史文化角度做具体分析，给出令人信服的精当结论或线索。又如认为《姤》反映上古人类婚育观念，卦辞"女壮，勿用取女"乃后世男尊女卑的责难，失之偏颇；母系社会时期，妇女为壮，有利于族类繁衍。这仍是将具体事理放入具体历史文化中考察研究，纠正了后人的误读，还原了真实情状。

　　二是立足易理，切近人事。每一卦皆有其主旨。无论是"错"还是"综"，六十四卦皆两两配对、天然偶成。相配的两卦对立统一，互为补充。张先生立足于此，揭示出诸多隐晦难明、容易误解的卦旨。"坎"告诉人在重重坎陷中，若诚信坚定则必然亨通；而与之正反相对的"离"，则应该教人在辉煌之时，守静谦虚才会吉祥。又如"随"，主旨是顺从正道；与之相对的"蛊"则是纠正弊端。"巽"之主旨，传统多解释为顺从，张先生则认为顺从只是隐伏的一种表象；然则与之相偶的"兑"则是讲显现，和美显现会获得吉祥，过度显现则招致诟病。这些解读，都立足于易理而得。张先生认为，易卦启发人敬畏自然，顺天而行，以达到天人之和；孝亲、尊老、敬同辈、爱幼小，以达到人际之和；诚信、善良，以达到身心之和。深入地感悟易学哲理，反复玩味并身体力行，将终身受用。这些解读都不故弄玄虚，而是切近人事。

三是博采众长，自成一家。作为章黄学派第三代传人，张闻玉先生出入于经学、史学之间，功底深厚，在天文历法、西周年代研究等方面具有独特的建树。其易学受业于金景芳老先生之门。《周易正读》厚积薄发，是其三十多年研究成果的体现。解读中不仅遵从了张汝舟、金景芳、吕绍刚等前辈之成说，也广泛参考了廖名春、臧守虎等时贤的见解。深思慎取，择善而从，自成一家之言。除前述例子之外，解读卦爻辞仍然如此。如认为"其血玄黄"之"玄黄"为病，"先甲三日，后甲三日""先庚三日，后庚三日"皆指前前后后反复筹划之意，"日中见斗"指先民在春分时节夜观天象以安排农事。这些解释别出心裁而契合易理。此类颇多，不胜枚举。

张先生在前言中说："希望后之学者对易学有个大体的认识，不致视为畏途，望而却步。任何学问，就算所谓艰深的学问，并无神秘可言，只要你登堂入室，进入其中，就应该是简明而实用的。"张先生此作深入浅出，简明实用，不仅可作为初学者的津梁，也是登堂入室的向导。

127 . 老干新枝竞着花

袁本良

　　我叫袁本良，是贵州大学原人文学院教授、硕士研究生导师。我为人文学院学生开设诗词课，将诗词作品的赏析与写作相结合，以学会写作为指归；将诗（词）律知识的学习和运用相结合，以能够运用为目的。在教学过程中，通过诗体源流、诗词用韵、平仄、对仗、句法、章法、修辞等内容的讲授，使学生了解汉语音律在诗词作品中的使用机制，系统掌握诗词格律和技巧的有关知识，从而提高鉴赏古今诗词作品的水平，并初步具备写作传统形式诗词的能力。

　　为实现这一目的，我在教学中结合相关知识的讲授进程，布置学生完成4～5次作业，先后习作律绝、律诗、词（小令）、楹联，至少各一首（副）。每次习作都经教师批阅并指导学生修改。教师批阅一般只指出存在问题，启发学生修改加工的路径，并规定是在原基础上修改或是完全重做，学生根据教师的这些提示进行改作，然后教师再度进行批阅。这样，一次作业往往须经教师数度批阅、学生多次修改后才能完成。这种注重实践性的教学方式，有利于调动学生的学习积极性。如"排律"一体，教师只讲授了相关知识和做法，并未要求学生写作，却有同学主动进行习作练习。尽管这门课仅有36学时，但由于课下勤写多练，反复修改，学生们的习作水平仍有提高。

　　兴趣是最好的老师，为激发学生了解格律、习作诗词的兴趣和主动性，我在教学中特别注意以下几个方面：

　　一是对诗词格律的传授，教师的讲解尽量做到要言不烦，注重提示其中涉及内在机制的规律，让学生在分析归纳中自行认知和记忆。比如律句（合格律的句子）的句型和律诗的篇式，在教学中并非逐一讲解，而是先告诉学生平仄搭配组接的规律和用韵的原理，然后让他们自己进行组接搭配，一一写出格律体的句型和篇式，在此基础上，进一步对五、七言律体诗体例进行分析对照。这种做法不仅课堂教学能事半功倍，学生也在自行操作中容易掌握规律，学得快、记得住、用得上。

二是对诗词范例的使用做到古今兼顾，适当注重选用今人的作品。教学中选择现代人的作品进行赏析和做法示范，其好处是使学生减少对传统诗词的时代隔膜感，感受到传统形式的诗词也可以古为今用，表现现代人的生活和思想。中文专业的学生由于在古代文学及相关选修课中读过大量古代诗词，学习写诗时往往有一个通病，即难以跳出古人作品情调和口吻的窠臼。指导他们读一些现代人的优秀作品，有助于克服这一缺点。此外，我在教学用例中还适当选择自己和学生的作品进行讲析。选择教师本人的作品，可以联系自己在选题、立意、造词、构句、谋篇等方面的心得，在现身说法中让学生得到切近的感知。选择学生的习作进行教师点评和同学互评，更能增强学生诗词学习中的亲切感和参与意识，从相互观摩借鉴中吸取得失经验，有助于写作水平的提高。

三是在课内外的学习中注重师生互动，寓教于乐，教学相长。为活跃教学气氛，激发学习积极性，我有时会对学生的习作进行现场唱和。比如一名学生课上交来一首五言诗，叙写完成作业中的苦恼："前人皆已作，今者怎可行。搔首词难确，冥思句不明。仄平仍未懂，拗救哪能清。诗稿呈明日，先生恐要惊。"所写确为真情实感，颇能反映学生学习掌握诗律中的情况。因此，我在课堂上随韵赓和一首："前人创声律，今世尚流行。勤写心当会，精思律自明。入时意境远，去旧言辞清。歌咏新生活，吟成诗圣惊。"以此对学生进行勉励和启发。我也鼓励学生就我的诗进行唱和，前所举孟飞《花溪三十八韵》即为步我诗作之韵。我把学生的优秀习作编入《新枝集——贵州大学学生诗词选》中，还将有些学生的习作书写为条幅或斗方赠送给他们，同样是为了激发学生们学习写作的热情。课外，我还组织学生外出采风，我往往也现场示范，与学生一起创作切磋。比如2001年4月偕1997级同学平桥采风，有作二首："晴日寻芳去，平桥枕曲溪。逾流临短瀑，拾级上高堤。万树绿初染，千花红未晞。吟朋正年少，笑语逐春鹏。""三月清溪畔,黄花衬碧萝。水光角笑现,曲次深清设。驻足和风爽,凝牌绿理多。青春来伟我,何叹警网墙。"这些活动不仅增进了师生的了解和友谊,对教学效果的提高也大有助益。

四是对学生学业成绩的评定采取平时训练与期末考察相结合的方式,仍然要从帮助学生提高自学能力着眼,注意发挥学生的主动性。平时训练的成绩由学生自行从各次习作中选出最满意的一首作为评分的主要依据。课程结束前进行一次格律知识的考查,考查以课堂开卷的形式,内容主要是辨别诗体、分辨词调、考察用韵及平仄正误、总结个人习诗心得等。然后教师再综合平时作业和期末考查的情况评定成绩。

编印于 2007 年 8 月的《新枝集——贵州大学学生诗词选》,录入 370 余名学生的优秀习作 540 余首,这些习作是从 2000—2007 年以来七年中 600 余名选修学生的作业中挑选出来的。这些作品不仅大体符合格律,在题旨、意境、结构、语言诸方面亦颇有可观者。

贵州大学拟出版一本总结诗教工作的书,我受主事者冯泽先生之命,略述十年前教学情况如上。非有矜功之想,不过是为学校此方面工作的总结提供一些资料。"新枝集",老树新枝,寓意源远流长的诗词艺术后继有人,并发扬光大。有感于此,谨赋小诗一首,用以祝愿贵州大学的诗教工作取得更大的成绩,全校师生的诗词创作活动呈现更加丰富多彩的局面:

诗国千秋无际涯,

高风逸韵灿云霞。

清溪桃李万千树,

老干新枝竞着花。

128. 净土与苔
——写在《贵大吟苑》创刊十周年

田 潇

你是一片神圣的净土，我如这片净土某个角落里的苔。因为你，我爱上了中华诗词，爱上了传统文化。因为你，文化基因刻入了我的灵魂，流淌在我的血液里。

2008 年，我 21 岁，读大一，你诞生，第 1 期。那时，我们都站在新的起跑线。2018 年，我 31 岁，工作七年，你芳华十年，第 50 期。那时，我们仍有很大的距离，但你从来不曾离开我的视线。为纪念《贵大吟苑》创刊十周年。我谨以贵州大学"十百千万工程"之一的光荣身份——诗词爱好者，回眸习诗历程，分享习诗心得，谈谈习诗之路，以此献给母校，献给《贵大吟苑》，献给新时代的诗词爱好者。

以诗回眸　青春如歌

一是尊师教诲。回眸贵大校园里的七年习诗历程，给我印象最深的是黄莉书记、胡廷黔书记、冯泽老先生等尊师给予我的谆谆教诲。黄莉书记给予我习诗的平台、锻炼的机会和无限的鼓励。胡廷黔书记激发我作诗的灵感、开阔我作诗的视野、赋予我作诗的力量。冯泽老先生则是我习诗、作诗的启蒙，是在我心灵深处种下"诗意种子"的人，那颗"诗意种子"破土而出，发了芽，开了花，结了果——就是那些苦涩的 100 余首诗词作品。

二是雅集熏陶。回想起来，我参加校、院各类诗词雅集活动至少数十次，这是激发创作灵感和提升创作能力的重要方式。我曾多次组织、参加麟山诗社镇山采风、湖潮采风、骑龙采风、天河潭采风等活动和诗词讲座、诗词切磋、诗词朗诵、诗词大赛、诗词宣传等活动；多次参加在青岩古镇、孔学堂开展的诗词活动，并在活动中发言，谈谈创作的感受；多次参加校诗词骨干培训班、校园诗词大赛、省大中学生中华诗词大赛等活动。

三是诗社锻炼。在本科学习期间，在林学院原党委书记黄莉的领导和关心下，我连续两年担任麟山诗社副社长，负责诗社的日常工作。2011年，我作为编委，参与编辑出版麟山诗社成立十周年纪念专辑——《麟山诗文集》。在研究生学习期间，在校党委宣传部、校诗词学会的领导下，我和薛景、汪洪亮等诗词爱好者申请成立贵州大学大学生诗词学会，由我担任首届会长，初步凝聚麟山诗社、桃源诗社等校园诗社。

以诗美颜　如沐春风

一是诗可净心。现如今，刷朋友圈、玩抖音、打手游等是很多年轻人的重要休闲方式。而黄莉书记却说："因为校园里有青春，还有诗和远方，才显得与众不同。"新锐诗人王纪波又道："诗心不灭，则风雨之中，自可见万缕晴霞。"显然，习诗写诗既是对心灵的净化与洗礼，更是对传统文化的传承与发扬。因此，我始终不忘创作诗词的初心，虽无精品但坚持创作，并将比较"冷门"的诗词带入工作圈和生活圈。

二是诗能美颜。比起高昂的护肤品和美颜相机，诗词是最高级的"化妆品"。它不用掩饰，不必伪装，习诗、写诗的人脸上自然有一种天然纯净的美。"诗者，志之所之也，在心为志，发言为诗，情动于中而形于言。"让我们携起手来，用诗的语言表达对个人志向的抒发，对美好生活的向往，对新时代新使命新征程的诠释等，用诗意的"化妆品"提升我们的颜值，展示我们的新形象。

三是诗强自信。中华诗词是中华民族五千年灿烂文化中的瑰宝。习近平总书记强调:"全党要更加自觉地增强道路自信、理论自信、制度自信、文化自信。"杨叔子院士诗曰:"诗风吹绿校园春,米寿诗翁续力耘。寄愿儿孙诗志在,国魂凝处是诗魂。"因此,习诗写诗既是凝聚诗魂、延续国魂的重要方式,更是坚定共产党员文化自信、发扬传统文化的重要方式。

以诗导航　诗路漫漫

一是输血充电。近年来,冯泽老先生、胡廷黔书记、黄莉书记、饶昌东老师等前辈赠予我诸多中华诗词书籍,由于种种原因,很多书籍成为纯粹的"收藏品"。作为一名诗词爱好者,只有热爱难以出精品,缺乏造血功能难以出好诗。我深知,还需及时输血充电,深入研读,系统学习,补充更多的中华诗词知识。

二是诗水交融。2011年,我从贵大水保人变成了惠水水利人。2015年,我又从惠水水利人变成了花溪水务人。在我的习诗历程中,都与"水"有着千丝万缕的关系。我始终坚持中华诗词与专业工作相结合,传播水务人的好声音、强声音、正能量,用诗的语言讴歌水务人新时代新担当的精神,定格水务人在高一格打赢脱贫攻坚战中的英姿,留住各级河长开展大巡河时的身影,刻下全区人民喝上安全水放心水健康水时的笑容。

三是苔花自绽。我愿做《贵大吟苑》的铁粉,恰如"白日不到处,青春恰自来。苔花如米小,也学牡丹开"中的苔一般,在某一个角落,在一片净土里,用自己的方式表达对母校的热爱,传承中华诗词文化。

我们已经开启了时代的新征程,而新诗路才刚刚开始。作为新时代青年,我们要更加坚定文化自信,传承文化基因,继续探索绵延万里的诗和远方。

129. 贵大与青岩诗乡的情缘

饶昌东

2004 年从贵州大学艺术学院退休后，我便回到从小长大的故乡——历史文化古镇青岩。感恩之心促使我把自己的所爱、所长无私奉献给这片热土。我献出私宅，作为发起人组建了"菊林书院""诗词学会""德昌民老年电影队"，为发展和繁荣古镇文化做贡献。

这一行动立即得到各方面的热情关注和大力支持。这些年来，在中共花溪区委、花溪区人民政府，中共青岩镇党委、青岩镇人民政府及有关部门的领导和支持下，经全镇人民共同努力，2006 年，青岩镇荣获"贵州省诗词之乡"称号，2009 年又荣获"中华诗词之乡"称号。作为领头人，我参与并见证了其艰辛发展的全过程。贵州大学领导、专家们对历史文化古镇青岩在创建"诗词之乡"过程中的倾心关爱和全力支持让我记忆犹新、历历在目。

我深深记得贵州大学中国文化书院与菊林书院合作召开"青岩历史文化学术研讨会"并授予我院"贵州大学中国文化书院青岩文化工作站"匾牌。

时任贵州大学中国文化书院院长、省儒学研究会会长张新民教授为青岩诗乡撰写《诗乡铭》，贵大教授王晓卫为青岩诗乡撰写《青岩诗乡赋》享誉省内外，载入古镇史册，可谓"校地心连心，大书院牵小书院，此举乃以为大也！和者正之，气良谊久矣"。

时任贵州省诗词学会副会长、贵州大学诗词学会会长、贵州农学院党委书记的冯泽老先生在为贵州、贵大的诗词工作不懈努力的同时，和我们一道，积极参与青岩诗乡的创建活动，促进了贵大与青岩的亲密结合。

而我后来又担任贵大诗词学会顾问，以双重身份密切了贵大和诗乡的合作关系，得天时、地利、人和之便，使贵大与青岩的诗教工作享誉全国。

2010 年以来，学校每年都要举行相当规模的与青岩诗乡联谊活动，贵大与青岩的诗教骨干欢聚在一起，听讲座，交流诗教和诗词写作经验与体会，举行文艺表演，到全国文明村龙井参观采风。校、镇领导非常重视这些活动，双方领导不仅参会讲话，还和大家一起吟诵诗词。省诗词学会每年都有主要领导参加并进行指导，贵大团委、宣传部、诗词学会和有关专家教授也积极参加，极一时之胜！贵大师生"接地气"受教育，古镇诗友、群众受到文化艺术熏陶，提高写作水平，效果十分突出。

在平常休假时，贵大学生三五成群到青岩镇采风，向《青岩诗话》投稿，参与写诗墙，罗怀赞同学给青岩诗友开讲座，受到热烈欢迎。另一位大学生在龙井村采风后撰写楹联："一事一议一镇一村一心一意，真山真水真人真事真挚真诚。"这副楹联后来还被镌刻在龙井村里，很受大家的欢迎。

林学院研究生刘德溥感慨万千："我曾随着贵州大学诗词学会的老师和同学去了青岩诗乡，在那里，我认识了一群平凡的老人，他们在辛勤工作了一辈子，退休后应该颐养天年的时候，却选择用特殊的方式继续回报社会，并以他们的精神感化、激励一批年轻人。他们的梦想是在贵州的一隅之地，辐射出人文关怀和道德成就。感动之余，我确定了我的'贵大中国梦'，那是一个人文的梦，一个绿色的梦，一个国家富强的人民得到教化的梦……我要呼吁更多朋友加入支教的队伍，把知识带到田间乡下，把美丽的中国梦带给祖国的未来！"

《贵大吟苑》第 19 期还以"青岩古镇，诗韵飘香"为题，对青岩菊林书院、诗词学会开展诗词文化活动、建设文明古镇，做了全面深入报道。

2015 年，贵州大学协同香港大学与菊林书院在青岩镇举行诗乡诗词交流会。贵州大学教授王晓卫应邀到会漫谈中华诗词，大学生们纷纷现场创作和朗诵诗词，气氛非常热烈。

为了让留学生更好地了解中国、了解文化、了解贵大，促进学院与学校在文化教育等方面的交流，2017 年，贵大经济学院又与菊林书院在青岩举办"走进诗词之乡·探寻诗和远方"活动，品味诗词之乡中溢出的传统文化的魅力。这一系列活动得到了很好的反响。

贵大举办大型诗教活动，青岩诗乡的菊林书院、诗词学会都积极参加，如2012年端午节，由省委文明办主办，贵州大学承办的"中国魂—端午颂"大型诗词吟诵表演晚会，青岩诗乡民歌表演队从创作、设计到排练经过几个月的准备，最后参加表演获得了成功，受到广泛好评。

又如2014年《贵州大学报》诗词副刊《贵大吟苑》发起"满庭芳·校园之春"师生唱和活动，全国11个省市100多位名家、诗友参加，影响很大。青岩菊林书院，诗词学会也积极参加了这一活动，我们组织了多次学习研究和创作活动，最后遴选8首会员作品参加这一唱和盛事，收到很好的效果。

诗校和诗乡的结合，彼此促进，相互提高，成为贵大和青岩开展诗教活动品牌。省诗词学会会长赵西林给予充分肯定，称这是一种创新。大学生到乡村能更广泛接触群众、接触社会，有利开阔视野，提高思想水平和创作能力。青岩镇也因更好地得到贵大的帮助而有所裨益。中华诗教委员会主任杨叔子院士来信说："读了《贵大吟苑》第5版上的报道（指贵大与青岩诗乡举行联谊活动的报道）颇受感动……尤其能与农村结合，确非寻常。"

数不胜数的事例足以证明贵州大学对青岩诗乡的一片深情！青岩诗乡人民衷心感谢贵州大学。

我退休后，"老有所乐"沉浸在公益事业中。特别是以贵州大学退休教师的身份能参与青岩"中华诗词之乡"的事业时，因诗乡而感到光荣，又为我是贵大人感到骄傲。

现在，我在细心品味文化，试着用文化温暖人心，陶醉于诗、书、画的幸福之中。贵大诗教工作搞得好，它必将后浪推前浪，人才辈出。我为贵大骄傲，衷心祝愿母校越办越好。

130 . 凤池赋

卢凤华

牂牁故地，夜郎旧属，今名曰六盘水。冬无严寒，夏无酷暑，誉称中国凉都。岭分长珠，挺乌蒙之脊骨；地接滇黔，系西南之纽枢。聚天地灵气而引万壑千岩，襟南北盘江而被三池三湖。其山也，苍苍乎恰似青黛；其水也，渺渺乎犹如明珠。

夫凤池者，三池之一也。位于梅花山麓，落乎凉都城腹。水分东西两湖，景连大小五桥。其形如匹鸟缠绵者，东湖"鸳鸯湖"也；其状似恋人依偎者，西湖"情侣湾"也。泛舟其间，只见翠凝芳叠，灵钟秀毓；行于桥上，顿觉人清气爽，心醉神往。湖心有岛，郁郁其芳。书院静穆，幽幽其香。朝阳初上，岚烟邈邈兮引墨人吟诗作赋；涟漪乍起，荷叶田田兮惹骚客借水流觞。

至若春花带露，杨柳依依，醺醺然欲醉晓风残月也；及至夏日，蛙鸣叶下，鱼戏莲间，飘飘乎如临仙界瑶池也；若夫秋湖映月，群雁弄水，寒蝉微鸣，每临斯境，则觉情思之邈远也；至于暮雪霏霏，琼枝玉树，夜静湖谧，置身其间，即感天地之深邃也。

嗟乎！吾尝观乎岁之时序也，寒来暑往，循环无尽；春去秋复，更替不休。夫三界六道者，流转轮回兮难断生死也，因之佛以空性为要；四时万物者，苍茫悠邈兮未有穷期也，故此易将未济为终。噫！大道实玄，而众妙皆藏于其内；凤池虽小，然诸理尽蕴乎其中。善哉悠悠天地，有大美而不言；妙哉涟涟凤池，涵幽韵而匪彰。

戊戌年夏月，撰于凉都。

131. 找到归途

冯文雯

我被封面上那艘停泊的小船所吸引，那船头对着紫蓝色的天，是落日，或是朝阳。迈克尔·哈里斯的《缺失的终结——在链接一切的迷失中找到归途》是一部荣获 2014 年总督文学奖的非虚构文学奖作品，也是一本反思互联网时代对普通人日常生活影响的书。

在互联网时代，我们用"链接"连接一切，陷入分神漩涡里无法自拔。我们用社交媒体记录生活：今天吃了什么？跑步了吗？朋友说了什么？我们把记忆储存于电子设备，真正记住的事实愈来愈少。哪怕只是稍微休息，无数亟待处理的信息、邮件接踵而至，我们难以集中，被迫分散，无法深度思考。在链接一切后迷失的我们，是否已无归途？以作者迈克尔·哈里斯的观点：技术无所谓"好"与"坏"，既然它已经来了，又何必将技术归零？只是我们每个人需要各自决定要与技术进行多大程度的互动。

书中，哈里斯 2 岁的小侄子用自己胖乎乎的大拇指和食指放在杂志封面上，并做出拇指和食指分开的动作，他试了好几次，发现这张图片无法放大时，一脸困惑和挫败地抬头看向哈里斯。人类的大脑不断对所处环境做出精确的调整，现今环境以前所未有的方式在变化，大脑的调整也会是前所未有的。

注意力的缺失大量信息涌入造成数字移民们陷入分神漩涡无法自拔。从常见的"手机焦虑症"中可见一斑，越来越多人依赖着手机，时不时便会掏出手机进行检查，这种情况就是典型的注意力缺失。受电子设备的影响，大多数人已经习得"一心两用"甚至"一心多用"的本领，难以静下去阅读一本书，他们的注意力太过活跃且支离破碎，而缓慢的、深层的思考似乎已濒临灭绝。

我们似乎开始跟不上环境的变化，我们以为是自己所创造的世界，现在却在一直对我们的思想进行改造。记忆的缺失大量标签化的信息出现，令我感到毛骨悚然。当我需要寻找某样东西的时候，我可以通过这些标签找到答案。最初这样的方法令我很舒适，直到某日因某些原因无法使用互联网，却又急需获知信息时，才惊觉我用这些标签对自己的大脑做了多少蠢事。那一刻，我像是在默写诗句，我记得那句诗的页码、位置，但我却无法写下任何一个字。我所记下的标签和箭头指向，指示我如何找到信息来源，但它无法为我提供任何有用的信息。

书中写道："我们想要卸载记忆的热切程度，体现在我们对电脑记录的热爱程度。"于是，云盘开始介入我们的生活，我们开始卸载自身的记忆。但静态数据与人的记忆真的相同吗？答案是否定的。人的记忆是不断变化的，实际上每一次你所回忆的并非你所经历的事件或事物本身，而是对上一次回忆的回忆，在每一次的回忆里，你都会对记忆进行加工、改造，而这样的功能是静态数据无法具备的。"每次使用技术帮助记忆的同时，都在削弱自己储存记忆的能力。"

"我们在仓促的世界里奔波已久，迷失了完美的自我。当我们逐渐萎靡，厌倦俗世欢乐，此时，如果能够独处，那该是多么高雅、多么美好。"英国浪漫主义诗人威廉·华兹华斯笔下的独处，埋于仓促与俗世；现今的独处，没于数字世界与现实世界的碰撞。所有的人夹于二者之间，我们把现实世界的事实露于数字众人面前，开始放弃独处之下自我的思想探索，放弃自我探索给予的神秘感，把一切公之于众，依赖于数字世界的评论，然后任由想法枯萎，不再生长。

社交软件的流行似乎让每个人都获得了发声的权利，大众在接收信息的同时，还可以在数字世界发表言论、表达意见。我们误以为是在思考，并通过自身的思考得出一个有益的共识，但这只是"公众舆论"罢了。

选择相较部分学者对新兴媒介悲观的态度，我支持迈克尔·哈里斯所说的："技术无所谓'好'与'坏'，既然它已经来了，又何必将技术归零？"

我们似乎已经无时无刻和网络锁在一起，在链接一切下，我们要去选择一种联系，选择一种更加智慧的生活方式，通过选择更加谨慎地去使用技术，从技术中得到真正能使我们获益的东西。

　　"每一项技术都使你和你的生活部分脱离。这是技术要做的事情，你要做的就是要用心去注意。首先注意到不同之处，然后每次你都得精挑细选地使用。"而现在要做的，是在那艘停泊的小船上，朝着朝阳，找到我们的归途。

132. 有感于《狼图腾》

刘梦洁

在阅读之前，我以为《狼图腾》是一部枯燥乏味的历史书籍。但当我真正打开这本书后，却有些爱不释手了。书中所描写的广袤辽阔的大草原、被草原人民奉为保护神的草原狼，以及淳朴善良的草原人民都深深地吸引着我。总让我错以为自己正身处在古老神秘的腾格里大草原上，正目睹着这个游牧草原的变迁，关注着草原上生物们的命运。《狼图腾》给我带来了一场享用不尽的精神盛宴。

《狼图腾》这本书由几十个连贯的"狼故事"一气呵成，情节紧张激烈而又新奇神秘。《狼图腾》主要讲述了20世纪六七十年代的知青陈阵在内蒙古草原插队时与草原狼相依相存的故事。陈阵在草原上目睹了狼与人、羊、獭子等的斗争，并逐渐对狼产生了浓厚的兴趣。为探索狼的习性和狼的哲学，他甚至亲自掏了一窝狼崽，养了一头小狼。虽然陈阵与小狼的感情日益深厚，但被束缚得丧失自由的小狼，在狼性的驱使下不断地折磨自己，最终未能摆脱惨死的命运。

在《狼图腾》中，作者写道："蒙古牧民擅长平衡，善于利用草原万物各自的特长，能够把矛盾的比例调节到害处最小而收益最大的黄金分割线上。""狼是腾格里派下来保护草原的，狼没了，草原也保不住。""我们蒙古人也是腾格里派下来保护草原的。没有草原就没有蒙古人，没有蒙古人也就没有草原。""草原是大命，可它的命比人的眼皮子还薄，草皮一破，草原就瞎了，黄沙刮起来可比白毛风还厉害。草原完了，牛、羊、马、狼和人的小命都得完，连长城和北京城也都保不住啊。"这些都体现出蒙古人对他们所赖以生存的草原及草原上各种生物的尊重。在草原人民的心里，狼是草原生态中最重要的环节，狼虽然会给人畜带来威胁，但同时也会控制草原上其他生物的数量，从而维系草原的生态平衡，保护草原的环境不受破坏。所以牧民虽然畏狼恨狼，但却因其能维护草原生态而从不将其赶尽杀绝。

《狼图腾》中最让我感到震撼的是其中描述的狼性。额仑草原上的狼都具有顽强不屈、聪明智慧、勇猛善战、自尊独立、追求自由的品格，团结合作的精神以及强烈的家庭责任感。文中有一段内容记录了包顺贵带着两位参谋出去打狼，一条巨狼虽然知道自己要死，仍不住地奔跑，跑得四肢痉挛，灵魂出窍，但它也没有放弃。后来，"它突然停下，用最后一点力气，扭转身蹲坐下来，摆出最后一个姿态。"最后"巨狼像一尊千年石兽一样轰然倒地……"这一段使我格外震撼，我仿佛看到了一头立在草原上的巨狼，威严而神圣。在额仑草原上，狼从不畏惧人，即使人的手里握着狼最为害怕的武器，但它们为了自由、独立和尊严，从来不惧怕战斗，宁死也不会屈服。狼从来不做"孬种"，它们只做勇猛的斗士。

在中国历史上，也有许多像狼一样顽强不屈的人物，如邓世昌。在黄海海战中，"致远舰"被敌军击沉，邓世昌坠入大海后，其随从以救生圈相救，却被他拒绝。他说："我立志杀敌报国，今死于海，义也，何求生为！"所养的爱犬"太阳"亦游至其旁，口衔其臂以救，邓世昌誓与军舰共存亡，毅然按犬首入水，自己亦同沉没于波涛之中，与全舰官兵250余人一同壮烈殉国。又如兵败被俘后宁死也不投降的文天祥，他留下的"人生自古谁无死，留取丹心照汗青"激励了一代又一代的中国人。还有在抗美援朝中用身体堵枪口的黄继光……他们都用顽强不屈的斗争精神，在中国历史上写下了壮美的华章，成为我们的楷模。

在《狼图腾》中，牧民对额仑草原、对腾格里、对狼图腾的信仰也十分触动我。"这片山是神山，额仑草原的牧民不帔再旱，草再跳，在春夏秋三季都不敢动这片山为了离这片草场，马信们可苦了。狼群也一直护着这片山，隔上五六年，就会到这儿杀一批黄羊，跟人似的祭山神，祭腾格里。这片神山不光救人，也救狼""老人抬眼望着冰蓝的腾格里，满目虔诚"都是这种信仰的表现，而正是这种信仰，让蒙古人们能够尊重自然、敬畏自然，并让他们抑制自己对自然的贪欲自觉去维护草原的生态。

国家无信仰则亡，民族无信仰则衰。法国浪漫主义作家维克多·雨果在《石头下面的一颗心》中写道："有时候，无论身体的姿势如何，灵魂却总是双膝跪下的。"以前我并不理解这句话的意思，但现在我想，这或许是一种虔诚的姿态和信仰。我们每个人都应找到一种好的信仰，这样我们才能在物欲横流的世界中保持自己的一方净土，给自己的灵魂寻一个归宿。

在《狼图腾》的最后，草原狼早已被赶尽杀绝，而草原生态也已不如从前，一切美好似乎都已经消失。作家朱成玉在《向美好的旧日时光道歉》中说："向那些正在远去的老手艺道歉，我没能看过一场真正的皮影戏，没能找一个老木匠做一个碗柜，没能找老裁缝做一件袍子，没能找一个'剃头担子'剃一次头……向美好的旧日时光道歉，因为我甚至没有时间怀念，连梦都被挤占了。"我想一定要找时间弥补没有去过草原的遗憾，去感受"风吹草低见牛羊"，在广袤无垠的草原上，听着悠扬的马头琴，呼吸着清新的空气，闻着野花发出的幽香，我甚至还可以骑着牧民的马儿在草原上飞奔，信马由缰，心儿也随马自由地敞开……

133．吃的禅宗与美学

——解读林清玄散文《清雅食谱》

朱鸿儒

　　孟子有云："饮食之人，则人贱之矣，为其养小以失大也。"但我并不认同这样的说法，那历来多少饕餮大师岂不都是"小人"了？人会吃了才会活。而有的人不仅会吃，还会写：唐代有杜牧"越浦黄柑嫩，吴溪紫蟹肥"；宋朝有苏轼"长江绕郭知鱼美，好竹连山觉笋香"；到了现当代又有文学家梁实秋的《雅舍谈吃》、汪曾祺的《人间至味》。有人吃出了家国情怀，有人吃出了人生理趣，更有人吃出了美，吃出了学问。

　　林清玄不像汪曾祺吃得杂：江苏臭卤、山西陈醋、川北涮涮辣、自贡井盐、浙闽甜食、北方苦菜；也不像苏轼吃得广：在杭州吃东坡肉，在岭南吃荔枝，在常州吃河豚，在惠州喝羊汤，去了儋州也不忘吃生蚝。很少有人像林清玄这样吃得清淡：馒头、苦瓜、豆腐，味不烈，气不浓。吃食中也暗藏了一门哲学，林清玄说："有时食物也像绘画中的扇面，或文章里的小品，音乐里的小提琴独奏，格局虽小，内心却十分充盈。"细细参悟，确实如此。食物也是有心的，每一份用智慧和心血创造的食物都有一颗玲珑的心。林清玄遇到过一家别具风味的黑麦面包店，与别家不同，这里的面包含着浓香的水汽。他一问厨子才知，加了麦芽后麦芽里的水汽会使面包更松软。"食物原是如此，人总是选择自己的喜好，这喜好往往与自己的性格和本质接近，从一个人的食物可以看出他的人格。"同样的道理，厨子因为怀着喜悦与希望倾心尽力地烘焙，自然面包就不像别家那样干透。其实，无论是我们看待别人的视角还是对待食物的态度，都是我们内心想法的外化，所谓"相由心生，境随心转"便是如此。此外，文章的结尾处也颇有禅意：买蜜茶和苦茶的小摊上，有一类人先喝一杯蜜茶，再喝一杯苦茶，两种都尝尝。"可就是没见过先喝蜜茶后喝苦茶，可见世人都爱先苦后甘，不喜欢先甘后苦吧！"后来，他成了第一个先喝蜜茶，再喝苦茶的人，老板着急地问他感想如何。他说："喝苦茶时，特别能回味蜜茶的滋味。"实际上，对茶的选择也是对人生的思考，前者先苦后甜，是忆苦型；后者先甜后苦，喝苦茶时还可以有一些甜茶的余味来支撑我们将这苦饮尽，是思甜型。就像人生，有些艰辛和痛楚是必经的，不如意是常有的，在困难时我们要学会苦中作乐。林清玄对待人生苦与甜的这种豁达，也正体现出他受禅宗影响的那一份超脱。

美学所包含的艺术性的空间布局、色彩搭配，文学性的作品风格如清俊、飘逸于林清玄文章中皆可见。在思维方式上，林清玄多用描写把抽象的声音和气味赋形，使之具象化。如"手抓饼是整个挑松的，又绵又香，用手一把一把抓着吃。"只用几个形容词便呈现出"金黄的抓饼表皮酥脆，内里松软，泌满油香"的画面。他善用通感把游丝般缥缈清新的香味写出来："那手抓饼有难言的滋味，仿佛是雨中青翠催生出的嫩芽一样。"在文章结构上，不同风物之间衔接自然、流畅。写完水仙茶要写冻顶豆腐时，林清玄是这样说的："水仙茶是好，有个朋友做的冻顶豆腐更好。"想要讲讲决明子，他便用桂花酱来引："桂花酱如果是工笔，决明子就是写意了。"这样的过渡使事物间形成物物相扣，以一物引出另一物的整体效果，散文不散，从而使文章框架结构更加清晰，是为结构美。在语言风格上，林清玄濡染了台湾作家特有的云情雨意，但他又如此不同。看余光中的诗与散文似在蒙蒙水汽中隔着雾看一位风姿绰约的美人，而林清玄散文则如山野中偶得一朵雏菊，芳香沁脾。

说是《清雅食谱》，何为清？何为雅？林清玄中的吃食全都藏在陌巷和毫不起眼的小店中。如"在台北四维路一条阴暗的巷子里"的山东大馒头，"顶好市场后面，一家买饺子的北平馆"里出名的手抓饼，"信义路的路边摊"寻到的水仙茶。至于雅，失掉了食物最真实的味道，这样的东西不能称为雅。观之《清雅食谱》，字字皆有形有色，不堆砌华丽的辞藻，简单平淡中意蕴深长。

　　食事并非小事，饮食之人并非小人，因为他们可以以小见大。汪曾祺曾说："黄油烙饼是甜的，混着眼泪是咸的。"一道菜所蕴含的哲理不亚于一段人生。林清玄不仅在写被人们逐渐遗忘的、藏在长街短巷中的珍馐，也在寻找现代都市人的精神家园。我们的城市早已堆满了高楼和人欲，而他的文学却像一泓清冽的泉，流淌进我们干涸的心。

134．人生是一场漫长的修炼
——读《大卫·科波菲尔》有感

周春艳

作为 19 世纪英国伟大的现实主义作家，查尔斯·狄更斯十分擅长刻画英国社会底层"小人物"的生活遭遇，深刻反映当时黑暗的社会现实，创作了许多伟大的现实主义批判性文学作品。我第一次看狄更斯的《大卫·科波菲尔》是在七年前，小说主要讲述了主人公大卫·科波菲尔从一个遗腹子变成孤儿，在唯一的亲人贝西姨婆的帮助下，在生活、友情和爱情中历经人生种种挫折和磨难后，逐渐从幼稚走向成熟，并最终获得人生幸福的故事。

科波菲尔是遗腹子，在他出生前六个月，他的父亲便去世了。母亲改嫁后，他被继父摩德斯通恐吓、鞭打、囚禁，然后被送到萨伦学校寄读，当他满怀期待地等待生日礼物时，却等来了母亲去世的噩耗。母亲去世后，年仅 10 岁的他被继父送到伦敦郊区一个货仓当童工自谋生计。那是他最煎熬的日子，他常常痛苦而绝望地想——"我竟沦落到跟这样一班人为伍，内心隐藏的痛苦，真是无法用语言表达；我把这些天天在一起的伙伴跟我幸福的孩提时代的那些伙伴做比较""我觉得，想成为一个有学问、有名望的人的希望，已在我胸中破灭了。当时我感到绝望极了，对自己所处的地位深深感到羞耻；我年轻的心里痛苦地认定，我过去所学的、所想的、所喜爱的，以及激发我想象力和上进心的一切，都将一天天地渐渐离我远去，永远不再回来了，凡此种种，全都深深地印在我的记忆之中，绝非笔墨所能诉说……"可以说，科波菲尔的童年是极其不幸的。然而，在自身的努力和姨婆的帮助下，他最终取得了成功。狄更斯借科波菲尔的童年经历告诉我们，对意志坚定、奋发上进的人来说，苦难也能成为一笔财富。

　　除了童年经历，狄更斯还借科波菲尔的婚姻遭遇为我们揭示了幸福婚姻的真谛。科波菲尔对第一任妻子朵拉的爱恋是不成熟且近乎疯狂的，完全没有考虑过婚后生活的问题，正是这种不理智导致了他第一次婚姻的失败。小说中，当科波菲尔满腔热情地告诉贝西姨婆自己与朵拉相爱时，贝西姨婆对科波菲尔说："我并不是要让两个年轻人扫兴，弄得他们不高兴；因此，虽然这只是一种少男少女之间的爱慕之情，但这种少男少女之间的爱慕往往一不注意就归于泡影。"在贝西姨婆眼中，青年人天真得不切实际的爱恋，往往将以失败告终，而她认为，理想伴侣的关键是"使一个人有所依靠，有所进步"，说的正是科波菲尔的第二任妻子艾妮斯，那个宁静、文雅、善良且坚强的女孩。自儿时艾妮斯与科波菲尔相识开始，她便如指路明灯一样，永远指引着科波菲尔向上，尤其当科波菲尔在同学斯蒂福的引诱下，初涉放荡生活且偶遇艾妮斯时，一向温柔的艾妮斯洞察了斯蒂福的危险性，坚定地对科波菲尔提出了劝诫，避免科波菲尔一错再错。正如贝西姨婆所说，艾妮斯是一个让科波菲尔"有所依靠"，并令他"有所进步"的人，这样的伴侣才是科波菲尔的最佳选择。

　　此外，小说中的艾米丽爱慕虚荣，轻易就被斯蒂福的甜言蜜语所诱骗，背弃未婚夫哈姆和斯蒂福私奔，最终落得被抛弃的下场，值得我们引以为戒。尘世间的诱惑太多，意志不坚定的人容易误入歧途，贻误终身。自私冷酷的斯蒂福抛弃了艾米丽，自己却也溺水而亡，这可以说是狄更斯刻意的安排，亦是他"善有善报，恶有恶报"观念的外化和投射，彰显了他人道主义思想的光辉。那么该如何为人呢？在小说中，贝西姨婆送小科波菲尔去坎特伯雷上学，在告别时，她对小科波菲尔说："无论在什么时候，决不可卑鄙自私，决不可弄虚作假，决不可残酷无情，你要是能免除这三种恶习，特洛，那我就能对你永远抱有希望了。"贝西姨婆对科波菲尔的这一期望，成了科波菲尔此后的人生准则，其实，这也应成为我们的做人准则。

　　在《大卫·科波菲尔》一书中，除了善良正直、聪明勤奋、自强不息、积极进取的主人公大卫·科波菲尔，狄更斯还塑造了形形色色的人物形象，如外表严厉却善良正直的贝西姨婆，温柔平和的艾妮斯，凶狠贪婪的摩德斯通姐弟，冷酷自私的斯蒂福等。在这些人物的身上，狄更斯将人性的真、善、美以及假、恶、丑都淋漓尽致地刻画了出来，为我们展示了一幅人生百态的全景图，并阐发了自己劝诫世人弃恶扬善的主张。而书中人物尤其是主人公科波菲尔的经历更让我们明白：人生是一场漫长的修炼，我们每个人都像科波菲尔一样，会伤心，会迷惘，有泪亦有笑，跌倒就再爬起。只有体验了成长的阵痛，经受过风雨的洗礼，抵挡住俗世的诱惑，才能化蛹成蝶，实现美丽蜕变。

135. 人生需要慢慢来

——《不曾走过，怎会懂得》读后感

何 攀

作为普利策奖的得主，安娜·昆德兰用《不曾走过，怎会懂得》一书告诉我们人生应以什么样的心态走过，现在的我们又将如何体味他们曾经的轨迹，进而指引我们的未来之途。

我们都曾在青春的路口彷徨过，在人生的道途上走偏过，也在歧途上悔悟过。安娜·昆德兰说："其实人生就是我们脚下的路，各形各色的体验串成一个个同心圆，岁月将我们沉淀，蜕去了我们青春的稚嫩，洗刷了我们的年少无知和轻狂，磨光了我们的棱角，增添了我们的睿智。"

从小到大，大人们总是告诉我们"哪条路不好走，哪条路不能走"。我们有时确实需要长者的指引，但不能因为善意的劝告而不敢前行。有些路只有自己走下去，才知道途中的曲折与风景。在成长的过程中不要过于着急。慢慢来，属于你的，终究会以各种形式出现在你要走的路上。我们只需为实现目标而全力以赴，便已足够。

安娜·昆德兰对父母角色的描述，使我难以忘怀："在这个世界上，所有的爱都是以聚合为最终目的，只有一种爱是为了分离，那就是父母对孩子的爱。父母真正成功的爱，不是把孩子留在身边，而是培养孩子独立，放手让孩子飞去属于他们自己的天空！"

我们所在的现实世界永远都在变化，死亡在我们人生中，并无任何秘密可言，但当它真正降临到自己周边时，才会感受到失落与惆怅。当得知外婆离开的消息后，我觉得自己和每个人之间的关系都是如此脆弱。外婆的音容笑貌会不时浮现在我的脑海里，仿佛什么都没有发生，我还想着她做的咸菜，还想着她看我学习的样子，责怪自己为何以前不多去看看她，只是再多的自责也没法不让上帝带走她。但安娜一句温馨的话将我从悲痛中拉出："其实我们在失去亲人的同时，也获得一份礼物，能够接受事实，承认死亡的必然性。接受本来就是一种成熟，例如曾经很多人、东西以前我们从不接触，但随着自己长大，渐渐也开始接触，这代表自己渐渐成熟起来。"

年轻时，我们不懂青春的可贵，总在抱怨中挣扎，等真正懂得青春时，却已不再青春。初闻不知曲中意，再听已是曲中人。

也许每个人都会遇到一些不得不走的路，就算脚印看起来凌乱也无妨，那是专属于我们自己的唯美。没走过的永远是路，走过的才是人生。

136．有思想的水在泱泱大地穿行

——读卡西《黄河壶口瀑布》有感

刘　瑜

　　行走在广袤而辽阔的大自然里，诗人是心生敬畏的。虔诚、雄厚、浪漫或细腻的情怀让读者怦然心动。而卡西的《黄河壶口瀑布》这首诗，给我带来的不仅是质的战栗，更有魂之荡涤。阳刚之气在卡西的这首诗中驰骋，像侠客，"哗"的一下，拉弓瞄射。瀑布雄伟、磅礴的气势在他的文字中体现出来，让人感同身受，仿若正在倾听黄河在歌唱。

　　"万马奔腾的炫目，惊心动魄的呐喊 / 是我血液中亿万个活跃分子 / 在体内撞响 / 义无反顾的气概，突出重围，浩浩荡荡 / 以玉碎之心打开翅膀。""火山爆发式"内在感情的自然宣泄，使诗人蕴蓄的激情一下喷爆出来，风格豪迈，音调雄伟。在瀑布的雄伟与壮观描写中，也一层深似一层地表现了诗人行走在大自然中那份赤诚的情愫。读诗的过程中，我们闭目，耳畔有"万马奔腾"，体内似有"亿万个分子在撞击"。

　　"从巴颜喀拉山一路奔袭而来 / 扎曲、约古宗列曲和卡日曲，三曲合一的 / 千古绝唱，积蓄的所有力量 / 只为这一刻 / 石破天惊的鸣响。"奔袭而来的瀑布，三曲合一，千古绝唱。在这凝固的意境里，思绪似乎也被凝固，除了震撼，还有粗重的呼吸。面对黄河壶口瀑布，卡西把那一瞬间带给他的震撼用诗歌的方式写了出来，自己跟自己拉开距离，以求得某种精神层面的缓解。在诗歌写作上，他关注和倾听了自己内在的声音，把自己有别于其他人的那部分找到，无论是视觉的、感受的还是表达上的。这种独自的生命感受把自由的精神状态与不同的切入点契合，寓意撑破了文字空间，再一次渲染了瀑布的气势。

"有思想的水在泱泱大地穿行 / 像一支天马行空的长笛 / 锋利的嗓子如剑，见山劈山，见落日就带走 / 没有什么能阻挡这一颗强大的心脏。"文字的跳跃、重叠，都在为第三节作有机地过渡。那有思想的水如一支长笛，更如一柄带着啸声的长剑，劈出唯美与壮观，再一次让我们感受到黄河壶口瀑布的雄伟气势。浪漫的诗人，细腻深刻的文字描写，从中不难看出诗人想要达到的境界，言外之意起伏于字里行间。人与诗歌追求的合而为一，或许才是诗人不知疲倦追求的唯美境界。

在卡西的笔下，黄河壶口瀑布的雄伟与磅礴在有底蕴的文字意象中一步步渲染、拓展。"炫目、呐喊、绝唱、力量"是诗人的目光所及，也是经历所及。卡西在做着自己，心灵的自由与精神的自由使文字达到随心所欲的地步，其敏锐性、先锋性集聚一体，让我们看到了不屈的中华民族、大自然的魅力，看到了希望与梦想……

附：

黄河壶口瀑布

卡西

万马奔腾的炫目，惊心动魄的呐喊

是我血液中亿万个活跃分子

在体内撞响

义无反顾的气概，突出重围，浩浩荡荡

以玉碎之心打开翅膀

从巴颜喀拉山一路奔袭而来

扎曲、约古宗列曲和卡日曲，三曲合一的

千古绝唱，积蓄的所有力量

只为这一刻

石破天惊的鸣响

有思想的水在泱泱大地穿行

像一支天马行空的长笛

锋利的嗓子如剑，见山劈山，见落日就带走

没有什么能阻挡这一颗强大的心脏

137. 谈读书

黄庭梓

我在大学期间读了一些书，在这一过程中，我遇到过不少问题。

每个读书人可能都会问过自己这样一个问题：读书是为了什么？这个问题的提出其实亦需要读过一些书才能够明白，在读书的过程中这个问题会不断地涌现。这样就会得到一个令人"哭笑不得"的结论——要想知道读书是为了什么，唯有去读书才会明白。正如欲想理解生活的意义，就须切切实实地去生活才能了解。

对我而言，读书就是生活的一部分意义。书籍承载了珍贵的思想宝藏。不去读书的人眼界实在有限，思想也不可能深刻。除非他真是天纵之才，自成一家。但古今伟大的人莫不是博览群书，不读书怎可成材？有的人瞧不起读书，但除去了思想，人将是什么样子的呢？那些让人珍视的东西也将变得极度危险。读书可以让你明白自己，但也可能会让你迷失自己。

我们在读书时，必须明确几个问题：一是读书时你是否思考了？你是跟着书中的指引思考，还是另辟蹊径独立思考？这两种不同的读书方式，最终的结果会有很大的不同。读而不思，人云亦云，必定只能用别人的观点来充斥自己空虚的内心，使纷繁杂乱的思想都搅做一团，又从何体现自己的价值呢？这只是用别人的思想来慰藉自己，滋润自己干涸的内心，绝非心中有一股源源不断的清泉。这样的读书方式只是精神松弛地浏览别人的世界，如果是为了消磨时间，倒也不失为一个好的选择。

当然，读书也不可能没有一点思考，每个人都会有思考，但并不是那种能够深入把握的思考，只是零星分散的感想。不成体系的思想没有任何价值，那是无源之水，很容易就消逝了。可怕的是绝大部分所谓的读书人皆不过在博览群书式地收集知识碎片，似乎什么都明白，但具体说来又支支吾吾，什么也不明白。

我以前读书就走了不少这样的弯路，现在才明白，那样的读书方式只是天真地看看热闹，自己得到的收获微乎其微。有人说："岁月让你忘记了书中的内容，但沉淀下来的就成了你的气质。"可如果只是经历读书的过程便能沉淀气质，这个时代就不会缺乏气质了。一个人的气质是他独特的方面，是他思想的与众不同之处，人的思想气质之所以不同是因为他独自探索的思考。

读书所需要注意的另一个问题是：读书的目的是什么？读书的目的直接决定了你读书的内容选择。因为它在很大程度上是功利的，如为了考试、技术、工作等。这样的读书方式是社会发展所需要的。作为社会整体中的一员，不得不对社会整体的发展承担一定的责任，即使你不想读，这个环境也会逼迫着你去读。再者，读书是为了自我的归宿，这一点往往被我们所混淆，因此会出现"以功利的目的去寻求心灵的归宿的可悲现象"。这岂不是南辕北辙？生活在这个世界上，我们必须去探索何谓对错。他人所言的对错仅仅是别人的看法，而非你亲自的探索与体悟，不可能用别人的判断来替代自己的思想而怡然自得，真以为自己就成了那样的人。

书中的思想最重要的是给我们以引导，它可能只是一个火花，但若想继续燃烧，则需要我们不断地鼓风添柴。人可以一段时间不读书，但不能放弃思考。

说了这么多，我们究竟应该思考什么呢？这是读书所应该注意的第三个问题。翻开古代那些伟大的思想著作，古人们思考的都是一些基本的问题：善、恶、美、爱、正义……伟大的思想总是殊途同归，无论科学、艺术还是哲学，最终都要回归对人类的终极关怀，"自由"在大多时候是盲目的，真正的自由不可能没有约束，也不可能没有边界。伟大的思想给我们的指引是让我们去思考基本问题，更深入地理解生命，而不是让我们在他们的庇护下寻求慰藉。

最后，读书或思想的归宿是哪里呢？还是那句话：认识自己，成为自己。

138. 遇见戴望舒

石勇坚

在一个阳光清凉的傍晚，我独步于伫立满枫木的林荫道上，戴着洁白的耳机，随着悦耳动听的旋律，望向羞红了脸颊、被云霞拉得长长的天空，浮想联翩……很久很久以前，在那么一座城，有那么一个人，他博学多才、胸怀大志，又羞涩内敛、心存自卑。

他是栖身于时光隧道里的一瓣春季桃李，每日都在承受着沧海的嬉戏和桑田的苦恋。随后，他又不断挣扎，在暗黑与未知的迷茫中。当破晓之际，他终于散发出延绵在岁月里令光阴发指的幽香，摒弃浮尘，再度笑春风。他是拥挤在山缝中的一叶夏日翠竹，在阳光的灼烧下无畏烈火，"任尔东西南北风"。待得到山土的蕴养、雨神的眷顾后，他毅然决然跨过季节里的燥热与不安，转身成了炎炎夏日里的一许冰凉。他是哀愁于缤纷红尘里的一片深秋落叶，忍受着衰老的凄凉和成泥的落寞，又苦苦地坚持着，期望着能结下"落红不是无情物，化作春泥更护花"的善果，而他终究也成了荒凉里最知秋的玉叶。他是流浪于冰山雪地里的一缕寒冬微光，时刻面临着冰冷的戏弄和云层的阻挡，一次次，一波波，刻骨又铭心。他却总是很倔强，一点点地融化掉刺骨的寒冬，一层层地剥开乌云厚厚的衣装。最终，绽放了属于他的胜利果实——让人骄傲的光芒。他就是戴望舒。

我与戴望舒的"相识"不是在 20 世纪 30 年代，也不是在 20 世纪六七十年代，而是在很多年后的今天。那日依旧泛着金色的阳光，我如一道光似的迈进大学的读书室，偶然地在一个黯淡的角落，捕捉到了一本安置已久、关于戴望舒的书。从此，我俩之间的"相识""相知"便拉开了帷幕。

少年稍品愁滋味　轻狂莫比雁高飞

戴望舒出生于水墨杭城一个和睦的小康家庭，母亲来自书香世家。自然而然地，他成了民间私塾里的一名幸福学生，自幼饱读诗书，一切都平平常常。而不幸总是悄悄到来，像是故意对人们耍脾气，耍完了以后却又很不负责任地走开。应该是天生的，可怕的天花无情地烙印在他细嫩的皮肤上，残酷地剥夺他本该拥有的自信。在潜移默化中，戴望舒从小就具备了悲伤的气质和文人的潜质。

后来，戴望舒背负行囊，踏上漫漫的求学之路，而第一站就在当时的上海大学。那时，鸳鸯蝴蝶派的言情小说广流市井，影响到在校懵懵懂懂的大学生，而戴望舒也愉快地参与其中。从小累积的知识，在这段日子里就像火山爆发一般，猛烈地迸发而出。在这般活泼跳动的华年里，他亦如诸多年轻人一样尝试投稿，不为跟随潮流或获取金钱，只是单纯地想抒发自己的快乐与忧伤。这时，他和其他人一样，并没有什么不同的地方。之后，戴望舒转到震旦大学法语班，这也是他人生的一次小转折。在这所学校里，戴望舒结识了施蛰存和杜衡。不日，他们三人被授名"三剑客"，流芳震旦。

而我虽不用惨遭天花的折磨，却在这么漫长的童年里，看尽了身边的人分分合合、吵吵闹闹，自己亦不断地走走停停，渐渐变得不再那么童真和快乐了。伴着光阴的滚滚流逝，多情易伤的心在不知不觉中占据了我人生的一部分。长此以往，忧愁与墨水的味道，便萦绕于我的身旁，或许一刻，又或许一生。每次想到戴望舒，我都会思虑自己。同样心存自卑、易愁易悲的自己，一定也能凭自身的气质拼出自信，获取阳光。

千回百转问情路，不过光阴一许分不曾留意，当在某个角落听闻到戴望舒的名字时，我竟会感到些许亲切和慰藉。而每当步伐再次快速地迈进，我又会于茫茫人海中默然地忘记，那些陌生或熟悉的过往。直到后来，升学至高中。我才渐渐地知晓，戴望舒的姓名以及一首备受流传的诗歌《雨巷》。在那个年少轻狂又多愁善感的时候，他的《雨巷》就宛如一块陈旧万年的磁石，虽然饱受风霜，却更具魅力。这在诗学抑或情感上，无论是对我还是其他青年，都有一种致命的吸引力。尽管岁月蹉跎无痕，我们也无法忘却那"丁香一样的结着仇怨的姑娘"。这也正是戴望舒的魅力所在。

"见了你朝霞的颜色，便感到我落月的沉哀。"逝去了的时光，总是习惯把或悲或喜的回忆深深地埋藏在秋日的枯木里，而后又暗自窃喜，自以为拥有了世间亿万个精彩绝伦的故事。却不知，在日月不间断地交替过后，那些听故事的人早已消逝得不知踪迹。而戴望舒的故事不知缘由地留了下来，并且恍若命中注定一般，经由我的手轻轻翻阅。和戴望舒一样，我在情爱面前也时常会感到羞涩、自卑，还会时不时地慨叹"这沉哀，这绛色的沉哀"。而事后，又会责备自己，实在不知这自卑究竟从何而来，因何而生。我不会妄自评判他与施绛年之间的恋情，但从"这沉哀"中不难看出，在这段情感里，他总会丧失信心。可至少在那些时日里，他曾勇敢追求过一名可人又阑珊的女子，真真切切地爱过。我想，他知足了。

若你仍留恋这个尘世，就暂且快乐地相爱吧！可以爱一片无瑕的白云，可以爱一叶落寞的扁舟。每当困惑无归处的时候，要深深地铭记，这世间的众生都有值得被爱的缘由。所以无须顾虑时光、畏惧世俗，温柔地爱吧。纵然那一道光阴在一许之后，真的会永恒地丢失。

一曲高山赠流水　生生天天续轮回

"我思想，故我是蝴蝶，万年后小花的轻呼，透过无梦无醒的云雾，来震撼我斑斓的彩翼。"戴望舒的一生，就如同万花丛中的彩蝶，可驾空，可临地。在星辉斑斓的时空内，他总是习惯地挥一挥灿烂动人的羽翼，真心地期盼着，期盼能够在世界的每个小角落里，播散自己的故事。没有人知道，万年之后，他会不会真的穿越轮回，重临尘间。但我坚信，如若他真来了，一定不会落下那股诗风。尽管在这一路途，遭受到时光隧道的摧残，可他那份才华是与生俱来的。思想不为花开，思想不为花落，只是随心而思，随性而想。生在一个战乱多灾的时代，戴望舒的思想伴世而生，念水、念山、思风、思雨。

我就像是戴望舒的今生，于万千的阡陌中，从陌生走向熟悉，又在熟悉后陌生。而今世的这道形体，早已由当初沧桑的模样，变为了一张从未现世过的稚嫩脸庞。磨砺了几十载的心，又重回伊始。而曾经那张宽阔的胸膛，也退化成了如今这副弱不禁风的单薄皮囊。每每落日，那消瘦的形影总会迈向黑暗深处，试图从中寻求光明，更想要顿悟那股浸入灵魂的诗意。毫无疑问的是，戴望舒的才华横溢远远凌驾于我之上。他就如同寒冰里一阵凶猛的疾风，令至今尚且渺小的我望尘莫及。而我有幸站立在他那高大的肩膀上，登高望远，时时刻刻渴望着能"更上一层楼"，开创专属自己的另一道风光。

戴望舒与我，就像沉醉于书画里的一笔水墨，于此，我们可以幻化流水，变作高山；于此，我们可以弹琴奏笛，阔谈天地；于此，我们可以相知相伴，成为挚友。或许终有一日，水墨的光鲜会褪色，但那些长长短短相伴的印记永远不会消失。

若自身，更知己。每次翻读戴望舒的诗，我总能找到共鸣，会触碰内心深处的思绪与情感。这时我总会念想，我与戴望舒，戴望舒与我……我不知道，在日渐模糊的烟雨里，他是不是那个真正的惊艳才绝的戴望舒，但从那字里行间若隐若现的诗意，我懂得了"身无彩凤双飞翼，心有灵犀一点通"的真理。这并不是幻或梦，正如戴望舒的诗："这只是为了一念，不是梦，就像那一天我化成风。"

缘起缘落，千秋不过一指间，但愿那份诗情可以避过苍老，长留心间。

后　记

壬寅年初，逢贵大百廿。《文映溪山——〈贵州大学报〉副刊作品集》终编辑成集。文映溪山，取之本意，意指溪山之上，文采飞扬，交相辉映，熠熠生辉。打开篇章，读书中之文意，满纸都是贵大人对贵大的爱恋与不舍。

该书编撰历时半载有余，经贵州大学党委宣传部、贵州大学报的领导、老师和学生记者团同学们的精心筛选与校正，《文映溪山——〈贵州大学报〉副刊作品集》终于面世。在此，我们诚挚感谢每一位撰稿人，因为他们是对这所百年学府满怀热忱的人。在一篇篇文章中，他们或娓娓道来，或喃喃细语，或豪言壮语。是他们，让读者更加熟悉这片美丽的风景；是他们，让读者的心与这所学府无限接近；是他们，让我们和千千万万的校友对这所学府爱得更加深沉。此外，我们也要对为本书付出辛勤劳动的编辑老师和校对人员表示由衷的感谢。

书中作品都是我们遴选出来的辞藻华丽、真情流露之作，可作为读者和写作初学者的参考教材；部分作品回顾了大量贵大往事，特别是贵大红色历史，亦可作为党团课参考教材。我们希望本书能够发挥其应有的作用，但因水平有限，我们在收集、整理和校勘过程中难免存在疏漏之处，敬请广大读者批评指正。